《外国文学名著名译丛书》出版说明

世界文学名著作为人类文明成果的一部分永放光芒，永远为广大读者所喜爱和珍藏。

本丛书在尊重文明累积与普遍共识的同时，细心体察今日读者的需求，突出一个“兼”字，即兼及价值内涵的多向多元，题材、语言、风格的多姿多彩，以及读者兴趣、爱好、需求的多种多样。译本的择选也兼顾到卓有成就的老翻译家与世纪之交崭露头角的中青年译者。所选书目以小说为主，兼及童书、成长经典、抒情诗、散文、剧本、批评……时段以十九世纪至二十世纪前期为主，适当上溯到古代。总的要求好看、可读，读之有益。

自二〇一二年起，计划三年推出二百余种。每种书前有作品及译本的择选依据和权威评鉴，书中辑入外版精彩图片。

漓江出版社编辑部

屠格涅夫画像（列宾作）

屠格涅夫出生地奥廖尔城

彼得堡的屠格涅夫雕像

屠格涅夫（1856）

屠格涅夫在斯巴斯科耶的书房

屠格涅夫的故乡斯巴斯科耶庄园的主楼
（《罗亭》、《贵族之家》都是在这里完成的）

奥廖尔的“贵族之家”花园（《贵族之家》的故事就发生在这里）

屠格涅夫各种文字的译本一瞥

外国文学名著名译丛书

罗亭
贵族之家

（俄）屠格涅夫 著
Turgenev
徐振亚、沈念驹 译

漓江出版社

图书在版编目(CIP)数据

罗亭 贵族之家/(俄罗斯)屠格涅夫 著;徐振亚、沈念驹 译.—桂林:漓江出版社,2012.12(2020.7 重印)

(外国文学名著名译丛书)

ISBN 978-7-5407-6068-7

Ⅰ.①罗… Ⅱ.①屠… ②徐… ③沈… Ⅲ.①长篇小说-小说集-俄罗斯-近代 Ⅳ.①I512.44

中国版本图书馆 CIP 数据核字(2012)第 262492 号

出版人:刘迪才

漓江出版社有限公司出版发行

广西桂林市南环路 22 号 邮政编码:541002

网址:http://www.lijiangbook.com

全国新华书店经销

三河市腾飞印务有限公司印刷

开本:700mm×960mm 1/16

印张:17.25 字数:252 千字

2012 年 12 月第 1 版 2020 年 7 月第 2 次印刷

定价:45.00 元

作家·作品

他的作品我读得很少,但都背了下来。多么有才气,多么富有独创性和表现力!

——乔治·桑

您的作品中散发出一种略带涩味的温馨和微带甜意的哀愁,一直渗透到人的心灵深处。您掌握的是一种什么样的艺术!怜悯心、讽刺、细致入微的观察、丰富多彩的色调,这一切是多么巧妙地融合在一起,而且显得那么协调!

——福楼拜致屠格涅夫的信

念他的小说,有时如同看湘绣或苏绣,想及那纤巧的手,白嫩的人……

干净是好的;人和文都一样,要干净,像屠格涅夫,像初恋。

——董桥

屠格涅夫是小说家中的小说家。

——亨利·詹姆斯

屠格涅夫是"古希腊之后最完美的作者之一"。

——泰纳

在俄国小说家中,屠格涅夫是最伟大的作家。

——勃兰兑斯

屠格涅夫是"最精致的艺术家,他善于精选,善于细致地选用细节,从生活中挑选色彩特别强烈的瞬间，把众多人物的情绪和感情提炼成寥寥数页堪称完美的散文”。

——王尔德

屠格涅夫是“一位社会学家、心理学家和风景画家”。

——高尔基

小说家中的小说家

徐振亚

屠格涅夫(1818—1883)是一位杰出的俄罗斯作家,他为俄国人民和全人类留下了丰富宝贵的文学遗产。如果说他的具有反农奴制倾向的特写集《猎人笔记》使他在俄国文坛上声名鹊起的话,那么为作家赢得世界声誉的则主要是他的长篇小说。从19世纪50年代到70年代,他先后创作了六部长篇小说:《罗亭》、《贵族之家》、《前夜》、《父与子》、《烟》和《处女地》,其中前四部尤为出色,具有深刻的社会政治意义和高度的艺术成就。

把握时代的脉搏,敏锐地发现并及时捕捉社会生活中的新现象,这是屠格涅夫创作的最大特色。他创作的全盛时期在50年代和60年代初期,即俄国解放运动从贵族革命阶段向平民知识分子革命阶段转折的时期。这一阶段阶级力量的变化,社会情绪的涨落,思想观念的更替,知识分子的心态……总之,俄国生活中所有重大的社会现象都不曾逃脱他敏锐的目光。然而,屠格涅夫的注意力主要集中在俄国知识阶层的历史命运上。正如他在回顾和总结自己长达数十年的创作生涯时说的那样:“我集中精力和智慧,努力认真地忠实地把莎士比亚所说的‘the body and pressure of time’(形象本身和时代的印记)以及我的主要观察对象——迅速改变着的俄国知识阶层的面貌——描绘出来并表现为适当的典型。”可以毫不夸张地说,屠格涅夫的长篇小说构成了一部俄国知识分子历史命运的艺术编年史,不仔细研究屠格涅夫的作品,也就无法具体而深刻地理解俄国解放运动的历史。

当屠格涅夫于1855年夏天着手创作第一部长篇小说《罗亭》的时候,克里米亚上空硝烟弥漫,炮火纷飞,俄土战争正处于高潮。虽然战争的胜负未见分晓,但俄国的颓势已经显而易见。而后来惨败的结局更进一步暴露了农奴制俄国的落后和腐朽,也迫使人们思考俄国的命运和前途，寻找能够改造社会的力量并探索强国富民的道路。

围绕俄国的前途问题，早在40年代就在主张全盘欧化的西欧派和强调保存国粹的斯拉夫派之间有过一场大论战，而从40年代末到50年代，俄国何去何从的论争主要在贵族自由派和革命民主派之间进行。自由派表面上赞成废除农奴制，但希望政府实行自上而下的改良，实质上依然维护地主阶级的利益及其统治地位；革命民主主义者主张用革命手段推翻沙皇制度，消灭农奴制。

从“不可救药的西欧派”转入自由派阵营的屠格涅夫试图对这些重大社会问题作出自己的回答，对贵族知识分子前一时期的活动进行客观的评价，并且探讨在新的历史条件下他们如何发挥作用。这便是作家仅用五十多天时间创作《罗亭》的动因。

小说原名《天才人物》，侧重写罗亭的弱点，作者后来听从友人的劝告，进行了重大修改，增加了波科尔斯基小组的活动情况和罗亭活动的社会背景，指出了主人公失败的社会原因以及在当时所起的进步作用。1860年又在小说的尾声中增添了罗亭牺牲在巴黎街垒战中的场面。这样处理，不仅使人物的命运有了最终交代，而且全面反映了三四十年代的时代特征和贵族知识分子的历史作用。

罗亭出身破落贵族，受过良好教育，通晓黑格尔，爱好歌德、霍夫曼的作品，大学时代参加过先进小组的活动。他一出场就以敏捷的才思、出众的口才和无可辩驳的逻辑力量把能言善辩的比加索夫批驳得哑口无言，赢得了满堂喝彩。他那充满灵感和激情的即兴谈话表达了他所憧憬的人生理想和意义：“我们的生命固然短暂而渺小，但是一切伟大的东西都是人创造的，意识到自己能够成为神祇手中的工具，就会使人忘却其他的欢乐……”信仰科学和真理，追求崇高的人生目标，为理想而奋斗是以波科尔斯基和罗亭为代表的进步贵族知识分子的特点，也是他们与安于现状、不思变革的平庸之辈不同的地方。

罗亭强调自尊，反对自私。他对为他提供食宿的女主人拉松斯卡娅没有曲意奉承，保持了独立的人格。在对娜塔里娅的感情上，他先是用椴树萌发新芽时枯叶才会脱落作暗示，继而要求与她约会，并让这位少女首先吐露自己的心曲，这一过程体现了他自尊自重的性格。即使向沃伦采夫通报自己已经获得了娜塔里娅爱情的这一举动，其动机也是为了表明自己光明磊落和对他人的尊重。这时候，他是真诚的，也是勇敢的，没有畏缩不前或优柔寡断。但他毕竟是理想主义者，缺乏实践的能力。他没有想到爱情会遇到困难和阻碍，也没有想过如何去克服和战胜这些困难和阻碍。当事情停留在口头上的时候，他应付自如，得心应手；而一旦需要采取行动的时候，他就束手无策，不知所措了。尽管娜塔里娅决心不顾一切地跟随他，可是他只能退缩，甘心“屈服”。除了指责他的软弱，我们也应该看到，他不忍心破坏少女优裕平静的生活，跟着他去受苦受难。如果从这个角度看问题，那么他的退缩也不失为爱的一种表现。

对于屠格涅夫来说，爱情不仅是感情的纠葛，更重要的是检验人物精神世界和道德面貌的一种手段，是衡量人物社会价值的一把尺子。因此，罗亭在爱情上的怯懦表现了他性格中的根本弱点：语言的巨人，行动的侏儒。而这恰恰是三四十年代那些脱离人民、不了解俄国现实的进步贵族知识分子的通病和致命弱点，罗亭只不过是其中的典型罢了。

娜塔里娅的爱情未能获得罗亭的真正理解，这一方面衬托了罗亭的弱点，另一方面也表明了青年一代的觉醒和对崇高理想的追求。娜塔里娅对罗亭的真诚感情是有深刻的道德基础和思想基础的：“我明白，凡是追求崇高目标的人，不应该仅仅为自己着想。请您相信，妇女不但能理解自我牺牲的价值，她自己也能够作出自我牺牲。”她在罗亭身上看到了理想的光辉和崇高的献身精神，并且决心以罗亭为榜样，投身到伟大的事业中去。在黑暗的年代里，罗亭用热烈、勇敢的言辞在青年的心灵中播下了美好的种子，使之萌生出高尚的思想和感情，激励他们去行动、去斗争。这是罗亭们不可磨灭的历史功绩。

罗亭雄心勃勃，很想施展自己的才干，闯一番事业。他创办实业，疏浚河道，从事教育，但又处处碰壁，一事无成。在一系列挫折和失败面前，他并没有放弃自己的信念，也没有停止自己的追求。他始终与周围的环境格格不入，更不愿意与之同流合污，虽然凭他的能力，不愁捞不到地位和财富，但真理和理想之火始终在他胸中燃烧，他宁可牺牲个人利益，也不愿妥协，不愿与社会取得和谐。最后他战死在巴黎街头，更加显示了他的进步作用。罗亭的失败不是他个人的过错，而是他的不幸，是时代的悲剧，是俄国历史上“多余人”的共同遭遇。当然，不同年代的“多余人”有着不同的特点。奥涅金无所事事，精神空虚；毕巧林为了满足自己的私欲而不惜牺牲别人；别里托夫耽于幻想，整个人生是一份失败的记录。而罗亭却始终醉心公益事业，不倦地忘我工作，一辈子“为思想服务”。他无疑是最有光彩的“多余人”，是他们中间的佼佼者。即使与昔日的朋友和同志、后来沦为庸人的列日涅夫相比，甚至与最后嫁给沃伦采夫的娜塔里娅相比，罗亭也要高出一头。

对于罗亭这类人物，作家高尔基曾有过精彩的论述：“如果考虑到时代的各种条件——政府的压迫，社会的智慧贫乏，以及农民群众对自己的任务缺乏认识——我们就应该承认：在那个时代，理想家罗亭比实践家和行动者更有用。”“理想家是革命思想的传播者，是现实的批判者，可以说他在耕耘处女地，当初的实践家又能做些什么呢?”

随着《罗亭》的问世,当时有人预言:“屠格涅夫开始了一个新的活动时期。他的才能有了一种新的力量,他一定能创造出更加重要的作品。”事实也的确如此。经过一段时间的犹豫和苦恼之后,屠格涅夫于1859年向读者奉献出他的第二部长篇小说《贵族之家》。这部作品受到交口赞誉,奠定了他作为“社会的作家、心理学家和风景画家”的地位。作家本人也非常满意,认为这是他写得最成功的一部小说。

跟《罗亭》一样,《贵族之家》的主题也是贵族知识分子的命运。如果说《罗亭》在批评贵族知识分子弱点的同时,又肯定他们的进步作用,那么《贵族之家》则是哀悼贵族知识分子退出历史舞台以及贵族阶级没落衰败的一曲挽歌。

屠格涅夫以历史学家的眼光和批判者的姿态为我们记录了以拉夫列茨基家族为代表的贵族阶级的兴衰史,拉夫列茨基的曾祖父专横跋扈,残忍野蛮;祖父粗暴而懒散,对狄德罗和伏尔泰恨之入骨,父亲对西欧文化顶礼膜拜,对自己的祖国和人民却十分蔑视;拉夫列茨基这位聪明而高贵的人“虽然活着,却已经退出了人生的疆场”。这几代人分别代表了18世纪到19世纪初不同历史时期的不同特征,而贪赃枉法的检察官卡里金,造谣生事的旧官僚盖杰奥诺夫斯基,浅薄虚伪的潘申,粗鄙武夫科罗宾这些活跃在尼古拉时代的人物,又为这幅历史画卷增添了具体而生动的色彩。作者告诉我们,贵族作为一个阶级,已经走向没落和腐朽。他在刻划这些人物的时候,原来固有的那种田园诗般的恬静风格已经不见影踪,字里行间透露出一股凄凉、哀伤的情调。

主人公拉夫列茨基善良、正直而纯朴,但畸形的教育使他徒有健壮的体魄而缺乏坚强的性格。他有广博的知识,却没有实际的生活经验和办事能力。他轻率地迷恋上外貌美丽但水性杨花的瓦尔瓦拉,并贸然与她结婚,铸成了终身大错,为自己播下了不幸的种子。他即使发现妻子背叛了他,也没有彻底离异,只是用财产和金钱换得了部分自由。他渐渐爱上了丽莎,希望她把他从消极状态中拯救出来,鼓舞他走向伟大的目标。但是他像罗亭一样,由于主观的懦弱,没有勇气去争取幸福,甚至认为幸福与义务互不相容,消极地忍受命运的安排。应该承认,拉夫列茨基爱情的悲剧有其客观的原因:他的处境的悲剧性已经不是同自己的软弱无力作斗争,而是同这样一些观念和风习相冲突,与这些观念和风习相抗衡,确实会使最有毅力和最勇敢的人也感到畏惧。较之罗亭,他缺乏社会理想和社会激情,多少散发出奥勃洛莫夫的懒散气息,不过也应该看到,他并没有陷入绝望,并不因为自己的痛苦而变得麻木不仁。面对青年一代无忧无虑的欢乐生活,他不免感到悲伤和惆怅,但他没有嫉妒,没有一丝阴暗的情感,并向他们致以衷心的祝福。

在跟米哈列维奇的争论中，他问道:“请你告诉我:怎么办?”这实际上已经触及俄国解放运动中继“谁之罪?”之后的另一个实质性问题了，他既不想步罗亭的后尘，又不愿效法潘申，那他究竟能干什么呢？对此，屠格涅夫是不清楚的。他安排拉夫列茨基去种地。在作者看来，种地不仅是一种谋生和经营的手段，也是接近人民、关心人民的途径。这不禁使我们想到托尔斯泰笔下的那些忏悔贵族了。在小说结尾处我们看到:“拉夫列茨基有权利心满意足:他真的成了一个好主人，真的学会了耕耘土地和不光为自己一个人劳动，他尽其所能使他的农民生活得到保障和稳定。”我们并不怀疑拉夫列茨基善良的愿望和真诚的努力，但在革命形势渐趋高涨的年代，屠格涅夫为拉夫列茨基指明的这条道路无疑是他站在自由主义立场上开出的一帖无济于事的救世药方。

《贵族之家》中的道德冲突——个人幸福与社会义务——在丽莎的命运中得到了充分揭示。丽莎是一位天真、淳朴、娴静的姑娘。她沉默寡言，没有自己的语言，然而却有自己的思想，走着自己的路。她自幼丧父，母亲目光短浅，自私而庸俗。唯有正直善良、笃信宗教的奶妈对她的成长和性格形成产生了巨大影响。丽莎逐步看清了潘申浅薄、自私、虚伪的真实面目，结束了与他若即若离的暧昧关系，将自己的爱献给了拉夫列茨基。她的选择表明，爱人民、爱俄罗斯是他们爱情的共同基础。但是浓厚的宗教意识又使她内心充满了矛盾和痛苦。上帝要求爱“所有的人”，这就意味着她必须去爱丑恶的瓦尔瓦拉，上帝要求宽恕“所有的人”，这就意味着她必须宽恕淫荡的瓦尔瓦拉，并且去说服拉夫列茨基宽恕有罪的妻子；上帝认为爱有妇之夫是罪孽，因此她认为自己爱上拉夫列茨基违背了上帝的意旨，内心怀着沉重的负罪感。但她又是有血有肉的人，她希望得到人间的幸福。宗教的感情和世俗的感情在她身上展开了激烈的搏斗。最后宗教思想占了上风，她决计放弃自己的幸福，进了修道院。迈出这一步对她来说是不容易的，伴随着激烈的内心斗争和巨大的痛苦。修道院无法使她获得平静，无法使她忘却过去。在修道院与拉夫列茨基最后一次见面时，她那颤动的睫毛、低垂的脸和紧握的手都是明证:在丽莎眼里，宗教是一种道德理想和道德标准。她的宗教意识主要表现为道德意识，反映了宗法农民的伦理观。因此，她遁入空门可以视作为纯洁心灵而做出的一种牺牲，是完成崇高的自我牺牲而迈出的最后一步。还应该指出，她这样做也是出于赎罪——为前辈赎罪的意识。她承认:“幸福不是属于我们的。就是当我怀着幸福的希望时，我的心也总是痛苦的。”因为:“我都知道，知道我自己的罪孽，也知道别人的罪孽，还知道爸爸是怎么积攒了我们这份家产的……所有这些，应当用祈祷来赎罪。”她的先辈给人们制造了许多痛苦和不幸，为他们赎罪是她义不容辞的责任。这跟拉夫列茨基认为自己没有权利得到真正和完全的幸福是一致的，反映了他们不作任何努力而放弃幸福是有共同的思想和心理基础的。基于这种思想和心理形成的爱情悲剧也就具有了深厚的历史内容和社会现实内容，这大约也是《贵族之家》的价值所在。

屠格涅夫被誉为小说家中的小说家，他在小说艺术上的成就是举世公认的。《罗亭》和《贵族之家》中已经形成了后来得到充分发展的独特的艺术风格。虽然《罗亭》偏重于紧张的思想冲突，而《贵族之家》主要刻划主人公的心灵生活，强调他们爱情的悲剧性，充满了强烈的心理色彩，但它们在艺术上又有许多共同之处。

这首先表现在两部小说结构严谨，情节紧张，篇幅不长这些特点上，作者无意展现社会生活的各个方面和人物的全部经历，而是选取社会发展的主导倾向和体现这种倾向的代表人物及关键性片断，通过几个重要场面急速地推动情节发展。作品中看不到与主题无关的事件和人物，一切都经过精心剪裁，不枝不蔓，如水晶般纯净。

两部小说在布局上也颇具特色。作家一开始将主人公置于陌生的环境中，让罗亭进入拉松斯卡娅的沙龙，让拉夫列茨基来到卡里金家，于是冲突骤起。这些冲突往往是思想上的，继而又伴随着爱情的纠葛，而爱情的纠葛又具有社会思想性质，是对主人公的一场严峻考验。经过几个不太复杂的回合，很快引向结局。情节简单明了，经历的时间多则数月，少则几天，活动地点也是有限的几处，但又波澜起伏，有声有色，结局则急转直下，戛然而止，最后留下寥寥几笔的尾声。这尾声并非可有可无的闲笔，而是使情节和主人公命运表现得更为完整的重要环节，是人物性格发展不可或缺的组成部分，犹如余音缭绕，回味无穷。试想没有罗亭牺牲在巴黎的尾声，罗亭的性格就不会那么完整，他的形象也不会那么丰满。此外，作者往往借他人之口或直接叙述主人公的成长史，这些插叙并不是游离于主要情节之处的枝蔓，它们对于交代性格形成的环境和条件起着必不可少的作用。

屠格涅夫喜欢使用对照和反衬的手法。热情如火的罗亭和愤世嫉俗的比加索夫，真诚的拉夫列茨基和虚伪的潘申，纯洁的丽莎和风情的瓦尔瓦拉，他们泾渭分明，对照强烈。无需多费笔墨，人物的优劣和作者的爱憎便一目了然。

屠格涅夫对托尔斯泰细致入微的心理描写很不以为然。他认为诗人应当是心理学家，然而是隐蔽的心理学家。“应该隐伏在艺术家身上，正如骨骼隐伏在有血有肉的躯体里，骨骼是作为稳固而看不见的支撑物为躯体服务的。”因此，他的心理描写与托尔斯泰的“心灵辩证法”不同，他主要描写心理活动的结果，而不是描写心理活动过程本身。罗亭与比加索夫争论的第一个回合就以犀利的语言和无可置辩的逻辑力量把对方驳斥得体无完肤，这时候在场的人有不同的表现——比加索夫不等罗亭说完便不声不响地拿起帽子溜走了，李比娜在回家途中数次赞扬罗亭的智慧和口才，娜塔里娅彻夜难眠，脉搏狂跳，内心不时发出阵阵叹息，巴西斯托夫急于把自己的强烈感受告诉自己的朋友，写信一直写到天明。作者并没有详细描写他们各自的心理活动，但读者不难猜测罗亭给大家的震动是多么强烈和深刻。又如拉夫列茨基从报纸上看到妻子死去的消息之后，便走进花园，在林阴道上来回踱步，直到黎明。这时候主人公内心有什么活动，作者没有详细描写，但读者可以想象到这中间既有对往昔生活的回忆和悔恨，也有精神上获得解脱之后的某种轻松感，而更多的可能是对今后的生活，尤其是跟丽莎共同生活的憧憬和希望……这样的笔法虽然没有托尔斯泰那样酣畅淋漓，却能调动读者的积极性和主动精神，让读者参与主人公的内心活动，并根据自己的生活经验进行补充或评判。这样的手法与中国传统小说的白描颇为近似，也比较符合中国读者的欣赏口味和阅读习惯。这也许是中国读者喜欢屠格涅夫的一个原因。

《罗亭》和《贵族之家》表明屠格涅夫不愧为描写风景的高手。自然界的山岳河流、花草树木、风霜雨雪和飞禽走兽，一经他的点化，无不洋溢着浓烈的诗情画意和抒情气息，真可谓诗中有画，画中有诗。精彩的景物描写不仅作为人物活动的背景，而且紧扣情节的发展和人物的心理，成了人物内心世界的投影和情绪变动的契机。人物的心理和情绪在自然景色中得到体现，自然景色也因为倾入了人物的思想情绪而获得了生命力，两者水乳交融，达到高度统一，成为有机的整体。《罗亭》和《贵族之家》中，自然界色彩的明暗变化始终烘托着人物情绪的起伏和命运的转折。娜塔里娅萌发爱情的时候，天气晴朗，阳光明媚，鸟语花香，读者与主人公几乎在共同体验着初恋的欢乐和激动，共同分享着初恋的喜悦和甜蜜。而阿夫久欣池塘荒芜凄凉、阴森可怖的环境暗示了罗亭和娜塔里娅之间的爱情将会遭到挫折，令读者也觉得心理上有一股无形的压力。《贵族之家》自始至终笼罩着颓败的情绪和没落的气息。小说的情节多数发生在暮色沉沉的黄昏或月光惨淡的夜间。那望不到头的漫漫长途与拉夫列茨基悲伤沉重的心境是多么一致，而万物苏醒、春天将至的画面出现又驱散了他悲观消沉的情绪，使他对青年一代怀着希望。这类情景交融的成功例子不胜枚举。

屠格涅夫酷爱音乐，对音乐有高度的修养。他匠心独具地把音乐运用到作品中，使他的小说别有一番情趣。他通过音乐将视觉印象与听觉印象结合起来，突出环境，增强气氛，渲染人物的内在感情，使人物形象更加鲜明和富有立体感。屠格涅夫笔下的人物多数是贵族知识分子，音乐是表现他们文化素养和精神风貌的一种特殊手段。

罗亭对音乐有特殊的爱好，娜塔里娅和丽莎弹得一手好钢琴，而拉夫列茨基凭着敏锐的音乐感受力能以乐知人。当罗亭在拉松斯卡娅的沙龙里把比加索夫驳得哑口无言的时候，客厅里响起了舒伯特的《森林之王》。罗亭一边欣赏这优美的乐曲，一边注视着亭亭玉立的娜塔里娅。令人陶醉的音乐使这两颗陌生的心灵一下子接近起来，取得了和谐和理解。作家本人喜欢严肃、高雅、深沉的古典音乐，不欣赏华丽、喧闹、轻浮的舞曲。严肃对待人生的丽莎和拉夫列茨基也喜欢严肃的古典音乐，而自私虚伪的潘申和轻佻放荡的瓦尔瓦拉则迷恋轻快的舞曲和华丽的抒情曲。当瓦尔瓦拉从国外回来拜访丽莎的母亲的时候，她低声下气，乞求饶恕，并应邀弹起了一首练习曲。可是一听到别人提起这里有一位年轻漂亮、前途无量的潘申，她按捺不住内心的欣喜和激动，立即换成了华尔兹舞曲，强烈而急促的颤音骤然而起……过了一会儿，她似乎醒悟到了自己的失态，又急转直下，换了个悲哀的主题。随着音乐的转换，瓦尔瓦拉从伪装、流露真情、再度披上伪装的心理过程充分揭示了她放荡狡猾的本性。外表阴郁、内心炽热的莱姆为祝贺拉夫列茨基和丽莎幸福而弹奏钢琴的场面更是感人肺腑："那旋律整个儿都在熠熠生辉，整个儿洋溢着灵感、幸福和优美，令人心旷神怡；它正在升腾，又正在消散；它牵动着人间珍贵、隐秘、神圣的一切；它以不朽的胸怀呼吸着，飘向天空，在那里消失。……这乐音深深地沁入了他刚为爱情的幸福所震颤的心灵；它本身就燃烧着爱情……"上面两个例子表明，屠格涅夫利用音乐渲染气氛和刻划人物几乎到了出神入化的地步。

目　录

罗　亭

1

那是个静谧的夏日清晨。太阳已经高悬在明净的天空,可是田野里还闪烁着露珠。苏醒不久的山谷散发出清新的幽香。那片依然弥漫着潮气、尚未喧闹起来的树林里,只有赶早的小鸟在欢快地歌唱。缓缓倾斜的山坡上,自上而下长满了刚扬花的黑麦。山顶上,远远可以望见一座小小的村落。一位身穿白色薄纱连衣裙,头戴圆形草帽,手拿阳伞的少妇,正沿着狭窄的乡间小道朝那小村庄走去,一名小厮远远跟在她后面。

她不慌不忙地走着,好像在体验散步的乐趣。环顾四周,茁壮的黑麦迎风摇摆,发出轻微的沙沙声。起伏的麦浪不断变换着色彩,时而泛起阵阵绿波,时而滚过道道红浪。高空中云雀在施展银铃般的歌喉。少妇是从自己的庄园出来,正要到离她家不过二里地的那个小村庄去。她的名字叫亚历山德拉·巴甫洛芙娜·李比娜。她是个寡妇,没有孩子,相当富裕。她跟弟弟,退役骑兵上尉谢尔盖·巴甫雷奇·沃伦采夫住在一起。他还没有结婚,替姐姐管理着田产。

亚历山德拉·巴甫洛芙娜来到村口,在一间又破又矮的农舍前停下来。她把小厮叫到跟前,吩咐他进去询问女人的病情。小厮一会儿就出来了,跟他一起出来的还有一位老态龙钟的白胡子老汉。

“情况怎么样?”亚历山德拉·巴甫洛芙娜问。

“还活着……”老汉回答。

“可以进去吗?”

“怎么不可以?可以。”

亚历山德拉·巴甫洛芙娜走进农舍。农舍里又挤又闷,烟雾腾腾……土炕上有人在蠕动和呻吟。亚历山德拉·巴甫洛芙娜朝四周看了看,在半明半暗中发现了老妇人那张枯黄干瘪的脸。她头上裹着格子围巾,胸口压着一件笨重的外套,呼吸困难，瘦削的双臂无力地摊着。亚历山德拉·巴甫洛芙娜走到老妇人身边，伸手摸了摸她的额头……额头滚烫滚烫的。

“你觉得怎么样，玛特廖娜？”她俯身问道。

“唉——！”老妇人认出了亚历山德拉·巴甫洛芙娜，有气无力地说，“不行了，不行了，亲爱的！死期到了，亲爱的！”

“主是仁慈的，玛特廖娜，也许你会好起来的，我给你的药吃了吗？”

老妇人唉声叹气，没有回答。她没有听清问话。

“吃了。”站在门口的老汉说。

亚历山德拉·巴甫洛芙娜转身看着他。

“除了你，她身边没有人陪着吗？”她问。

“还有个小丫头，她孙女，可那丫头坐不住，老往外跑，野得很。奶奶要喝水她都懒得倒。我自己又老了，能管什么用呢？”

“要不要把她送到我的医院去？”

“不用了！干吗送医院呢！反正要死的。她也活够了。看来，这是主的安排。她连炕也起不来，哪能去医院呢？只要一折腾，她就会死的。”

“唉——，”病人呻吟起来，“漂亮的太太，你千万要照顾我那没爹没娘的孙女。我们的老爷太太离这儿远，可你……”

老妇人停住了。她说话很困难。

“你别担心。”亚历山德拉·巴甫洛芙娜说，“我会照顾的。你看，我给你带来了茶叶，还有糖。你想喝就喝点吧……你们有茶炊吗？”她问老汉。

“茶炊吗？我们没有茶炊，不过可以借到。”

“那就去借吧，要不我派人送一个来。你得叮嘱你孙女，叫她别走开。你告诉她，这样是可耻的。”

老汉什么也没有回答，只是用双手接过那包茶叶和糖。

“那就再见了，玛特廖娜！”亚历山德拉·巴甫洛芙娜说，“我还会来看你的。你也别灰心，要按时吃药……”

老妇人稍稍抬起头，把手伸向亚历山德拉·巴甫洛芙娜。

“把你的手伸过来，太太。”她嗫嚅着。

亚历山德拉·巴甫洛芙娜没有把手伸给她，俯身吻了吻她的额头。

“你得记住，”临走时她对老汉说，“一定要按照药方给她吃药……还要给她喝茶……”

老汉还是一句话也没有回答，只是鞠了个躬。

亚历山德拉·巴甫洛芙娜来到空气清新的室外，舒畅地透了口气。她打开雨伞，刚想回家，突然从农舍的屋角旁过来一辆低矮的竞赛用双轮马车，车上坐着一位男子，年纪三十上下，身穿灰色缎纹麻布旧大衣，头戴同样质地的宽边帽。那人看见亚历山德拉·巴甫洛芙娜之后，立即勒住马，向她转过脸来。他那宽阔的没有血色的脸，以及那双浅灰色的小眼睛和淡白色的唇须，都跟他衣着的颜色十分般配。

"您好！"他脸上挂着懒洋洋的微笑。"您在这儿干什么呀？能告诉我吗？"

"我来探望一位病人……您从哪儿来，米哈依洛·米哈雷奇？"

那个叫米哈依洛·米哈雷奇的人盯着她看了一眼，又微微一笑。

"探望病人是件好事，"他继续说道，"您把病人送到医院去不是更好吗？"

"她太虚弱了，经不起折腾。"

"您是否打算解散您的医院？"

"解散？为什么要解散？"

"随便问问。"

"多么奇怪的想法！您怎么会有这样的想法？"

"您一直跟拉松斯卡娅来往，好像很受她的影响，据她说，什么医院啦，学校啦，都没有用处，完全是多余的。慈善事业应当成为个人的事情，教育也是如此，因为这些都是涉及灵魂的事情……她好像就是这么说的。我很想知道她这套高论是从哪儿捡来的？"

亚历山德拉·巴甫洛芙娜笑了起来。

"达丽娅·米哈依洛芙娜是个聪明人，我很喜欢她，尊重她，不过她也可能说错话，她的话我不是句句都相信的。"

"您做得很对。"他说，依然没有从马车上下来。"因为她本人也不太相信自己的话。不过，见到您很高兴。"

"为什么？"

"问得太妙了，哪一次见到您我不高兴了？今天您像早晨一样清丽优雅、妩媚动人。"

亚历山德拉·巴甫洛芙娜又笑了。

"您笑什么？"

"怎么能不笑呢？您说这番恭维话的时候最好看看您那副懒洋洋、冷冰冰的模样！我觉得奇怪的倒是您说最后一句话的时候怎么没打呵欠。"

"冷冰冰的模样……您总是需要火，而火是毫无用处的。它燃烧，冒烟，过后就熄灭了。"

“火给人温暖……”亚历山德拉·巴甫洛芙娜接着说。

“是啊……还会灼伤人。”

“灼伤就灼伤吧！那也没什么。总比……”

“我倒要看看，哪一天您被火烧成重伤后还会不会说这样的大话。”米哈依洛·米哈雷奇气恼地打断她，举起缰绳往马背上抽了一下。“再见！”

“米哈依洛·米哈雷奇，请您停一下。”亚历山德拉·巴甫洛芙娜大声喊道，“您什么时候上我们家？”

“明天。向您弟弟问好！”

双轮马车驶走了。

亚历山德拉·巴甫洛芙娜目送着米哈依洛·米哈雷奇渐渐远去。

“真像只大口袋！”她想。确实，你看他佝偻着腰，浑身沾满尘土的样子，以及从扣在后脑勺的帽子底下戳出来的几束蓬乱的黄头发，真的酷似一只大面粉袋。

亚历山德拉·巴甫洛芙娜沿着回家的路慢慢向前走去。一路上她低垂着眼睛。不远处传来的一阵马蹄声使她停住脚步，抬起了头……她弟弟骑着马正向她走来；他旁边还有一位步行的年轻人，那人个子不高，穿一件又轻又薄的常礼服，纽扣敞着，系一条轻飘飘的领带，头上戴一顶轻质的灰色凉帽，手里拿着一根手杖。他早已向亚历山德拉·巴甫洛芙娜堆起了笑容，虽然他明明看到她在想心事，什么也发现不了。待到她停住脚步，他立即迎上前去，兴冲冲地，甚至是温情脉脉地说道：

“您好，亚历山德拉·巴甫洛芙娜，您好！”

“啊！康斯坦丁·季奥米德奇！您好！”她回答说。“您是从达丽娅·米哈依洛芙娜那儿来的吗？”

“一点不错，夫人，一点不错。”年轻人笑眯眯地附和道，“是从达丽娅·米哈依洛芙娜那儿来。达丽娅·米哈依洛芙娜派我来找您，夫人。我宁愿步行……早晨的景色多美呀，再说路也不远，才七八里地。我到您府上——您不在，夫人。您弟弟告诉我，您到谢苗诺夫村去了。他正打算到地里去看看，我就跟着他来接您了。是的，夫人，这太令人高兴了！”

年轻人的俄语说得十分地道，合乎规范，不过总带点外国口音，尽管难以确定究竟是哪一国的口音。他的脸型具有东方人的特征。长长的鹰钩鼻，一双大大的呆滞的金鱼眼，两片红红的厚嘴唇，平塌的前额，乌黑的头发——这一切都表明他是东方人；可这位年轻人姓潘达列夫斯基，自称敖德萨是他的故乡，尽管他是在白俄罗斯由一位好心而有钱的寡妇抚养长大的；另一位寡妇则替他在政府部门找了份差使。中年的太太们一般都很乐意做康斯坦丁·季奥米德奇的庇护人——他善于投其所好，博取她们的欢心。现在他就住在富裕的女地主达丽娅·米哈依洛芙娜·拉松斯卡娅家，其身份是养子或食客。他表面上温文尔雅，彬彬有礼，骨子里却荒淫好色；他有一副悦耳的好嗓子，钢琴也弹得不错，他还有个习惯：跟别人说话的时候眼睛死死盯着对方。他的衣着十分整洁，一件衣服可以穿好久，宽阔的下颌刮得干干净净，头发梳得纹丝不乱。

亚历山德拉·巴甫洛芙娜听他说完了才转身对弟弟说：

“怎么今天我老是碰到熟人，刚才我还跟列日涅夫说过话呢。”

“啊，跟他！他是要到什么地方去吧？”

“是的，你想象一下，他坐一辆双轮竞赛马车，穿着麻袋一样的衣服，满身尘土……真是个怪人！”

“也许是这样，不过他是个大好人。”.

“谁是大好人？列日涅夫先生？”潘达列夫斯基似乎大为惊讶地问道。

“是的，就是米哈依洛·米哈雷奇·列日涅夫。”沃伦采夫说，“回头见，姐姐，我到地里去看看，开始播种荞麦了。潘达列夫斯基先生会送你回家的。”

说完，沃伦采夫便赶着马儿一路小跑起来。

“万分荣幸！”康斯坦丁·季奥米德奇扬声说道，同时把手伸给亚历山德拉·巴甫洛芙娜。

她也伸出手来，于是两人一起向她的庄园走去。

与亚历山德拉·巴甫洛芙娜挽手同行，显然使康斯坦丁·季奥米德奇非常愉快。他迈着细步，满面春风，那双东方人的眼睛里甚至噙着泪花，不过这也是常有的事情：对康斯坦丁·季奥米德奇来说，要装作深受感动的样子并挤出几滴眼泪，简直不费吹灰之力。再说，挽着一位楚楚动人的少妇的玉臂，有谁不会感到愉快呢？说起亚历山德拉·巴甫洛芙娜，全省的人一致公认她是个大美人，这话一点不错。单是她那挺拔、微微上翘的鼻子就足以使任何一个凡人心醉神迷，更不用说她那天鹅绒般的栗色眸子，略带金黄的浅褐色秀发，圆圆的脸上那对小酒窝，以及其他的美妙之处。不过她最迷人的地方莫过于漂亮的脸蛋上流露出来的表情：信任、善良和温顺。这些表情既令人感动又撩人心魄。亚历山德拉·巴甫洛芙娜的流盼和笑靥像孩子般纯洁无瑕，而太太们则认为她过于单纯……难道还有什么美中不足吗？

“您说是达丽娅·米哈依洛芙娜派您来找我的吗？”她问潘达列夫斯基。

“是的，夫人，是她派我来的，夫人。”他回答说，把俄语的清辅音 C 发成了英语的塞擦音 TH。“我们家太太十分希望并嘱咐我一定要请您赏光，今天到她那儿共进午餐……她(潘达列夫斯基说到第三人称。尤其是女士的时候,严格使用表示尊敬的复数形式),她正期待着一位新来的贵客光临,她一定要让您跟他认识一下。”

“他是谁?”

“穆菲里男爵,一位来自彼得堡的宫廷侍卫。达丽娅·米哈依洛芙娜是前不久在加林公爵家里与他认识的,对他非常赏识,夸奖他是个教养有素、讨人喜欢的年轻人。男爵先生还从事文学,或者更准确地说……哟,多漂亮的蝴蝶!您瞧……更准确地说是从事政治经济学。他写了一篇论文,阐述某个很有意思的问题——他想请达丽娅·米哈依洛芙娜指教。”

“指教政治经济学论文?”

“从语言的角度,亚历山德拉·巴甫洛芙娜,从语言的角度。我想您是知道的,达丽娅·米哈依洛芙娜在这方面是行家。茹科夫斯基[1]还请教过她呢!连我那位德高望重的恩人,如今住在敖德萨的罗克索兰·缅季阿罗维奇·克桑特雷卡……也许您知道此人的大名?”

“一点也不知道,从来没有听说过。”

“您从来没有听说过这样的大人物?真奇怪!我是想说,连罗克索兰·缅季阿罗维奇都高度评价达丽娅·米哈依洛芙娜在俄语方面的造诣。”

“这位男爵别是个书呆子吧?”

“绝对不是,夫人,恰恰相反,达丽娅·米哈依洛芙娜说,一眼就可以看出他是个上流社会的人。一谈起贝多芬,他就滔滔不绝,妙语连珠,连老公爵听了也非常高兴……说句心里话,我真想聆听他的高见,要知道这是我的本行。请允许我向您献上这朵美丽的野花。”

亚历山德拉·巴甫洛芙娜接过这朵花,没走几步就把它扔在路上……现在离她家还剩二百来步,不会更远。她那幢宅邸新建不久,外墙刷成白色,宽敞明亮的窗户犹如一只只眼睛,透过古老的椴树和槭树的浓密的绿阴,投来欢迎的目光。

“请问我回去如何向达丽娅·米哈依洛芙娜禀报,”潘达列夫斯基问,他为自己那朵鲜花的命运而感到有点委屈,“您能光临吗?她还请令弟一起去呢。”

“好的,我们会来的。一定来。娜塔莎好吗?”

“托上帝的福,娜塔里娅·阿历克赛耶芙娜很好,夫人……我们已经走过了到达丽娅·米哈依洛芙娜庄园去的路口。我失陪啦。”

亚历山德拉·巴甫洛芙娜站住了。

---

① 茹科夫斯基(1783—1852),俄国著名诗人。

“您不到我家去坐坐吗?”她问,口气不那么坚决。

“我很想去,夫人,不过我怕回去晚了。达丽娅·米哈依洛芙娜要想听一听塔里别格[1]新作的一首练习曲,我得回去准备一下,再谢,我得承认,我怀疑我的谈话能否给您带来愉快。”

“哪儿的话……”

潘达列夫斯基叹了口气,装模作样地垂下了眼睛。

“再见,亚历山德拉·巴甫洛芙娜!”他沉默了片刻后说道,又鞠了个躬,往后退了一步。

亚历山德拉·巴甫洛芙娜转身朝自己家里走去。

康斯坦丁·季奥米德奇也转身往回走。种种甜蜜的表情一下子从他脸上消失了,换上了一副自信的、几乎是严厉的面孔。连走路的姿势也变了。现在,他蹬蹬地迈开了大步。他潇洒地挥动手杖,一口气走了三四里路。突然,他又堆起了笑脸:他看见路旁有一位颇有几分姿色的农家少女,正从燕麦地里赶走几头小牛犊。康斯坦丁·季奥米德奇像猫一样悄悄溜到少女身边,跟她搭起话来。那少女起初没有理他,只是红着脸哧哧地笑,接着用衣袖掩住嘴,转身喃喃说道:

“你走吧,老爷,走吧……”

康斯坦丁·季奥米德奇伸出一只手指做了个威胁的动作,吩咐她摘些矢车菊替他送去。“你要矢车菊干吗? 编花环吗?”少女问,“你走吧,你给我走吧……”

“听我说,可爱的美人儿……”康斯坦丁·季奥米德奇纠缠不放。

“你给我走吧。”少女打断他,“你看,少爷们来了。”

康斯坦丁·季奥米德奇回头一看,果然发现达丽娅·米哈依洛芙娜的两个儿子瓦尼亚和彼佳在路上跑,后面跟着他们的教师巴西斯托夫,一位刚从大学毕业、二十来岁的年轻人。巴西斯托夫身材魁梧,一脸憨厚相,大鼻子,厚嘴唇,猪一般的小眼睛,模样难看,动作拙笨,可是他善良、诚实、正直。他,衣着随便,不修边幅——倒不是为了追逐时髦,而是由于懒散;他爱吃,贪睡,也喜欢好书和热情的交谈,他打心底里憎恨潘达列夫斯基。

达丽娅·米哈依洛芙娜的两个孩子十分崇拜巴西斯托夫,一点也不怕他;他跟这个家庭里的其他人的关系也很融洽,不过女主人对此并不十分欣赏,尽管她反复宣称自己不抱任何偏见。

“你们好,孩子们!”康斯坦丁·季奥米德奇说,“今天你们这么早就出来散步

---

① 塔里别格(1812—1871),奥地利钢琴家、作曲家。

啦!”他又转身对巴西斯托夫说:“我也很早就出来了,我喜欢欣赏大自然的景色。”

“我们已经看到了您是怎样欣赏大自然景色的。”巴西斯托夫嘟哝着说。

“您是唯物论者,天知道您脑子里在想些什么。我可了解您。”

潘达列夫斯基跟巴西斯托夫或者巴西斯托夫一类人说话的时候特别容易生气,清辅音C也发得相当纯正,甚至还拖着长长的咝音。

“怎么,您刚才是在向那位姑娘问路吧?”巴西斯托夫问,眼睛左右来回转动。

他感到潘达列夫斯基正死死盯着他的脸,这使他浑身都觉得不自在。

“我再说一遍,您是唯物论者,仅此而已。所有的事情您只看到庸俗的那一面……”

“孩子们!”巴西斯托夫突然命令道,“你们看到草地上那棵爆竹柳吗?咱们比一比,看谁先跑到那儿……一、二、三!”

两个孩子飞快地朝爆竹柳奔去,巴西斯托夫紧紧跟在他们后面……

“乡巴佬!”潘达列夫斯基想道,“这两个孩子要毁在他手里了……十足的乡巴佬!”

康斯坦丁·季奥米德奇得意洋洋地用目光打量着自己整洁高雅的装束,伸出手指在常礼服的袖子上掸了两下,整了整衣领,又继续向前走去。他回到自己的房间以后立即换上一件旧睡衣,专心致志地坐到钢琴面前。

2

达丽娅·米哈依洛芙娜的宅邸在全省几乎是首屈一指。这座由拉斯特列里[①]设计、按照上世纪风格建造的石头大厦,雄伟地耸立在小山顶部,山脚下则有一条俄罗斯中部地区的主要河流经过。达丽娅·米哈依洛芙娜本人是一位出身名门的阔太太,三等文官的遗孀。潘达列夫斯基经常说她熟悉整个欧洲,欧洲也知道她,不过实际上欧洲并不了解她。即使在彼得堡,她也不是什么重要角色,但在莫斯科却颇有名气,拜访她的人络绎不绝。她属于上流社会,被公认是个脾气有点乖戾、心地不太善良、但又极其聪明的女人。年轻时她很美,诗人们为她献诗,小伙子对她一见倾心,达官贵人争相追逐。但是二十五年或三十年之后,原来的花容月貌已经荡然无存。“果真是她吗,”凡是初次见到她的人都会情不自禁问自己,“难道眼前这个年纪不算太大、鼻子尖尖、又瘦又黄的女人当初是个大美人吗?难道这就是那个曾经令诗人们诗兴勃发的女人吗?……”于是,人人都会为世间万物的变化无常发出由衷的感慨。但是,潘达列夫斯基认为达丽娅·米哈依洛芙娜那双眼睛依然美不可言,然而正是这个潘达列夫斯基曾经断言她闻名全欧呢。

达丽娅·米哈依洛芙娜每年夏天都带着孩子们(她有三个孩子:女儿娜塔里娅,十七岁;两个儿子,一个十岁,另一个九岁)回到乡间避暑。她的生活方式相当开放,也就是说她经常接待男士,尤其是独身男士;至于外省的那些太太,她简直无法容忍。为此,她曾遭到这些太太们的多少非议!她们说达丽娅·米哈依洛芙娜态度傲慢,品行不端,又很霸道,更主要的是她说话放肆到极点!达丽娅·米哈依洛芙娜在乡间确实不受任何约束,待人接物不拘小节,处处流露出京城的贵妇人对周围无知平庸之辈的轻蔑……当然,她和城市里的熟人交往时态度也很随便,甚至冷嘲热讽,但是没有

---

① 拉斯特列里(1700—1771),俄国著名建筑师。

轻蔑的成分。

顺便请问诸位读者,你们可曾留意:一个对待下属非常随便的人,他在上司面前是决不会随随便便的。这是什么缘故呢?当然,提出这类问题是不会有什么结果的。

康斯坦丁·季奥米德奇终于熟悉了塔里别格的练习曲,便离开了自己整洁舒适的房间,来到楼下的客厅。他发现全家都聚集在那里,沙龙已经开始了。女主人躺在一张宽阔的卧榻上,两腿蜷曲着,手里正在摆弄一本新近出版的法文小册子。窗口的绣架两侧分别坐着达丽娅·米哈依洛芙娜的女儿和家庭女教师邦库尔小姐,一位年约六十、黑色假发上扣一顶花哨的压发帽、耳朵里塞了棉花的干瘪老处女;巴西斯托夫坐在门边看书,彼佳和瓦尼亚在他身边下跳棋,而靠着壁炉、背剪双手站在那儿的是一位身材不高,灰白的头发蓬乱不堪,脸色黝黑,一对乌黑的小眼睛骨碌碌乱转的先生——阿夫里康·谢苗诺维奇·比加索夫。

这位比加索夫是个怪人。他仇视一切,仇视所有的人——尤其是女人,他从早到晚骂个不停,有时候骂得颇有道理。有时候又不着边际,但他始终骂得津津有味,乐此不疲。他这样容易动怒简直像孩子脾气;他的笑声,他的嗓音,他浑身上下的一切,似乎都充满了怨气,达丽娅·米哈依洛芙娜倒也十分乐意接待比加索夫——他用自己的奇谈怪论逗她开心。他的话也确实相当有趣,夸大一切成了他的嗜好。譬如说,大家谈到什么灾难——雷电烧了村子啦,大水冲毁了磨坊啦,农夫用斧子砍断了自己的手啦,只要他在场,每次他都恶狠狠地问:“她叫什么名字?”也就是引起这场灾难的女人叫什么名字,因为他坚信,只要认真追查,那么任何灾难的根源总是女人。有一次,他突然跪倒在一位几乎不认识的但执意要招待他的太太脚下,痛哭流涕又怒气冲冲地请求她的饶恕,说他没有做过任何对不起她的事,而且今后再也不上她的门了。还有一次,达丽娅·米哈依洛芙娜的一名洗衣女工刚骑上马,那马立即朝山下冲去,途中把洗衣女工掀到了山沟里,差点没把她摔死。从此以后比加索夫一提起这匹马便连声称赞:“好马!好马!”连那座山和那条沟他也认为是景色如画的好地方。比加索夫一生命运不佳,因此他愤世嫉俗,故意装疯卖傻。他出身于一个贫寒家庭,他父亲担任过各种卑微的职务,勉强识几个字,从不关心儿子的教育,给他吃饱穿暖就算完事。母亲对他百般溺爱,但她很早就死了。比加索夫只能自己教育自己,先进了县立小学,后来又上了中学,掌握了几门外语——法语和德语,甚至还有拉丁语,以优异成绩从中学毕业后便进了台尔普特[①]大学。在那儿他经常与贫困作斗争,但终于修完了三年的课程。比加索夫的能力并不出众,但他的忍耐与毅力却超出常人,尤其

① 台尔普特,即爱沙尼亚的塔尔图。

是那股虚荣心，那种不甘居人后，竭力要挤进上流社会、与命运抗争的愿望特别强烈。他刻苦读书，投考台尔普特大学，都是出于虚荣心。贫困令他生气，同时也练就了他察言观色、随机应变的本领。他的言谈富有特色：他从小就掌握了一种发泄怨恨的特殊口才。他的思想并未超出一般水准，但他的言谈给人造成这样一种印象：似乎他不是一般的聪明，而是聪明绝顶。获得副博士学位以后，比加索夫决心为博士学位而献出全部精力，他知道，在其他领域他根本无法与自己的同伴相匹敌（这些同伴都是他从上层精选出来的。他尽量去迎合他们，甚至不惜曲意奉承，尽管在背后把他们骂得狗血喷头）。但是说穿了，他也不是做学问的料。比加索夫刻苦自学并非出于对科学的热爱，因此实际上他的知识相当贫乏。学位论文答辩会上他一败涂地，但是与他同居一室、平时经常受他嘲弄的另一位同学，尽管才能平平，却因为方法得当、基础扎实而大获全胜。这次挫折使比加索夫怒不可遏，他把自己所有的书籍和笔记全部付诸一炬，然后到政府部门谋了份差使。起初事情进展还算顺利，他很会做官，虽然没有什么雄才大略，倒也很有自信，办事也利索泼辣，但是他想一步登天，结果摔了个大跟斗，不得不辞职了。他在自己购置的一座小庄园里住了两三年，突然跟一位很有钱但不太有文化的女地主结了婚，那女地主是他用满不在乎和冷嘲热讽的姿态作鱼饵钓到的一条鱼。但是比加索夫实在过于喜怒无常，家庭生活变成了一种累赘……他妻子跟他过了几年之后偷偷跑到莫斯科，把田产卖给一名奸商，而前不久比加索夫还在她的领地上建造了一座庄园。比加索夫被这最后一次打击搞得晕头转向，他决定跟妻子打官司，结果却一无所获……从此以后，他在孤独中打发自己的余生。有时候也去拜访邻近的地主。他在背后、甚至当面辱骂这些邻居，邻居们便强装笑脸，打着哈哈接待他，但并不真正怕他。他从来不看书，连书的边也不沾。他有近百名农奴，农奴的日子一般还过得去。

“啊！康斯坦丁！”[①]潘达列夫斯基刚走进客厅，达丽娅・米哈依洛芙娜便喊住他，“亚历山德拉[②]来吗？”

“亚历山德拉・巴甫洛芙娜要我向您表示感谢，她非常愉快地接受了您的邀请。”康斯坦丁・季奥米德奇一边说一边笑容可掬地向周围的人点头致意，那肥厚却又白嫩、指甲修成三角形的手抚摸着梳理得纹丝不乱的头发。

“沃伦采夫也来吗？”

“他也来，夫人。”

---

① 原文为法文。
② 原文为法文。

“那么照您说来，阿夫里康·谢苗内奇，”达丽娅·米哈依洛芙娜转向比加索夫，继续原来的谈话，“所有的贵族小姐都是矫揉造作的吗？”

比加索夫撇了撇嘴，神经质地扭动着胳臂。

“我是说，”比加索夫不慌不忙地说（他即使在怒气冲天的时候，说话也是慢条斯理，吐字清晰），“我是指一般而言，至于在座各位，我当然不予评论……”

“这并不妨碍您在内心对他们作出评价。”达丽娅·米哈依洛芙娜打断他。

“对她们我不予评论。”比加索夫重复了一遍。“所有的小姐一般都爱装腔作势——她们表达感情的时候也极不自然。譬如说吧，一位小姐害怕了，或者高兴了，或者伤心了，起初她一定要扭动腰肢，摆出这样的姿势（比加索夫扭着腰，张开双手，姿势极其难看），然后‘啊’地尖叫一声，再咯咯地笑起来或呜呜地哭起来。不过嘛（说到这里比加索夫露出了得意的笑容），有一次我总算使一位很会做作的小姐流露了真实的感情！”

“您用什么办法？”

比加索夫的眼睛突然闪闪发亮。

“我用一根白杨木棍子从背后猛捅她的腰部。她大声尖叫起来。我就告诉她：好！这就好！这就是天然的声音，这就是自然的喊叫。请您今后照此办理。”

大家哄堂大笑。

“您胡说些什么呀，阿夫里康·谢苗内奇！”达丽娅·米哈依洛芙娜大声说道，“我能相信您会用棍子去捅姑娘的腰吗？”

“真的，是用棍子，很粗的棍子，就像那种用来保卫要塞的棍子。”

“先生，您说的这些太可怕了。”[①]邦库尔小姐惊呼道，眼睛瞪着两个笑得前仰后合的孩子。

“您别信她的，”达丽娅·米哈依洛芙娜说，“难道您还不了解他吗？”

可是这位愤怒的法国老太太久久无法平静下来，嘴里嘟囔个不停。

“你们可以不相信我，”比加索夫镇定自若地说，“不过我敢向你们保证，我说的是千真万确的事实。这件事我不知道还有谁知道？这件事你们不相信，那么另一件事你们也许同样不会相信：我们的邻居叶莲娜·安东诺芙娜·切普佐娃亲口告诉我——请注意，亲口！——她是怎样害死了她的亲侄儿的。”

“您又胡编乱造了！”

“对不起！对不起！请你们先听我说完，再发表议论。请注意，我不想诽谤她，我

① 原文为法文。

甚至很爱她，爱到了无以复加的地步：她家里除了一本日历没有任何书籍，除了高声朗读以外她不会用别的方式读书——高声朗读的练习使她浑身冒汗，事后还抱怨说害得她的眼睛像肚脐那样缩了进去……总而言之，她是个好人，她的女仆也都是胖乎乎的。我何必要诽谤她呢？”

“瞧！”达丽娅·米哈依洛芙娜说，“阿夫里康·谢苗内奇上了马背今晚就再也下不来了。”

“我上了马背……可女人同时要骑三匹马，除了睡觉，她们永远不会下马。”

“哪三匹马？”

“吹毛求疵，捕风捉影，叽叽喳喳。”

“依我看哪，阿夫里康·谢苗内奇，”达丽娅·米哈依洛芙娜说道，“您这样仇视女人绝不是无缘无故的。您一定是受了某个女人的……”

“您是想说伤害吗？”比加索夫打断她。

达丽娅·米哈依洛芙娜有点尴尬了；她想起了比加索夫不幸的婚姻……于是只好点了点头。

“的确，我是受了一个女人的伤害。”比加索夫说，“虽然她是个善良的，非常善良的女人……”

“她是谁？”

“我母亲。”比加索夫压低了声音说。

“您母亲？她怎么伤害了您？”

“因为她生下了我……”

达丽娅·米哈依洛芙娜皱起了眉头。

“我觉得，”她说，“我们的谈话转到了不愉快的话题上……康斯坦丁[①]，您给我们弹一首塔里别格新创作的练习曲吧……也许音乐能消除阿夫里康·谢苗内奇的怨气。当年奥菲士[②]就曾经驯服过凶猛的野兽。”

康斯坦丁·季奥米德奇坐到钢琴前弹了一首练习曲，弹得相当不错，娜塔里娅·阿历克赛耶芙娜起初全神贯注地听了一会儿，后来又去做她的女红了。

“谢谢，太美了。”[③]达丽娅·米哈依洛芙娜说。“我喜欢塔里别格。他很优雅[④]。您在想什么心事，阿夫里康·谢苗内奇？”

---

① 原文为法文。

② 古希腊神话中的诗人和歌手。

③ 原文为法文。

④ 原文为法文。

“我在想，”比加索夫慢吞吞地说，“有三种个人主义者：自己活也让别人活的个人主义者；自己活却不让别人活的个人主义者；最后是自己不想活也不让别人活的个人主义者。女人绝大多数属于第三种。”

“您说得多么客气！不过有一点我感到惊讶，阿夫里康·谢苗内奇，您对自己的见解充满了高度自信，好像永远不会有错误似的。”

“哪儿的话！我也会有错误的；男人也会犯错误。不过您知道我们男人的错误和女人的错误有什么差别吗？不知道？差别就在于，譬如男人会说二乘二不等于四，而等于五或三又二分之一，而女人会说二乘二等于一支蜡烛。”

“这话我好像已经听您说过了……不过请问，您关于三种个人主义者的观点跟您刚才听到的音乐有什么关系？”

“没有任何关系，我刚才根本没有听音乐。”

“我看你啊，老兄，真是无可救药。[①]”达丽娅·米哈依洛芙娜说道，她把格里鲍耶陀夫的诗句稍稍做了改动。“如果您连音乐也不喜欢，那您究竟喜欢什么？文学吗？”

“我喜爱文学，但不是当代的文学。”

“为什么？”

“我来告诉您。前不久我和一位贵族乘渡船过奥卡河。渡船靠岸的地方很陡，那些马车得用手抬上去，而贵族的那辆四轮马车又很沉很沉，几名脚夫拼命往上抬的时候，那贵族却站在渡轮上不停地喊‘吭唷’、‘吭唷’，那模样也真叫人可怜……当时我就想：这就是新式的分工！如今的文学也是这样，别人在拉车，在干活，而它却在喊‘吭唷’”。

达丽娅·米哈依洛芙娜微微一笑。

“这就叫再现当代生活。”比加索夫滔滔不绝地往下说，“深切同情社会问题以及诸如此类……我讨厌这类漂亮话！”

“被您大肆攻击的女人至少不说漂亮话。”

比加索夫耸了耸肩膀。

“她们不说是因为不会说。”

达丽娅·米哈依洛芙娜的脸微微一红。

“您越说越不像话了，阿夫里康·谢苗内奇！”她脸带勉强的笑容说道。

房间里鸦雀无声。

“卓洛托诺沙在哪儿？”一个孩子突然问巴西斯托夫。

---

① 此句引自格里鲍耶陀夫的喜剧《智慧的痛苦》(第四幕第八场)，原文为“你啊，我的老兄，真是病入膏肓。”

“在波尔塔瓦省，我的好孩子。”比加索夫接过话头，“就在霍赫兰（他为换了话题而高兴）。刚才我们谈论文学，”他接着说，“假如我有多余的钱，马上可以成为小俄罗斯的诗人。”

“你说什么？当诗人！”达丽娅·米哈依洛芙娜说，“难道您懂小俄罗斯语吗？”

“一窍不通，不过，也不需要懂。”

“怎么不需要？”

“不需要就是不需要。你只要拿一张纸，标上《沉思》这个题目，接下来就写：‘啊，我的命运，命运！’或者以《哥萨克纳罗瓦伊科[①]坐在山冈上》为题：‘在那山脚下，在那树阴中，格拉耶，格拉耶，沃罗巴耶，你快快走啊！’以及诸如此类的东西。于是你就拿去发表吧。小俄罗斯人读了肯定会感动得双手掩面，痛哭流涕……他们的心灵就是这样多愁善感！”

“得了吧！”巴西斯托夫扬声说，“您说些什么呀？这话可一点没有道理，我在小俄罗斯待过，我喜欢那地方，也懂那儿的语言……格拉耶，格拉耶，沃罗巴耶——这些没有任何意义。”

“也许是的，不过乌克兰人还是会感动得流泪的。您说懂他们的语言……难道有什么乌克兰语吗？有一次我随便说了句：‘语法是正确朗读和书写的艺术’让乌克兰人翻译。你知道他是怎么翻译的？‘语法是精确地吐和泻的医书’……您说这是语言吗？我宁愿把自己的朋友捣成齑粉，也绝不会同意这个观点……”

巴西斯托夫想反驳他。

“您别跟他争论。”达丽娅·米哈依洛芙娜说，“您是知道的，除了奇谈怪论，他不会说别的话。”

比加索夫苦笑了一下。仆人进来禀报说，亚历山德拉·巴甫洛芙娜姐弟俩到了。

达丽娅·米哈依洛芙娜起身迎接客人。

“您好，亚历山德拉！”[②]她走上前去说道，“您来真是太好了……您好，谢尔盖·巴甫雷奇！”

沃伦采夫跟达丽娅·米哈依洛芙娜握手，又走到娜塔里娅·阿历克赛耶芙娜面前。

“怎么，您新近结识的那位男爵今天要来么？”比加索夫问。

“是的，他要来。”

---

① 纳罗瓦伊科，乌克兰农民起义领袖，于1597年被波兰人杀害。

② 原文为法文。

“听说他是位大哲学家，满肚子的黑格尔。”

达丽娅·米哈依洛芙娜没有回答，她让亚历山德拉·巴甫洛芙娜坐到卧榻上，自己则坐在她身边。

“哲学么，”比加索夫接着说，“站得最高，看得最远，不过，我最不喜欢居高临下，高高在上又能看到什么呢？假如你要买一匹马，总不至于爬到瞭望塔上去观察它吧？”

“那位男爵是想把一篇论文送给您过目吗？”亚历山德拉·巴甫洛芙娜问。

“是的，是一篇论文。”达丽娅·米哈依洛芙娜故意装出漫不经心的样子，“一篇阐述工商业关系的论文……不过您尽管放心，我们不会在这儿宣读的……我请您来不是为了这件事。这位先生博学多才，人又和气，[①]他的俄语也说得漂亮极了。真可谓口若悬河，滔滔不绝。[②]”

“他俄语说得那么好，”比加索夫挖苦说，“连法国人都夸他呢！”

“您嘲笑吧，阿夫里康·谢苗内奇，随您嘲笑吧……这跟您怒发冲冠的模样倒是一致的……他怎么到现在还没有来？我说先生们女士们[③]，”达丽娅·米哈依洛芙娜看了看大家，“我们到花园里去吧……离开饭还有一个多小时，天气又这么好……”

大家都站起来，向花园走去。

达丽娅·米哈依洛芙娜的花园一直延伸到河边。花园里有许多古老的林阴道，路旁椴树参天，满目金黄，阵阵清香扑鼻而来，林阴道的尽头，豁然露出一片翠绿。园里还有不少槐树和丁香花的园亭。

沃伦采夫、娜塔里娅和邦库尔小姐走进花园深处，沃伦采夫和娜塔里娅默默地并肩而行，邦库尔小姐跟在后面，保持着一段距离。

“今天您干什么了？”沃伦采夫终于开口问道，捋捋自己漂亮的深褐色唇须。

他的外貌很像他姐姐，不过表情没有那么生动活泼，那双漂亮而温柔的眼睛里带着几分忧郁。

“什么也没有干。”娜塔里娅回答，“听比加索夫骂人，绣花，看书。”

“您看的是什么书？”

“我看的是……”娜塔里娅略微停顿了一下，“十字军远征的故事。”

沃伦采夫看了她一眼。

---

① 原文为法文。

② 原文为法文。

③ 原文为法文。

“噢!”他说,“这一定很有趣。”

他折下一段树枝,在空中挥舞着。他们又向前走了二十来步。

“您母亲认识的那位男爵是什么人?”沃伦采夫问。

“宫廷侍从,路过这儿,妈妈很赏识他。”

“您母亲很容易被人迷住。”

“这说明她的心还很年轻。”娜塔里娅说。

“是的。您那匹马不久我可以给您送来。快驯服了。我想叫它一起步就大步飞跑。我一定能做到这一点。”

“谢谢[①]……可是我很过意不去。您还亲自训练它……据说这很难。”

“为了给您增添一点小小的乐趣,娜塔里娅·阿历克赛耶芙娜,您知道,我准备……我……这点小事……”

沃伦采夫一时语塞。

娜塔里娅友好地看了他一眼,又说了声“谢谢[②]”。

“您知道,”谢尔盖·巴甫雷奇过了好久才继续说道,“没有什么东西可以……我们何必谈这些呢!您心里都明白。”

这时候,楼里的铃声响了。

“哟,吃饭的铃声响了![③]”邦库尔小姐喊道。“咱们回去吧!”

“真可惜,这位英俊的小伙子太不善辞令了。[④]”这位法国老处女随着沃伦采夫和娜塔里娅登上露台的时候心里想道。这句话俄语可以这样翻译:你啊,我可爱的孩子,模样挺讨人喜欢,就是有点儿傻劲。

男爵没有来吃饭,大家足足等了他半个多小时。席间,大家说话不太投机。谢尔盖·巴甫雷奇不时望着坐在他旁边的娜塔里娅,殷勤地频频往她杯子里添矿泉水。潘达列夫斯基徒然地竭力讨好邻座亚历山德拉·巴甫洛芙娜。他说了不少恭维话,可她差点没打呵欠。

巴西斯托夫用面包捏成一个小球,在桌子上滚来滚去,他什么也不想。连比加索夫也缄默不语。达丽娅·米哈依洛芙娜说他今天不太友好,他板起脸抢白道:“我什么时候友好过?那不是我的事……”他苦笑了一下,补充道:“请您再忍耐一会儿吧。

---

① 原文为法文。

② 原文为法文。

③ 原文为法文。

④ 原文为法文。

我只不过是克瓦斯[①]而已，普普通通的俄国克瓦斯，您那位宫廷侍卫才是……”

“好啊！”达丽娅·米哈依洛芙娜大声说道，“比加索夫吃醋了，人家还没有来就先吃醋了！”

比加索夫没有答理她，只是低着头看了她一眼。

钟敲了七点。大家又聚集到客厅里。

“看样子他不会来了！”达丽娅·米哈依洛芙娜说。

就在这时候，响起了马车的辚辚声。一辆小巧的马车驶进了院子。不一会儿，仆人走进客厅，把一封放在银盘里的信交给达丽娅·米哈依洛芙娜。她很快地浏览了一遍，转身问仆人：

“送信的先生在哪儿？”

“还坐在马车上，夫人，要请他进来吗？”

“请。”

仆人出去了。

“你们看，多么扫兴！”达丽娅·米哈依洛芙娜说，“男爵接到命令，要他立即返回彼得堡。他委托他的朋友罗亭先生，把论文给我送来了。男爵本来就想把他的这位朋友介绍给我——他十分赏识他。真是太扫兴了！我还想让男爵在这儿住几天呢……”

“德米特里·尼古拉耶维奇·罗亭到。”仆人禀报说。

① 俄国的一种饮料。

3

来人三十五岁左右,高个子,背微驼,头发鬈曲,皮肤黝黑,脸不怎么端正,可是富有表情,洋溢着智慧,一双灵活的深蓝色眼睛炯炯有神,鼻子挺而宽,嘴角的线条很美。他身上的衣服并不新,绷得很紧,仿佛要裂开来似的。

他落落大方地走到达丽娅·米哈依洛芙娜跟前,微微一鞠躬,说他久闻她的芳名,早就盼望跟她认识,还说他的男爵朋友因为无法亲自前来辞行而深表遗憾。

罗亭尖细的声音与他魁梧的身材和宽阔的胸膛似乎很不协调。

"请坐……我很高兴。"达丽娅·米哈依洛芙娜说。她把在座的人向罗亭一一作了介绍之后,问他是本地人还是路过此地。

"我的庄园在T省。"罗亭回答说,把宽边圆帽放在膝盖上。"我才来不久,我有事经过此地,暂时住在贵县县城。"

"住在谁家?"

"住在医生家里。他是我大学的老同学。"

"噢! 住在医生家……大家都称赞他,说他医术高明。您跟男爵认识很久了吗?"

"我是去年冬天在莫斯科遇见他的。这次在他那儿住了将近一个星期。"

"这位男爵很聪明。"

"是的,夫人。"

达丽娅·米哈依洛芙娜闻了闻洒过香水的手帕。

"您担任公职吗?"她问。

"谁? 我吗,夫人?"

"是的。"

"不……我已经退职了。"

一阵短暂的冷场之后,大家又七嘴八舌地谈开了。

“请问，”比加索夫转身问罗亭，“您知道男爵先生送来的这篇论文的内容吗？”

“知道。”

“这篇论文是论述贸易关系……噢，我说错了，是论述我国工商业之间关系的……好像您是这么说的吧，达丽娅·米哈依洛芙娜？”

“是的，是这个内容……”达丽娅·米哈依洛芙娜说，把手按在额头上。

“当然，在这些事情上我是外行。”比加索夫说，“不过说实话，我觉得论文的题目似乎过于……怎么说得委婉些呢？……过于含糊和混乱。”

“为什么您有这样的感觉？”

比加索夫冷冷一笑，朝达丽娅·米哈依洛芙娜瞄了一眼。

“您觉得很清楚吗？”

“我？很清楚。”

“噢……当然，您比我清楚。”

“您头疼吗？”亚历山德拉·巴甫洛夫娜问达丽娅·米哈依洛芙娜。

“不，我有这种……神经性的毛病①。”

“请问，”比加索夫说话略带鼻音，“您那位朋友，穆菲里男爵先生……他好像就是这个姓吧？……”

“完全正确。”

“穆菲里男爵先生是专门研究政治经济学，还是在上流社会的娱乐和公务之余涉足这门有趣的学问？”

罗亭目不转睛地盯着比加索夫看了一会儿。

“男爵在这方面是位业余爱好者。”他回答，脸有点红。“可是他的文章很有见地，很有意思。”

“我没有看过这篇文章，因此无法跟您争论……不过恕我冒昧问一句，您的朋友穆菲里男爵的文章大概空泛的议论多于具体的事实吧？”

“既有事实，也有基于事实的论证。”

“很好，先生，很好，不过我要告诉您，照我的看法……必要的时候我可以谈谈我的看法，我在台尔普特大学待过三年……这些所谓的论证、预测、体系……请原谅，我是乡下人，说话直来直去，这些东西毫无用处，这一切都是故弄玄虚——只能糊弄人。只要拿出事实，先生们，你们的任务就完成了。”

“确实如此！”罗亭说，“那么，事实包含的意义要不要加以揭示呢？”

---

① 原文为法文。

“空泛的议论！”比加索夫说，“我讨厌这些空泛的议论、综述和结论！这些东西的根据便是所谓的信念，而信念又因人而异，人人都在大谈自己的信念，还要求别人尊重他的信念，甚至到处宣扬自己的信念……唉！”

比加索夫举起拳头在空中一挥。潘达列夫斯基哈哈大笑。

“好极了！”罗亭说，“照您说来，也许就没有信念之类的东西？”

“没有，根本不存在。”

“这是您的信念吗？”

“是的。”

“那您怎么能说没有信念之类的东西呢？您首先就有一种信念。”

房间里的人都露出了笑容，你看看我，我看看你。

“且慢，且慢，话又要说回来……”比加索夫想自圆其说。

但是达丽娅·米哈依洛芙娜拍手高喊：“好极了！好极了！比加索夫招架不住了，彻底输了！”她轻轻地从罗亭手里接过帽子。

“不要高兴得太早了，夫人，您等着瞧吧。”比加索夫恼怒地说，“盛气凌人地说几句俏皮话是远远不够的，还需要加以证实、驳斥……我们已经偏离了争论的对象。”

“对不起。”罗亭镇静地说，“事情很简单。您不相信一般性论证的价值，不相信有什么信念……”

“我不相信，就是不相信，我什么也不相信。”

“很好，您是位怀疑主义者。”

“我看没有必要搬弄术语。不过嘛…”

“您别打岔！”达丽娅·米哈依洛芙娜制止他。

“咬吧，咬吧，咬吧！”潘达列夫斯基心里在说，他笑得嘴都咧开了。

“这个字眼可以表达我的思想。”罗亭说，“您也明白它的含义。为什么不能使用呢？既然您什么也不相信，为什么相信事实呢？”

“为什么？问得好！事实是明摆着的，谁都知道什么是事实……我凭自己的经验，凭自己的感觉对事实作出判断。”

“难道感觉就不会欺骗您吗？感觉告诉您太阳绕着地球转……也许您不同意哥白尼吧？您连他也不相信吗？”

大家笑了，眼睛都盯着罗亭。“这人可不含糊。”——大家心里都这么想。

“您尽开玩笑。”比加索夫说，“当然，这是别出心裁，但是解决不了问题。”

“我刚才所说的一切，很遗憾，绝不是什么别出心裁。这一切早已是众所周知的事实，而且反复说了千百遍，问题不在这里……”

“那么，在哪里呢？”比加索夫蛮横地问。

在争论中，他往往先揶揄对方，继而变得蛮不讲理，最后就赌气不说话。

“问题就在于，”罗亭接着说，“老实说，我不能不感到由衷的遗憾，如果聪明人当着我的面攻击……”

“攻击体系吗？”比加索夫打断他。

“是的，说体系也未尝不可。您为什么如此害怕这个字眼呢？任何一个体系都是建立在对基本规律、生活原则的认识之上的……”

“但是这些规律是无法认识，无法发现的……”

“当然，并不是每个人都能够发现这些规律的，谁也免不了出现差错。但是，您也许会同意我这样一个观点，譬如说，牛顿毕竟发现了几条规律。他是天才，我们可以这样认为，但是天才人物的发现之所以伟大，就因为这些发现会成为大家的财富。渴望从个别现象中发现普遍规律，是人类智慧的基本特征之一，而我们的全部文明……”

“您扯得太远了，先生。”比加索夫拉长了声音说，“我是个讲究实际的人，对这些脱离实际的深奥理论没有深入研究，也不想去研究。”

“好极了！那是您的自由。但是请注意，您想做一个非常实际的人，这愿望本身就已经是一种特殊的体系，一种理论……”

“您提到了文明！”比加索夫截住对方的话头，“您居然用这种东西来糊弄人！这种吹得天花乱坠的文明没有任何用处！我决不会给您的文明付一个铜板！”

“您辩论的手法太恶劣了，阿夫里康·谢苗内奇！”达丽娅·米哈依洛芙娜说。她内心对新来的客人所表现出来的那种镇定沉着和彬彬有礼的风度相当满意。“他是上流社会的人，①”她颇有好感地看了罗亭一眼，想道，“应该爱抚他一下。”这最后一句话她是用俄语在心里说的。

“我不想为文明辩护，”罗亭沉默了片刻之后继续说道，“它也不需要我的辩护，您不喜欢它……各人的口味不同么，再说，这也离题太远了。请允许我向您提醒一句古老的谚语：‘朱庇特光火——理亏。’我是想说，对体系一般的论证以及诸如此类的东西进行攻击之所以特别令人痛心，是因为人们在否定体系的同时，也否定了知识、科学和对科学的信仰，从而也否定了对自己、对自己力量的信仰。而人们需要这种信仰，他们不能单凭感官生活。害怕思想，不相信思想，对他们来说是一种罪过。而无用和无能始终是怀疑主义的特征……”

---

① 原文为法文。

“这都是空话!”比加索夫嘟哝道。

“也许是空话。不过请注意,我们在说‘这都是空话’的时候,往往是要回避说出比空话更有用的东西。”

“什么,先生?”比加索夫说着眯起了眼睛。

“您当然明白我要说什么。”罗亭说,语气中流露出不由自主的但又立即加以克制的不耐烦。“我重申一遍:假如一个人缺乏坚信不疑的原则,缺乏坚定的立场,那么他怎么会知道人民的需要、人民的作用和前途呢?他又怎么会知道自己应该做些什么呢,如果……”

“恕不奉陪。”比加索夫一字一顿地说,鞠了个躬,便旁若无人地走到一边去了。

罗亭看了他一眼,微微一笑,也不再说什么了。

“哈哈!他逃跑了!”达丽娅·米哈依洛芙娜说,“请您别介意,德米特里……对不起,”她脸带亲切的微笑补充道,“请问您的父名?”

“尼古拉耶维奇。”

“请您别介意,德米特里·尼古拉耶维奇!他是瞒不过我们的。他想装出不愿再争论下去的样子……他已经感到不能再跟您争论了。您最好坐得离我们近一点。咱们好好聊聊。”

罗亭把椅子挪近了点儿。

“真是相见恨晚哪!”达丽娅·米哈依洛芙娜不胜感慨,“这本书您看过没有?托克维里[①]的著作,您知道吗[②]?”

达丽娅·米哈依洛芙娜把一本法文小册子递给罗亭。

罗亭接过那本薄薄的小册子,翻了几页,又放回桌子上,回答说托克维里先生的这本著作他没有看过,但作者涉及的这个问题他自己也经常思考,谈话就这样开始了。起初罗亭似乎有点犹豫,不敢畅所欲言,不知道怎么说才好,但是后来谈兴越来越浓,终于滔滔不绝地说了起来。一刻钟之后,房间里只听到他一个人的声音。大家围坐在他身边,听他侃侃而谈。

唯独比加索夫一个人远远地坐在壁炉旁边的角落里。罗亭的话充满了智慧和热情,令人信服;很显然,他博览群书,学识渊博。谁也没有料到他竟然是个出类拔萃的人物……他的衣着如此平常,又没有什么名气,大家都不明白,甚至感到奇怪,在乡间

---

① 托克维里(1805—1859),法国政治活动家,史学家。

② 原文为法文。

怎么会突然冒出这样的聪明人。所有人，包括达丽娅·米哈依洛芙娜在内，都感到十分惊讶，甚至可以说被他迷住了。达丽娅·米哈依洛芙娜为自己的新发现而感到自豪，她甚至开始考虑怎样把罗亭介绍给上流社会了。尽管她到了这个年龄，但是她的第一印象中往往有许多近乎孩子气的东西。老实说，亚历山德拉·巴甫洛芙娜听不懂罗亭的那番宏论，可她同样感到惊讶和喜悦；她弟弟也不胜惊喜；潘达列夫斯基注视着达丽娅·米哈依洛芙娜的一举一动，内心充满了嫉妒；比加索夫则在想："我出五百卢布可以买一只比他唱得更好听的夜莺！"但是受到震动最大的要数巴西斯托夫和娜塔里娅了。巴西斯托夫几乎屏住了呼吸，张着嘴，睁大了眼睛，坐在那儿听得入了神，好像有生以来还从未听过别人说话似的；娜塔里娅的脸通红通红，她目不转睛地注视着罗亭，那双眼睛时而流露出忧郁，时而又放射出异彩……

"他的眼睛多漂亮！"沃伦采夫悄悄对她说。

"是的，很漂亮。"

"可惜那双手太大太红。"

娜塔里娅什么也没有回答。

仆人送上茶。谈话也变得比较随便了，可是只要罗亭一开口，大家立刻停止说话，仅此一项就足以证明他给大家留下了多么深刻的印象。达丽娅·米哈依洛芙娜忽然想要捉弄一下比加索夫。她走到他跟前，低声说："您为什么不说话，老是不怀好意地冷笑？来吧，再跟他较量一番！"不等他回答，她便招招手把罗亭叫了过来。

"他还有一件事您不知道。"说着她指指比加索夫，"他极端仇视女人，不断地攻击她们；请您把他引导到正道上吧。"

罗亭看了看比加索夫……无意间造成了居高临下的局势：他比他高出两个脑袋。比加索夫气得脸都发白了。

"达丽娅·米哈依洛芙娜说错了。"他的声音都变了，"我不仅攻击女人，对整个人类我也没有好感。"

"您为什么这样蔑视人类呢？"罗亭问。

比加索夫狠狠瞪了他一眼。

"大概是研究自己心灵的结果，我发现我内心一天比一天肮脏。我根据自己来衡量别人。也许这有失公允：我比别人坏得多，可您叫我怎么办呢？积习难改啊。"

"我理解您，也同情您。"罗亭说，"凡是高尚的灵魂，谁没有产生过自我贬低的强烈愿望呢？但是不能停留在这种毫无出路的境地。"

"衷心感谢您为我的灵魂颁发崇高证书。"比加索夫说，"至于我的处境么——我看也没什么，不算坏，因此即使有什么出路的话，那也随它去！我不会去寻找的。"

“不过这意味着——恕我冒昧——您宁可满足自尊心也不愿意置身于真理之中……”

“那当然!”比加索夫大声说道,“什么叫自尊心,这我理解,我想您也理解,人人都能理解;可是真理么,什么是真理,真理又在哪里?”

“您这是老一套,我得提醒您。”达丽娅·米哈依洛芙娜说。

比加索夫耸了耸肩膀。

“老一套又有什么不好?请问,真理在哪里?连那些哲学家也不知道什么是真理。康德说:这就是真理。而黑格尔说:不,你胡说,这才是真理。”

“您知道黑格尔关于真理是怎么说的吗?”罗亭依然心平气和地说。

“我再说一遍,”比加索夫怒气冲冲地说,“我无法理解什么是真理,依我看,世界上根本不存在什么真理,也就是说,虽有其名却无其实。”

“哎呀呀!”达丽娅·米哈依洛芙娜大声嚷道,“您说这话怎么不嫌害臊!真是作孽啊!没有真理?那活在世界上还有什么意思呢?”

“我认为,达丽娅·米哈依洛芙娜,”比加索夫忿忿然说,“对您来说,没有真理总比没有您那位做得一手好肉冻的厨子斯捷潘日子更好过些!请问您要真理干什么?总不能用真理做压发帽吧!”

“玩笑不等于反驳,”达丽娅·米哈依洛芙娜说,“尤其是玩笑变成诽谤的时候……”

“我不知道真理究竟是什么模样,但是我看真话却是刺耳的。”比加索夫嘟哝着气呼呼走到一边去了。

而罗亭便谈起了自尊心,他谈得头头是道。他想证明,没有自尊心的人是渺小的,自尊心是可以用来掀翻地球的阿基米德杠杆,然而只有那种像善于驾驭坐骑的骑手那样善于驾驭自尊心的人,只有那种为了共同利益而牺牲自己的人,才有资格称为人……

“自私就等于自杀。”他结束道,“自私的人就像一棵孤零零的、不结果实的树,会慢慢枯萎的;但是自尊心,作为一种追求完美的巨大动力,却是一切丰功伟业的源泉……人必须克服自己身上根深蒂固的私心,让个性获得充分发展的权利!”

“能不能借用一下您的笔?”比加索夫转身问巴西斯托夫。

巴西斯托夫没有立即明白比加索夫的用意。“您要铅笔干什么?”他终于问道。

“我想把罗亭最后一句话记下来。不然恐怕会忘掉的。您得承认,这样精采的句子等于往垃圾堆上罩了一顶漂亮的大帽子。”

“有些东西是不兴讽刺挖苦的,阿夫里康·谢苗内奇!”巴西斯托夫激动地说,然后转过身去，不再理睬比加索夫。

这时候罗亭走到娜塔里娅跟前。她站起来，脸上露出惊慌。

坐在她身边的沃伦采夫也站了起来。“我看到这儿有架钢琴。”罗亭温和而亲切地说，那风度犹如一位出巡的王子。“是您弹的吗？”

“是的，是我弹的。”娜塔里娅说。“不过弹得不好。这位康斯坦丁·季奥米德奇先生弹得比我好多了。”

潘达列夫斯基昂起头，咧开嘴笑。

“您可不能这么说，娜塔里娅·阿历克赛耶芙娜，您弹得一点儿也不比我差。”

“您熟悉舒伯特的《森林之王》[1]吗？”罗亭问。

“他熟悉，熟悉！”达丽娅·米哈依洛芙娜抢着回答，“您坐下来弹吧，康斯坦丁……您也爱好音乐吗，德米特里·尼克拉耶维奇？”

罗亭只是微微点了点头，用手捋了捋头发，似乎在作欣赏前的准备……潘达列夫斯基开始演奏。

娜塔里娅站到钢琴旁边，面对着罗亭。随着第一个音符，罗亭的脸上立即露出了美妙的表情。那双深蓝色的眼睛徐徐转动，不时把目光停留在娜塔里娅身上。潘达列夫斯基结束演奏。

罗亭默默无语地走到敞开着的窗前。温馨的暮色犹如轻纱般笼罩着花园，附近的树丛散发出一阵阵醉人的芳香。星星在夜空中轻轻闪烁。夏天的夜晚温柔宜人。罗亭凝望着黑魆魆的花园，过了一会儿才转回身。

“这音乐，这夜色，”罗亭说，“令我想起了在德国留学的岁月；我们的一次次聚会，一支支小夜曲……”

“您去过德国吗？”达丽娅·米哈依洛芙娜问。

“我在海登堡住了一年，在柏林也住了将近一年。”

“您也穿大学生制服吗？听说那儿大学生的衣着与众不同。”

“在海登堡我脚上穿带马刺的长筒靴，上身穿系皮带的轻骑兵短上衣，头发长得一直披到肩膀……柏林的大学生衣着却和普通人一样。”

“请给我们谈谈您的留学生涯吧。”亚历山德拉·巴甫洛芙娜说。

于是罗亭谈起了那一段生活。他谈得不太精彩。他不善于绘声绘色地描述，也不会逗人发笑。不过，罗亭很快从国外的经历转到了一般的议论。他谈到了教育和科学的作用，谈到了大学和一般的大学生活。他用粗犷而大胆的线条勾勒出一幅巨

---

① 原文为德文。

画。大家聚精会神地听着。他娓娓而谈，引人入胜，但不那么明白晓畅……然而，正是这种模糊才使他的长篇大论具有一种特殊的魅力。

过于丰富的思想妨碍了罗亭用确切而周密的语言表达自己的意思。形象一个接着一个，比喻层出不穷，时而大胆得令人瞠目结舌，时而又贴切得令人拍案叫绝。他兴之所至，恣意发挥，充满了激情和灵感，绝无空谈家的自鸣得意和矫揉造作。他并没有挖空心思地寻找词汇；词汇自己会驯服地、自然而然地流到他的嘴里，每一个词语似乎都是直接从灵魂深处直接喷发出来，燃烧着信念的火焰。罗亭几乎掌握着最高的秘密——说话的高超艺术，他知道怎样在拨动一根心弦的同时，迫使其他的心弦一起颤动、轰鸣。有的听众或许不明白他说的确切含义，但是他们也会心潮澎湃，他们面前一道道无形的帷幕徐徐升起，展现出光辉灿烂的前景。

罗亭的所有思想似乎都向着未来，这就赋予它们一股冲动和朝气……他站在窗前，目光并不特别专注于某人，只顾自己滔滔不绝地说着——由于受到普遍的同情和关注的鼓舞，由于几位年轻女性的在场，由于美好的夜色，由于源源不断的感受的吸引，他已经登上了雄辩的高峰，达到了诗意的极致……他的声音细腻而温柔，这又平添了几分魅力，好像是神祇在借助他的嘴说话……罗亭在论述短暂的人生为何具有永恒的意义。

"我记得有个斯堪的纳维亚的传说，"他这样结束道，"一位皇帝和他的武士们围着火堆坐在一间黑暗狭长的茅屋里，事情发生在一天夜里，在冬天。忽然，有一只小鸟从敞开着的门里飞了进来。又从另一扇门飞了出去。皇帝说，这鸟儿就像人在世界上一样，从黑暗中飞来，又向黑暗中飞去，它在温暖和光明中待的时间不长……'陛下，'年纪最大的一名武士说，'鸟儿在黑暗中也不会迷失方向，它总能找到自己的归宿……'是的，我们的生命短暂而渺小，但是一切伟大的事业都是由人来实现的。人应该意识到自己是完成这些伟业的工具，以此取代人生的其他乐趣。这样他就能在死亡中发现自己的生命，找到自己的归宿……"

罗亭不再说下去，脸上无意间流露出的腼腆的笑容，垂下了眼睛。

"您真是位诗人！"[①]达丽娅·米哈依洛芙娜轻轻地说。

所有人都打心底里同意她的看法——所有人，但不包括比加索夫。他不等罗亭结束长篇大论，便悄悄拿起帽子走到门口，咬着站在那儿的潘达列夫斯基的耳朵说了一句：

"哼！我才不当傻瓜呢！"

---

① 原文为法文。

不过谁也没有挽留他，谁也没有注意到他的离去。

仆人端上晚餐。半个小时之后，客人们都纷纷回家。达丽娅·米哈依洛芙娜硬把罗亭留下来过夜。在和弟弟坐车回家的途中，亚历山德拉·巴甫洛芙娜对罗亭非凡的智慧赞不绝口。沃伦采夫也同意她的意见，不过他认为罗亭的话有时候未免有点捉摸不透……"也就是不那么明白易懂。"他补上了这么一句，显然是要为自己的想法作一点解释。可是他的脸色阴沉，因此他那盯着车厢一个角落的目光显得更加忧伤了。

潘达列夫斯基解下丝绣背带准备就寝的时候自言自语道："真是个机灵鬼！"——突然又恶狠狠地瞪了自己的仆人一眼，命令他出去。巴西斯托夫彻夜未睡，又没有脱衣服，直到天亮还在给莫斯科的一位朋友写信；而娜塔里娅尽管脱了衣服躺在床上，但没有丝毫睡意，连眼睛都没合过。她手枕着脑袋，眼望着黑暗；她的脉搏在狂跳，一声声长叹使她的胸脯时起时伏。

4

第二天早晨罗亭刚穿好衣服，达丽娅·米哈依洛芙娜已经派人来请他到她书房共饮早茶了。罗亭走进书房的时候只见她一个人在那儿。她亲热地跟他道早安，问他夜里睡得可好，亲自为他斟茶，甚至问他茶里的糖够不够，还请他抽烟，再三表示相见恨晚。罗亭本来想在离她稍远点的位置坐下，可达丽娅·米哈依洛芙娜指定要他坐到她软椅旁边的小沙发上，还凑过去问起他的家世、他的计划和志向。达丽娅·米哈依洛芙娜说话的口气十分随便，听他的回答也漫不经心；但罗亭心里明白，她是在向他献殷勤，几乎是在奉承他。她安排这次早晨的见面和她按照列卡米埃夫人[1]式样打扮得那样雅致，看来都不是没有原因的！但是达丽娅·米哈依洛芙娜很快就不再问这问那，她开始谈自己，谈她的少女时代，谈她认识的各类人物。罗亭同情地听着她絮絮叨叨的介绍，但是一说来也真奇怪…不论达丽娅·米哈依洛芙娜谈到什么人，占据首位的总是她自己，而其他人的面目则渐渐模糊起来以至完全消失。这样，罗亭就详细知道了达丽娅·米哈依洛芙娜对某某显贵说过什么话，对某某著名诗人产生过什么影响，按照达丽娅·米哈依洛芙娜所说的那些话来看，可以认为，最近二十年来的所有杰出人物都想一睹她的风采，博得她的好感。谈起这些名人的时候她口气平淡，并无特别的兴奋和赞扬，好像他们都是她的自己人，有几位还被她称为怪物。结果，他们的名字排列成一圈华丽的边饰，烘托出中间一颗璀璨夺目的明珠——达丽娅·米哈依洛芙娜……

罗亭静静地听着这位女人的自我吹嘘，不时抽一口烟，偶尔也插上一两句。他善于说话也喜欢说话；虽然他并不擅长跟别人对谈，但善于倾听对方。任何人，只要开始没有被他吓住，都会信赖地向他吐露自己的心声；他以极大的兴趣和赞赏的态度关

[1] 列卡米埃夫人(1777—1849)，法国拿破仑时代的著名贵妇人。

注着对方谈话的来龙去脉。他很宽容，这是一种特殊的，那些自以为高明的人所固有的宽容，但是在争论的时候，他很少容许论敌把话说完，往往用自己热情奔放、一泻千里的雄辩把对方压倒。

达丽娅·米哈依洛芙娜平时说俄语。她竭力炫耀自己精通母语，但又常常夹杂些高卢成语和法国词汇。她故意使用一些简单的民间词语，但并不都很贴切。罗亭听着达丽娅·米哈依洛芙娜的南腔北调并不感到别扭，他也未必具备这种辨别能力。

达丽娅·米哈依洛芙娜终于说得累了，她把脑袋靠到椅背上，眼睛看着罗亭，不再说话。

“现在我明白了，”罗亭慢条斯理地说，“我明白了您为什么每年夏天都要到乡间来。这样的休息对您是必不可少的；在京城住了一段时间以后，乡间的宁静可以使您恢复精神，增进健康。我坚信：对大自然的美妙，您是应该有深切体验的。”

达丽娅·米哈依洛芙娜瞟了罗亭一眼。

“大自然……是啊……是啊，当然……我非常非常喜欢大自然；不过您知道，德米特里·尼古拉耶维奇，在乡间也不能没有交往啊！而这里又几乎没有可以交往的人。比加索夫算是最聪明的人了。”

“就是昨天那个怒气冲冲的老头儿？”罗亭问。

“是的，就是他。不过么，这样的人在乡间也有用处——至少可以逗大家笑笑。”

“这个人不笨，”罗亭说，“可是他走到了邪路上。我不知道您是否同意我的意见，达丽娅·米哈依洛芙娜，我认为，否定——全面而彻底的否定——是没有好处的。您只要否定一切，那就很容易捞个聪明人的名声；这种把戏人人会变。老实人还会很快得出结论：您比被否定的那个人高明。而这往往是不对的。首先，任何事物都能找到缺陷，其次，即使您说得有道理，也只会更糟糕；您的才智只用于否定，就会渐渐贫乏、枯萎。您在满足自尊心的同时，也就失去了观察的真正乐趣；生活——生活的本质——也会从您狭隘偏激的目光中溜走，结果您只能成为愤世嫉俗的人，充当人们的笑料。谁拥有一颗爱心，谁才有否定和指责的权利。”

“这样一来，比加索夫先生就算完了。”[①]达丽娅·米哈依洛芙娜说，“您真是个知人论世的大师啊！但是比加索夫大概是无法理解您的。他只爱他自己。”

“他责骂自己，也仅仅是为了赢得责骂别人的权利。”罗亭接着说。

达丽娅·米哈依洛芙娜笑了起来。

“这就叫做……俗话怎么说的……嫁祸于人。顺便问一句，您认为男爵怎

---

① 原文为法文。

么样?”

“男爵吗?他是个好人,心地善良,知识广博……不过他没有个性……他一辈子也只能当半个学者,半个上流社会的人,也就是半瓶子醋,说白了,也就是一无所长……真可惜!”

“我也这样认为,”达丽娅·米哈依洛芙娜说,“我看过他的论文。咱们私下说说……文章缺乏深度。[1]”

“您这儿还有些什么人?”罗亭沉默片刻后问。

达丽娅·米哈依洛芙娜用小手指弹去了香烟的烟灰。

“几乎没有别的人了。亚历山德拉·巴甫洛芙娜·李比娜,就是昨天您见到的那位,她很可爱,不过也只是可爱罢了。她的弟弟也是个很好的人,很正派的人[2]。加林公爵您认识。就这么几个。还有两三位邻居,那更不值一提了:他们不是自命不凡,就是畏首畏尾,或者大大咧咧。至于教养有素的太太,您是知道的,我一个也没有见过。还有一位邻居,听说他受过教育,甚至很有学问,可是脾气十分古怪,是个幻想家。亚历山德拉[3]认识他,好像对他还不无好感……德米特里·尼古拉耶奇,您一定要跟她认识一下。她是个可爱的女人,只是在修养方面还有待提高,无论如何要提高她的修养。”

“她是很讨人喜欢的。”罗亭说。

“她完全像个孩子,德米特里·尼古拉耶奇,名副其实的孩子。她结过婚,不过这没关系[4]。假如我是男人,我就喜欢这样的女人。”

“真的吗?”

“肯定如此,这样的女人至少富有朝气,而朝气是装不出来的。”

“别的就能装出来吗?”罗亭朗声笑了起来。这样的笑声在他是十分难得的。他笑的时候脸上会出现老年人的表情,眼睛眯着,鼻子皱着……”

“您说的那个脾气古怪、李比娜太太对他抱有好感的人,究竟是谁啊?”他问。

“列日涅夫,米哈依洛·米哈雷奇,本地的一位地主。”

罗亭惊讶地抬起头。

“列日涅夫,米哈依洛·米哈雷奇?难道他是您的邻居?”

“是的,您认识他?”

---

① 原文为法文。
② 原文为法文。
③ 原文为法文。
④ 原文为法文。

“我早就认识他……那是很久很久以前了。他好像很有钱,是吗?”他补充了一句,用手抚摸着椅子的边饰。

“是啊,很有钱,尽管穿得很寒酸,像管家那样坐一辆竞赛马车。我曾经想请他到我家来;据说他很聪明;我还有事情要找他呢……您知道,我亲自掌管自己的田产。”

罗亭低下了头。

“是的,我亲自掌管。”达丽娅·米哈依洛芙娜继续说道,“我不想采用任何外国的新花样,我恪守我们俄罗斯的老办法,但是,您看,我的情况好像还不错呢!”说着她摊开手指了指四周。

“我始终坚信,”罗亭彬彬有礼地说,“那些否认妇女有实际办事能力的人是极不公正的。”

达丽娅·米哈依洛芙娜粲然一笑。

“您很宽容,”她说,“刚才我想说什么来着?我们说到哪儿啦?噢,对了!说到列日涅夫。我跟他的地界还有待划定。我已经几次请他来我家商量,今天还等他来呢,可是天知道是怎么回事,他就是不来……真是个怪人!”

门帘轻启,一名高个子、白头发、秃顶的仆人走进来,他身穿黑色常礼服和白坎肩,系着白领带。

“你有什么事?”达丽娅·米哈依洛芙娜问,然后又微微转过身,对罗亭低声说:“他很像康宁[①],是吗?”

“米哈依洛·米哈雷奇·列日涅夫先生来了。”仆人报告说,“您见他吗?”

“啊,我的天哪!”达丽娅·米哈依洛芙娜惊叫道,“刚说到他,他就来了。请他进来。”仆人退下。

“这怪人终于来了,可他来得不是时候,把我们的谈话给打断了。”

罗亭从座位上站起来,达丽娅·米哈依洛芙娜制止他。

“您要上哪儿?我们可以当您的面谈。我希望你也能对他作出评判,就像对比加索夫那样。您的话一针见血[②]。您别走。”

罗亭本想说些什么,可是想了想,终于留下了。

各位读者已经认识的米哈依洛·米哈雷奇走进书房。他身上穿的还是那件灰色大衣,被太阳晒黑的手里依然拿着那顶帽子,他镇定自若地向达丽娅·米哈依洛芙娜鞠了个躬,走到茶几前面。

---

① 康宁(1770—1827),英国政治家。

② 原文为法文。

“您终于大驾光临了，列日涅夫先生！”达丽娅·米哈依洛芙娜说，“请坐，我听说你们两位早已认识。”她说着指指罗亭。

列日涅夫瞥了罗亭一眼，脸上露出一丝奇怪的笑容。

“我认识罗亭先生。”他说着微微鞠了个躬。

“我们是大学的同学。”罗亭悄声说道，垂下了眼睛。

“后来我们也见过面。”列日涅夫冷冷地说。

达丽娅·米哈依洛芙娜略带惊讶地看了看他们，然后请列日涅夫坐下。列日涅夫坐下来。“您找我是为了划定地界的事吗？”他问。

“是的，是为了地界的事，不过我本来就很想跟您见面的。我们是近邻，近邻胜于远亲嘛！”

“非常感谢您！”列日涅夫说，“至于地界的事么，我和您的管家已经谈妥了，他的所有提议我都同意。”

“这我知道。”

“不过他告诉我，在跟您面谈之前，您不会在协议上签字。”

“是的，这是我的规矩。顺便请问，您的农民都是交代役租的吗？”

“是的。”

“您也亲自为划地界的事忙碌吗？令人钦佩。”

列日涅夫沉默了片刻。

“您看，我这不是亲自来跟您面谈了吗。”他说。

达丽娅·米哈依洛芙娜冷冷一笑。

“这我知道，不过您说话的口气……您也许很不愿意到我这儿来。”

“我哪儿也不愿去。”列日涅夫懒洋洋地说。

“哪儿也不愿去？您不是常到亚历山德拉·巴甫洛芙娜那儿去吗？”

“我跟她的弟弟是老朋友。”

“她的弟弟！不过么，话又说回来，我从未勉强过任何人……请原谅，米哈依洛·米哈雷奇，论年龄，我比您大，因此可以数落您几句：您何苦像一头孤狼似的离群索居呢？您真的不喜欢我这幢房子，不喜欢我？”

“我不了解您，达丽娅·米哈依洛芙娜，因此喜欢不喜欢也无从谈起，您的宅邸很漂亮；不过我得向您承认，我不喜欢受拘束，我连一件像样的常礼服也没有，也没有一双手套，再说我也不属于你们那个圈子。”

“论出身，论教养，您就属于这个圈子，米哈依洛·米哈雷奇！您是我们圈子里的人[①]。”

“别提出身和教养，达丽娅·米哈依洛芙娜！问题不在这里。”

“一个人总得跟大家交往啊，米哈依洛·米哈雷奇！像狄奥基尼斯[②]那样坐在木桶里有什么意思呢？”

“第一，他待在里面非常舒服；第二，您怎么知道我不跟别人交往呢？”

达丽娅·米哈依洛芙娜咬了咬嘴唇。

“那是另一回事！您交往的那个圈子我不敢高攀，对此我只能表示遗憾。”

“列日涅夫先生，”罗亭插嘴说，“您似乎夸大了那种值得大加赞扬的感情——爱自由的感情。”

列日涅夫什么也没有回答，只是朝罗亭看了一眼。出现了冷场。

“就这样吧，夫人，”列日涅夫说着就站起身来，“我可以认为我们的事情已经了结，并且可以告诉您的管家，让他把协议书送到我家去。”

“可以……不过说句老实话，您对我这样不友好……我本来可以拒绝您。”

“可是这次划定地界，您可以得到比我更多的好处。”

达丽娅·米哈依洛芙娜耸了耸肩膀。

“您不想在我这儿用早餐吗？”她问。

“感谢您的好意：我从来不用早餐。再说我要赶回去。”

达丽娅·米哈依洛芙娜站起身。

“那我就不留您了，”她说着走近窗口，“我也不敢留您！”

列日涅夫开始告辞。

“再见，列日涅夫先生！对不起，麻烦您了。”

“没关系。”列日涅夫说着走了出去。

“怎么样？”达丽娅·米哈依洛芙娜问罗亭。“我早就听说他是个怪人，可这样也未免太过分了。”

“他跟比加索夫患的都是同一种毛病。”罗亭说。“他们都想标新立异，比加索夫装成靡菲斯特[③]，而他则装成犬儒主义者。这中间有很多利己的因素、自负的因素，但是缺少真诚，缺乏爱心。这也是一种特殊的策略，往自己脸上戴一副冷漠和懒散的面

---

① 原文为法文。

② 狄奥基尼斯（公元前412—前323），希腊哲学家，传说他住在木桶里。

③ 《浮士德》中的恶魔。

具，说不定人家还以为他的许多才能都被埋没了呢！可是再仔细一瞧，什么才能也没有。”

“这是第二次了！”[1]达丽娅·米哈依洛芙娜说，“您分析别人真是入木三分。在您面前谁也无法掩饰自己。”

“您是这样认为的吗？”罗亭说，“不过嘛，”他继续道，“其实我不应该谈论列日涅夫，以前我喜欢过他，像朋友那样喜欢过他……可是后来，由于种种误会……”

“你们吵翻了？”

“没有，但是我们分手了，好像是永远分手了。”

“怪不得我发现，他在场的时候，您一直不大自在……但是今天早晨我受益匪浅，非常感谢，我非常愉快地度过了这段时光。不过咱们的谈话也该结束了。早餐之前我就不再打扰您了，我自己也有事情要处理。我的秘书，您见过的那个康斯坦丁，他就是我的秘书[2]，说不定已经在等我了。我向您介绍一下，他是个十分出色、殷勤、周到的年轻人，对您佩服得五体投地。再见，亲爱的德米特里·尼古拉耶维奇！我万分感谢男爵，是他使我认识了您！”

达丽娅·米哈依洛芙娜把手伸给罗亭。他先是握了一下，接着又拉过来吻了吻，然后走进客厅，又从客厅走到露台。在露台上他遇见了娜塔里娅。

---

① 原文为法文。

② 原文为法文。

5

达丽娅·米哈依洛芙娜的女儿，娜塔里娅·阿历克赛耶芙娜，初看并不讨人喜欢。她尚未发育成熟，又瘦又黑，腰背有点伛偻。可是她面貌美丽端正，虽然对于十七岁的少女来说不够小巧，尤其漂亮的是在那两条清秀的、中间分开的细眉上面，配上了一个平整光洁的额头。她很少说话，只是仔细地几乎是全神贯注地倾听和观察别人，那神情似乎想把一切都弄个明白。她往往垂着双手，一动不动地在那儿沉思默想；这时候她内心的紧张活动便在脸上反映出来……她的嘴边突然会浮起一丝难以觉察的微笑，转眼间这微笑又消失了；接着缓缓抬起那双又大又黑的眼睛……"您怎么啦？"[①]邦库尔小姐会这样问她，并责怪地说：这样沉思默想，心不在焉，有失小姐身份。不过娜塔里娅并不是一个心不在焉的女孩，恰恰相反，她学习勤奋，喜欢看书和工作。她的感情深沉而强烈，但并不外露，即使在童年时代她也很少流泪，如今连唉声叹气也难得听到了，遇到生气的时候也只是脸色微微发白而已。母亲认为她脾气随和，通情达理，戏称她是"我的老好人"。不过她对女儿的能力评价并不很高。"幸好我的娜塔莎很冷静，"她经常这样说，"不像我……这样更好。她会幸福的。"达丽娅·米哈依洛芙娜想错了。不过话又说回来，天下做母亲的又有谁真正了解自己的女儿呢！

娜塔里娅尽管爱达丽娅·米哈依洛芙娜，但是并不完全信赖她。

"您没有必要瞒着我，"有一次达丽娅·米哈依洛芙娜说，"不然你会把什么都藏在心里：你就要自作主张了……"

娜塔里娅看了母亲一眼，心想："为什么不能有自己的主见呢？"

罗亭在露台上遇见她的时候，她正要和邦库尔小姐一起回房间去，以便戴了凉帽

---

① 原文为法文。

到花园里去散步。她早晨的功课已经结束。娜塔里娅早已不像小女孩那样受到严格管束，邦库尔小姐也不再给她上神话和地理课。但娜塔里娅必须每天早晨阅读历史著作、游记和有教益的书籍——由邦库尔小姐陪着。这些书籍都经过达丽娅·米哈依洛芙娜精心挑选。她似乎遵循着一套独特的体系。事实上，她仅仅把一位法国书商从彼得堡寄给她的所有书籍转手交给女儿罢了，当然不包括小仲马和康普的小说。这些小说达丽娅·米哈依洛芙娜都留着自己看。娜塔里娅阅读历史著作的时候，邦库尔小姐特别严厉，特别不满地透过眼镜盯着她。根据这位年迈的法国女人的理解，整个历史充满种种无法容忍的东西，虽然古代的伟人中间她只知道康比西斯[①]，而现代的伟人中间仅仅知道路易十四和她深恶痛绝的拿破仑。娜塔里娅还阅读邦库尔小姐根本不知其存在的其他书籍，她能背诵普希金的全部诗作……

娜塔里娅一见罗亭，脸就微微红了。

“你们去散步吗？”他问她。

“是的。我们到花园里去。”

“可以跟你们一起去吗？”

娜塔里娅朝邦库尔小姐看了一眼。

“当然可以，先生，很高兴[②]。”老姑娘赶忙说。

罗亭拿起帽子，跟她们一起走了。

与罗亭并肩走在一条小路上，娜塔里娅起初感到有点别扭，过了一会儿也就觉得自然多了。他详细问了她的功课，问她喜欢不喜欢乡下。她的回答多少有点胆怯，但绝没有那种故意装出来，又往往被视为羞涩的慌张和腼腆。她的心在怦怦直跳。

“您在乡下不感到寂寞吗？”罗亭斜睨着问她。

“在乡下怎么会寂寞呢？我为住在这里而感到高兴，我在这儿很幸福。”

“您幸福……这可是个崇高的字眼。不过么，这也可以理解，您还年轻嘛。”

罗亭说最后一句话的口气有点异样，不知道他是羡慕还是怜悯娜塔里娅。

“是啊！青春！”他补充说，“科学的全部目的就在于有意识地探索大自然无偿赋于青春的全部奥秘。”

娜塔里娅注意地看了罗亭一眼：她不明白他的话。

“今天早晨我一直在跟您妈妈谈话，”他继续说道，“她是个非凡的女性，我明白了为什么我们那些诗人都珍惜她的友谊。您喜欢诗歌吗？”他沉默了片刻问她。

---

① 古代波斯国王。

② 原文为法文。

"他这是在考我呢。"娜塔里娅想，于是说道："是的，我很喜欢。"

"诗是神圣的语言。我自己也喜欢诗。不过诗不存在于诗句之中；诗无处不在，我们周围都是诗……您看这些树，这天空——到处都洋溢着美和生命的气息。凡是有美和生命的地方便有诗。"

"我们坐下吧，就在这长椅上。"他接着说道，"对，就这样。不知为什么，我觉得等您熟悉我以后（他微笑着看了看她的脸），我们会成为朋友的。您说呢？"

"他对待我就像对待一个小孩。"娜塔里娅脑海中又掠过这个想法，她不知说什么好，于是问他是否打算在乡下长住。

"住一个夏天，一个秋天，说不定冬天也在这儿过。您知道，我很不富裕。我的事情一团糟，再说我对四处漂泊已经厌倦。该喘口气了。"

娜塔里娅十分惊讶。

"难道您认为应该休息了吗？"她怯生生地问。

罗亭把脸转向娜塔里娅。

"您这话是什么意思？"

"我是想说，"她有点不好意思地说，"别人可以休息，而您……您应该工作，努力成为有用的人。除了您，又有谁能……"

"谢谢您的恭维，"罗亭打断她，"做一个有用的人……谈何容易！（他用手抹了抹脸）做个有用的人。"他重复了一句。"即使我有坚定的信念，我如何做一个有用的人呢？即使我相信自己的力量，可哪儿能找到真诚而富有同情的心灵呢？……"

罗亭绝望地挥了挥手，伤心地垂下了脑袋。娜塔里娅不由得问自己："昨天晚上我听到的那些热情洋溢、充满希望的话，真的出自此人之口吗？"

"当然，事情并非如此。"他突然甩了甩自己一头狮子般的浓发，补充道，"这些都是废话，您说得对。谢谢您，娜塔里娅·阿历克赛耶芙娜，衷心地感谢您。（娜塔里娅根本不理解他为什么要感谢她。）您一句话就使我想起了我的义务，为我指明了道路……是的，我应该行动。我不该埋没自己的才能，如果我真有才能的话。我不该尽说空话，把自己的精力浪费在毫无用处的空话上……"

他的话犹如流水般滔滔不绝。他说得娓娓动听，热情洋溢，令人信服——他谈到懦弱懒散的可耻，谈到行动的必要。他不停地责备自己，反复证明在着手做某件事情之前谈论其利弊得失是有害的，就好比用一枚针去刺破正在成熟的果实，只是白白浪费精力和果汁而已。他断言，凡是崇高的思想必定能赢得普遍的同情，只有那些不知道自己究竟需要什么或者不值得别人理解的人，才无法被人理解。他谈了很多，临结束时再一次向娜塔里娅·阿历克赛耶芙娜表示感谢，并且出乎意料地紧紧握住了她的手说:“您的心灵非常美好,非常高尚!”

这一大胆的举动使邦库尔小姐深感意外。她虽然在俄国呆了四十年,听俄国话依然很吃力,因此她对罗亭口若悬河,娓娓动听的口才只能感到惊讶。不过,在她眼里,罗亭似乎是个技艺高超的歌手或者演员之类的人物;对于这种人,按她的理解,是不能用一般的礼节要求他们的。

她站起身,匆匆地整理了一下衣服,便对娜塔里娅说,该回家了。再说,沃伶采夫(她这样称呼沃伦采夫)今天要来吃早饭呢。

“瞧,他来了!”她朝通往大楼的一条林阴道上瞥了一眼说。

果然,沃伦采夫在不远处出现了。

他迟疑不决地走过来,从远处向大家点头致意,面带病容地对娜塔里娅说:

“啊! 您在散步吗?”

“是的,”娜塔里娅回答,“我们要回去了。”

“噢!”沃伦采夫说,“那好,我们一起走吧。”

于是大家向楼房走去。

“您姐姐好吗?”罗亭问沃伦采夫,口气特别亲热。昨天晚上他就对沃伦采夫特别亲热了。

“非常感谢,她很好,她今天也许会来的……我刚才走过来的时候你们好像在谈论什么吧?”

“是的,我在跟娜塔里娅·阿历克赛耶芙娜交谈,她说了一句使我大为感动的话……”沃伦采夫没有追问那是句什么话。于是大家默不做声地回到了达丽娅·米哈依洛芙娜的家里。

午饭前,大家又组成了沙龙,不过比加索夫没有来。罗亭情绪并不很高,他硬要潘达列夫斯基演奏贝多芬的作品。沃伦采夫沉默不语,眼睛望着地板。娜塔里娅坐在母亲身边始终没有离开过,她时而陷入沉思,时而又拿起针来绣花。巴西斯托夫目不转睛地望着罗亭,一直在期待着他发表什么宏论。就在这种相当沉闷的气氛中,两三个小时过去了。亚历山德拉·巴甫洛芙娜没有来吃饭,而沃伦采夫呢——大家刚从餐桌旁站起来,他便立即吩咐套上马车,也不跟任何人告辞,就悄悄地走了。

他内心很痛苦。他早就爱上了娜塔里娅,并一直打算向她求婚……她对他也有好感……不过她那颗芳心依然平静,这一点他看得很清楚。他并不指望能激起她更多的柔情,只是期待着有朝一日她会完全习惯他,亲近他。那么,究竟是什么东西令他忧虑不安呢? 这两天来他发现了什么变化呢? 娜塔里娅对他的态度可是跟以前完全一样呀……

是不是他想到自己也许根本不了解她的脾气，他们两人之间比他想象的还要格格不入呢？还是嫉妒在他身上作祟？或者是他隐隐约约地产生了某种不祥的预感？……总之，他非常苦恼，虽然他在尽量安慰自己。

他走过姐姐房间的时候，列日涅夫正坐在那儿。

“你这么早就回来了？”亚历山德拉·巴甫洛芙娜问。

“没什么！太无聊了。”

“罗亭在那儿吗？”

“在。”

沃伦采夫把帽子一扔便坐下了。

亚历山德拉·巴甫洛芙娜敏捷地转过身对他说：

“谢尔盖，请您帮我说服这个固执的人（她指了指列日涅夫），让他相信罗亭确实非常聪明，口才极好。”

沃伦采夫嘟哝了一句什么。

“我一点也不想跟您争论，”列日涅夫开腔说，“我并不怀疑罗亭先生的聪明和口才，我只是说，我不喜欢他。”

“难道你见过他？”沃伦采夫问。

“是的，今天早晨在达丽娅·米哈依洛芙娜那儿，如今他俨然成了她家的首席大臣。总有一天她也会跟他分手的——只有潘达列夫斯基才是她永不分手的人——不过眼下罗亭还是主宰。我见过他，怎么会没见过呢！他坐在那儿，女主人向他介绍我的情况：请看，先生，我们这儿就有这样的怪人。我又不是养马场的一匹马，我没有被人牵出来展览的习惯，我一气之下便马上离开了。”

“你到她那儿去干什么？”

“为划分地界的事，不过这只是借口罢了：她想看看我这副嘴脸，女人的那份心思谁不知道？”

“他的优越感使您觉得受到了侮辱——原来是这么回事啊！”亚历山德拉·巴甫洛芙娜兴致勃勃地说。“怪不得您对他耿耿于怀。我坚信，他不仅聪明过人，他的心灵也肯定非常高尚，您只要看看他那双眼睛，如果……”

“如果他侈谈高尚的诚实……”①列日涅夫接着话茬说。

“您再惹我生气，我可要哭了。我真后悔没有到达丽娅·米哈依洛芙娜那儿去，

---

① 语出格里鲍耶陀夫的喜剧《智慧的痛苦》。

反而留下来陪您。我不值得为您这样做。别再惹我了。"她可怜巴巴地说,"您还是给我谈谈他的青年时代吧。"

"谈谈罗亭的青年时代?"

"是的,您不是跟我说过,您十分了解他,早就跟他认识了吗?"

列日涅夫站起来在房间里踱了一圈。

"是的,"他开始说道,"我非常了解他。您要我跟您谈谈他的青年时代吗?那我就遵命了。他出生在T省的一个破落地主家庭,出生不久父亲便死了,只留下孤儿寡母,他母亲极其善良,对他百般宠爱,自己只吃燕麦粉,把仅有的钱都花在他身上。他到莫斯科求学,起初靠一位叔叔资助,等到他长大了,羽毛丰满了,就靠一位富裕的公爵接济,因为他们臭味相投……请原谅,我不再……因为他们成了朋友。后来他进了大学。在大学里我认识了他,并且成了亲密的朋友。关于我们当时的生活,我以后再跟您谈,现在我不想说。后来他就出国了……"

列日涅夫继续在房间里踱步,亚历山德拉·巴甫洛芙娜的目光追随着他。

"在国外,"他继续说道,"他难得给母亲写信,总共回来看过她一次,住了十来天……老人临终的时候儿子也不在身边,由别人陪着,不过直到咽气她都一直盯着儿子的画像。我住在T省期间曾去看望过她几次,这女人心真好,极其好客,一直用樱桃酱招待我。她爱自己的米嘉爱得发疯。毕巧林[①]派的先生们会对您说,我们始终爱那些自身缺乏爱心的人。而我却认为,天下的母亲都爱自己的孩子,尤其是远游在外的孩子。后来我在国外遇到了罗亭,那时候一位女士跟他相好,那女士也是俄国人,学究气很重,年纪已经不轻,相貌也平平,女学究一般都是这模样……他跟她厮混了相当长一段时间,最后把那女人甩了……啊,不,我说错了:是那女人把他甩了。那时候我也把他甩了。就这些。"

列日涅夫不再说话,用手捋了捋额头,坐在沙发上,好像很疲倦的样子。

"您知道吗,米哈依洛·米哈雷奇,"亚历山德拉·巴甫洛芙娜说,"我看您这个人很恶劣;真的,您比比加索夫好不了多少。我相信您说的一切都是真话,没有半句假话。不过这一切都被您抹上了一层令人厌恶的色彩!那可怜的老母亲,她的一片拳拳之心,她孤独的死亡,那位女士……何必要说这些呢?……您知道吗,即使是最杰出的人,也可以用这样的色彩来描绘他的一生——请注意,用不着再增加什么内容——那么谁听了都会害怕的!要知道这也是一种诽谤!"

列日涅夫站起来又绕着房间踱了一圈。

---

① 俄国诗人莱蒙托夫的小说《当代英雄》中的主人公。

“我根本不想让您害怕，亚历山德拉·巴甫洛芙娜。”他终于说道，“我也并不是一个爱诽谤的人。不过么，”他想了想补充道，“您说的确实有点道理。我没有诽谤罗亭；不过谁知道呢！也许从那以后他已经有了变化，也许是我错怪了他。”

“啊！您看……那么请您答应我，您要恢复和他交往，更好地了解他，然后再告诉我您对他的最后结论。”

“遵命……你怎么不声不响啊，谢尔盖·巴甫雷奇？”

沃伦采夫愣了一下，抬起头，仿佛被人从睡梦中叫醒似的。

“我有什么可说的！我不了解他，再说我今天头疼。”

“今天你的脸色真的有点苍白，”亚历山德拉·巴甫洛芙娜说，“你不舒服吗？”

“我头疼。”沃伦采夫重复了一句，便走了出去。

亚历山德拉·巴甫洛芙娜和列日涅夫望着他远去的背影，互相交换了一下眼色，但是一句话也没说。沃伦采夫的心事无论是对她还是对他都不是什么秘密。

6

两个多月过去了。这期间罗亭几乎没离开过达丽娅·米哈依洛芙娜的家。她离了他没法过日子。向他诉说自己的身世,倾听他的议论,这成了她的一种需要。有一次他推说自己的钱花光了想离开,她就给了他五百卢布。他还向沃伦采夫借了二百卢布。比加索夫拜访达丽娅·米哈依洛芙娜的次数比先前少了:罗亭的存在给他造成了一种压力。当然,感到这种压力的并非比加索夫一个人。

“我不喜欢这位才子,”他经常这样说,“说话装腔作势,活脱脱是俄国小说中的英雄,一说到‘我’便洋洋得意地停顿一下……‘我怎么样,我怎么样’……尽用些拖泥带水的词语。你打个喷嚏,他会马上证明你为什么打喷嚏而不是咳嗽……他夸奖你就好像在给你升官晋爵……假如他责备自己,那就把自己骂得一文不值,你还以为他今后再也没有脸活在这个世界上呢。根本不是那回事!他反而高兴得像喝了伏特加。”

潘达列夫斯基有点怕罗亭,因此尽量小心翼翼讨好他。沃伦采夫和他之间形成了一种微妙的关系。罗亭称他为骑士,人前背后抬举他,可是沃伦采夫总也无法喜欢他。每当罗亭当面称赞他的长处时,他都会情不自禁地感到厌烦和恼怒。“莫非他在嘲笑我?”他想,于是心中升起一股敌意。沃伦采夫尽量克制自己,但因为娜塔里娅的缘故,还是免不了要妒火中烧。至于罗亭本人,虽然他每次都热情欢迎沃伦采夫,称他为骑士,还向他借钱,实际上对他未必有什么好感。很难断定他们友好地彼此握手并互相注视着对方的眼睛的时候究竟是一种什么感觉……

巴西斯托夫依然对罗亭佩服得五体投地,对他的每一句话都心领神会。罗亭却很少注意到他。有一次和他度过了一个早晨,给他分析了种种具有世界意义的重大问题和任务,使他欣喜若狂,但是后来又把他撇在一边了……显然,他所谓要寻找纯洁而忠诚的心灵,也只是口头上说说罢了。对于近来经常拜访达丽娅·米哈依洛芙娜的列日涅夫，罗亭甚至不跟他争论，似乎在回避他。列日涅夫对他也很冷淡，不过他还没有对罗亭发表结论性的意见，这使亚历山德拉·巴甫洛芙娜非常纳闷。她崇拜罗亭，但又信赖列日涅夫。达丽娅·米哈依洛芙娜家所有的人都对罗亭百依百顺，他的任何一个微小的愿望都能得到满足。每天的日程安排都取决于他，每一次游乐活动也都少不了他。不过，对于种种心血来潮的出游或者异想天开的娱乐他并不热心，参加这些活动就像成年人参加孩子们的游戏一样，带着一种略感无聊的心情。然而他又参与所有的事情：跟达丽娅·米哈依洛芙娜讨论管理田庄、教育子女、处理家务等等事务性问题；听她谈种种设想，直至琐碎的细节，他也不厌其烦；还提出各种改进的措施和新的方案。达丽娅·米哈依洛芙娜口头上对他的意见大加赞赏——不过也只是说说而已。在经营管理方面，她听从管家的意见。管家是个上了年纪的独眼小俄罗斯人，善良而狡猾的家伙。"还是老办法管用"——他经常这样说，脸上露出平静的微笑，眨巴着那只独眼。

除了达丽娅·米哈依洛芙娜，罗亭和娜塔里娅谈话的次数最多，时间最长。他偷偷地借书给她看，向她透露自己的种种计划，把自己准备撰写的文章和著作的开头几页念给她听。娜塔里娅无法理解其中的含义，不过罗亭似乎不太在乎她是否领会了他的意图，只要她听就行。他和娜塔里娅接近并不完全符合达丽娅·米哈依洛芙娜的心意。"不过么，"她想，"在乡间让他们闲扯一通也好。女孩子么，总会逗他高兴的，不会有什么大不了的事。她多少还会长点见识……到了彼得堡我会把这一切都纠正过来的……"

达丽娅·米哈依洛芙娜想错了。娜塔里娅并不像小女孩那样跟罗亭闲扯：她如饥似渴地听他说话，努力领会其中的含义，她把自己的想法，自己的疑虑说出来让他评判；他成了她的导师，她的领袖。到目前为止，热血还只在她脑袋里沸腾……可是年轻人的热血不可能长时间地在脑袋里沸腾。在花园的长椅上，在梣树的轻影下，罗亭为她朗读歌德的《浮士德》，霍夫曼①的小说，或者贝蒂娜②的《书简》，或者诺瓦里斯③的诗歌，不时停下来为她讲解疑难之处。她德语说得不好，可是能听懂，而罗亭整个身心都沉醉在德国的诗歌中，沉醉在充满浪漫情调和哲理气息的日耳曼天地中，并且把娜塔里娅带进了这个神秘的世界。这个陌生而美丽的世界渐渐展现在她的眼前，奇妙的形象，新奇而光辉的思想，犹似淙淙泉水从罗亭手里的书本上源源不断地

① 霍夫曼（1776—1822），德国小说家。

② 贝蒂娜（1785—1854），德国女作家。

③ 诺瓦里斯（1772—1801），德国诗人。

注入她的心灵；在她那被种种伟大的感情激起的崇高的喜悦所震撼的心灵中，一股欣喜若狂的神圣之火悄悄地在燃烧、蔓延……

“请问，德米特里·尼古拉耶维奇，”有一天她坐在窗口绣花的时候问他，“您是要到彼得堡去过冬吗？”

“不知道。”他说，把正在翻阅的一本书放在膝盖上，“要是能筹措到一笔钱，那我就去。”他说话无精打采，他感到疲倦，一清早起就什么事情也没有干。

“我想，您一定能搞到这笔钱。”

罗亭摇了摇头。

“那只是您的猜想！”

罗亭故意望着一旁。

娜塔里娅还想说些什么，可是没有开口。

“您看，”罗亭用手指着窗外，“您看这棵苹果树，它因为自己结的果实太多太重而折断了，这就是天才的真实写照……”

“那是因为苹果树没有支撑。”娜塔里娅说。

“我明白您的意思，娜塔里娅·阿历克赛耶芙娜，不过一个人找到这样的支撑是不容易的。”

“我觉得，他人的同情……至少，孤独……”

娜塔里娅有点语无伦次了，脸也红了。

“那冬天您在乡下打算干什么？”她赶紧问了一句。

“干什么？把那篇很长的论文写完，您知道的，就是那篇论述生活和艺术的悲剧的文章，前天我给您谈过文章的构思，将来我把文章寄给您！”

“您准备发表吗？”

“不。”

“为什么不发表？那您写了给谁看？”

“就算是给您看的吧。”

娜塔里娅垂下眼睛。

“我可不敢当，德米特里·尼古拉耶维奇！”

“请问这是什么文章？”坐在稍远处的巴西斯托夫谦恭地问。

“论述生活和艺术的悲剧。”罗亭重复了一遍，“巴西斯托夫先生也会看到这篇文章的。不过文章的基本思想我还没有考虑成熟，我到现在也还说不清楚爱情的悲剧意义。”

罗亭经常喜欢谈论爱情。起初，一听到爱情这个字眼，邦库尔小姐就会发抖，像一匹久经沙场的战马听到号角一样竖起耳朵，后来就渐渐习惯了，只是撅着嘴闻她的鼻烟。

“我觉得，”娜塔里娅怯生生地说，“不幸的爱情就是爱情的悲剧。”

“绝对不是！”罗亭说，“倒还不如说这是爱情的喜剧的一个方面……这个问题应该从另一个不同的角度提出来……应该更深入地加以发掘……爱情！”他接着说，“爱情怎样，怎样发展，怎样消失，这一切都很神秘；有时候它突然出现，像白昼那样阳光明媚，确实无疑，令人愉快；有时候像灰烬中的微火那样，长时间地发出余温，待到一切都毁灭的时候，又会在心中燃起熊熊烈焰；有时候像条蛇那样钻进你的心里；有时候又突然从心中溜走了……是的，是的，这个问题很重要。在我们这个时代，有谁在爱？又有谁敢于爱？”

罗亭陷入了沉思。

“怎么好久没有见谢尔盖·巴甫雷奇了？”他突然问道。

娜塔里娅的脸红了，赶紧低下头，望着绣花架。

“我不知道。”她轻轻地说。

“他是个多么好、多么高尚的人！”罗亭说着就站了起来，“他是真正的俄罗斯贵族的优秀典范……”

邦库尔小姐用她那双法国人特有的细小眼睛瞟了他一眼。

罗亭在房间里踱了一圈。

“您是否注意到，”说着他用脚跟猛地一转身，“橡树——橡树可是一种坚硬的树木——要等到新叶萌发以后枯叶才开始脱落？”

“是的，”娜塔里娅慢慢地回答说，“我注意到了。”

“在一颗坚强的心灵中，旧的爱情也是如此：它虽已死去，但仍旧盘踞在那儿；只有新的爱情才能将它放逐。”

娜塔里娅什么也没回答。

“这是什么意思呢？”她思忖着。

罗亭站了一会儿，然后把头发一甩便离开了。

娜塔里娅回到自己房间里。她久久地坐在自己床上发呆，她反复思考着罗亭最后那句话。突然，她紧握拳头，伤心地哭了起来。她为什么要哭呢——只有天知道！她自己也不知道眼泪为什么夺眶而出。她擦掉眼泪，但是眼泪却像一股积蓄已久的泉水又刷刷地涌了出来。就在同一天，亚历山德拉·巴甫洛芙娜和列日涅夫之间也进行了一场关于罗亭的谈话。起初他一直避而不答，但是她下定了决心，一定要问个水落石出。

“我看得出来，”她对他说，“您还是不喜欢德米特里·尼古拉耶维奇，我故意一直没有问您；可是现在您能够断定，他究竟有没有变化，我想知道您为什么不喜欢他。”

“好吧。”列日涅夫用惯有的那种懒洋洋的口气说，“既然您那么迫不及待，那我就告诉您吧。不过有言在先，我说了您别生气……”

“好，您说吧，快说吧。”

“您得让我把话说完。”

“行，行，您说吧。”

“好的，夫人……”列日涅夫慢慢地坐到沙发上，开始说道，“我承认，我确实不喜欢罗亭。他是个聪明人……”

“那当然！”

“他非常聪明，但实际上也很浅薄……”

“说别人当然容易！”

“实际上也很浅薄。”列日涅夫重复了一遍，“不过这还不是什么坏事；我们大家都很浅薄。我甚至于不想指责他骨子里是个暴君，又非常懒散，一知半解……”

亚历山德拉·巴甫洛芙娜惊讶得举起了双手。

“一知半解！罗亭！”她喊道。

“一知半解。”列日涅夫依然用不屑的口吻重复了一遍，“他喜欢靠别人养活，装腔作势，如此等等……这些还算不了什么。糟糕的是他冷若冰霜。”

“他的心灵像火焰般炽烈，您居然说他冷若冰霜！”亚历山德拉·巴甫洛芙娜打断他。“是的，他冷若冰霜，他自己也知道这一点，但是装得非常热情，最糟糕的是，”列日涅夫继续说道，他渐渐活跃起来，“他在进行一场危险的赌博，对他当然并无危险，他不下分文赌注，可是别人却把灵魂都押了上去……”

“您这是指谁？指什么？我不明白。”亚历山德拉·巴甫洛芙娜说。

“最糟糕的是此人很不老实。他是个聪明人；他应该知道自己那些话没什么价值，可是偏要说得一本正经，似乎那些话真的很有价值……毫无疑问，他很有口才，不过这不是俄国式的口才，年轻人说说漂亮话还情有可原，可在他这个年龄再用漂亮的言辞来自我陶醉和自我炫耀却是可耻的！”

“我觉得，米哈依洛·米哈雷奇，听的人并不在乎您是否在自我炫耀……”

“对不起，亚历山德拉·巴甫洛芙娜，不一样。同样一句话，从有的人嘴里说出来可以令我大为感动，可是从另一个人嘴里说出来，也许说得更漂亮，我却根本无动于衷。这是什么道理呢？”

“因为您听不进。”亚历山德拉·巴甫洛芙娜打断他。

“是的，我听不进。”列日涅夫说，“尽管我的耳朵很大。因为罗亭只是说说而已，决不会化成行动。但是他说的那些话足以搅乱并且毁灭一颗年轻的心。”

“您指的究竟是谁？是谁呀，米哈依洛·米哈雷奇？”

列日涅夫停了下来。

“您想知道我指的是谁吗？就是娜塔里娅·阿历克赛耶芙娜。”

亚历山德拉·巴甫洛芙娜怔了一下，但马上又笑了。

“算了吧。”她说，“您的想法总是那么古怪！娜塔里娅还是个孩子，再说即使真有什么，难道您以为达丽娅·米哈依洛芙娜……”

“第一，达丽娅·米哈依洛芙娜是个自私的人，她活着仅仅是为了自己；第二，她对自己教育子女的能力深信不疑，根本想不到要为子女的事情发愁。嗨！怎么可能呢！只要她一挥手一瞪眼，一切都会太平无事的，这位太太就是这样想的。她自以为是保护女神，聪明绝顶的女人，如此等等，实际上无非是个俗不可耐的老太婆。娜塔里娅不是孩子；请您相信我的话，她比你我思考得更多、更深。她那诚实、热情、滚烫的心灵偏偏遇到了这样一位装腔作势的戏子，卖弄风骚的娘们！不过么，这也是正常的。”

“卖弄风骚的娘们！您管他叫卖弄风骚的娘们？”

“当然是他……您自己倒说说看，亚历山德拉·巴甫洛芙娜，他在达丽娅·米哈依洛芙娜家里扮演的是什么角色？他充当家庭的偶像和巫师，参与家庭事务，插手家庭纠纷——这难道是真正的男子汉行为吗？”

亚历山德拉·巴甫洛芙娜惊讶地看着列日涅夫的脸。

“我都认不出您来了，米哈依洛·米哈雷奇。”她说，“您的脸通红，您很激动。我看这中间一定还有什么事情瞒着我……”

“您看，果然不出我所料！你跟女人谈正事，谈你确信无疑的事，可是她非要编出一套毫不相干而又不值一驳的理由，迫使你非顺着她的意思说下去不可，否则她是决不罢休的。”

亚历山德拉·巴甫洛芙娜生气了。

“好啊，列日涅夫先生！您也开始攻击女人来了。言辞的尖刻并不亚于比加索夫；那是您的自由，不过尽管您能洞察一切，我还是难以相信，您在这么短的时间内能够看透一切人和一切事。我觉得您错了。照您说来，罗亭成了答尔丢夫[①]式的人

---

① 法国戏剧家莫里哀（1622—1673）所作《伪君子》中的主人公。

物了。”

“问题是他连答尔丢夫都不如。塔尔丢夫至少还知道自己要达到什么目的;而此人尽管很聪明……”

“他怎么样？他究竟怎么样？请把话说完,您这个人颠倒是非,太可恶了!”

列日涅夫站起来。

“听我说,亚历山德拉·巴甫洛芙娜。”他说,“颠倒是非的不是我,而是您。我因为说了罗亭几句尖锐点的话而惹您生气了,可是我有权这样不留情面地说他！也许我是付出了昂贵的代价才获得了这样的权利。我对他十分了解。我曾经长期和他生活在一起。您还记得吗,我曾经答应过,有机会要把我们在莫斯科的那段生活详详细细告诉您。看样子,现在非说不可了。但是,您有耐心听我说吗?”

“您说吧,您说吧!”

“好,遵命。”

列日涅夫开始慢慢地在房间里来回踱步,有时候又停下来,低着头沉思片刻。

“您也许知道,”他开始说道,“也许不知道,我从小就成了孤儿,十六岁以后便不受任何人束缚了。我住在莫斯科姑妈那儿,想干什么就干什么。我这人相当浅薄、自负,喜欢出出风头,说说大话。进了大学以后还像中学生那样轻率,不久就出了一次洋相。这件事我不准备详谈,因为没有必要。那时候我造了个谣言,相当卑鄙的谣言……后来谣言被戳穿,被揭露,大家都羞辱我……我感到无地自容,像孩子那样哭了起来。这件事发生在一位熟人家里,又当着许多同学的面,大家都嘲笑我,只有一位同学是例外,不过请注意,在我百般狡辩,死不承认的时候,他比别人更恨我。可是也许他怜悯我,便拉着我的手到他家里去了。”

“那是罗亭吗?”亚历山德拉·巴甫洛芙娜问。

“不,不是罗亭……如今他已经去世了,……那是个非同寻常的人……他叫波科尔斯基,我无法用三言两语把他描述出来,可是只要一说起他,你就再也不想谈论其他任何人了。他有一颗高尚纯洁的心灵,像他那样聪明的人后来我再也没有遇见过。波科尔斯基住在一间又矮又小的陋室里,在一幢破旧的小木房的阁楼上。他很穷,靠教一点课勉强维持生活,往往连一杯茶也拿不出来招待客人,而他唯一的那张沙发已破得像条小船。尽管有这些不便之处,可拜访他的人却很多。大家都喜欢他,他能吸引人们的心。说来您也不会相信,坐在他那间寒碜的斗室里是多么舒适和愉快！就在他那儿,我认识了罗亭。那时候罗亭已经甩掉了那位小公爵。”

“这位波科尔斯基到底有什么与众不同之处呢?”亚历山德拉·巴甫洛芙娜问。

“怎么跟您说呢？诗意和真实——这就是他吸引大家的地方。他头脑清醒，智慧过人，但又像孩子那样可爱和有趣，直到如今我耳朵边还萦绕着他那爽朗的笑声，同时他又

像子夜里的长明灯
在善的神殿前燃烧

我们小组里的一位疯疯癫癫而又相当可爱的诗人这样形容他。”

“他口才怎么样？”亚历山德拉·巴甫洛芙娜问。

“他心情好的时候也能说一通，但口才并不出众。罗亭的口才就比他强十倍。”

列日涅夫停下来，交错着双手。

“波科尔斯基和罗亭不一样。罗亭更有光彩，更善于辞令，也许还有更多的热情。他表面上比波科尔斯基更有才华，实际上比波科尔斯基大为逊色。罗亭可以把任何一个思想发挥得淋漓尽致，争论起来可以把对方驳得体无完肤，可是他的种种思想并非出自他的脑袋，而是从别人那儿，尤其是从波科尔斯基那儿发过来的。波科尔斯基看上去很文静，很温柔，甚至很软弱——他迷恋女色，喜欢喝酒，受不得半点窝囊气。罗亭看上去浑身是火，充满了勇气和活力，可是内心冷若冰霜，自尊心受了伤害也可以忍气吞声。他千方百计要博得别人的好感，不过他这样做，是为了普遍的原则和思想，也确实有许多人深受他的影响。老实说，谁也不喜欢他；也许只有我才对他抱有好感。大家感到他是一种累赘……而对波科尔斯基，大家是真心诚意地佩服他。罗亭碰到任何人都要发一通议论，争论一番……他看的书不算太多，但是往往超过波科尔斯基，也超过我们每一个人；他的思路清晰，记忆力强，而这也的确能吸引年轻人。年轻人最需要推理和结论，哪怕是错误的，只要有结论就行！真正的老实人是做不到这一点的。假如您对青年们说，您无法告诉他们一个绝对的真理，因为您自己还没有充分掌握……那么年轻人连听都不想听您的了。但是您不会去欺骗他们，您必须坚信自己掌握了真理，至少是半个真理……正因为如此，罗亭才对我们这些人产生了强烈的影响。您看我刚才不是已经告诉过您，罗亭读的书不多，但是读的都是些哲学著作，而他大脑的结构又使他能够善于从读过的书中概括出普遍性的东西，抓住事情的本质，然后沿着这条线索充分发挥，展示种种精神的前景。我们那个小组，老实说，是由一些孩子，一知半解的孩子组成的。哲学啦，艺术啦，科学啦，现实生活啦——对我们来说仅仅是空话而已，甚至只是一堆概念，一堆美好而诱人，但又互不连贯、零碎孤立的概念。这些概念之间的普遍联系，世界的普遍规律，我们还没有认识，还没有感

受到，尽管我们也曾经稀里糊涂地讨论过，也想搞清楚……听罗亭一讲，我们似乎第一次感到我们终于抓住了这种普遍的联系，我们终于茅塞顿开！即使他说的不是他自己的思想——那又有什么关系！我们原有的种种知识理出了头绪，所有分散的、互不连贯的东西突然都联系起来，构成了一个整体，像一幢高楼大厦那样耸立在我们面前，显得那么辉煌灿烂，生气勃勃……从此再也不存在什么缺乏意义的、偶然性的东西了。一切都体现出合理的必然性和美，一切都获得了既明朗又神秘的涵义，生活中每一种孤立的现象都发出了和谐的声音，而我们自己，则充满了一种神圣的敬畏之情，一种甜蜜而由衷的激动，感到自己变成了永恒真理的活的容器，活的工具，担负着伟大的使命……这一切您不觉得可笑吗？"

"一点也不可笑。"亚历山德拉·巴甫洛芙娜慢慢地说道，"为什么您这样认为呢？我不完全明白您的话，可是我并不觉得可笑。"

"从那时以来，我们当然变得聪明了点儿，"列日涅夫继续说道，"现在我们可能觉得这一切都充满了孩子气……可我要重申一遍，当时在许多方面，我们从罗亭那儿受益匪浅。波科尔斯基无疑比他高明不知多少倍；波科尔斯基赋予我们大家的是火一般的热情和力量，可他有时候会变得消沉，很少说话。他这个人有点神经质，身体不太好，但是他一旦展开自己的翅膀——天哪！就可以飞到任何地方！一直飞上云霄！罗亭相貌堂堂，一表人才，可他身上却有许多不够光明正大的东西，他甚至会搬弄是非，喜欢到处插手，发表议论，解释一番。他始终忙忙碌碌，永无停歇的时候……他天生就是块搞政治的料。夫人！我刚才谈的都是当初我所了解的情况。然而不幸的是，他没有变化。不过他的信仰也始终没有改变……他已经三十五岁了，能够做到这一点很不容易！在这方面不是每一个人都能够自我吹嘘的。"

"您坐下。"亚历山德拉·巴甫洛芙娜说，"您干吗像钟摆似的老在房间里晃来晃去？"

"我感到这样舒服些。"列日涅夫说，"让我接着说，夫人，加入了波科尔斯基小组以后，我对您说，亚历山德拉·巴甫洛芙娜，我完全变成了另一个人；我不再冒冒失失了，我开始虚心求教，钻研学问，心情也愉快了，充满了崇敬的感情——总之，我仿佛进入了一座神殿。真的，我一想到我们那些聚会，就会勾起我许多美好的甚至是动人的回忆。请您想象一下，五六个年轻人围着仅有的一支蜡烛，喝的是劣等茶，啃的是不知隔了多少天的面包干；您只要看看我们大家的脸，听听我们的议论！每个人的眼睛闪闪发亮，脸颊通红，心在怦怦直跳，我们谈论上帝，谈论真理，谈论人类的未来，谈论诗歌——有时候我们胡说八道，为一些微不足道的小事高兴得手舞足蹈，不过这又有什么不好呢！……波科尔斯基盘腿坐在那儿，一只手托着苍白的脸颊，而那双眼睛多么的炯炯有神。罗亭站在房间中央高谈阔论,他口若悬河,完全像年轻的狄摩西尼[①]当年面对汹涌的大海在演说。头发蓬乱的诗人苏鲍金不时发出梦呓般的赞叹;四十岁的大学生席勒,一位德国牧师的儿子,他一向沉默寡言,任何东西都无法使他开口,因此被我们称为深刻的思想家,这时候席勒似乎更加严肃地三缄其口。就连平时喜欢说笑话的希托夫,我们聚会上的阿里斯托芬[②],这时候也安静下来,脸上露出笑容;两三位新成员听得津津有味……长夜就像长了翅膀似的,悄悄地,不知不觉地一晃而过。天渐渐亮了,我们这才分手,大家都很激动快活,心胸坦荡,头脑清醒(我们当时根本无酒可喝),内心有一种舒服的疲倦感……只记得走在空荡荡的街上,你也浑身舒服,甚至仰望星星的时候,它们也会勾起你的信任感,似乎它们变得更亲近了,更容易理解了……唉!那是多么美好的岁月!我不相信那段时间是白白浪费的,是的,没有浪费,即使对于那些后来被生活改变成俗不可耐的人来说,那段时间也没有白白浪费……我曾经多次遇到过这些人,以前的老同学!看上去他好像成了野兽,可是只要你对他提起波科尔斯基的名字,他身上保留着的那些高尚感情就会立即活跃起来,好比你在一个阴暗肮脏的房间开启了一瓶被人遗忘的香水……”

列日涅夫不再说话,他那苍白的脸变得通红。

“那究竟为什么,在什么时候,您跟罗亭吵翻了?”亚历山德拉·巴甫洛芙娜困惑不解地望着列日涅夫。

“我们没有吵架;只是到了国外,我对他有了彻底了解之后,我们便分手了。不过,早在莫斯科的时候,我本来是可以跟他大吵一场的。当时他就跟我耍了一个恶劣的花招。”

“怎么回事?”

“事情是这样的。我……怎么跟您说呢?……这件事跟我这副模样似乎不太相称……可当初我特别容易坠入情网。”

“您?”

“是的。这很奇怪,是吗?不过事情确实如此……是的,夫人,当时我爱上了一位可爱的姑娘……您为什么这样看我?我还可以告诉您比这更奇怪的事情呢。”

“请问那是怎么回事?”

“譬如说吧,当初在莫斯科的时候,每天晚上我都有约会……您以为跟谁约会?跟我们花园尽头的一棵小椴树约会。我拥抱它那苗条匀称的树干,只觉得自己拥抱

---

① 狄摩西尼(公元前384—前322),希腊政治家,以善于辞令而著称。

② 阿里斯托芬(公元前446?—前385),古希腊喜剧家。

的是整个大自然,我的心扉全部敞开,仿佛容纳了整个大自然……夫人,我当时就是这样一个人!……还有呢!也许您以为我不会写诗?我会写诗,夫人,还模仿《曼弗雷德》[①]编过一部戏呢。人物中间有一个幽灵,他胸口沾着鲜血,请注意,那不是他自己的血,而是整个人类的血……是的,夫人,确实如此,请您别奇怪……刚才我已经谈到了我的恋爱。我认识了一位姑娘……"

"于是就不再跟椴树相会了吗?"亚历山德拉·巴甫洛芙娜问。

"不去了。那姑娘特别善良,特别漂亮,一双眼睛又活泼又明亮,声音像银铃一样。"

"您的描述真是绘声绘色!"亚历山德拉·巴甫洛芙娜笑着说。

"而您是一位严厉的批评家。"列日涅夫说,"让我说下去,夫人,那姑娘跟年迈的父亲相依为命……不过详细情况不想多说,我只告诉您一句话,那姑娘真的特别善良,如果您只想要半杯茶,她一定会给您斟上大半杯!……初次约会后的第三天我已经如火如荼了,到第七天就再也憋不住了,把一切都告诉了罗亭。年轻人么,又处在热恋中,哪能守口如瓶呢。于是我向罗亭倾诉了一切。当时我完全处在他的影响之下,这种影响,我可以毫不含糊地说,在许多方面是很有好处的。他是不厌弃我并且设法栽培我的第一个人。我热爱波科尔斯基,面对他那纯洁的心灵我感到一种畏惧;而跟罗亭要亲近得多。他听说我在恋爱,高兴得难以形容,他祝贺我,拥抱我,并且立即着手为我指点迷津,向我解释我的新处境具有多么重要的意义。我洗耳恭听……您是知道的,他多么能说会道。他那一番话对我起的作用非同一般。我的自尊心突然大增,从此摆出一副俨然不可侵犯的样子,也不再有笑脸了。记得我当初连走路也变得小心谨慎,仿佛怀里揣着满满一杯琼浆玉液,生怕洒出来似的……我感到非常幸福,更何况人家显然也很喜欢我。罗亭希望跟我的对象认识一下,我自己也几乎非要介绍他们认识不可。"

"啊,我明白了,现在明白是怎么回事了。"亚历山德拉·巴甫洛芙娜打断他,"罗亭夺走了您的对象,所以直到如今还耿耿于怀……我敢打赌,我没有猜错吧!"

"打赌的话您就输啦,亚历山德拉·巴甫洛芙娜,您猜错了。罗亭并没有夺走我的对象,再说他也不想夺走。可他还是破坏了我的幸福,尽管冷静下来想想,现在我还得为此而感谢他呢。可当时我差点没发疯。罗亭丝毫不想伤害我——恰恰相反!他有一个坏习惯,不论是自己的还是别人的一举一动他都要用语言加以确定,剖析我们的关系,告诉我们应该怎样待人接物,硬是强迫我们清理自己的感情和思想,他一

① 英国诗人拜伦(1788—1824)的长诗。

会儿夸奖我们，一会儿又批评我们，甚至给我们写信，请您想象一下，……最终把我们弄得晕头转向！即使当时我也未必会跟我那位小姐结婚(我多少还有点理智)。不过至少我们可以一起愉快地度过几个月的时间，就像保尔和薇吉妮[①]那样；可是结果却闹出了许多误会和麻烦——总而言之，事情一团糟。结果，有一天早晨罗亭深信不疑地说，他，作为朋友，负有一项极其神圣的义务——把一切都告诉给她年迈的父亲，他也真那样做了。”

“真的吗?”亚历山德拉·巴甫洛芙娜惊叹道。

“真的，请注意，是在征得我的同意之后这么做的——怪就怪在这里！……至今我还记得，当时我脑子里一片混乱，一切都在旋转，位置都颠倒了，就像在照相机的暗箱里一样，白的成了黑的，而黑的成了白的，假的成了真的，幻想成了义务……唉，现在回想起来都还觉得难为情！可是罗亭却没有灰心……他不在乎！为了消除各种误会和疙瘩，依然不停地来回奔波，就像一只燕子在池塘上空飞来飞去。”

“您就这样跟您的姑娘分手了?”亚历山德拉·巴甫洛芙娜问。她天真地侧着脑袋，扬起了眉毛。

“分手了……我很难受，很懊丧，很狼狈，闹得满城风雨，没有必要让大家知道嘛……我哭了，她也哭了，鬼知道是怎么回事……简直成了一团乱麻——只有一刀两断，那是痛苦的。不过世界上任何事情都会好转的。她嫁给了一位好人，现在日子过得很美满……”

“可您得承认，您始终无法原谅罗亭……”亚历山德拉·巴甫洛芙娜说。

“根本不是那么回事!”列日涅夫打断她，“送他出国的时候，我像孩子那样哭得很伤心。不过说实在的，分歧的种子在那个时候就已经在我心里播下了。等到后来我在国外遇见他……那时候我的岁数大了……我已经看清了罗亭的真面目。”

“您在他身上究竟发现了些什么?”

“就是一小时前我告诉您的那些。不过，还是不去谈他吧。也许，一切会顺利过去的。我只是想向您证明如果我对他的评价过于苛刻的话，那并不是因为我不了解他……至于娜塔里娅·阿历克赛耶芙娜，我不想多费口舌，不过您得注意您的弟弟。”

“我弟弟！他怎么啦?”

“您看看他的神色。难道您什么也没发现吗?”

亚历山德拉·巴甫洛芙娜垂下了头。

“您说得对，”她说，“的确……弟弟……近来简直判若两人……不过，难道您认

① 法国作家贝尔纳丹·德·圣皮埃尔(1737—1814)所写悲剧小说《保尔和薇吉妮》中的青年男女主人公。

为……”

“小声点！好像他上这儿来了！”列日涅夫压低了声音说。

“请您相信我，娜塔里娅可不是孩子，尽管不幸得很，她像孩子那样缺乏经验。您等着瞧吧，这女孩子会使我们大吃一惊的。”

“怎么会呢?”

“是这样的……您知道吗？正是这种女孩子才会干出投河、服毒以及诸如此类的事情。您别看她那么文静，可她的感情很炽烈，性格也刚烈得很呢！”

“我看您说得太浪漫了！在您这样冷冰冰的人眼里也许连我都成了一座火山呢。”

“不！”列日涅夫笑着说，“说到性格么——感谢上帝，您根本没有性格。”

“您怎么这样放肆?”

“放肆？我这是在恭维您呢……”

沃伦采夫走进来，疑惑地看看列日涅夫，又看看姐姐。近来他消瘦了，他们两人同时都跟他说话；对于他们的打趣，他报以勉强的微笑，他的神态正如比加索夫有一次说的，像一只忧郁的兔子。话又得说回来，在这世界上，不论是谁，在一生中，至少有那么一次，看上去比忧郁的兔子还糟糕呢。沃伦采夫觉得娜塔里娅正在渐渐离开他，随着她的离去，他脚下的大地崩塌了。

7

第二天是星期天，娜塔里娅很晚才起床。昨天她一直沉默寡言，暗暗为自己掉眼泪感到羞愧，晚上也没睡好。她披着衣服，坐在自己那架小钢琴前，一会儿弹几下和音，声音轻得勉强才能听到，以免吵醒邦库尔小姐，一会儿把前额贴在冰冷的琴键上，久久地在那儿发呆。她一直在想，不是想罗亭本人，而是在揣摩他说的一句话。她的整个身心都沉浸在自己的思绪中。有时候，她的脑海里会浮现出沃伦采夫。她知道他爱她。可是她的思想又立即把他抛在一边……她感到一种莫名的激动。早晨起来，她匆匆忙忙穿好衣服，下楼向母亲问个安，便找了个机会独自一人到花园里去了……这是个炎热、晴朗、阳光灿烂的日子，尽管有时有阵雨。晴空中缓缓飘过一片片低垂的未能遮住太阳的云，不时把来无踪去无影的倾盆大雨洒向田野。钻石般晶莹的雨点哗哗落下；透过闪烁的雨帘，阳光在欢快地跳动；刚才还在随风起伏的青草静止不动了，贪婪地吮吸着雨水；被雨水淋湿的树木懒洋洋地抖动着上上下下的树叶；鸟儿的啁啾随着清脆的雨声显得更加悦耳动听。布满尘土的路上烟雾袅袅，急骤的雨点留下一个个杂乱的小坑。雨止云散，轻风吹拂，青草重新变换着翠绿和金黄的色彩，潮湿的树叶贴在一起，留下更多的空隙……周围的一切都散发出浓烈的清新气息……

娜塔里娅到花园去的时候，天空几乎澄净如洗。花园里既凉爽又幽静。这柔和而幸福的幽静在人的心里勾起一种甜蜜的慵懒、神秘的同情和朦胧的愿望……

娜塔里娅沿着池塘边那条覆盖着银白色杨树的林阴道向前走去。突然，好像从地底下冒出来似的，罗亭站在她的面前。

她一阵惊慌。罗亭直视着她的脸。

“您一个人吗？”他问。

“是的，我一个人。”娜塔里娅回答说，“不过，我出来一会儿……我该回去了。”

"我送您。"

他和她并排向前走去。

"您好像很忧伤?"他说。

"我? ……我也想告诉您,我觉得您心情不好。"

"也许是的……我经常这样。比起您来,我倒还是情有可原的。"

"为什么呢? 难道您以为我没有理由忧伤吗?"

"您这个年龄应该享受生活的乐趣才是。"

娜塔里娅默默向前走了几步。

"德米特里·尼古拉耶维奇!"她说。

"什么事?"

"您还记得……昨天您打的那个比方……还记得……您说的那棵椴树吗?"

"当然记得,怎么啦?"

娜塔里娅偷偷瞥了罗亭一眼。

"您为什么要……您这个比喻是什么意思?"

罗亭垂下了头,眼睛望着远处。

"娜塔里娅·阿历克赛耶芙娜!"他用自己特有的那种镇定自若而又意味深长的语气说道。这种语气始终使对方认为罗亭说出来的还不到他所想的十分之一。"娜塔里娅·阿历克赛耶芙娜! 您可以发现,我很少谈及自己的过去。有几根心弦我是绝对不去触动的。我的内心……谁需要知道我的内心的感受呢? 大肆张扬这些感受我始终觉得这是亵渎神圣。不过对您我可以开诚相见:我信任您……我无法向您隐瞒;跟所有人一样,我也曾经有过恋爱,有过痛苦。在什么时候? 详细情况怎么样? 我就不必说了,但是我这颗心体验过许多欢乐,也体验过许多痛苦……"

罗亭沉默了片刻。

"昨天我对您说的那些话,"他继续说道,"在某种程度上也适用于我自己,适用于我目前的处境。不过这也不必说了。生活的这一面对我来说已经消失了。如今我只能坐一辆破车,沿着暑气蒸腾、尘土飞扬的道路一站又一站地不停颠簸……什么时候才能到达目的地,究竟能不能到达,唯有上帝知道了。咱们还是谈谈您吧。"

"难道您,德米特里·尼古拉耶维奇,"娜塔里娅打断他说,"对生活就无所期待了吗?"

"啊,不! 我期待的很多,但不是为了自己……我决不会放弃行动,放弃行动的乐趣,可是我放弃了享受。我的种种希望,我的种种理想,跟我的个人幸福毫无共同之处。爱情(说到这个字眼的时候,他耸了耸肩膀)……爱情与我无关;我……配不上;

一个女人爱上了男人，她就有权得到男人的整个身心，而我却已经无法献出自己的一切。再说博得女人的欢心，那是年轻小伙子的事情；我年龄太大了，我哪里还能让人家神魂颠倒呢？上帝保佑，但愿我的头脑保持清醒！”

“我明白。”娜塔里娅说，“一个追求崇高目标的人，是不应该考虑自己的，但是难道女人就不能认识这种人的价值吗？我觉得恰恰相反，女人最不愿意理睬自私的人……所有青年，您说的那些年轻小伙子，都是些自私的人，他们只顾自己，即使恋爱的时候也是这样。请您相信，女人不仅能够懂得自我牺牲的价值，她自己也能够牺牲自我。”

娜塔里娅的双颊微微泛红，眼睛放射出光彩。在结识罗亭之前，她还从来没有说过这样长、这样富有激情的话。

“您已经不止一次地听到了我关于妇女使命的见解。”罗亭脸带宽厚的微笑说，“您知道，依我看来，只有圣女贞德[①]才能拯救法兰西……不过问题不在于此。我想谈谈您的情况。您才跨进人生的门槛，谈论您的前途既令人愉快又不无裨益……您听我说：您知道我是您的朋友，我待您如同家人……因此我希望我的问题不会使您觉得唐突，请告诉我，您的心至今还十分平静吗？”

娜塔里娅满脸通红，一句话也没有回答。罗亭站住了，她也停下了脚步。

“您没有生我的气吧？”他问。

“没有，”她说，“可是我怎么也没有料到……”

“不过嘛，”他继续说道，“您可以不回答我的问题。您的秘密我知道。”

娜塔里娅几乎是惊恐地看了他一眼。

“是的……是的，我知道您喜欢谁。我应该告诉您，这是您的最佳选择。他是个极好的人，他会尊重您的，他还没有被生活压垮——他为人质朴，心地纯洁……他会给您带来幸福的。”

“您说的是谁啊，德米特里·尼古拉耶维奇？”

“好像您不明白我说的是谁吗？当然是沃伦采夫。怎么，难道不对吗？”

娜塔里娅微微转过脸，避开罗亭。她完全不知所措了。

“难道他不爱您吗？得了！他的眼睛一直盯着您，注视着您的一举一动。再说爱情隐瞒得了吗？难道您自己对他没有好感吗？据我观察，连您母亲也喜欢他……您的选择……”

“德米特里·尼古拉耶维奇！”娜塔里娅打断了他，局促不安地把手搭在身边的

---

① 贞德（1412—1431），百年战争期间的法国女英雄。

一丛小树上，“这件事我实在是难以启齿，不过我可以向您保证……您错了。”

“我错了？”罗亭反问道，“我想不会的……我认识您时间不长，可是我已经十分了解您。我在您身上看到，清清楚楚地看到这种变化意味着什么呢？难道您还是像我在六个星期前看到的那样吗？……不，娜塔里娅·阿历克赛耶芙娜，您的内心很不平静。”

“也许是的。”娜塔里娅回答说，声音轻得勉强才能听到，“不过您毕竟还是错了。”

“怎么会呢？”罗亭问。

“让我走吧，别问我！”娜塔里娅说着便快步向家里走去。

她内心突然体验到的种种感情，连她自己也觉得可怕。

罗亭追上来拉住她。

“娜塔里娅·阿历克赛耶芙娜，看在上帝分上。”

罗亭神色激动，脸色苍白。

“您能理解一切，您也应该理解我！”娜塔里娅说着挣脱了他的手，头也不回地走了。

“只要说一句话！”罗亭在她身后喊道。

她站住了，但没有回过头来。

“您问我昨天那个比喻是什么意思，我来告诉您，我不想欺骗您，我说的是自己，自己的过去——也指您。”

“怎么？指我？”

“是的，是指您。我再说一遍，我不想欺骗您……现在您知道了吧，当时我指的是什么样的感情，一种新的感情……今天之前，我是决不敢吐露的……”

娜塔里娅突然两手掩面，向家里跑去。

跟罗亭的谈话这种出乎意料的结局使她异常激动，以致她从沃伦采夫身边跑过都没有发现他。沃伦采夫背靠着一棵树，一动不动地站在那儿。一刻钟之前他到了达丽娅·米哈依洛芙娜家，凭着热恋中的人所特有的敏感，他径直闯进花园，恰巧看到娜塔里娅把手从罗亭手里抽出来。沃伦采夫顿时两眼发黑。他目送着娜塔里娅渐渐远去，自己也离开那棵树，茫然向前迈了几步，自己也不知道要到哪儿去，去干什么。罗亭走过他身边的时候才发现他。他们彼此看了对方一眼，点点头便默默地各自走开了。

“事情绝不会就此了结的。”两人都在这样想。

沃伦采夫朝着花园深处走去。他感到痛苦和难受，心头铅样的沉重，浑身的血液不时涌起阵阵狂涛。天空又下起淅淅沥沥的细雨。罗亭回到自己的房间，他无法平静，思绪似旋风船在翻滚。无论是谁，倘若他怀着一片坦诚，突然触摸到了一颗年轻纯洁的心灵，那么不免会难以自持的。

餐桌上气氛自始至终有点不自然。娜塔里娅脸色苍白，很勉强地坐在那儿，连眼睛也不抬。沃伦采夫按习惯坐在她身边，不时无话找话地跟她攀谈几句。正巧那天比加索夫也在达丽娅·米哈依洛芙娜家里吃饭，席间他的话比谁都多。他顺便说起，跟狗一样，人也可以按尾巴的长短分为两类。“短尾巴的人，”他说，“或者生来如此，或者怪他自己不好。短尾巴的人运气不佳，他们一事无成，因为他们缺乏自信心。而拖着一条毛茸茸长尾巴的人却是幸运儿。他可能不如短尾巴的人，但十分自信；他把尾巴一翘，于是大家啧啧称赞。这岂不是咄咄怪事吗？谁都承认，尾巴是身体上最没有用处的一部分；尾巴能有什么用处呢？但是大家却又根据尾巴长短来判断一个人的才能。”

“我么，”他叹了口气补充说，“就属于短尾巴之列，遗憾的是我自己割掉了自己的尾巴。”

“您这些话，”罗亭漫不经心地说道，“拉·罗什福高[①]早就说过了：只要你相信自己，别人也会相信你。何必要跟尾巴扯在一起呢，我真不明白。”

“让人说话么。”沃伦采夫粗暴地说，眼睛闪着光，“谁爱怎么说就怎么说。大家不是批评蛮横作风吗，依我看，最可恶的莫过于那些所谓聪明人的蛮横作风了。让他们见鬼吧！”

大家被沃伦采夫粗鲁的言辞惊呆了，谁也不再说话。罗亭看了他一眼，可是受不了他的目光，便立即转过脸去，只是微微一笑，没有张嘴说话。

“嘿！原来你也是个短尾巴！”比加索夫心里想道。娜塔里娅吓得目瞪口呆。达丽娅·米哈依洛芙娜困惑莫解地看了沃伦采夫好久，最后终于打破沉默，谈起了她的一位朋友，某某大臣豢养的一条非同寻常的狗……

沃伦采夫吃过晚饭立即走了，在向娜塔里娅告别的时候他忍不住对她说：

“您为什么这样心神不定，好像做了什么亏心事？您不可能做任何亏心事……”

娜塔里娅什么也不明白，呆呆地望着他远去的背影。在喝茶之前，罗亭走到她身边，俯身望着桌面，装作翻阅报纸，悄悄说道：

“这一切就像一场梦，是吗？我一定要跟您单独见面……哪怕一分钟也行。”他转身对邦库尔小姐说：“您看，您要找的那篇小品文在这儿。”接着他又凑到娜塔里娅

---

① 拉·罗什福高（1613—1680），法国作家。

面前,小声补充道:“您尽量在十点左右到凉台附近的丁香花亭,我在那儿等您……”

这天晚上的主角是比加索夫。罗亭把地盘让给了他。比加索夫逗得达丽娅·米哈依洛芙娜笑声不绝。一开始他先说自己一位邻居,那人三十多年来一直怕老婆,还沾上了一副娘娘腔。比加索夫有一次亲眼见到他跨过一个水洼的时候居然伸手撩起常礼服的后襟,像女人在这种场合撩起裙裾一样。接着他又谈起另一位地主,那人先是加入共济会,后来得了忧郁症,最后又想当银行家。

“您是怎么当共济会会员的,菲里普·斯捷潘内奇?”比加索夫问他。

“那还用问:我在小手指上留了长指甲呗!”

但令达丽娅·米哈依洛芙娜发笑的是比加索夫居然大谈起爱情,他要大家相信,当初他也曾被女人爱过,一位热情奔放的德国女人甚至肉麻地叫他“心肝宝贝”呢。达丽娅·米哈依洛芙娜笑了。不过比加索夫没有撒谎,他确实有资格吹嘘自己在情场上的胜利。他断言得到女人的爱情最容易不过了:你只要连续十天对她说,她的嘴唇就是天堂,她的眼睛就是幸福,别的女人在她面前简直是一块抹布,那么到第十一天她自己也会说她的嘴唇就是天堂,她的眼睛就是幸福,于是她就会爱上你了。大千世界无奇不有,也许比加索夫说得不无道理。九点半的时候,罗亭已经等在花园里了。遥远而浴白的天穹深处,刚露出几颗小星星。西天还残留着晚霞的余晖——那儿的地平线也显得更清晰。半圆的月亮透过垂桦黑网般的枝叶洒下金光。其余的树木或者像狰狞的巨人站在那儿,树叶的空隙犹似千百只明亮的眼睛,或者汇融成一团团浓重的黑影。树叶纹丝不动,丁香和洋槐顶部的树枝在温暖的空气中仿佛伸长了脖子在谛听着什么。附近那幢房子成了一团黑影,那点点红光勾勒出它的一扇扇长窗。夜晚显得温馨而宁静,但是在这寂静中,可以隐隐约约听到一阵阵热烈而克制的叹息。

罗亭站在那儿,两手交错在胸前,紧张地倾听着周围的动静。他的心怦怦直跳,他情不自禁地屏住呼吸。终于,他听到了又轻又急的脚步声。娜塔里娅走进了花亭。

罗亭赶紧迎上去,握住了她的双手。她的手冰凉冰凉。

“娜塔里娅·阿历克赛耶芙娜!”他激动地悄声说,“我想见到您……我无法等到明天。我一定要告诉您,我自己也没有想到,甚至今天早晨还没有意识到:我爱您。”

娜塔里娅的两只手在他的手里微微颤抖了一下。

“我爱您,”他又说了一遍,“可我一直在欺骗自己,始终没有意识到我爱您!……那么您呢?……娜塔里娅·阿历克赛耶芙娜,请您告诉我,您呢?……”

娜塔里娅几乎连气都喘不过来。

“您看我不是来了吗?”她终于说道。

"不,您要告诉我,您爱我吗?"

"我觉得……是的。"她低声说。

罗亭把她的手握得更紧了,他想把她拉到自己身边……

娜塔里娅很快地回头看了一下。

"放开我,我害怕——我觉得有人在偷听我们——看在上帝分上,您要小心,沃伦采夫已经有所觉察了。"

"别管他！您看我今天就没理睬他……啊！娜塔里娅·阿历克赛耶芙娜,我是多么幸福啊！现在谁也无法把咱们分开了!"

娜塔里娅望着他的眼睛。

"放开我,"她低声说,"我该走了。"

"等一会儿。"罗亭说。

"不行,放开我,让我走……"

"您好像怕我吧?"

"不,可是我得走了……"

"那么您至少再说一遍……"

"您说您很幸福?"娜塔里娅问。

"我？世界上再也没有比我更幸福的人了！难道您还有怀疑吗?"

娜塔里娅微微抬起头。她那苍白、年轻而激动的脸,在花亭的神秘阴影中,在夜空投下的微光映衬下,显得格外美丽。

"您要知道,"她说,"我将属于您。"

"噢,天哪!"罗亭喊道。

娜塔里娅一闪身走开了。罗亭站了一会儿,然后慢慢走出花亭。月光清晰地照着他的脸,他的嘴上荡漾着微笑。

"我很幸福。"他低声说,"是的,我很幸福!"他又重复了一遍,好像要使自己确信似的。

他挺直身,甩了甩卷曲的头发,兴奋地摆动双手,迈着大步向花园走去。

就在这时候,丁香花亭里的花丛被人轻轻地拨开一条缝,从中露出了潘达列夫斯基的脸。他鬼鬼祟祟地朝四周看了看,摇了摇头,抿紧嘴唇,意味深长地自言自语道:"原来如此！一定要向达丽娅·米哈依洛芙娜报告。"然后就消失了。

8

沃伦采夫回到家里情绪非常忧郁和沮丧，姐姐问他，他也不愿意回答，马上把自己关进书房，急得他姐姐决定立即派人去找列日涅夫。遇到难处的时候，她总是求助于他。列日涅夫回话说他明天来。

直到第二天早晨，沃伦采夫还是闷闷不乐。他本想喝过茶便去处理庄园事务，结果还是留在家里，往沙发上一躺，看起书来了。这在他真是少有的事情。沃伦采夫对文学并无兴趣，而对于诗歌简直怀着恐惧心理。“这跟诗歌一样难以理解”，他往往这样说。为了证实自己的看法，他还经常运用诗人艾布拉特的诗句：[①]

直到悲伤的日子结束，
高傲的经验和理智，
都无法亲手捣碎
勿忘草血红的生命。

亚历山德拉·巴甫洛芙娜惴惴不安地几次去书房看望弟弟，但是她没有用种种问题去打扰他。一辆马车驰近了门口。“这下好了！”她想，“谢天谢地，列日涅夫总算来了……”可仆人进来报告说：罗亭来了。

沃伦采夫把书扔到地上，抬起头。

“谁来了？”他问。

“罗亭，德米特里·尼古拉耶维奇。”仆人重复了一遍。

沃伦采夫站起来。

---

① 艾布拉特，俄国诗人叶·菲·罗申（1800—1860）的笔名，诗句引自其作品《两个问题》。

“请他进来。”他说。“姐姐，”他转身对亚历山德拉·巴甫洛芙娜说，“请你回避一下。”

“这是为什么？”她问。

“我知道为什么。”他不耐烦地打断她，“我请你离开。”

罗亭走进来，沃伦采夫站在房间当中，冷漠地向他点点头，没有向他伸出手。

“您没有想到我会来吧，对吗？”罗亭说着把帽子放到窗台上。

他的嘴唇在微微颤抖。他感到尴尬，但竭力掩饰自己的局促和不安。

“是的，我没有料到您会来。”沃伦采夫说，“发生了昨天那件事以后，我本来以为有人会来找我的，不过那是受您之托。[①]”

“我知道您想说什么。”罗亭说着坐了下来，“您这样坦率我很高兴，这样事情就好办多了。我现在亲自登门拜访，因为我把您看作品德高尚的人。”

“是不是可以免了这些恭维话？”沃伦采夫说。

“我想向您解释此行的目的。”

“我们彼此认识，为什么您不可以到我这儿来呢？再说您也不是初次光临。”

“我来拜访您，是一个高尚的人拜访另一个高尚的人。”罗亭重复了一遍，“因此现在我想听取您本人的高见……我完全信赖您……”

“究竟有什么事？”沃伦采夫说。他依然站在那儿，郁悒地看看罗亭，不时捋着自己的唇髭。

“请允许我……我来向您解释清楚，当然，一下子也说不清。”

“为什么说不清呢？”

“这里涉及另一位……”

“谁是另一位？”

“谢尔盖·巴甫雷奇，您明白我的意思。”

“德米特里·尼古拉耶维奇，我一点儿也不明白您的意思。”

“您最好……”

“您最好别绕弯子！”沃伦采夫接着他的话说。

他真的发火了。

罗亭皱起了眉头。

“好吧……这儿只有我们俩……我应该告诉您——不过您大概已经猜到了（沃伦采夫不耐烦地耸了耸肩）——我应该告诉您：我爱娜塔里娅·阿历克赛耶芙娜，并

---

① 指罗亭受了侮辱，理应要求与沃伦采夫决斗。

且有权利认为她也爱我。”

沃伦采夫顿时脸色发白，不过他一句话也没说，走到窗前，背对着罗亭。

“您是知道的，谢尔盖·巴甫雷奇，”罗亭继续说道，“倘若我不是确信……”

“得了！”沃伦采夫急忙打断他，“我丝毫也不怀疑……好吧！您尽管去爱吧！只是我感到奇怪，您怎么想出了这样的鬼主意，居然亲自来告诉我这个消息……这跟我有什么关系？您爱谁，谁爱您，这关我什么事？我简直无法理解。”

沃伦采夫依然望着窗外。他的声音有点暗哑。

罗亭站起来。

“那我告诉您，谢尔盖·巴甫雷奇，为什么我决定来找您，为什么我认为自己没有权利向您隐瞒我们的……我们俩彼此的感情。我非常尊敬您——这就是我来找您的原因，我不想……我们俩都不想在您面前演戏。您对娜塔里娅·阿历克赛耶芙娜的感情我是知道的……请您相信，我有自知之明，我知道自己没有资格取代您在她心中所占的位置，但是如果注定要发生这样的事情，那么难道要手腕、搞欺骗、装糊涂才是上策吗？难道要闹出种种误会，甚至发生昨天席间那样的局面才好吗？谢尔盖·巴甫雷奇，您说呢？”

沃伦采夫把手交叉在胸前，好像在竭力克制自己。

“谢尔盖·巴甫雷奇！”罗亭继续说道，“我伤了您的心，这我能感觉到……不过请您理解我……请您理解，我们没有别的办法来向您证明我们对您的尊敬，证明我们珍惜您的坦率和高尚。开诚布公，彻底的开诚布公，对别人也许不合适，但是对您，这却成了我的义务。想到我们的秘密掌握在您的手里，我们很高兴……”

沃伦采夫极不自然地放声大笑起来。

“多谢您的信任！”他扬声说道，“但是我请您注意，我并不想知道您的秘密，也不打算向您透露自己的秘密。而您使用这个秘密，就像您使用自己的财产那样随便。不过，您说话的口气好像代表你们两个人。也许我可以这样认为：您这次来访以及此行的目的，娜塔里娅·阿历克赛耶芙娜都是知道的吧？”

罗亭有点难堪了。

“不，我没有把我的打算告诉娜塔里娅·阿历克赛耶芙娜；但是我知道她赞成我的想法。”

“这一切都很好。”停了片刻之后，沃伦采夫说道，一边用手指敲打着窗玻璃，“不过，老实说，假如您对我少几分尊敬，那要好得多。老实说，我根本不需要您的尊敬；现在您究竟要我干什么？”

“我什么也不需要……啊，不！我只有一个要求，我希望您不要把我看成阴险狡猾的小人，希望您能理解我……我希望您现在不再怀疑我的真诚……我希望，谢尔盖·巴甫雷奇，我们能像朋友那样分手，……希望您跟从前一样，把手伸给我……”

说着罗亭走到沃伦采夫跟前。

“对不起，阁下。”沃伦采夫转身往后退了一步。

“我可以承认您的动机光明正大，这一切都很好，甚至可以说很高尚，不过我们是普通的人，吃的也是普普通通的五谷杂粮，我们比不上像您这样学问高深的大思想家……在您看来是真诚的，我们却认为是蛮横放肆的……您认为简单明了的，我们却觉得是复杂模糊的……您大肆炫耀的东西，我们却讳莫如深；我们怎么能理解您呢！对不起，我既不能把您看做朋友，也无法把手伸给您……这样做也许很庸俗，不过我本来就是个俗人。”

罗亭从窗台上拿起凉帽。

“谢尔盖·巴甫雷奇！”他伤心地说，“告辞了。我想错了。我的拜访确实相当唐突，不过我原来以为您（沃伦采夫显出不耐烦的样子）……请原谅，今后我再也不提这件事了。仔细想想，我看也确实如此；您是对的，您也只能这样做。再见了，至少请允许我再一次，最后一次向您说明我的动机是纯洁的……对您的谦让精神我坚信不疑……”

“这也太过分了！”沃伦采夫大声嚷道，气得浑身发抖，“我根本没有要求您信任，因此您也没有任何权利要求我谦让！”

罗亭还想说点什么，但只是摊开双手，鞠了个躬，就出去了，而沃伦采夫立即扑到沙发上，把脸对着墙壁。

“可以进来吗？”门外响起亚历山德拉·巴甫洛芙娜的声音。

沃伦采夫没有立即回答，偷偷用手抹了抹脸。

“不行，萨沙！”他说话的声音有点变了，“再等一会儿。”

半个小时以后，亚历山德拉·巴甫洛芙娜又来到门口。

“米哈依洛·米哈雷奇来了。”她说，“你想见他吗？”

“好的，”沃伦采夫回答，“你让他到这儿来。”

列日涅夫走了进来。

“怎么——你不舒服？”说着他坐到沙发旁边的圈椅上。沃伦采夫欠身撑起一只胳臂，久久地注视着自己的朋友，然后把他和罗亭的谈话一字不落地告诉他。在这以前他还从来没有向列日涅夫暗示过自己对娜塔里娅的感情，虽然他猜想这对列日涅夫并不是什么秘密。

“老弟啊，你真使我大吃一惊。”沃伦采夫刚讲完，他马上这样说道，“我料到他会做出种种奇怪的举动，可这样做也未免太……不过么，这也符合他的为人。”

“得了吧，”沃伦采夫激动地说，“简直是无耻！我差点没把他扔到窗外。他这是向我夸耀还是心中有鬼？究竟为了什么？他怎么有胆量来找我……”

沃伦采夫双手抱住脑袋，不再说话了。

“不，老弟，不是那么回事。”列日涅夫平静地说，“说来你不会相信，不过，他这样做的确是出于一片好意，真的……你看，这样既高尚又光明磊落，趁此机会还可以发一通高论，卖弄一下口才，这正是他所需要的，否则他就无法生活……唉，他的舌头是他的敌人……也是他的仆人。”

“他一本正经走进来跟我说话，那副神态你简直难以想象！……”

“是啊，他不这样做不行。他即使扣衣服的纽扣也像在完成一项神圣的义务。我真想把他送到一座荒岛上，暗地里看他怎么办。可他一直还在大谈什么朴实呢！”

“看在上帝分上，老兄，你说这究竟算什么？是一种哲学吗？”沃伦采夫问。

“怎么跟你说呢？从一方面看，也许这确实是一种哲学，而从另一方面看，根本不是那么回事。不能把什么乱七八糟的东西跟哲学扯在一起。”

沃伦采夫看了看他。

“你认为他有没有撒谎？”

“没有，我的孩子，他没有撒谎。不过么，你看是不是别谈这些了。老弟，咱们抽袋烟吧，再请亚历山德拉·巴甫洛芙娜过来……有她在场，说话也愉快些，不说话也轻松些。她还会给我们茶喝呢。”

“好吧。”沃伦采夫说，“萨沙，你过来！”他叫道。

亚历山德拉走了进来。他拉住她的手，紧紧地贴在自己的嘴上。

罗亭怀着纷乱而奇怪的心情回到家里。他恨自己，恨自己不可原谅的鲁莽，孩子般的轻率。难怪有人说：没有比意识到自己做了蠢事更难受的了。

悔恨在撕咬着罗亭。

“真是鬼使神差！”他咬牙切齿地自语道，“怎么会去找这位地主老爷！真亏我想得出来！完全是自讨没趣！”

达丽娅·米哈依洛芙娜的家里也发生了某种异常的变化。女主人整整一上午没露面，也没有出来吃午饭。据唯一被允许进入她房间的潘达列夫斯基说，她头疼。至于娜塔里娅，罗亭也几乎没有跟她照过面，她一直跟邦库尔小姐待在自己房间里……只是在餐厅里遇见他的时候，她悲伤地看了他一眼。那神情使他的心都战栗了。她的脸也变了样，仿佛一场灾难昨天突然降临到她头上，一种隐隐约约的预感使罗亭坐立不安，为了排遣这种情绪，他便去找巴西斯托夫，跟他谈了许多，并且发现他是个热情洋溢、朝气勃勃的人，满怀着热烈的希望和毫不动摇的信心。傍晚的时候，达丽娅·米哈依洛芙娜到客厅里待了一两个小时。她对罗亭非常客气，但又有点疏远，她时而发笑，时而皱眉，说话带着鼻音，而且都是藏头露尾的……一副十足的宫廷内侍的腔调。近来她好像对罗亭有点冷漠了。“她打的是什么哑谜？”他从侧面望着她那高昂的脑袋，心里思忖着。

没过多久，他就解开了这个谜。晚上十一点多钟的时候，他正沿着黑咕隆咚的走廊回自己的房间去，突然有人塞给他一张纸条。他回头一看，只见一名女孩子从他身边经过，他觉得好像是娜塔里娅的婢女。他回到自己房间里，支走了仆人，打开字条，看到了娜塔里娅亲笔写的几行字：

请您明天早晨六点（最迟不超过七点）到阿夫久欣池塘边的橡树林等我，别的时间都不行。这将是我们最后一次见面。一切都将结束，如果……请务必前往。必须作出决定……

又及：如果我无法践约，那说明我们再也不能见面了。到时我将设法通知您……

罗亭陷入了沉思，翻来覆去摆弄着纸条，然后塞到枕头下面，脱了衣服，躺到床上，但久久无法入眠，刚迷迷糊糊睡了一会儿就醒了，时间还不到五点。

9

阿夫久欣池塘——娜塔里娅和罗亭约会的那个地方，早已不成其为池塘了。三十多年前堤岸崩塌，从此便荒废了……只有根据那淤积了一层肥沃污泥的平坦的池底和堤坝的残痕，才可以猜到这儿曾经是个池塘，这儿原先还有一座庄园，但早已不复存在。唯一能勾起对它回忆的是那两棵巨松，巨松又高又细的枝叶日夜发出凄厉的呼啸……民间流传一种神秘的传说，似乎松树底下曾发生过一桩凶案；还说这两棵巨松不论哪一棵倒下来肯定会压死人；据说从前还有一棵松树，在暴风雨中倒下来压死了一名少女。这古池塘一带，大家认为是鬼怪出没的地方；这儿既荒僻又凄凉，即使天气晴朗的时候也显得阴森恐怖，而附近那片早已枯死腐朽的橡树林，更增添了几分恐怖的气氛，那些高大稀疏的灰色树干耸立在低矮的灌木丛中，就像一个个垂头丧气的幽灵，看上去毛骨悚然；又像一群阴险的老头聚在一起策划着什么阴谋。一条依稀可辨的小径在近旁逶迤而过。除非有特殊原因，谁也不会走阿夫久欣池塘这条路。娜塔里娅故意选择了这样一个偏僻的地方，因为这儿离达丽娅·米哈依洛芙娜家不过一里地。

罗亭来到阿夫久欣池塘的时候，太阳早已升起，可是早晨的天气并不令人愉快。乳白色的浓云遮蔽了整个天空；风呼啸着，迅速地驱赶着密云。罗亭沿着长满多刺的牛蒡和发黑的荨麻的堤岸走来走去，他的内心难以平静。一次次的幽会，一系列新的感受，吸引着他，同时也令他不安，尤其是接到昨天那张纸条以后。他看到事情快要了结，因而内心深处又有些害怕，尽管旁人看着他双手交叉在胸前、东看看西望望的那种镇定沉着的模样，谁也不会想到这一点。难怪比加索夫有一次说他像中国的大头娃娃那样头重脚轻。但一个人单凭脑袋，无论它怎样发达，却是连自己内心发生的变化也是难以搞清楚的……罗亭，聪明绝顶、洞察一切的罗亭，无法肯定自己究竟爱不爱娜塔里娅，假如泛起情感的涟漪是否真的感到痛苦，假如和她分手，将来会不会感到痛苦。既然他没有存心玩弄女性——对此应该为他说句公道话，那为什么要去扰乱那可怜的少女的芳心呢？为什么他会怀着神秘的战栗期待着她的到来呢？唯一的答案只能是：谁也不会像缺乏热情的人那样轻易地迷恋女孩子。

他沿着堤岸走来走去，而娜塔里娅正径直穿过田野，踏着湿漉漉的荒草，急匆匆向他跑来。

"小姐！小姐！你的脚会弄湿的。"女仆玛莎几乎跟不上她，在后面喊道。

娜塔里娅没有答理她，头也不回地跑着。

"哟，千万别让人看见咱们！"玛莎反复嘀咕着，"真奇怪，咱们是怎么从家里溜出来的，邦库尔小姐可千万别醒过来……好在快到了……小姐，那位先生已经等在那儿了。"她突然发现罗亭姿态优雅地站在堤岸上，便补充了一句："他干吗站在高处，应该到下面的洼地里。"

娜塔里娅停下来。

"你在这儿等着，玛莎，就在这松树旁边。"说着她朝下面的池塘走去。

罗亭迎上前去，突然又惊愕得站住了。她的双眉紧蹙，嘴唇紧闭，目光严肃而专注。她这样的神情，他还从来没有见过。

"德米特里·尼古拉耶维奇，"她开始说道，"我们不能浪费时间，我只能耽搁五分钟。我得告诉您，妈妈全都知道了。前天潘达列夫斯基先生在暗地里监视我们，他把我们约会的事告诉了妈妈。他向来就是妈妈的密探。昨天妈妈把我叫去了。"

"我的天哪！"罗亭大声说道，"这太可怕了……您母亲说什么来着？"

"她没有生我的气，也没有骂我，只是怪我太轻率了。"

"就这些吗？"

"是的，她还向我声明：她宁愿看到我死，也不让我做您的妻子。"

"难道她说了这样的话吗？"

"是的，还说您根本不想娶我，您只是由于无聊才来追求我，她没有料到您会做出这样的事；不过她说她自己也有责任，不该让我跟您经常见面……她说她希望我认真考虑，还说我太使她惊讶了……还有许多话我已经记不得了。"

这几句话，娜塔里娅是用一种平静的语气，几乎是悄悄地说的。

"那您，娜塔里娅·阿历克赛耶芙娜，您是怎么回答她的？"罗亭问。

"我怎么回答她？"娜塔里娅反问道，"现在您打算怎么办？"

"我的天哪！我的天哪！"罗亭说，"这太残酷了！这么快！……这打击太突然了！……您母亲真的这样生气吗？"

"是的……是的，她连您的名字都不想听到。"

“这太可怕了！那就没有任何希望了吗？”

“一点也没有。”

“我们怎么这样不幸啊！这个潘达列夫斯基太卑鄙了！……您问我，娜塔里娅·阿历克赛耶芙娜，我打算怎么办？我的头在发晕，什么主意也想不出来……我只感到自己不幸……我真奇怪，您怎么还能保持冷静！……”

“您以为我的心里好受吗？”娜塔里娅说。

罗亭沿着堤岸来回走动。娜塔里娅的眼睛紧紧盯着他。

“您母亲没有详细问您吗？”他终于说道。

“她问我爱不爱您？”

“那么……您是怎么回答的？”

娜塔里娅沉默了片刻。

“我没有对她撒谎。”

罗亭握住了她的手。

“在任何时候，在任何场合，您都是这么高尚，这么宽厚！啊，少女的心是纯金！难道您母亲真的这样坚决表示我们不能结婚吗？”

“是的，很坚决。我已经跟您说过，她坚信您决不会跟我结婚。”

“也许她把我当成骗子了！我怎么会给她造成这种印象呢？”

罗亭捧住了自己的脑袋。

“德米特里·尼古拉耶维奇！”娜塔里娅说，“我们这是在浪费时间。请您记住，这是我最后一次跟您见面。我来这里不是为了哭泣，也不是为了诉苦——您看我没有流泪——我是来找您拿主意的。”

“我又能给您出什么主意呢，娜塔里娅·阿历克赛耶芙娜？”

“什么主意？您是男人，我已经习惯于信赖您，而且将永远信赖您。告诉我，您有什么打算？”

“我的打算？您母亲大约不会再让我住在你们家里了。”

“可能的。她昨天就向我宣布要跟您绝交……不过您没有回答我的问题。”

“什么问题？”

“您看我们现在应该怎么办？”

“我们怎么办？”罗亭说，“当然，只有屈服了。”

“屈服。”娜塔里娅慢慢地重复道。她的嘴唇发白了。

“向命运屈服。”罗亭继续说道，“有什么办法呢！我非常清楚，这是多么伤心，多么痛苦，多么难受。但是您自己想一想，娜塔里娅·阿历克赛耶芙娜，我一贫如洗……诚然,我可以工作;不过即使我有钱,您是否忍受得了与家庭决裂呢?忍受得了您母亲的愤怒呢?……不,娜塔里娅·阿历克赛耶芙娜,这难以想象。看来,我们命中注定不能生活在一起,我盼望的那种幸福,我是享受不到的!"

娜塔里娅突然用双手掩住脸,放声哭了起来。罗亭靠到她身边。

"娜塔里娅·阿历克赛耶芙娜!亲爱的娜塔里娅!"他深情地说,"别哭了,看在上帝分上,别折磨我,别难过……"

娜塔里娅抬起头。

"您要我别难过,"她说,一双泪眼闪闪发光,"我哭并不是由于您担忧的那些原因……我不是为这些事伤心。我伤心的是我看错了人……真想不到!我来是要您帮我出主意的,又是在这样的时刻,而您的第一句话竟然是:屈服……屈服!原来您就是这样实践您那套关于自由和牺牲的高论的。您那套高论……"

她哽咽着说不下去了。

"可是,娜塔里娅·阿历克赛耶芙娜,"局促不安的罗亭辩解说,"请您记住……我不会收回自己的话……只不过……"

"您问我,"她重新振作起精神说道,"我母亲宣布宁可我死也不同意我跟您结婚之后,我是怎样回答她的。我对她说:我宁可死也不嫁给别人……而您却说,屈服!也许她是对的,您确实由于无所事事,由于无聊才来耍弄我……"

"我向您发誓,娜塔里娅·阿历克赛耶芙娜……我向您保证……"罗亭反复说道。

她根本不想听。

"为什么您不制止我?为什么您自己……难道您没有料到会有阻碍?说这些话我都觉得害臊……好在这一切都已经结束。"

"您应该冷静,娜塔里娅·阿历克赛耶芙娜!"罗亭说,"我们应该一起考虑一下采取什么措施……"

"您经常谈到自我牺牲,"她打断他,"但是您知道吗,假如今天,假如刚才,您只要对我说:'我爱你,但我不能结婚,我不能为未来负责,把您的手伸给我,跟我走吧!'——您知道吗,我肯定会马上跟您走,您知道吗,我已经下定决心什么都不顾了。当然,从言论到行动还有很大距离,而您现在就害怕了,就像前天在饭桌上害怕沃伦采夫一样!"

罗亭的脸刷地红了。娜塔里娅突如其来的冲动令他震惊,可是她最后那句话却刺伤了他的自尊心。

"您现在太激动了,娜塔里娅·阿历克赛耶芙娜。"他说,"您不知道您这些话对我是多大的污辱,我希望将来您会对我做出公正的评价。您以后会明白的,为了放弃您说的那种我无须承担任何责任的幸福，我付出了多大的代价！对我来说，您的安宁比世界上任何东西更加宝贵，否则我岂不是成了最卑鄙的人，居然存心利用……”

“也许是的，也许是这样，”娜塔里娅打断他，“也许您是对的，我不知道自己在说什么。以前我相信您，相信您的每一句话……往后请您掂量掂量自己的话，不要随便乱说。我对您说我爱您的时候，我知道这句话的分量；我做好了一切准备……现在，剩下的事情就是我要感谢您给了我教训并且跟您告别。”

“看在上帝分上，别说了，娜塔里娅·阿历克赛耶芙娜。我求您了。我向您发誓，我不该受到您的蔑视。请您设身处地替我想一想。我要为您，也要为自己负责。假如我不是真心诚意地爱您——天哪！那我会立即要您跟我私奔的……您母亲迟早会原谅我们的……那时候……不过在考虑自己的幸福之前……”

他不再说话了。娜塔里娅紧紧盯着他的目光使他感到羞愧。

“您要尽量向我证明，您是个诚实的人，德米特里·尼古拉耶维奇。”她说，“对此我并不怀疑，您也绝不是那种只顾自己的人。可是，难道我希望证实这一点吗，难道我是为此而来的吗？……”

“我真没有料到，娜塔里娅·阿历克赛耶芙娜……”

“啊！您终于吐露了真情！是啊，您没有料到这一切——您不了解我。请您放心好了……既然您不爱我，那我也绝不会勉强任何人。”

“我是爱您的！”罗亭扬声说。

娜塔里娅挺直了身子。

“也许是的，可您是怎样爱我的呢？您说过的话我都记得，德米特里·尼古拉耶维奇。您还记得吗，您对我说，没有完全的平等就没有爱情……对我来说，您太高大了，我配不上您……我受到惩罚也是活该，您有更加适合您的事情要做，我永远不会忘记今天……再见……”

“娜塔里娅·阿历克赛耶芙娜，您要走了？难道我们就这样分手吗？”

他向她伸出双手，她站住了。他那恳求的语气似乎动摇了她的决心。

“不，”她终于说道，“我觉得我内心有什么东西碎了……我到这儿来，我跟您说话，就像在发热病一样，现在应该清醒了。您自己说的，这不应该发生，今后也不可能发生。我的天哪，刚才我到这儿来的时候，我内心还在跟我的家，跟我的过去告别——可是结果呢？我在这儿见到了什么人？一个懦夫……您怎么知道我无法忍受跟家庭的决裂？‘您母亲不同意……这太可怕了！这就是我从您嘴里听到的一切。这是您吗，这就是您吗，罗亭？不！再见……唉！假如您是爱我的，那么现在，此时此刻，我是能够感受到这一点的……不，不，永别了！……”

她迅速转过身，向早已急得六神无主并向她频频打手势的玛莎跑去。

“胆怯的是您，而不是我！”罗亭在她背后喊道。

她不再答理他，急匆匆穿过田野向家里跑去。她顺利地回到了自己的卧室，可是刚跨进门槛就晕倒在玛莎的怀里。

罗亭还在岸堤上站了很久。最后，他终于振作起精神，步履缓慢地走到了那条小路旁，然后又沿着小路继续向前慢慢走去。他受了一番羞辱……因而很伤心。“她真不简单！”他想，“才十七岁！……是的，我不了解她……她是个出色的女孩子。意志多么坚强！……她做得对，能够跟她般配的不是我对她的这种爱情……我究竟有没有爱过她？”他问自己，“难道我再也无法体验爱情了么？看来，结局只能如此！在她面前我是多么可怜和渺小啊！”

一辆竞赛马车轻微的辚辚声使罗亭抬起了眼睛。列日涅夫坐着始终由那匹快马拉着的马车正向他迎面驶来。罗亭默默地向他鞠了个躬，又好像想起了什么，突然离开大道，急急忙忙朝达丽娅·米哈依洛芙娜家的方向走去。

列日涅夫望着他远去的背影想了想，也调转马头，回到昨天晚上他留宿的沃伦采夫家。他看到沃伦采夫还在睡觉，便吩咐不要叫醒他，自己坐到阳台上，一边抽烟，一边等着茶喝。

10

沃伦采夫九点多钟才起来。听说列日涅夫坐在他家的凉台上，感到十分惊讶，便吩咐请他进来。

“发生了什么事？”他问，“你不是要回去的么？”

“是的，我是要回去，但碰到了罗亭……他一个人在田野里走着，样子很伤心。于是我又折回来了。”

“你是因为碰到了罗亭才回来的吗？”

“说实在的，连我自己也不知道为什么要回来，也许是因为惦念着你，想陪你坐坐，回家么，那不着急。”

沃伦采夫苦笑了一下。

“是啊，现在一想起罗亭就不能不想到我……来人哪！”他大声叫道，“给我们上茶。”

两位朋友开始喝茶。列日涅夫谈起了经营田产方面的事，提到一种用纸盖仓顶的新方法……

突然，沃伦采夫从椅子上跳起来，使劲一拍桌子，震得杯子和碟子哐啷直响。

“不行！”他吼叫着，“我已经忍无可忍了！我要找那个自作聪明的家伙决斗。要么让他把我打死，要么我用子弹打穿他那颗装满了学问的脑袋。”

“你这是干什么，干什么？别这样！”列日涅夫嘟哝道，“怎么可以这样大喊大叫？吓得我把烟斗都掉了……你怎么啦？”

“一听到他的名字我就无法平静，浑身的血液都会沸腾起来。”

“又来了！你啊，老弟，今天肝火太旺了！……”

一名仆人进来，手里拿着信。

“谁的信？”列日涅夫问。

“罗亭，德米特里·尼古拉耶维奇的信，拉松斯卡娅府上的人送来的。”

“罗亭的信？”沃伦采夫反问道，“给谁的？”

“给您的，老爷。”

“给我的……拿来。”

沃伦采夫一把夺过信，迅速打开信封，看了起来。列日涅夫目不转睛地注视着他：只见沃伦采夫脸上露出一种奇怪的、几乎是惊喜的表情；他垂下了双手。

“写些什么？”列日涅夫问。

“你自己看吧。”沃伦采夫低声说，把信递给他。

列日涅夫开始看信。这就是罗亭写的信：

亲爱的谢尔盖·巴甫洛维奇先生：

今天我将离开达丽娅·米哈依洛芙娜家，永远不再回来。也许您会感到奇怪，尤其是发生了昨天的事情之后。我不能向您解释我为什么这样做，但是我觉得应该把这件事通知您。您不喜欢我，甚至认为我是个卑鄙的小人。我不想为自己辩解，时间将会为我辩白的。在我看来，向一个抱有成见的人说明他的成见有失偏颇，这对男人来说既不值得，也没好处。谁愿意理解我，他就会原谅我，谁不想或者不能理解我——他的指责我也不在乎。我对您的估计错了，在我的心目中，您依然是个高尚而诚实的人，不过我原来认为您要比您周围的那些人高出一头，可是我想错了。有什么办法呢?！这不是第一次，也不是最后一次。我向您再说一遍，我要走了，祝您幸福。您得承认，这种祝愿没有任何私心。我希望您今后幸福。也许随着时间的流逝，您会改变对我的看法。今后我们能否见面，我不知道，但是不管怎么样，我将始终真心诚意地尊敬您。

德·罗

又及：我欠您的二百卢布，我一回到T省自己家里，即当如数奉还。还有，请您勿向达丽娅·米哈依洛芙娜提及此信。

再及：还有一个最后的，也是重要的请求：鉴于我现在就要离开，我希望您在娜塔里娅·阿历克赛耶芙娜面前不要提起我曾经拜访过您……

“你觉得怎么样？”列日涅夫刚看完信，沃伦采夫立即问他。

“有什么好说的！”列日涅夫说，“像东方人那样喊几声‘真主’、‘真主’，再把表示惊讶的那只手指塞进嘴里——这就是能做的一切。他要离开……那就请便吧！有趣的是他把写这封信看成了自己的义务，他来找你也是出于义务……这些先生每走一步都想着义务，没完没了的义务就成了债务①。”列日涅夫补充了一句，满脸嘲讽地指着那几句附言。

“说得多么冠冕堂皇！”沃伦采夫说，“什么把我估计错啦，什么认为我比周围的人高出一头啦……天哪，尽是胡说八道！比诗还糟！”

列日涅夫什么也没有回答，只有他的两只眼睛露出了一丝微笑。沃伦采夫站了起来。

“我想到达丽娅·米哈依洛芙娜那儿去一次。”他说，“我想去问问究竟是怎么回事……”

“且慢，老弟，让他滚了再说。你何必再跟他打照面呢？他快消失了——你还要怎么样？最好还是去睡觉吧；昨天你大概翻来覆去一夜没睡吧。现在你的事情出现了转机……”

“你有什么根据？”

“这是我的一种感觉。真的，你睡吧，我去找你姐姐——陪她坐一会儿。”

“我根本不想睡觉，我干吗要睡……我最好还是到地里去看看。”沃伦采夫说着整了整大衣的衣襟。

“那样也好，你去吧，老弟！到地里去看看……”

列日涅夫说着便去找亚历山德拉·巴甫洛芙娜。他在客厅里遇见了她。她热情地欢迎他。他每次来她都很高兴，但是今天她脸上挂着愁云。罗亭昨天的来访使她感到不安。

“您是从我弟弟那儿来的吧？”她问列日涅夫，“今天他的情绪怎么样？”

“还好，他到地里去了。”

亚历山德拉·巴甫洛芙娜沉默了片刻。

“请您告诉我，”她开始说道，眼睛看着手帕的花边，“您是否知道，为什么……”

“为什么罗亭要到这儿来？”列日涅夫顺着她的话说下去，“我知道，他是来告辞的。”亚历山德拉·巴甫洛芙娜抬起头。

“什么？来告辞？”

“是的，难道您没有听说吗？他要离开达丽娅·米哈依洛芙娜了。”

---

① 俄语中“义务”与“债务”同音异义。

“离开?”

“永远离开。至少他是这么说的。”

“怎么会呢?这怎么理解呢?自从发生了那些事情以后……”

“这可是另外一回事!这件事无法理解,但是确实如此。也许他们之间发生了什么事情。他把弦绷得太紧——于是弦就绷断了。”

“米哈依洛·米哈雷奇!”亚历山德拉·巴甫洛芙娜说,“我什么也不明白,我看您是在捉弄我吧……”

“哪儿的话……对您说他要走了,还写信通知他的熟人呢。他这样做,从某个角度看,倒也不是坏事,可是他这一走却影响到了一个惊人计划的实现,我和您弟弟刚才还在议论这个计划呢。”

“怎么回事?什么计划?”

“是这么回事。我建议您弟弟出去散散心,也带您一起去。伺候您的事么,实际上由我来负责……”

“好极了!”亚历山德拉·巴甫洛芙娜大声说道,“我可以想象得出您会怎样伺候我,您准会把我饿死的。”

“您这样说,亚历山德拉·巴甫洛芙娜,是因为不了解我。您以为我是个傻瓜,十足的傻瓜,一块木头疙瘩。可您知道吗,我可以像糖那样慢慢融化,跪在地上几天几夜不起来?”

“我倒真想看看您那副尊容呢!”

列日涅夫突然站了起来。

“您嫁给我吧,亚历山德拉·巴甫洛芙娜,那您就能看见了。”

亚历山德拉·巴甫洛芙娜脸红到了耳朵根。

“您说些什么呀,米哈依洛·米哈雷奇?”她羞涩地重复了一遍。

“这话我早就想说了,已经在舌头上转了一千遍。”列日涅夫回答道,“现在我终于说出来了。您看着办吧。为了不让您为难,我这就出去。如果您愿意做我的妻子……我这就出去。如果您不嫌弃的话,您只要派人来叫我一声,我就明白了……”

亚历山德拉·巴甫洛芙娜本想叫列日涅夫留下,可是一眨眼他就出去了。他帽子也没戴就到花园去了。他斜倚在篱笆门上,眼睛望着远处。

“米哈依洛·米哈雷奇!”他背后传来女仆的声音,“请您到夫人那儿去。她吩咐我来叫您。”

米哈依洛·米哈雷奇转过身,双手捧着女仆的脑袋,出于她的意料,吻了吻她的额头,然后到亚历山德拉·巴甫洛芙娜那儿去了。

11

罗亭碰见列日涅夫之后，立即回到了自己的房间里，关起门来，写了两封信：一封给沃伦采夫（读者已经知道了），另一封给娜塔里娅。这第二封信他涂涂改改，反复斟酌，写了很久，又仔仔细细地眷到一张精美的信笺上，再折成很小很小的一叠塞进了口袋。他神色黯然地在房间里走了几遍，然后坐到窗前的椅子上，一只手支撑着身子，眼泪慢慢溢出了眼眶……他站起来扣上全部纽扣，叫仆人去问达丽娅·米哈依洛芙娜，能不能现在见她。

仆人很快回来禀报说，达丽娅·米哈依洛芙娜请他去。罗亭便上她那儿去了。

她在书房里接待他，就像两个月前初次接待他一样。不过现在她不是一个人；她身边坐着潘达列夫斯基，他始终是那样谦恭、整洁、容光焕发，一副受宠若惊的样子。

达丽娅·米哈依洛芙娜客客气气地迎接罗亭，罗亭也彬彬有礼地向她鞠躬，可是只需朝他们两人的笑脸上看上一眼，任何一个稍有经验的人都会明白：他们之间发生了什么不愉快的事情，尽管谁也没有提起。罗亭知道达丽娅·米哈依洛芙娜在生他的气，而达丽娅·米哈依洛芙娜则怀疑他已经全都知道了。

潘达列夫斯基的密告使她大为恼火。她身上那股上流社会的傲气又开始作祟了。罗亭这个既无财产、又无官职的无名之辈，竟敢跟她的女儿——达丽娅·米哈依洛芙娜·拉松斯卡娅的女儿——秘密约会！！

"就算他很聪明，是个天才！"她说，"这又算得了什么？那样的话，不是谁都可以指望做我的女婿了？"

"我好久都不敢相信自己的眼睛，"潘达列夫斯基火上浇油地说，"他怎么这样缺乏自知之明，我真惊讶！"

达丽娅·米哈依洛芙娜非常激动，娜塔里娅也挨了她一顿训斥。

她让罗亭坐下。他坐下了，但他已经不再是从前那个几乎主宰这个家庭的罗亭了，也不像一位熟悉的朋友，或亲近的常客，而只是一位陌生的客人。这一切又是在一刹那间发生的……这样突然变成了坚冰。

“我是来向您道谢的，达丽娅·米哈依洛芙娜。”罗亭开始说道，“感谢您的盛情款待。今天我收到了一封家信，我必须立即赶回去。”

达丽娅·米哈依洛芙娜仔细地看了罗亭一眼。

“他这是先发制人，他肯定猜到了。”她想，“这样可以使我避免做一番难堪的解释。再好不过了，聪明人万岁！”

“真的吗？”她大声说道，“啊，这是多么扫兴啊！又有什么办法呢？但愿今年冬天在莫斯科能见到您。我们不久也要离开这儿。”

“达丽娅·米哈依洛芙娜，我不知道是否有机会到莫斯科去；倘若能筹措到钱款，那么前去拜访您是义不容辞的。”

“好啊，老兄！”潘达列夫斯基不禁想道，“前不久您在这里还像老爷似的发号施令，可如今也只能这样低声下气地说话了！”

“也许您从家里得到了什么不愉快的消息吧？”他像平常那样拖长了声音说。

“是的。”罗亭冷冷地说。

“是收成不好吧？”

“不……是别的事……请您相信。达丽娅·米哈依洛芙娜。”罗亭接着说，“我永远不会忘记我在您府上度过的这段时光。”

“德米特里·尼古拉耶维奇，我也始终会愉快地回想起与您的交往……您什么时候启程？”

“今天下午。”

“这么仓促……好吧，祝您旅途愉快。不过，如果您耽搁得不太久，也许还能在这儿见到我们。”

“我未必来得及。”罗亭说着站了起来。“很抱歉，”他补充说道，“我现在无法立即归还欠您的钱款，不过我回家以后马上……”

“别说了，德米特里·尼古拉耶维奇！”达丽娅·米哈依洛芙娜打断他，“您怎么好意思说这种话！……现在几点了？……”她问。

潘达列夫斯基从坎肩口袋里掏出珐琅金表，小心地将红润的脸颊贴紧坚挺的白色硬领，看了看时间。

“两点三十三分。”他说。

“该换装了。”达丽娅·米哈依洛芙娜说，“再见了，德米特里·尼古拉耶维奇！”

罗亭站起来。他和达丽娅·米哈依洛芙娜之间的谈话从头至尾都带着一种特别的味道。演员排练时就是这样对台词的,外交官在会议上就是这样用事先准备好的言辞来交谈的……

罗亭走了出去。现在他凭经验知道,上流社会的人对待不再需要的人,不是一般的抛弃,而是随手一扔,就像舞会之后扔掉手套,就像扔掉糖纸或者没有中奖的彩票一样。

他匆匆忙忙收拾好行李,迫不及待地等待着动身的时刻。听说他要离开,大家都感到意外,连仆人都困惑莫解地看着他。巴西斯托夫无法掩饰自己的悲伤。娜塔里娅显然在回避罗亭。她尽量不去看他,不过他还是设法把信塞到了她手里。午饭时达丽娅·米哈依洛芙娜再次提起她希望在去莫斯科之前能见到罗亭,可是他什么也没有回答。潘达列夫斯基比谁都主动地跟他攀谈,罗亭好几次恨不得扑上去在他那容光焕发的脸上扇几个耳光。邦库尔小姐不时用诡谲而奇怪的目光打量着罗亭,这样的神色有时候可以在聪明异常的老猎狗的眼睛里捕捉到……"哼!"她似乎在心里说,"你这是活该!"

时钟终于敲响了六点,罗亭的四轮马车也套好了。他匆匆忙忙跟大家告别。他的情绪非常恶劣,他没有想到会这样狼狈地离开这个家庭;他好像是被撵走的……"这是怎么回事啊!何必这样匆忙呢?不过也只能如此了。"这就是他强装笑脸跟大家点头告别时的内心活动。

他最后一次看了看娜塔里娅,不由得怦然心动:她那注视着他的眼睛充满了悲伤和责备。

他迅速跑下台阶,跳上了马车。巴西斯托夫自告奋勇地要送他到驿站,坐到了他身边。

"您还记得吗?"马车驶出院子,登上两旁长满枞树的宽阔大道时,罗亭说,"您记得堂·吉诃德离开公爵夫人的宫殿时对他的随从所说的话吗?'自由',他说,'我的朋友桑丘,自由是人的一种最宝贵的财产。谁能得到上苍赐予的一块面包,无需为了这块面包而对别人感恩戴德,谁就得到了幸福!'堂·吉诃德当初的那种感觉现在我也体会到了……上帝保佑您,我好心的巴西斯托夫。什么时候也让您体验一下这种感觉呢!"

巴西斯托夫紧紧握住罗亭的手,这位诚实的年轻人的心在他那深受感动的胸腔里激烈地跳动起来。到驿站的路上,罗亭一直在谈论人的尊严,谈论真正的自由的意义——他的话充满了热情、崇高和真诚。当分离的时刻到来时,巴西斯托夫忍不住扑过去抱住罗亭的脖子放声大哭。罗亭自己也泪如泉涌;不过他并不是因为和巴西斯托夫分别而流泪,他的眼泪是自尊的眼泪。娜塔里娅回到房间里,看了罗亭的信。罗亭写道：

亲爱的娜塔里娅·阿历克赛耶芙娜：

我决定离开这儿。我别无选择。趁目前还没有明确宣布要赶我走的时候，我决定主动离开。我走了以后，种种误会也就随之消失。未必有人会对我表示同情。还能期待什么呢？……一切都已经结束，那我为何还要给您信呢？

我就要离开您了，也许这是永别。如果我给您留下了恶劣的印象，而事实上我又并非这样恶劣，那岂不令我伤心？这便是我给您写信的原因。我既不想为自己辩解，也不想怪罪别人，我只怪我自己。我想在可能范围内作些解释……最近几天发生的事情是那么出乎意料，那么突然……

今天的约会对我将是一个永远值得记取的教训。是的，您说得对，我不了解您，而我还以为是了解您的呢！在我的一生中，我跟各种各样的人有过交往，我接近过许多女人和姑娘，但是遇到您之后，我才第一次遇到了一颗完全诚实而正直的心灵。我感到不习惯，因而无法认识您的价值。从我们认识的第一天起，我就被您吸引住了——这您自己也能觉察到。我跟您度过了许多时光，但我没有真正了解您，甚至没有努力设法了解您……可是我却自以为爱上了您!! 为这一过错，我现在受到了惩罚。

从前我也曾经爱过一个女人，她也爱我……我对她的感情很复杂，她对我也一样；不过正因为她自己并不单纯，倒也算般配。那时候我不知道什么是真正的爱情，现在，当它出现在我面前的时候，我还是没有认清它的真实面貌……最后我终于认出来了，但为时已晚……过去的事情再也无法挽回了……我们的生命本来是可以融合一体的——现在却永远不可能了。我又怎能向您证明，我也能够用真正的爱——心灵之爱，而不是想象之爱——来爱您呢？因为连我自己都不知道，我是否具有这种爱的能力！

造化赋予我很多很多——这我知道，我也绝不会虚情假意地在您面前故作谦逊。尤其是现在，在我极其痛苦、极其羞愧的时刻……是的，造化赋予我很多很多，但是我做不出一件与我能力相称的事情，我将碌碌无为地死去，无法留下任何有益的痕迹。我所有的财富将白白浪费，我无法看到我播下的种子结出果实。我缺少……我自己也说不清自己究竟缺少什么……我缺少的大约就是那种既能支配人心又能征服女人的东西；而仅仅控制人们的头脑那是既不稳定也无益处的。我的命运很奇怪，简直近乎滑稽；我本想献出我的一切，迫不及待地毫无保留地献出整个身心——却又做不到。我的结局将是为了一些连我自己都难以相信的荒唐事而牺牲自己……我的天哪！到了三十五岁还打算干一番事业！……

我在任何人面前还没有这样坦率地谈过自己——这是我的忏悔。

关于我自己，谈得已经够多了。我想谈谈您，给您几句忠告：我再也没有别的能耐……您还年轻；不管您活多久，请您永远听从心灵的召唤，而不要服从自己或他人理智的指挥。请您相信，人生经历的那个圈子应该越简单越好，越狭窄越好。问题不在于人生的新内容，而在于它的每个环节都能及时完成。“从小就年轻的人才会幸福……”[①]不过我发现，这些意见对我自己比您更加适用。

我得向您承认，娜塔里娅·阿历克赛耶芙娜，我的心情十分沉重。对于我在达丽娅·米哈依洛芙娜内心引起的那种感情的性质，我从未有过任何不切实际的想法；但是我以为至少找到了一个暂时的栖身之所……现在我只能重新浪迹天涯了。对我来说，还有什么能代替您的谈话、您的倩影、您关注而聪慧的目光？……这都怪我自己不好；但您得承认，命运似乎在故意嘲弄我们。一星期之前，我自己朦朦胧胧地意识到我爱您。前天晚上，在花园里，我第一次听到您说……重提您当时说的话又有什么用处呢？——今天我就要走了，怀着愧疚的心情走了。跟您进行了那场残酷的谈话之后，我再也不抱任何希望了……您还不知道，我是多么对不起您啊……我身上有一种愚蠢的坦率，夸夸其谈的恶习……何必说这些呢！我要永远离开了。

（这里罗亭把一段内容涂掉了，而在给沃伦采夫的信里添上了第二条附启）

现在我又孤零零地留在这世界上，我的目的，正如今天早晨您挖苦我的那样，是要投身于另一种更适合于我的事业。唉！假如我真的能献身于这种事业，最终克服我的惰性……可是这不可能！我将永远是一个半途而废的人，就像从前一样……只要遇到第一个障碍——我就彻底垮了。我和您之间的这段经历证明了这一点。假如真是为了我未来的事业，为了我的使命而牺牲自己的爱情，那也好，可是我却害怕承担自己应负的责任，因此我确实配不上您。您不值得为了我而离开您那个环境……不过，这一切也许会带来好处。经历了这番考验之后，我也许会变得纯洁些、坚强些。

① 语出普希金的诗体小说《叶甫盖尼·奥涅金》。

祝您一切幸福。永别了！但愿您有时候能想起我。我想您今后还会听到我的消息。

罗　亭

娜塔里娅把罗亭的信放在自己的膝盖上，一动不动地坐了好久，眼睛望着地下。这封信比任何证据更清楚地向她证实：今天早晨跟罗亭分手的时候她情不自禁地大声说他不爱她，这句话真被她说对了！不过这并没有使她内心感到轻松些。她呆呆地坐在那儿，只觉得黑色的波涛从四面八方悄悄地向她头上涌来，而她木然无语地朝底下沉去。初恋的幻灭对任何人都是痛苦的；而对于一颗真诚的、不想欺骗自己、与轻率与矫揉造作格格不入的心灵来说，几乎是难以忍受的。娜塔里娅想起了自己的童年，那时候她常常在傍晚散步，她总要朝着天空中明亮的那个方向走去，那儿有灿烂的晚霞，而她背对着的则是黑暗的那一面。现在，她面对着黑暗的生活，而光明却在背后……

娜塔里娅的眼泪夺眶而出。眼泪这东西并非始终能带来宽慰，如果眼泪在内心憋了很久，最后才奔涌而出——起初来势凶猛，随后变得越来越轻松，越来越甜蜜，这种眼泪令人舒畅，有益健康，难言的隐痛也会随之消失……但是还有另外一种冰凉的、吝啬地滴出来的眼泪，沉重而难以消解的悲伤从心底一点一滴地挤出来的眼泪，那不是欢乐的眼泪，也不可能带来轻松。只有极度伤心的人才会流出这样的眼泪；谁没有流过这种眼泪，谁就算不上遇到过真正的不幸。娜塔里娅今天尝到了这种滋味。

将近两个小时过去了。娜塔里娅终于振作起精神，站起来擦干了眼泪，点亮蜡烛，将罗亭的信放到火上烧掉，又把灰烬抛到窗外。接着她随手翻开普希金的诗集，读了首先映入眼帘的几行诗句（她常常用普希金的诗句来占卜）。她读的是这样几行诗：

谁感受过，往事的幽灵
就会搅得他心神不定，
他不会再受到种种诱惑
回忆之蛇使他难以安宁，
悔恨时刻在噬咬他的心。[1]

---

① 引自普希金的诗体小说《叶甫盖尼·奥涅金》第一章第四十六节。

她站了一会儿，苦笑着照了照镜子，自上而下地稍稍活动了一下脑袋，便下楼到客厅里去了。

达丽娅·米哈依洛芙娜一见她便把她带进书房，让她坐在自己身边，亲切地拍拍她的脸颊，同时又仔细地、几乎是好奇地看着她的眼睛。达丽娅·米哈依洛芙娜内心感到困惑不解，她第一次想到她实际上不了解自己的女儿。从潘达列夫斯基那儿听说女儿跟罗亭私会的时候，与其说她大为恼火，不如说她万分惊讶：聪明懂事的娜塔里娅居然会做出这种事情！她把女儿叫到自己房间里臭骂了一顿——语言相当粗鲁，声嘶力竭地大喊大叫，完全丧失了一位欧洲妇女应有的风度——娜塔里娅斩钉截铁的回答以及那目光和动作中表现出来的坚定决心，令达丽娅·米哈依洛芙娜十分难堪，甚至非常害怕。

罗亭不知底细的突然离开，卸去她心头的重负，但是她猜想女儿会痛哭流涕，歇斯底里发作……娜塔里娅外表的平静又一次使她感到莫名其妙。

"怎么样，孩子？"达丽娅·米哈依洛芙娜说，"你今天好吗？"

娜塔里娅看了看自己的母亲。

"他可是走了……你那个对象。你知道他为什么这样匆忙地走了吗？"

"妈妈！"娜塔里娅低声说，"我向您发誓，除非您自己提起他，我什么也不会告诉您。"

"也许你意识到了你对不起我，是吗？"

娜塔里娅垂下头，还是那句话：

"我什么也不会告诉您。"

"那你得守信用！"达丽娅·米哈依洛芙娜微笑着说，"我相信你。前天，你记得吗……算了，我不说了。当然，事情过去了就算了，对吗？我看你恢复了原样。不然我都糊涂啦。来吻吻我，聪明的孩子！……"

娜塔里娅把达丽娅·米哈依洛芙娜的手拉过来贴近嘴唇，而达丽娅·米哈依洛芙娜则吻了吻女儿低垂的脑袋。

"你要永远听我的话，别忘了自己出身于拉松斯卡娅的家庭，是我的女儿。"她补充了一句，"你会幸福的。现在，你去吧。"

娜塔里娅默默地出去了。达丽娅·米哈依洛芙娜望着她的背影，心里想道："她像我——也是个多情的种子，不过她比我冷静[①]。"达丽娅·米哈依洛芙娜不禁想起

---

① 原文为法文。

了往事……遥远的往事……

过了一会儿，她吩咐把邦库尔小姐叫来，两人关起门来谈了好久。放走邦库尔小姐以后，她又叫来了潘达列夫斯基。她一定要知道罗亭离开的真实原因……而潘达列夫斯基使她彻底放心了。这属于他的职责范围。

第二天午饭前，沃伦采夫和他的姐姐来了。达丽娅·米哈依洛芙娜待沃伦采夫一直很客气，这一次对他特别亲热。娜塔里娅痛苦难耐，不过沃伦采夫很尊重她，跟她说话也很小心，这使她不得不打心底里感激他。

这一天过得很平静，甚至很平淡，可是分别的时候，大家都觉得又回到了原来的轨道；而这一点很重要，非常重要。

是的，大家都回到了原来的轨道……唯独娜塔里娅是例外。最后剩下她一个人的时候，她拖着沉重的脚步走到自己的床前，疲惫不堪地把头埋进枕头。她觉得生活是那样的痛苦、可恨和庸俗，她为自己，为自己的爱情，为自己的悲伤而羞愧。此时此刻，她也许宁愿一死了之……今后等待着她的还有许多痛苦的白昼，无眠的夜晚，难熬的焦虑；但是她还年轻——对她来说生活才刚刚开始，而生活迟早总会把一切纳入自己的轨道。一个人不论遇到怎样大的打击，他在当天，最迟到第二天——恕我说得粗俗些——总得吃饭吧，而这就成了第一个安慰……

娜塔里娅痛苦不堪，这是她第一次经历痛苦……不过初次的痛苦就像初恋一样，是不会重复出现的——感谢上帝！

12

过了大约两年。五月初的日子来临了。亚历山德拉·巴甫洛芙娜坐在自家的阳台上,她不再姓李比娜,而改姓列日涅夫了。她嫁给米哈依洛·米哈雷奇已经一年多了。她依然是那么妩媚,只是近来有点发胖。在那个跨过几级台阶便能进入花园的阳台前面,奶妈抱着婴儿在来回踱步。那孩子的脸蛋红扑扑的,身上披着白色的小斗篷,帽上缀着白色小绒球。亚历山德拉·巴甫洛芙娜不时望望孩子。孩子不哭不闹,一面有滋有味地吮吸着自己的手指,一面不慌不忙地朝四处张望。米哈依洛·米哈雷奇的特征开始在儿子身上显露出来。阳台上,亚历山德拉·巴甫洛芙娜身边,坐着我们早已熟悉的比加索夫。自从我们和他分手以来,他的头发明显地白了,背也驼了,人也瘦了,说话时牙齿漏风:他的一颗门牙掉了。牙齿漏风使他说起话来又多了几分刻薄……

他年岁增长了,但满腔的怨恨却未见减少,不过那些刻薄话已经失去了锋芒。他比从前更喜欢重弹那些老调了。米哈依洛·米哈雷奇不在家,大家都在等他回来喝茶。太阳已经西沉,在日落的那个方向,沿着地平线绵亘着一道淡黄色的光带。与此相对的还有两道晚霞,下面一道呈蔚蓝色,上面一道呈紫红色。高空中的几朵浮云在渐渐融化。这一切都预示着明天将是一个正常的晴好天气。

突然,比加索夫放声大笑起来。

“您笑什么,阿夫里康·谢苗内奇?”亚历山德拉·巴甫洛芙娜问。

“噢,是这么回事……昨天,我听到一位农夫对他的老婆说:‘别叽叽喳喳!’他老婆当时正说得起劲。我很喜欢这句话:‘别叽叽喳喳!’的确,女人又能说出多少道理来呢?你们知道,我不是指在座各位。我们的祖先比我们聪明。他们的神话故事里总有一位美女,脑门上缀着一颗星星,坐在窗前,一声不响。女人嘛,就应该这样。可是前天,我们贵族长的老婆就像对着我的脑袋开了一枪,她对我说,她不喜欢我的倾向！还倾向呢！假如造物主开恩让她突然丧失嚼舌头的能力，那无论对她还是对大家岂不是更好吗?”

“您还是老样子，阿夫里康·谢苗内奇，尽诋毁我们这些弱女子……您知道吗?这本身就是一种不幸，真的，我为您感到可惜。”

“不幸?您怎么能这样说呢！第一，我看世界上只有三种不幸：冬天住冰凉的房子，夏天穿挤脚的鞋子，还有就是跟婴儿同住一个屋子，婴儿啼哭不止，但又不能让他吃除虫粉。第二，我现在成了最最安分守己的人，简直可以当典范。我的行为完全符合道德规范。”

“您品行端正，无可挑剔！不过，叶莲娜·安东诺芙娜昨天还跟我说您的不是呢。”

“竟有这样的事！她跟您说什么来着，能告诉我吗?”

“她说您整整一个上午对她的所有问话只回答两个字：‘什么?!’‘什么?!’还故意尖着嗓子做怪腔。”

比加索夫笑了起来。

“那可是个好主意啊，亚历山德拉·巴甫洛芙娜……您说是吗?”

“是个坏主意！难道对女人可以这样不讲礼貌吗，阿夫里康·谢苗内奇?”

“怎么?您以为叶莲娜·安东诺芙娜是女人吗?”

“那您说她是什么?”

“是一面鼓，一面普普通通的可以用棒槌敲打的鼓……”

“噢，对了！”亚历山德拉·巴甫洛芙娜想改变话题，便打断他说，“听说，有一件喜事要向您祝贺呢。”

“祝贺什么?”

“您打赢了官司。格林诺夫斯基牧场现在归您了……”

“是的，归我了。”比加索夫阴郁地说。

“多少年来，您一直在争这片牧场，现在到手了，怎么反而不高兴了?”

“我告诉您吧，亚历山德拉·巴甫洛芙娜，”比加索夫慢条斯理地说，“没有比迟到的幸福更糟糕、更气人的了。这样的幸福不可能给您带来满足，反而剥夺了您的权利——骂人和诅咒命运的宝贵权利，真的，夫人，迟到的幸福是一种苦涩而令人恼火的东西。”

亚历山德拉·巴甫洛芙娜只是耸了耸肩膀。

“奶妈，”她叫道，“我看米沙该睡觉了，把他抱过来。”

亚历山德拉·巴甫洛芙娜开始忙乎自己的孩子，而比加索夫则嘟嘟囔囔地走到阳台的另一头去了。

突然，在不远处，在花园旁边的路上，米哈依洛·米哈雷奇坐着他那辆竞赛马车过来了。两条硕大的看门狗，一黄一灰，跑在马的前面。这两条狗是他前不久才开始豢养的。它们不停地咬来咬去，但又亲密得难舍难分。一条老猎狗冲出大门去迎接两条看门狗，它张大了嘴，好像要吠叫的样子，结果只是打了个呵欠，友好地摇着尾巴回来了。

“你看，萨沙！”列日涅夫打老远就向妻子喊道，“我把谁给你带来了……”

亚历山德拉·巴甫洛芙娜没有立即认出坐在丈夫背后的那个人。

“啊，巴西斯托夫先生！”她终于喊了起来。

“是他，真是他，”列日涅夫回答说，“他给我们带来了多好的消息！一会儿你就知道了。”

他的马车驶进了院子。

一眨眼工夫他和巴西斯托夫就出现在阳台上。

“乌拉！”他喊叫着拥抱妻子，“谢廖沙要结婚啦！”

“跟谁结婚？”亚历山德拉·巴甫洛芙娜激动地问。

“当然跟娜塔里娅啰……这消息是咱们这位朋友从莫斯科带来的，还有一封给你的信……你听见了吗，小米沙？”他接过儿子，又说了一句，“你舅舅要结婚啦！……瞧你这傻小子，只会眨巴眼睛！”

“他想睡了。”奶妈说。

“是的，夫人。”巴西斯托夫走到亚历山德拉·巴甫洛芙娜跟前说，“我今天从莫斯科回来，达丽娅·米哈依洛芙娜委托我来检查一下庄园的账目。这是给您的信。”

亚历山德拉·巴甫洛芙娜连忙拆开弟弟的来信。信里只有几行字。他在狂喜中告诉姐姐，他已向娜塔里娅求婚并且得到她本人和达丽娅·米哈依洛芙娜的同意；他答应下一次写信一定写得更详细些。还说他要拥抱和亲吻大家。很显然，他写信的时候正处于极度兴奋的状态。

仆人送上茶。大家请巴西斯托夫坐下，接着倾盆大雨般地向他提出各种各样的问题。所有人，包括比加索夫在内，都为他带来的消息感到高兴。

“我们听说这中间还有一位科尔察金先生。”列日涅夫顺便说道，“请问，这也许是无稽之谈吧？”

（科尔察金是位英俊的年轻人——社交界的一头雄狮，他盛气凌人，不可一世，他的举止傲慢得仿佛他不是一个活生生的人，而是由公众集资为他树立的一尊铜像。）

“不，不完全是无稽之谈。”巴西斯托夫微笑着说，“达丽娅·米哈依洛芙娜倒是十分赏识他,可娜塔里娅·阿历克赛耶芙娜连他的名字都不想听到。”

“我认识他,”比加索夫插嘴说,“他是个双料的混蛋,混透了……就是这么回事!要是大家都像他那个德性,除非可以得到一大笔赏金,否则你就别想活了。就是这么回事!”

“也许是这样,”巴西斯托夫说,“不过他在社交界可不是个无足轻重的小人物。”

“反正都一样!”亚历山德拉·巴甫洛芙娜大声说,“不去管他!啊,我多么为弟弟高兴啊!……娜塔里娅也很快活吗?幸福吗?”

“是的,夫人。她跟往常一样,不露声色——您是了解她的——,不过看样子也很满意。”黄昏在愉快而活跃的谈话中过去了。大家坐下来吃晚饭。

“顺便问一句,”列日涅夫给巴西斯托夫斟拉菲特葡萄酒[①]的时候问道,“您知道罗亭现在在哪儿吗?”

“现在我也不太清楚。去年冬天他到莫斯科住了一段时间,不久便随某个家庭到西比尔斯克去了。我跟他一度通过信,他在最后一次来信中告诉我,他即将离开西比尔斯克,不过没有说去哪儿,——后来我就再也没有听到他的任何消息了。”

“他是不会消失的!”比加索夫插嘴说,“说不定正坐在什么地方宣扬他那一套货色呢。这位先生总能找到两三个崇拜者。他们会心甘情愿地张大嘴巴听他胡扯,还肯借钱给他。你们瞧着吧,他的下场就是在查列沃科克沙依斯克或者丘赫拉姆的某地死在一位老处女的怀里,那戴着假发的老处女还以为他是世界上最伟大的天才呢……”

“您也说得太刻薄了!”巴西斯托夫不满地轻声说。

“一点也不刻薄!”比加索夫说,“倒是十分公正的。照我看来,他充其量也只是个厚颜无耻的寄生虫罢了。我忘了告诉您,”他转身对列日涅夫继续说道,“我认识那个杰尔拉霍夫,他是跟罗亭一起到国外去的。肯定知道他的底细!你们无法想象,他是怎么说罗亭的——简直笑死人!幸好罗亭的所有朋友和追随者到头来都成了他的敌人。”

“请您不要把我算在这类朋友中间!”巴西斯托夫激动地说。

“您么,当然另当别论。我不是说您。”

“杰尔拉霍夫跟您说了些什么?”亚历山德拉·巴甫洛芙娜问。

“他说了很多,没法全记住。不过最精彩的是罗亭闹了这么个笑话。由于他在不断发展(这些先生一直在发展:比方说别人只是吃饭和睡觉,而他们在吃饭睡觉的时

---

① 法国拉菲特产的红葡萄酒。

候也在发展,是这样吗,巴西斯托夫?(巴西斯托夫什么也没回答)……由于罗亭始终处在发展过程中,他通过哲学得出了一个结论,即他应该恋爱了。于是他开始物色对象,而且这个对象一定要符合他那惊人的结论。幸运向他露出了微笑。他认识了一个法国女人,一个非常漂亮的专做时装的女裁缝。事情发生在德国的某个城市里,请注意,是在莱茵河畔。他开始去找她,给她送去各种各样的书籍,跟她大谈自然和黑格尔。你们能想象那位女裁缝的反应吗?她还以为他是天文学家呢。不过么,你们知道,罗亭的模样长得还不错,又是个外国人——俄国人,于是她就看上了罗亭。罗亭最后要跟她约会,一次富有诗意的约会:坐船游览莱茵河。那法国女人答应了。她换上了漂亮的衣服,跟他坐上小船出发了。他们玩了两个多小时。你们以为他在这一段时间里干了些什么呢?他抚摸着法国女人的头,若有所思地望着天空,再三说他对她怀着一种父亲般的慈爱。法国女人气昏了,后来就亲口把这件事告诉了杰尔拉霍夫。你们看,这位先生就这么个德性!……"

比加索夫说完笑了起来。

"您怎么老是诋毁别人!"亚历山德拉·巴甫洛芙娜恼怒地说,"我可是越来越坚信,即使那些骂罗亭的人,也说不出他有什么不好。"

"没有什么不好?得了吧!他向来都靠别人生活,到处借钱……米哈依洛·米哈雷奇!他大概也向您借过钱吧?"

"听我说,阿夫里康·谢苗内奇!"列日涅夫开腔说道,脸上露出严肃的表情,"听我说,您知道,我妻子也知道,近年来我对罗亭并没有什么特别的好感,甚至经常指责他。(列日涅夫往大家酒杯里斟上香槟)我还是提议:刚才我们举杯祝贺我们亲爱的兄弟和他的未婚妻,现在我提议你们为德米特里·罗亭的健康而干杯!"

亚历山德拉·巴甫洛芙娜和比加索夫惊讶地望着列日涅夫,而巴西斯托夫一听就来了精神,兴奋得脸也红了,眼睛也睁大了。

"我很了解他,"列日涅夫说,"他的缺点我也很清楚。这些缺点之所以格外明显,是因为他不是平庸之辈。"

"罗亭具有天才的性格!"巴西斯托夫附和说。

"天才么,他也许是有的,"列日涅夫说,"至于性格……他的全部不幸实际上就在于他根本没有性格……不过问题不在于此。我想说他身上好的、难得的方面。他有热情;而这一点,请你们相信我这个懒散的人,是我们这个时代最宝贵的品质。我们大家都变得难以容忍的谨慎、冷漠和委靡,我们都沉睡了,麻木了,谁能唤醒我们,给我们以温暖,哪怕一分钟也好,那就得对他说声谢谢。是时候啦!你还记得吧,萨沙,有一次,我跟你说到他的时候,还责备过他冷漠。当初我说得既对又不对。冷漠存在于他的血液之中——这不是他的过错——而不在他的头脑中。他不是那种矫揉造作的演员，像我以前说的那样，也不是骗子，不是无赖。他要靠别人养活并不是因为他狡猾，而是因为他像个孩子……是的，他确实会在穷困潦倒中死去，难道因此就得对他落井下石吗？他之所以一事无成，恰恰是因为他没有性格，缺乏热血。不过谁有权利说他从来没有做过，也不能做一件好事呢？谁有权利说他的言论没有在年轻人的心中播下许多优良的种子呢？对那些年轻人，造物主并没有像对罗亭那样拒绝赐予行动的力量和实现愿望的才能。是的，我自己首先就有过亲身体会……萨沙知道，我年轻时对罗亭是多么崇拜。记得我还曾经说过，罗亭的话不可能对人们产生影响。不过我当时指的是像我这样的人，像我现在这样年纪、有过相当阅历并且受过挫折的人。他说话只要有一个音走了调，那么我们总觉得他所有的话都失去了和谐。幸好年轻人的听觉没有那么发达，那么挑剔。如果年轻人认为自己听到的那些话的本质是美的，那么音调准不准对他们又有什么关系呢！和谐的音调他可以在自己的内心找到。”

“说得好！说得好！”巴西斯托夫说，“说得太好了！至于罗亭的影响，那我敢向你们发誓，这个人不仅善于使你深受感动，还能推动你前进，而且不让你停顿，他让你彻底改变面貌，让你燃烧！”

“您听到了吗？”列日涅夫转身对比加索夫说，“您还需要什么证据吗？您总是攻击哲学，一提到哲学您就竭尽讽刺挖苦之能事。我本人对哲学并无太大的兴趣，也不在行，不过我们种种重要的弊病并不是哲学造成的！故弄玄虚的哲学理论和梦呓决不会跟俄国人沾边，他们有足够的理智。但是决不允许在攻击哲学的幌子下攻击任何对真理和觉醒的真诚向往。罗亭的不幸在于他不了解俄国，这确实是很大的不幸。俄国可以没有我们中间的任何一位，可是我们中间的任何人都不可以没有俄国。谁认为没有俄国也照样行，那他就会倒霉；谁在行动上真的这样做了，那他就会倒大霉！所谓世界主义纯粹是胡说八道，信奉世界主义的人等于零，甚至比零还糟。离开了民族性，就没有艺术，没有真理，没有生活，什么也没有。没有特征就不可能有一张理想的脸，只有那种俗不可耐的脸才可以没有特征。我再说一遍，这不是罗亭的过错，这是他的命运，痛苦而艰难的命运，我们决不能因此而去责备他。倘若我们要探究罗亭这一类人在我国出现的原因，那就离题太远了。只要罗亭身上有优点，我们就得感谢他。这比不公正地对待他要容易些，而我们对他向来是不公正的。惩罚他，这不是我们的事，也没有这个必要；他已经严厉地惩罚过自己了，甚至远远地超出应得的惩罚……上帝保佑，但愿不幸能克服他所有的缺点，只保留他的优点！我为罗亭的优点而干杯！为自己最美好的岁月中的同志的健康，为青春，为青春的希望、憧憬、轻信和真诚，为二十岁的时候我们的心曾为之激烈跳动、我们在生活中曾经领略过的最美好的一切而干杯！……我为你，黄金时代，干杯，我为罗亭的健康干杯！……”

大家都跟列日涅夫碰杯。巴西斯托夫激动得差点儿没把酒杯碰碎，他把酒一饮而尽。亚历山德拉·巴甫洛芙娜紧紧地握住列日涅夫的手。

“米哈依洛·米哈雷奇，我真没有想到您的口才这么好，”比加索夫说，“简直跟罗亭先生不相上下。连我也被感动了。”

“我根本没有口才。”列日涅夫不无恼怒地说，“要感动您，我想，不那么容易。不过，别谈罗亭了，让我们谈点别的……那个人……他叫什么来着？……潘达列夫斯基还住在达丽娅·米哈依洛芙娜家吗？”他转身问巴西斯托夫。

“当然，还住在她那儿！她还设法为他找了个肥缺。”

列日涅夫冷笑了一下。

“此人是决不会因贫穷而死的，这一点我可以保证。”

晚餐结束了。客人们陆续离去。只剩下夫妇俩的时候，亚历山德拉·巴甫洛芙娜笑容满面地望着丈夫的脸。

“你今天真漂亮，米沙！”她抚摸着丈夫的额头说，“你的话多么通情达理，宽宏大量！不过你该意识到，今天你过于袒护罗亭了，就像从前过于责备他一样……”

“不打落水狗嘛……当初我是怕你被他搞得晕头转向。”

“不会的。”亚历山德拉·巴甫洛芙娜天真地说，“我一直觉得他学问太渊博了，我有点怕他，在他面前不知道说什么好。今天比加索夫嘲弄他也够狠的，你说是吗？”

“比加索夫？”列日涅夫说，“就是因为比加索夫在场，我才这样激烈地为罗亭辩护。他竟敢说罗亭是个寄生虫。依我看，他，比加索夫，扮演的角色，比罗亭恶劣一百倍。他拥有独立的财产，对什么都横加嘲弄，可是对有权有势的人却溜须拍马！你知道吗，这个愤世嫉俗、攻击哲学、诋毁妇女的比加索夫，你知道吗，他做官的时候贪污受贿，干了许多见不得人的勾当呢！唉！你看就是这么回事！”

“是吗？”亚历山德拉·巴甫洛芙娜大声说，“这种事怎么也没有料到！……我说，米沙，”她停了停，继续说道，“我想问你……”

“问什么？”

“你看我弟弟跟娜塔里娅在一起会幸福吗？”

“怎么跟你说呢……可能性还是存在的……当然，今后发号施令的是娜塔里娅，咱们之间没有必要隐瞒这一点，她比他聪明。不过你弟弟是个好人，真心诚意地爱娜塔里娅。还需要什么呢？就说咱们俩吧，彼此相亲相爱，不是很幸福吗？”

亚历山德拉·巴甫洛芙娜微微一笑，紧紧握住了米哈依洛·米哈雷奇的手。

就在亚历山德拉·巴甫洛芙娜家里发生上述这些事情的那一天，在俄罗斯一个偏僻的省份，一辆套着三匹耕马、遮着芦席、破破烂烂的马车，冒着酷暑，艰难地缓缓行进在大路上。驭手的位置上坐着一位头发花白、衣衫褴褛的农民。他叉开双脚，斜蹬着车辕的横木，一只手不住地拽紧缰绳，另一只手挥舞着鞭子。马车里，一只空箱子上坐着一位高个子男人，他头戴一顶宽边帽，身穿一件沾满尘土的外套。这就是罗亭。他耷拉着脑袋，帽舌压到眼际，马车左右摇晃，他的身体也被抛过来甩过去，但他好像一点儿也没有感觉到，仿佛在打盹似的。终于，他挺直了身子。

“我们什么时候才能到站呀?”他问坐在驭手位置上的农民。

“快了，老爷，”农民回答说，更用力地拉紧缰绳，“过了前面那个小山坡，就剩下四里路，不会再多了……你啊！你在想心事……我叫你想心事。”他用尖细的声音补充了一句，说着用鞭子抽打套在右面的那匹马。

“我看你不会赶车，”罗亭说，“我们一大早就出发，磨磨蹭蹭的怎么也到不了目的地，你最好还是唱支歌吧。”

“有什么办法呢，老爷！这几匹马，您自己也看到了，走得太累了……又碰上这么个大热天，咱不会唱歌；咱不是车夫……喂，小羊羔，你听见没有，小羊羔!”农民突然对一位穿棕色外衣和一双破草鞋的过路人喊道，“闪开，小羊羔。”

“马车夫！了不起……”过路人在他后面嘟哝着停住了脚步，“好一副莫斯科派头!”他又添了一句，语气里充满了责备，接着摇了摇头，一瘸一拐地继续赶路了。

“你这是往哪儿走哇!”农民拖长了音调说，一面拉紧辕马的缰绳。

“你啊，真调皮！真是个调皮鬼……”

三匹疲惫不堪的马好不容易把马车拉进了驿站的院子里。罗亭下了马车，付过钱(那农民没有向他鞠躬道谢，只是把钱放在手掌上掂了好久——显然是酒钱给少了)，自己动手把箱子搬进驿站的房间里。

我有位熟人，他一生中走遍了大半个俄国。他认为，假如驿站房间里的墙上挂着描绘《高加索俘虏》[①]情节的图画或俄国将军的画像，那就表明可以很快得到马匹。但是，假如画上画着著名赌棍乔治·戴·日尔马尼[②]的生平，那么旅客根本就别指望能很快离开；他可以有充裕的时间去尽情欣赏这位赌棍年轻时卷曲而前伸的额发，白色的开襟坎肩和又短又小的裤子，欣赏他晚年在一间尖顶农舍里举起椅子砸死亲生儿子时吓得目瞪口呆的面部表情。罗亭走进去的那个房间正巧挂着反映《三十年，又

---

① 《高加索俘虏》，俄国诗人普希金的长诗。

② 法国闹剧《三十年，又名赌棍的一生》中的主人公。

名赌棍的一生》的几张图画。听到罗亭的喊声，走进来一位睡眼惺忪的驿站长（顺便说一句，有谁见过驿站长不是睡眼惺忪的呢！）他不等罗亭问他，便懒洋洋地宣布说："没有马。"

"您连我上哪儿都不知道，怎么能说没有马呢？我是借了耕马来的。"

"不管上哪儿，都没有马。"驿站长说，"那您上哪儿？"

"到××斯克。"

"没有马。"驿站长说完便扬长而去。

罗亭忿忿然走近窗口，把帽子扔在桌子上。他变化不大，只是近两年来显得苍老些，头发中间已经出现了几缕银丝，眼睛依然很美，但眼神似乎黯淡了，一条条细小的皱纹，痛苦和烦恼留下的痕迹，已经爬上了嘴角、双颊和两鬓。

他身上的衣服又旧又破，连衬衣的影子都看不到。他的锦绣年华看来已经逝去，他进入了园丁们所说的结子阶段。

他开始看墙壁上的题词——旅客在无聊中常用的消遣方式——，突然门吱呀一声，驿站长走了进来……

"到××斯克的马没有，很久都不会有。"他说，"不过回××奥夫的马倒是有的。"

"到××奥夫？"罗亭说，"得了吧！跟我完全不是一个方向。我是到奔萨去，而××奥夫好像是去唐波夫的那个方向吧。"

"那有什么关系？到唐波夫再转奔萨，要不从××奥夫直接转。"

罗亭想了想。

"那好吧。"他最后说道，"您去吩咐套马吧。对我反正都一样，先到唐波夫。"

马一会儿就套好了。罗亭提着自己的小箱子爬上了马车，坐定后又像原来那样垂下了脑袋。他那耷拉着脑袋的姿态流露出无奈、顺从和悲伤……三驾马车不慌不忙地小跑起来，断断续续响起了叮叮当当的铃声。

尾　声

又过了好几年。

那是个凉爽的秋日。一辆旅行马车驶进了省城C最大的一家旅馆门口。一位先生微微伸着懒腰，气喘吁吁地下了马车。此人年龄不算太大，可是身体已经发福到了足以令人起敬的地步。他沿着楼梯登上二楼，在一条宽阔的走廊入口处停下来。他看到前面没有人，便大声说要开个房间。不知哪扇门呼的一声，从低矮的屏风后面闪出一名细高个侍者。他侧着身子快步迎过来，他那发亮的后背和卷起的袖子在半明半暗的走廊里不断闪动。旅客走进房间，立即脱去外套，解下围巾，坐在沙发上。他两手握拳撑着膝盖，好像刚睡醒似的向周围看了一眼，然后吩咐把他的仆人叫来。

侍者做了个遵命的动作便消失了。这位旅客并非别人，就是列日涅夫。他是为了招募新兵事宜从乡间到省府C城来的。

列日涅夫的仆人走进了房间，他是一位头发卷曲、面颊红润、身穿灰外套、腰束蓝腰带、脚蹬软靴的小伙子。

“你看，小伙子，我们终于到了。”列日涅夫说，“可你还一直担心轮箍会脱落呢。”

“到了！”仆人说，尽量想在被外套的高领夹着的脸上挤出笑容来，“轮箍怎么就没有掉下来呢……”

“这儿有人吗？”走廊里有人在问。

列日涅夫怔了一下，仔细听着外面的动静。

“喂！那儿是谁呀？”那声音又问道。

列日涅夫站起来，走到门口，很快开了门。

他面前站着一个高个儿男子，头发几乎全白了，腰背佝偻着，穿一件破旧的、缀铜纽扣的常礼服，列日涅夫马上认出了他。

“罗亭！”他兴奋得大声喊道。

罗亭转过身。他无法辨认背光站着的列日涅夫的面貌，只是莫名其妙地望着他。

“您不认识我了吗?”列日涅夫问。

“米哈依洛·米哈雷奇!”罗亭高喊着伸出了手，可是又尴尬地想缩回去。

列日涅夫连忙伸出双手紧紧抓住。

“请进，请到我的房间来!”说着他把罗亭带进了自己的房间。

“您变化太大了!”列日涅夫沉默了片刻，禁不住压低了声音说道。

“是啊，大家都这么说。”罗亭一边回答，一边打量着房间，“岁月不饶人啊……可您还是老样子。亚历山德拉……您的夫人好吗?”

“谢谢，她很好。是什么风把您吹来的?”

“我? 说来话长。其实，我到这儿来完全出于偶然。我在找一位熟人。不过，我还是很高兴……”

“您在哪儿用膳?”

“我? 不知道。随便找个小饭馆对付一下。我今天就得离开这儿。”

“非走不可?”

罗亭意味深长地苦笑了一下。

“是的，先生，非走不可。我是被遣送回原籍的。”

“请您跟我一起用午饭吧。”

罗亭第一次直视着列日涅夫。

“您请我一起吃饭?”他说。

“是的，罗亭，就像很久以前那样，同志般地畅饮一番好吗? 我没料到会遇见您，天知道今后什么时候才能再次见面。咱们总不能就这样分手吧!”

“那好吧，我同意。”

列日涅夫握了握罗亭的手，吩咐仆人去点几个菜，还要了瓶冰镇香槟酒。

在用餐过程中，列日涅夫和罗亭不约而同地一直在谈论大学期间的生活，回忆了许多去世的和健在的人和事。起初，罗亭不太愿意多说，可是几杯酒下肚，浑身的血液便沸腾起来了。终于，仆人撤去了最后一只盘子。列日涅夫站起来，关上门，又回到桌子旁边，面对罗亭坐下来，双手轻轻托着下巴。

“那么现在，”列日涅夫说，“请您详细谈一谈我们分别以后的情况。”

罗亭看了列日涅夫一眼。

“天哪!”列日涅夫不禁再一次想道，“他的变化多大啊，可怜的人!”

罗亭的容貌变化不大，尤其是跟我们在驿站看到他的时候相比几乎没什么差别，尽管日益迫近的老年已经在他脸上留下烙印，但他的神情却很不一样，他的眼神变了。他浑身上下，那时缓时急的动作，那无精打采、断断续续的话语，无不透露出一种极度的疲倦和难言的苦衷，这跟他从前多半是故意装出来的忧郁很不一样，那是雄心勃勃、自以为是的年轻人常常用来炫耀自己的。

"把我的情况全告诉您？"罗亭说，"全告诉您，这不可能，也没有必要……我四处漂泊，历尽艰辛，这不仅指体力上，精神上也一样。天哪，有多少人和事令我失望！什么样的人我没有打过交道！是的，各种各样的人！"他发现列日涅夫怀着一种特殊的同情凝望着他，便重复了一句。"有多少次连我自己的话都令我讨厌——这不仅指我自己亲口说的，即使出于同意我观点的那些人之口，也令我讨厌！有多少次我从孩子般的冲动变成驽马般的麻木，哪怕痛加鞭策也不会摇摆尾巴……有多少次我欣喜若狂，满怀希望，却到处树敌，忍辱负重，结果终成泡影！有多少次我似雄鹰展翅飞翔，搏击长空，到头来如一只碎了壳的蜗牛原地蹒跚！……我什么地方没有去过！什么样的路没有走过！……往往是泥泞不堪的路……"罗亭补充了一句，稍稍背过脸去。"您知道……"他继续说……

"我说，"列日涅夫打断他，"从前我们彼此以你相称……咱们恢复老习惯，好吗？来，咱们为你干杯！"

罗亭一怔，稍稍挺起身，可是他的目光中掠过一丝难以用语言表达的神色。

"干杯。"他说，"谢谢你，老兄，干杯！"

列日涅夫和罗亭一饮而尽。

"你知道吗？"罗亭接着说，特别强调你字，脸上也露出了笑容，"我心里有一条虫，它不停地咬我，吞噬我，永远不让我太平。它驱使我接触形形色色的人——他们起初受到我的影响，但是后来……"

罗亭把手一挥。

"自从跟你……跟你分手以后，我经历了许多事情，尝遍了甜酸苦辣……我一次又一次重新开始生活，换了二十几项工作，而结果呢，你瞧！"

"你缺乏毅力。"列日涅夫好像自言自语地说。

"正如你所说的，我缺乏毅力……我从来不善于创建任何东西。再说，如果你脚下没有地基，如果你不得不亲手为自己开辟一块立足之地，那么，老兄，要进行建设又谈何容易！我的全部经历，实际上也就是我的所有挫折，我不准备向你详细描述。我只能告诉你两三件事情……我一生中遇到过这么几件事情，那时候成功似乎已经在向我微笑，啊，不，应该说我已经开始指望得到成功——这两者是不能相提并论的……”

罗亭把稀疏的灰白头发往后一捋，那动作就像当初他捋那头浓密的黑发一模一样。

“好，你听我说，”他开始道，“我在莫斯科遇上了一位相当古怪的先生。他很有钱，拥有几处大庄园，但没有去当官。他主要的、唯一的爱好便是科学，一般的科学。至今我都不明白，为什么他会有这种爱好！这完全不适合他，这就好比往母牛身上套马鞍。他自己竭力装出高明的样子，可几乎连话都不会说，只会很有表情地转动眼珠，意味深长地摇晃脑袋。老兄，我还没有见到过比他更平庸更愚笨的人……就像斯摩棱斯克省的沙漠，除了偶尔有几棵连动物都不吃的草以外，一无所有。事情一到他手里，准会变得一团糟。他还热衷于把简单的事情复杂化。假如大家都听他的指挥，那真的只能用脚跟吃饭了。他不知疲倦地干哪，写呀，读哇，以一种坚忍不拔、不屈不挠的精神从事科学。他的自尊心极强，意志如钢铁一般坚强。他孤身一人，是个出了名的怪物。我认识他以后……他对我产生了好感。老实说，我很快就把他看透了，可是他那股热情令我感动。再说他拥有巨产，可以利用他办许多好事，为大家谋利益……我便住到他那儿，最后还一起到他的庄园去。我的计划，老兄，非常庞大。我想推行各种改良和革新……”

“就像当初在拉松斯卡娅家一样，还记得么？”列日涅夫说，脸上露出善意的微笑。

“大不一样！那时候我知道，我心里明白，我的话绝不会有任何结果。可是这一回……展现在我面前的完全是另一番天地……我带去了很多农业方面的书籍……虽然我一本书也没有从头至尾读完过……就这样我开始干了起来。不出所料，起初进展并不顺利，后来似乎有了眉目。我那位新朋友始终一声不吭地在旁边看着，没有妨碍我，也就是说，在一定程度上没有妨碍我。他接受了我的建议，加以贯彻，不过他很固执，内心并不相信我，总想把事情纳入他的轨道。他把自己的每一个想法都看得非常宝贵。一旦打定了什么主意，就要坚决干到底，就像瓢虫爬上了青草的顶端，非要展翅飞翔不可——即使掉下来也会重新爬上去……我这样比喻请你别奇怪，当初我心里就是这么想的。就这样我苦苦奋斗了两年，可是进展并不顺利，尽管我使出了浑身解数。我开始感到疲倦，我的朋友也令我讨厌，我挖苦他，他也像羽毛褥子那样压得我喘不过气来。他的不信任感演变成无言的怨恨，我们彼此充满了敌意，什么事情都谈不拢。他默默地但又不断地竭力向我证明，他决不会受我的影响。我的计划不是被他篡改了，就是完全取消了……我终于发现自己在地主老爷家里无非是一名寄人篱下的食客而已，我为自己白白浪费时间和精力而痛苦。我心里明白，如果离开他，那我会前功尽弃，但是我无法控制自己。有一天，在目睹了一个痛苦而令人气愤、使我那位朋友暴露出真面目的场面以后。我终于跟他大吵一场并且离开了他，甩掉了这位用俄国面粉和德国蜜糖捏成的书呆子老爷……”

“这就是说你丢掉了那块赖以糊口的面包。”列日涅夫说着把双手搭在罗亭的肩上。

“是的，我再一次落得一身轻松，无牵无挂，可以随心所欲了……唉，咱们干一杯！”

“祝你健康！”罗亭探身吻了吻他的额头，“为了你的健康，也为了纪念波科尔斯基……他也是个安贫乐道的人。”

“这就是我的第一号奇遇。”罗亭稍停片刻后说道，“怎么样，继续讲下去吗？”

“往下说吧。”

“唉！我没有心思说话。我已经懒得说了，老兄……不过，说就说吧。后来，我继续到处闯荡……顺便说一句，我本来可以告诉你，我怎样差点儿当上了一位大人物的秘书以及结果如何，但这就扯远了……我继续到处闯荡……最后下决心要做一个……请你别见笑，做一个认真办实事的人。这样的机会终于来了，我结识了一个人……此人也许你听说过，结识了库尔别耶夫……没听说过？”

“没有，没有听说过。可是，罗亭，你这样聪明的人怎么没有意识到你的事业不在于去当什么——请原谅我说句俏皮话——实业家？”

“我知道，老兄，是不在于此。可话又得说回来，我的事业究竟在哪儿呢？……要是你能见到库尔别耶夫就好了！请你别把他想象成一位空谈家。人家说我从前也是个能言善辩的人，可是跟他一比，我简直算不了什么。这个人学问高深，知识渊博，有头脑，老兄，他在办工业和经商方面富有创造性。他脑子里酝酿着种种异想天开、出人意料的计划，我和他联合起来，决心用我们的力量办公益事业……”

“请问办什么事业？”

罗亭垂下眼睛。

“你会笑话的。”

“为什么？我不会笑话的。”

“我们决心疏浚K省的一条河，使它能通航。”罗亭不好意思地笑着说。

“好家伙！这么说来库尔别耶夫是个大资本家咯？”

“他比我还穷。”罗亭说，默默地垂下了灰白的脑袋。

列日涅夫笑了起来，可是突然又忍住笑，握住了罗亭的手。

“对不起，老兄。”他说，“这太出乎我的意料了。那么，你们这件事不就成了纸上谈兵？”

“不完全如此。开了个头。我们雇了一批工人……就干了起来。但马上遇到了各种麻烦。首先,那些磨坊老板根本不理解我们的一番好意,其次,没有机器,我们只能望水兴叹。而购买机器我们又没有钱。整整六个月我们都住在土屋里,库尔别耶夫只能啃面包,我也经常饿肚子。不过,对此我毫无怨言,那儿大自然的景色美丽极啦。我们尽了最大的努力,想了一切办法,千方百计地说服商人,到处写信,散发传单,结果为这项计划我花完了最后一笔钱。”

“不过,我想,”列日涅夫说,“花光你的钱并不难。”

“当然不难。”

罗亭望着窗外。

“不过这计划确实不错,可以产生巨大的效益。”

“库尔别耶夫后来到哪里去了?”

“他? 他现在在西伯利亚,当了一名淘金者,你等着瞧吧,他肯定能发财,决不会潦倒的。”

“也许是这样。不过你肯定发不了财。”

“我? 那有什么办法! 不过我知道,在你眼里我始终是个废物。”

“你? 得了吧,老兄! ……有一段时间我的确只看见你的弱点;可是现在,请你相信我,我学会了尊重你。你永远发不了财……是的,正因为如此我才喜欢你……真的!”

罗亭微微一笑。

“果真如此?”

“正因为如此我才尊敬你!”列日涅夫重复了一遍,“你能理解我吗?”

两人都沉默不语。

“怎么样,再谈第三件事吗?”过了一会儿罗亭问道。

“说吧。”

“遵命。第三件也是最后一件。这件事我才摆脱不久,你不嫌我啰唆吗?”

“说吧,说吧。”

“你看,”罗亭说,“有一次我闲着没事……空闲的时间我有的是……便这样想:我有不少知识,有善良的愿望……你总不至于否认我有善良的愿望吧?”

“那还用说!”

“我在别的领域搞不出什么名堂……与其这样虚度年华……为何不可以去当一名教育工作者,或者说得简单些,当一名教师呢……”

罗亭停下来叹了口气。

“与其虚度年华，不如把我的知识传授给别人，说不定他们会从我的知识中汲取某些有用的东西……我的能力并不弱，再说我也有口才……所以我决心献身于这项新的事业。为谋教职我着实忙碌了一番，我不愿意个别传授，教小学我又嫌不合适。最后终于在这儿一所中学里谋到了教员的位置。”

“教什么?”列日涅夫问。

“教语文。不瞒你说，我还从来没有像这一次这样热衷于自己的工作。想到自己能影响年轻的一代，我就备受鼓舞。为了写一篇导论，我足足花了三个星期。”

“这篇讲稿你还保存着吗?”列日涅夫打断他。

“没有了，不知丢在哪儿去了。导论写得不错，很受欢迎。学生们的脸至今还历历在目……那是些善良、青春勃发、专心致志，充满了同情甚至惊讶的脸，我登上讲台，匆匆忙忙念完了讲稿，我本来以为是够讲一个多小时的，可是二十分钟我就念完了。学监就坐在教室里——一个戴银丝眼镜、套着短假发的干瘪老头——他不时地朝我点头。等到我上完课离开座位的时候，他对我说：‘很好，先生，就是讲得深奥了点，不够明了，对学科本身说得过于简略。’但是学生们怀着尊敬的心情目送着我走下讲台……真的，这就是青年的可贵之处。第二次上课我也带了讲稿，第三次也一样……后来讲课我就开始即兴发挥了。”

“效果怎么样?”列日涅夫问。

“效果很好。学生们争先恐后地来听课。我把内心所有的一切都传授给他们。他们中间有三四个男孩确实非常优秀，其余的听了似懂非懂。不过应当承认，即使那些听懂了的学生有时候也会提些令我哭笑不得的问题。不过我并不气馁。大家都还喜欢我。考试的时候我给大家都打满分。于是出现了一场针对我的阴谋……其实也没有什么阴谋，只不过是我自己不守本分罢了。我妨碍了别人，别人就排挤我。我给中学生讲课的方法即使给大学生上课也未必经常采用。学生们听我上课得益不多……我举的那些事实，我自己也不甚明了。再说，我不满足于给我指定的那个活动范围……你也知道，这是我的弱点，我想要进行彻底改革，我敢向你发誓，这样的改革既合情合理又简便易行。我指望通过校长实行改革，他是个善良而正直的人。起初我对他颇有影响，他的夫人也肯帮助我，老兄，像她那样的女人我这辈子都没遇见过几个。她年近四十，可是依然像十五岁的少女那样相信善，爱一切美的东西，不管在什么场合都敢于说出自己的观点。我永远也不会忘记她那高尚的热情和纯洁。我听从她的劝告，草拟了一份计划……可是马上有人挖我的墙脚，在她面前诋毁我。特别恶劣的是那位数学老师，此人个子矮小，说话尖刻，爱动肝火，对什么都不相信，就像比加索夫，不过比比加索夫能干得多……顺便问一句，比加索夫怎么样？还健在吗?”

"还健在。你想象一下,他还跟一位小市民结了婚,听说,老婆经常打他。"

"活该! 噢,对了,娜塔里娅·阿历克赛耶芙娜好吗?"

"好。"

"她幸福吗?"

"幸福。"

罗亭沉默了片刻。

"刚才我谈到哪儿啦? ……对了,谈到那位数学教师,他恨我,把我的讲课比作烟火,抓住我每一句表达得不太清楚的话大做文章。有一次我讲到16世纪的一件古迹时,他弄得我下不了台……而主要的是他怀疑我居心不良。我最后的一个肥皂泡撞在他身上,就像碰上了针尖,我跟那位学监一开始就没搞好关系,他唆使校长和我作对,结果闹得不可开交,我不肯让步,发了一顿脾气,最后事情传到了上级机关。我被迫辞职了。我不肯就此罢休,我想证明,不能这样对待我……可是他们就是这种态度,随意摆布我……现在我非离开此地不可了。"

接着是一阵沉默。两位朋友低着头坐在那里。

罗亭首先打破沉默。

"是的,老兄,"他说,"我现在可以借用柯尔卓夫的诗句[①]来说明我的处境:'啊,我的青春,你逼得我无路可走,寸步难行……'可是,难道我真的什么都不行,难道世界上就没有我的事业了吗? 我经常给自己提出这个问题,可是无论我怎样竭力贬低自己,我还是不能感到自己具备一种并非人人皆有的才能! 为什么我的才能始终无法开花结果? 还有:你记得吗? 我们在国外的时候,我自命不凡,拿腔作势……确实,那时候我并没有清楚地意识到自己究竟要干什么,只是陶醉于高谈阔论,相信虚幻的东西。可是现在,我敢向你发誓,我可以大声地向所有人说出我所有的愿望。我根本不需要隐瞒,我完完全全彻头彻尾是个好人。我顺从,我想适应环境,我所求不多,我只求达到最近的目标,为大家做一点哪怕是最微不足道的好事。可是不行! 办不到! 这意味着什么呢? 是什么东西妨碍我像别人那样生活和活动? ……我现在就剩这么一点儿理想。可是我刚找到一个固定的位置,刚有一个落脚点,命运马上来捉弄我……我开始害怕它——我的命运……这究竟是怎么回事? 请你帮我解开这个谜!"

"谜!"列日涅夫重复道,"是的,确实是个谜。对我来说,你永远是个谜。即使在青年时代做了一件小小的荒唐事之后,你会突然说出一大套令人心惊肉跳的话,然后你又照样去……你知道我想说什么……当初我就无法理解你,因此我不再喜欢你

---

① 柯尔卓夫(1808—1842),俄国诗人,诗句出自《歧途》。

了……你很有才华，追求理想，不屈不挠……”

“空话，都是些空话！没有干过实事！”罗亭打断他。

“没有干过实事！你要干什么样的实事……”

“什么样的实事？用自己的劳动来养活瞎眼老婆子和她的全家。你记得吗？就像普里亚任采夫那样……这才是实事。”

“是的。不过精辟的言论也是需要的。”

罗亭默默地看了看列日涅夫，轻轻地摇了摇头。

列日涅夫还想说些什么，用手抹了抹脸。

“那么，你是回乡下去吗？”他终于问道。

“回乡下去。”

“难道你乡下还有田产吗？”

“还留下那么一点儿。两个半农奴。总算还有个葬身之地。也许这会儿你心里在想：‘到了这般地步还要说漂亮话！’的确，漂亮话葬送了我的一切，毁了我的一生，我至死也摆脱不了它。不过我刚才所说的却不是漂亮话，我这一头白发，这一脸皱纹，老兄，可不是漂亮话。这破烂的衣袖，也不是漂亮话。你对我一向非常严厉，你这样做是对的。如今一切都已完结，灯油已干，油灯已碎，灯草将尽……因此也无需严厉了。死神，老兄，最终会使大家和解的。”

列日涅夫跳了起来。

“罗亭！”他大声说道，“你为什么要跟我说这些？你有什么理由这样说我？倘若看见了你深陷的双颊和满脸的皱纹，我还认为你是在说漂亮话，那我还谈什么知人论世，我还算什么人呢？你想知道我现在对你的看法吗？好吧，那我来告诉你！我在想：你这个人，只要自己愿意，凭你的能力……什么样的目的不能达到，世界上什么好处不能捞到手，而现在，你却衣食无着……漂泊无依……”

“我引起了你的怜悯。”罗亭闷声闷气地说。

“不，你想错了。你令我尊敬——就是这么回事。有谁妨碍你在那位地主，在你那位朋友家里年复一年地住下去呢？我完全相信，假如你肯巴结他，他一定会让你不愁吃不愁穿。为什么你在中学里无法跟别人友好相处？你这个怪人为什么每次做好事总要牺牲自己的个人利益，无法在肥沃但是险恶的土地上扎根呢？”

“我生来就是无根的浮萍。”罗亭苦笑着说，“我不能停止不前。”

“这是事实，不过你无法停止不前，并不是因为像你一开始说的你心里有一条虫……盘踞在你心里的不是一条虫，也不是一颗由于无所事事而焦虑不安的灵魂——那是热爱真理的烈火在你内心熊熊燃烧。很显然，尽管你遇到了种种挫折，但是你内心的这团火，比起许多不认为自己自私，反而把你称为阴谋家的人，燃烧得更加炽烈。假如我处在你的位置上，我早就迫使内心的这条虫安静下来，早就跟一切妥协了。可是你却毫无怨言。我坚信，即使在今天，在此时此刻，你也准备像年轻小伙子那样再一次开始新的工作。”

“不，老兄，现在我累了。”罗亭说，“我受够了。”

“累了！换了别人早就送命了。你说人死了一切也就和解了，你以为活着就不能和解吗？一个人上了年纪还不能宽容别人，那他自己也不值得别人宽容，而谁又能说他不需要宽容呢？你做了能做的一切，奋斗了一辈子……还要怎么样呢？你我走的不是一条路……”

“你，老兄，完全是另一种人，跟我不一样。”罗亭打断他，又叹了口气。

“我们走的不是一条路，”列日涅夫接着说，“也许恰恰是因为我的处境，我冷静的性格以及其他幸运的因素，所以任何东西都无法妨碍我安安稳稳坐在家里袖手旁观，而你却要去闯荡天下，卷起袖子劳动和工作。我们走的路不同……但是你看，咱们彼此多么接近，你我使用的几乎是同样的语言，稍作暗示彼此就能心领神会。我们的感情是相通的。如今像我们这样的人已经寥寥无几，老兄，你我成了最后的莫希干人[①]！从前，我们觉得生活之路还很漫长的时候，我们可以各行其是，甚至可以相互憎恨。可是如今，我们这个圈子的人日益减少。一代代新人从我们身边走过，走向与我们不同的目标，我们应该紧紧携起手来。咱们来碰杯吧，老兄，让我们像从前那样唱支欢乐之歌[②]！”

两位朋友互相碰杯，又满怀深情，带着纯粹的俄罗斯韵味，音调不准地唱了一首昔日的大学生歌曲。

“现在你要回乡下去了。”列日涅夫又提起这件事，“我并不认为你会在那儿停留很久。我也无法想象，你将在何处，以什么方式来结束自己的生命……但是请记住，不管遇到什么情况，你总会有一个安身之处，藏身之地，那就是我的家……你听见了没有，老朋友，思想也会有自己的残兵败将，他们也该有一个栖身之处。”

罗亭站起来。

“谢谢你，老兄，”他说，“谢谢！我永远不会忘记你的好意，只不过我不配享有这样一个栖身之处。我毁了自己的一生，并没有好好地为思想服务……”

“别说了！”列日涅夫说道，“每个人只能够尽其所能，不应该向他提出更高的要

① 北美土著，被殖民者灭绝。美国作家库柏（1789—1851）著有小说《最后的莫希干人》。

② 原文为拉丁文。

求！你自称为‘漂泊一生的犹太人’[①]……可你怎么知道，也许你命该终身漂泊，也许你因此而在完成一项崇高的使命，而自己还不知道。有道是：谁都逃不出上帝的手掌。这话很有道理。你不留下来过夜吗？”

“我走了！再见。谢谢……我的下场将是非常糟糕的。”

“那就只有上帝知道了……你非走不可吗？”

“我要走了。再见。过去我有什么对不起你的地方请多包涵了。”

“好吧，我有什么不是，也请你原谅……别忘了我给你说的话。再见了……”

两位朋友拥抱。罗亭很快就走了。

列日涅夫不停地在房间里来回踱步，过了好久才在窗前站定，沉思了片刻，自言自语道：“可怜的人！”于是便坐在桌前，开始给妻子写信。

外面刮起了狂风，它咆哮着，恶狠狠地把玻璃窗摇撼得哐啷直响。漫长的秋夜降临了。在这样的夜晚，谁能够得到居室的庇护，拥有一个温暖的小窝，谁才会觉得舒适。愿上帝帮助所有无家可归的流浪者吧！

1848年6月26日炎热的中午，在巴黎，“国立工场”的起义几乎被镇压下去的时候，在圣安东尼区的一条狭窄的胡同里，正规军的一个营正在攻占一座街垒。几发炮弹已经把街垒摧毁；一些幸存的街垒保卫者正在纷纷撤退，他们一心只想逃命。突然，在街垒的顶部，在一辆翻倒的公共马车的残架上，冒出了一位身材高大，穿一件旧衣服，腰间束一条红围巾，灰白蓬乱的头上戴一顶草帽的男子。他一手举着红旗，另一手握着弯弯的钝马刀，扯着尖细的嗓子在拼命叫喊，一边向上爬，一边挥舞着红旗和马刀。一名步兵学校的学员正用枪瞄准他——放了一枪……只见红旗从那个身材高大的男子手里掉下来，他自己也脸朝下直挺挺地栽下来，好像在向什么人行跪拜礼……子弹穿透了他的心脏。

“你看！”[②]一位逃跑的起义者[③]对另一位说，“波兰人给打死了。”[④]

“他妈的！”另一位回答说。接着两人飞快地向另一幢房子的地下室跑去。那幢房子的所有窗户都关着，墙壁上弹痕累累。

这位“波兰人”就是——德米特里·罗亭。

---

① 中世纪神话中的人物。

② 原文为法文。

③ 原文为法文。

④ 原文为法文。

贵族之家

1

一个晴朗的春日已渐近黄昏，一团团绯红色的云朵高悬在明净的天空，看上去似乎丝毫没有向别处飘离的迹象，仿佛正在没入蓝天深际。

省城O市近郊的一条街上，一幢漂亮邸宅敞开的窗前……（故事发生在1842年），坐着两位妇女：一位五十上下，另一位已年届古稀，是位老太太了。

两位之中前者叫玛丽娅·德米特里耶芙娜·卡里金娜。她的丈夫做过省城检察官，当年曾是众所周知的能干角色——为人热情、果敢，性情急躁易怒，刚愎自用……去世将近十年了。他受过良好的教育，上过大学，但是他出身寒微，所以早就懂得开拓自己前程和积攒家财的必要。玛丽娅·德米特里耶芙娜嫁给他是出于爱情：他仪表不凡，聪明，在乐意的时候还相当温存可爱。玛丽娅·德米特里耶芙娜（出嫁前姓彼斯托娃）幼时怙恃，曾在莫斯科住过几年，就读于一所贵族女中，后来回到离O市五十俄里的世家领地波克斯罗夫斯科耶村，与兄长和姑妈住在一起。她哥哥不久便迁到彼得堡供职，对待姑妈和妹妹相当苛刻，直至猝然的死亡终止了他事业的前程。玛丽娅·德米特里耶芙娜继承了波克罗夫斯科耶，不过在那里居住时间不长；在和卡里金结婚的翌年（他只用了几天就征服了她的心），波克罗夫斯科耶被用以换成了另一处产业，那里收益要大得多，但不够漂亮，而且没有庄园；与此同时卡里金却在O市买进一份房产，便和妻子乔迁到城里定居下来。这座房子有一个大花园，一面直对城外的田野。“看样子，”卡里金最不喜欢乡间的僻静，便打定了主意，“已经没有必要再往乡下跑了。”玛丽娅·德米特里耶芙娜心里不止一次为失去美好的波克罗夫斯科耶而惋惜，那里有欢乐的溪流，宽广的草地和葱郁的树林；不过她没有一言半语反对丈夫的决定，她对他的智慧和阅历一直怀着景仰之情。结婚十五年后，当他撇下一子两女离世而去的时候，玛丽娅·德米特里耶芙娜对自己的屋子和城市生活已经非常习惯，简直不想离开O市了……

年轻时人人都称赞玛丽娅·德米特里耶芙娜是个妩媚动人的金发女郎,如今上了五十岁的年纪,虽然微显富态,不如早年那样眉清目秀,却依旧风姿绰约,仪态可人。说她面慈心善,不如说多愁善感,即使到了成年,仍然未脱贵族女中学生的气质;她对自己任性娇惯,如果事情不合心意,容易生气动火,甚至伤心落泪。但是只要她事事如意,也没有人顶撞反对她,她又是非常和蔼可亲和热忱殷勤的。她家境相当好,主要不是她继承所得,而是因为丈夫的生财有道。两个女儿和她长年相伴;儿子则在彼得堡最好的一所公立学校读书。

和玛丽娅·德米特里耶芙娜一起坐在窗下的老太太就是那位姑妈,她父亲的妹妹,玛丽娅曾经和她一起在波克罗夫斯科耶度过几年寂寞的村居岁月。她叫玛尔法·季莫菲耶芙娜·彼斯托娃。谁都知道她为人古怪,性格独立不羁,对什么人都当面实话实说,虽然手头非常拮据,那举止却让人觉得她家有万贯似的。她容忍不了已故的卡里金,所以一当侄女嫁给他,她就离开他们,回到自己的小村庄,在一个农民家烟熏火燎的茅屋里过了整整十年。玛丽娅·德米特里耶芙娜怕她几分。玛尔法·季莫菲耶芙娜年事虽高,一头秀发依然乌黑,目光敏锐如故;她小小的个子,尖尖的鼻子,走起路来步履轻捷,腰背笔挺,说话伶牙俐齿,毫不含糊,嗓音清脆而响亮。她总是戴一顶白包发帽,穿一件白短上衣。

“你这是干吗?”她突然问玛丽娅·德米特里耶芙娜,“你叹什么气,我的妈呀?”

“是这样,”玛丽娅·德米特里耶芙娜说道,“天上的云彩多好看哪!”

“你该不是可怜这些云彩吧?”

玛丽娅·德米特里耶芙娜一句话也没有回答。

“盖杰奥诺夫斯基怎么到现在还没有来?”玛尔法·季莫菲耶芙娜说,她利索地拨弄着一副毛线针(正在编织一块毛线围巾),“他该和你一起叹气才是,要不又会胡说八道一通。”

“您怎么老是对他那么苛求!谢尔盖·彼得罗维奇可是个受人敬重的人。”

“受人敬重的!”老太太带着责备的口吻重复道。

“他对我已故的丈夫是多么忠心耿耿!”玛丽娅·德米特里耶芙娜说,“至今只要想起他,他还是满怀深情的。”

“够了!是你丈夫把他从烂泥浆里揪着耳朵拖出来的。”玛尔法·季莫菲耶芙娜抱怨说,手里的毛线针动得更快了。

“样子看起来倒挺恭敬老实,”她又开始说,“头发全都花白了,可是一张嘴,不是胡编乱造,就是说别人坏话。还是个五等文官呢!其实呀,他不过是个牧师的儿子!”

“谁没有行为失检的时候呢,姑妈?当然,他身上确有这个毛病。论教育,当然谢尔盖·彼得罗维奇是没有受过，也不会说法语；不过他这个人啊，听不听随您的便，倒是挺讨人喜欢的。”

“是啊，他老是亲你的手来着。连法语也不会说——这才是天大的不幸！我自己法语也说不太好。他最好哪一种外语也不说，只要不说谎话就行。你瞧不是，说到就到，”玛尔法·季莫菲耶芙娜朝街上望了望，又说道，“他正走着呢，你那个讨人喜欢的人。那么细细长长的样子，活像一只鹳！”

玛丽娅·德米特里耶芙娜整了整头上的鬈发。玛尔法·季莫菲耶芙娜面带冷笑望着她。

“你头上是什么，大概是一根白头发吧，我的妈呀？你得教训教训你那帕拉什卡，怎么也不看清楚。”

“姑妈，您怎么老是……”玛丽娅·德米特里耶芙娜懊丧地嘟囔着，一面用手指敲着安乐椅的扶手。

“谢尔盖·彼得罗维奇·盖杰奥诺夫斯基到！”一名面颊通红的小厮从门外连蹦带跳进来尖声尖气地通报说。

2

进来的人高挑个子，穿一件整整齐齐的常礼服、一条短短的裤子，戴一双灰色麂皮手套，系一条双层领结，一层是黑的，另一层是白的。这个人浑身上下，从端正漂亮的面容、梳得溜光的鬓发到走起路来毫不吱吱作响的平跟皮靴，都透出一种彬彬有礼、举止得体的气质。他先向家里的女主人，然后向玛尔法·季莫菲耶芙娜鞠躬致意，接着缓缓地脱下手套，走近玛丽娅·德米特里耶芙娜的小手。他毕恭毕敬，接连两下吻了她的手，然后从容自若地在安乐椅里坐下，面带笑容，一面将两只手的手指尖儿互相摩挲着，一面说："叶丽莎维塔·米哈依洛芙娜好吗？"

"好，"玛丽娅·德米特里耶芙娜回答道，"她在花园里。"

"那么叶连娜·米哈依洛芙娜可好？"

"连诺奇卡也在花园里。有什么新闻没有？"

"怎么没有，怎么没有呢，"客人拉开嘴唇慢慢翕动着，回答说，"嗯！……请听着，有新闻，而且说来叫人大吃一惊：拉夫列茨基·费奥多尔·伊凡内奇回来了。"

"费佳！"玛尔法·季莫菲耶芙娜大声叫起来，"够啦。你这可别又是在胡说八道吧，我的老爷子？"

"决无虚言，我亲眼见到他了。"

"不过这还不能算是证明。"

"他身体可结实哩，"盖杰奥诺夫斯基继续说，那样子仿佛没听见玛尔法·季莫菲耶芙娜说的那句话，"肩膀更宽了，满面红光。"

"结实起来了，"玛丽娅·德米特里耶芙娜慢慢吞吞地说，"看样子，他凭什么还结实得起来？"

"就是说嘛，"盖杰奥诺夫斯基回答说，"换一个人处在他那种境地怕没脸见人啦！"

“这又为什么?”玛尔法·季莫菲耶芙娜打断他的话头,“有这等荒唐的道理？一个人回到自己家乡来了——您叫他到哪儿去？再说他有什么错?”

“如果妻子行为有失检点,女士,我斗胆告诉您,总是丈夫的不是。”

“那是因为你,老兄,自己还没有结婚,才说出这样的话来。”

盖杰奥诺夫斯基尴尬地微笑了一下。

“请允许我问一声,”稍稍沉默了一会儿后他问道,“这么好的围巾是打给谁的?”

玛尔法·季莫菲耶芙娜迅速瞥了他一眼。

“给那个人,”她回答说,“这个人从来不说人坏话,不耍滑头,也不说谎话,要是世界上有那样一个人的话。对费佳我最了解;他只有一件事不对,他不该娇惯自己的妻子。不过他是恋爱结婚的,这些恋爱缔结的婚姻什么样的麻烦事没生出来呀,”老太太一面站起身,斜过眼去瞟了一眼玛丽娅·德米特里耶芙娜,补充说,“现在,我的老兄,你随便去嚼谁的舌头吧,嚼我也成;我要走了,我不来打扰了。”玛尔法·季莫菲耶芙娜于是走了。

“看,她每一回都这样,”玛丽娅·德米特里耶芙娜目送姑妈走开,说道,“每一回!”

“毕竟是她这个年纪的人啦！有什么办法呢!”盖杰奥诺夫斯基说,“她不是说:不耍滑头。可如今谁个不耍滑头？这也是时势造成的嘛。我有一个朋友,是个最受人尊敬的人,而且我告诉您,是地位不低的人,他常说:今儿个连母鸡走近谷粒都耍滑头——明明一心盯着谷子,却装作若无其事从旁边走过的样子。我看您的样子,我的夫人,您的脾性真似天使一般,请把您雪白的手给我。”

玛丽娅·德米特里耶芙娜勉强地莞尔一笑,把自己胖乎乎的、小拇指叉开的手伸给盖杰奥诺夫斯基。他用自己的嘴唇碰了碰这只手,她则把椅子挪近他,微微欠过身,压低声音问道:“那么您见着他了？他真的没事儿,身子结结实实,心里也高兴?”

“高兴,没事儿。”盖杰奥诺夫斯基悄声回答。

“您听说他妻子在哪儿吗?”

“前一阵子在巴黎,这会儿听说搬到意大利去了。”

“说真的,费佳的处境也太糟糕了,我不知他怎么咽得下这口气。说实在的,谁都可能发生不幸的事,可他的事,可以说闹得全欧洲都沸沸扬扬啦!”

盖杰奥诺夫斯基叹了口气。

“是啊,是啊。听说她跟演员、钢琴师,还有,照那边的说法,跟狮子和野兽都结交上啦。完全失去了廉耻心……”

“我为他非常、非常难过,”玛丽娅·德米特里耶芙娜说,“按亲属关系,谢尔盖·彼得罗维奇,您知道,他该是我的远房侄儿。”[①]

“怎么不呢,怎么不呢。跟你们家有关的这种种事我怎么会不知道呢?怎么会呢?”

“您认为他会上我们家来吗?”

“应该会来的,不过听说他打算回乡下家里去。”

玛丽娅·德米特里耶芙娜抬眼望着天空。

“唉,谢尔盖·彼得罗维奇,谢尔盖·彼得罗维奇,正如我想的,我们女人一举一动真该非常检点才是啊!”

“女人跟女人可不一样,玛丽娅·德米特里耶芙娜。不幸得很,确有这样的女人——骨子里就水性杨花……还有年纪也有关;再说从小也没有调教好(谢尔盖·彼得罗维奇从口袋里掏出一块蓝方格手帕,开始展开它)。当然,这样的女人不少见(谢尔盖·彼得罗维奇拿起手帕的一角依次擦自己的眼睛)。一般说来,如果这样考虑,也就是说……唉,城里灰尘大得出奇。”他打住不说了。

“Maman,Maman[②],”一个漂漂亮亮、十一岁左右的小女孩边跑边喊进了屋,“弗拉基米尔·尼古拉依奇骑着马上我们家来了!”

玛丽娅·德米特里耶芙娜站了起来;谢尔盖·彼得罗维奇也站起身来,而且鞠了一躬。“向叶连娜·米哈依洛芙娜致以最美好的祝愿。”他说。为礼貌起见他走到角落里捂着他那长长的笔挺的鼻子,开始擤鼻涕。

“他那匹马多棒啊!”小女孩继续说道,“他刚才在篱笆门边对我和丽莎说向门廊口走去了。”

传来了马蹄的嘚嘚声,街上出现了一个模样俊俏的骑士,身跨一匹漂亮的枣红马,在敞开的窗户前停了下来。

---

① 按理拉夫列茨基应与玛丽娅·德米特里耶芙娜平辈,但俄文原著作 ВНУЧаТНБIйпЛеМЯННИК,只好照译。

② 法语:妈妈(小孩子的用语)。

3

“您好，玛丽娅·德米特里耶芙娜！”骑士用洪亮动听的嗓音大声说，“您喜欢我新买的马吗？”

玛丽娅·德米特里耶芙娜走到窗前。

“您好，Woldemar[①]！啊，多好的马！您向谁买的？”

“向马匹采购员……被他敲了一笔，这个强盗。”

“这马叫什么名字？”

“奥尔兰德……这个名字太粗俗，我想改个名儿……Eh bien, eh bi-en, mon garcon……[②]看你多么不安分啊！”

马儿打着响鼻，四个蹄子橐橐地踩着碎步，摇晃着满口白沫的脑袋。

“连诺奇卡，摸摸它，别害怕……”

小女孩从窗口伸出手去，但是奥尔兰德猛地举起两个前蹄向一旁窜去。骑士镇定自若，用小腿夹紧马肚子，朝马脖子上抽了一鞭，不管马匹怎么抵抗，还是把它停在了窗口。

“Prenez garde, prenez garde[③]。”玛丽娅·德米特里耶芙娜忙不迭地说。

“连诺奇卡，摸摸它吧，”骑士回答说，“我可不许它放肆。”

小女孩又伸过手去，怯生生地碰了碰颤动着的马鼻子，奥尔兰德不住地哆嗦着，咬着马嚼子。

“好！”玛丽娅·德米特里耶芙娜大声说，“现在请下马，到屋里来。”

骑士矫健地调转马头，用马刺刺马，在街上一阵小跑便走进了院子。一眨眼的工夫他已手挥马鞭，从前厅的门里走进了客厅。同时在另一扇门的门口出现一位身材苗条、个子高挑、年方十九的黑发少女——玛丽娅·德米特里耶芙娜的长女丽莎。

---

① 法语：弗拉基米尔。

② 法语：喂，喂，我的小乖乖……

③ 法语：小心，小心！

4

刚才我们向读者介绍的那位年轻人叫弗拉基米尔·尼古拉依奇·潘申。他在彼得堡供职,任内务部特派员。他为一桩临时的公务来到O市,听从省长松奈伯格将军的调遣,还是后者的远亲。潘申的父亲,一名退役的骑兵上尉,赌场的名手,一双眼睛带着甜情蜜意,脸上没精打采,嘴角老是神经质地一撇一撇;他一辈子混迹于上流社会,出入于两京的英国俱乐部;大家公认他伶俐机警,办事不太牢靠,然而是个亲切可爱、可以倾心相交的人。别看他事事机灵,却几乎长期处在贫困线上,只留给自己的独生子一份衰微不振的小产业。不过他倒也按自己的方式操心着儿子的教育:弗拉基米尔·尼古拉依奇法语说得很漂亮,英语说得也不错,德语则说得很糟糕。这是理所当然的事:体面人德语说得好是丢人的事,但是在某些场合,多半是插科打诨的时候,说上句把德语是可以的,就像在彼得堡的巴黎人形容的那样,c'est même très chic[①]。弗拉基米尔·尼古拉依奇自十五岁起就已经会无拘无束地进入随便哪一家的客厅,高高兴兴地转上一会儿,转得恰到好处便及时告退。潘申的父亲为儿子介绍了许多关系。在两局牌之间,或大满贯得手后洗牌的当儿,他不放过一次机会向某一位爱好技术性牌戏的重要人物提一提自己的"伏洛其卡"[②]。从自己方面来说,弗拉基米尔·尼古拉依奇在大学期间,尚未取得大学毕业生的学位之前,就已结交了一些年轻的豪门子弟,并成为豪华邸宅内的座中常客。人们到处乐意接待他。他仪表堂堂,潇洒自若,妙趣横生,总是身强体壮,对一切都应对自如;哪里需要,他会毕恭毕敬,礼貌有加;哪里可以,他会粗鲁放肆,任意妄为;真是个出色的伙伴,un char - mant gar con[③]。他朝思暮想的领域向他门户敞开。潘申不久就领会了掌握上流社会诀窍的秘密;他会真心实意地对上流社会的规范准则表示崇敬;他也会带着玩世不恭的傲

① 法语:这正是一种时髦。
② 弗扎基米尔的小称。
③ 法语:顶呱呱的年轻人。

慢态度去做荒唐事，还摆出一副对一切重大事情都不屑一顾的样子；舞跳得极好，穿着是英国式的。在短时间内他被称为彼得堡最可爱、最机灵的青年人之一。潘申确确实实非常机灵——绝不亚于乃父，同时他又才气横溢。他干一样像一样：唱起歌来亲切动听，画起画来下笔如神，会写诗，上台演戏惟妙惟肖。他总共才二十八岁，却已当上宫廷的侍从。论官阶已经非同小可。潘申对自己，对自己的才智和见识坚信不疑；他勇往直前，志得意满，开足马力；他在人生途上一帆风顺。他已学会让人人喜欢他，不分老少，认为自己对别人非常了解，尤其对女人：他对她们平素的弱点可知道得一清二楚。作为一个对艺术并不陌生的人，他觉得自己身上有一股热情、某种强烈的兴趣和激情，因此放纵自己去作出各种越轨的行为来：纵酒作乐，结交上流社会之外的各色人等，显得无拘无束，毫不做作。然而他内心却既冷酷又狡猾，即使在他狂喝暴饮的时候，他那聪明的棕色小眼睛时刻都在警戒着，窥测着。这位勇敢、自由自在的年轻后生永远不会失去自持，也不会完全忘情。若论他的长处，应当说他从来没有炫耀过自己的胜利。他一到O城，立即就拜访玛丽娅·德米特里耶芙娜的府邸，不久在这间屋里就熟同家人了。玛丽娅·德米特里耶芙娜对他喜欢得不得了。

潘申温雅地向在座的各位一一欠身致意，跟玛丽娅·德米特里耶芙娜和丽莎维塔·米哈依洛芙娜握了握手，轻轻拍了拍盖杰奥诺夫斯基的肩膀，随后脚跟往后一转，捧住了连诺奇卡的脑袋，吻了吻她的前额。

“您骑这么厉害的一匹马不害怕吗？”玛丽娅·德米特里耶芙娜问他道。

“怎么会呢，我的马再驯服不过了。告诉您，这才是我害怕的：我怕和谢尔盖·彼得罗维奇打普烈费兰斯[①]，昨天在别列尼曾家里他叫我输得一败涂地。”

盖杰奥诺夫斯基发出了轻细、谄媚的笑声：他讨好的是一个来自彼得堡、炙手可热的年轻官吏，省长的宠儿。在和玛丽娅·德米特里耶芙娜的多次交谈中，他常常说到潘申杰出的才干。在他看来，这样的人不夸还夸谁呢？年轻人跻身于生活的最上层，混得很如意，论工作简直称得上模范，而且没有半点恃才傲物的样子。同时，在彼得堡人们都认为潘申是一员干练的官吏：他的工作干得热火朝天；谈到自己的工作只不过一笑了之，就如上流社会人士对工作轻描淡写一样，其实事情是他干的。上司喜欢这样的下属；他本人确信无疑：只要他想，将来便可当上大臣。

“您说我叫您输得一败涂地，”盖杰奥诺夫斯基说，“可是上个星期谁赢了我二十卢布？还有……”

“好厉害的嘴，好厉害。”潘申温和地打断他的话说，但是语气间稍稍带有几分轻蔑的漫不经心的意味，他向丽莎走去，没有再去理会他。

---

① 一种纸牌游戏。

“我没能找到《奥伯龙》[1]的序曲，”他说道，“别列尼岑娜只会吹牛，说她什么样的古典乐曲都有，其实除了波兰舞曲和华尔兹舞曲，她什么也没有。不过我已经写信到莫斯科去了，过一个星期您就会有这首序曲了。还有，”他继续说，“昨天我写了一首浪漫曲，词也是我写的。要不要，我给您唱一遍？我不知道效果怎么样。别列尼岑娜认为这首曲子动人极了，可是她的话不能作数，——我想听听您的意见。不过我想还是待会儿再唱好。”

“干吗待会儿？”玛丽娅·德米特里耶芙娜插进来说，“为什么不现在唱？”

“遵命。”潘申面露某种明快、甜蜜的笑意说道，那笑意会在他脸上蓦然出现，也会骤然消失。他用膝头推了推椅子，坐到钢琴前奏上几个和弦，便一板一眼地唱起了下面一首浪漫曲：

云海苍茫万仞巅，
一轮皓月浮云间。
清光一泻三千丈，
疑是波涛涌九天。

君如月影长相随，
心海似潮寄情思。
此恨绵绵无止息，
悲欢苦乐唯君知。

愁绪满怀情难消，
相思无语恨悄悄。
佳人不识相思苦，
冷月无声在九霄。

潘申带着特殊的情感和力量唱完第二节，磅礴的伴奏声道出阵阵起伏的波澜。随着“佳人不识相思苦”一句，他轻轻一声叹息，垂下了眼睑，歌声也低沉下来——于是 morendo[2] 了。待全曲终了，丽莎对它的旋律赞不绝口，玛丽娅·德米特里耶芙娜说“好极了”，盖杰奥诺夫斯基禁不住叫喊起来：“太棒了！歌词和曲子都棒！”连诺奇

---

① 德国作曲家韦伯所作的歌剧。
② 意大利语，意如：凝绝不通声暂歇。

卡怀着童稚的崇敬心情看着歌手。总之所有在场的人对这位年轻的三脚猫的新作无不赞赏。但是客厅门外的前厅里站着一位刚到的人,他已上了年纪。虽然潘申的浪漫曲婉转动听,但从他低首俯视的脸部表情和耸动的双肩可以看出,他并不喜欢。这个人在前厅稍待片刻,用一块厚厚的手帕掸了掸靴子上的灰尘,突然眯缝起眼睛,闷闷不乐地闭紧了双唇,弯起本来就够驼的脊背,慢慢地步入客厅。

“啊! 克里斯托弗·费奥多雷奇,您好!”潘申抢在所有人之先大声招呼,说着从椅子里霍地站起身,“我没想到您在这里,——有您在场我可怎么也不敢唱我的浪漫曲的。我知道您不喜欢轻音乐。”

“我没听前(见)。”进来的人操着蹩脚的俄语说,同时向在场的所有人欠身致意,一面局促不安地在房间中央站定。

“莱姆先生,”玛丽娅·德米特里耶芙娜说,“您给丽莎上音乐课来啦?”

“不,不是给丽莎费耶特·米哈依洛芙娜,是给叶莲·米哈依洛芙娜[①]上课。”

“哦! 那也好。连诺奇卡,和莱姆先生一起上楼去!”

老人正要起步跟小女孩走,潘申叫住了他。

“克里斯托弗·费奥多雷奇,上完课您可别走,”潘申说,“我和丽莎维塔·米哈依洛芙娜要合弹贝多芬的奏鸣曲呢。”

老人轻轻地咕哝着什么,潘申还在用蹩脚德语唠叨:

“丽莎维塔·米哈依洛芙娜给我看了您带给她的一首呈献曲,真是上乘之作! 您也许认为我不会鉴赏严肃的音乐,其实相反,这类音乐有时虽然不够活泼多情,但是却很有益处。”

老人的脸一下子红到了耳根,他斜眼扫了一眼丽莎,便匆匆地走出了客厅。

玛丽娅·德米特里耶芙娜请求潘申再唱一遍浪漫曲,然而潘申却宣称不愿亵渎聪明的德国人的耳朵,建议丽莎弹贝多芬的奏鸣曲。玛丽娅·德米特里耶芙娜于是叹了口气,转而建议盖杰奥诺夫斯基陪她到花园里去散散步。“我还想,”她说,“再和您谈谈并且商量商量我们可怜的费佳的事。”盖杰奥诺夫斯基咧开嘴笑了笑,鞠了一躬,用两个手指拿起自己的礼帽和整整齐齐地叠放在帽檐上的手套,和玛丽娅·德米特里耶芙娜一起离开了。屋子里只剩下潘申和丽莎:她拿来了奏鸣曲,打开了它,两人静静地坐到了钢琴前。楼上传来轻轻的钢琴声,那是连诺奇卡不熟练的手指在弹练习曲。

---

① 应读成“丽莎维塔”和“叶莲娜”,莱姆的俄语发音不准。

5

克里斯托弗·特奥多尔·霍特里布·莱姆 1786 年生于萨克森王国开姆尼茨城一个贫困的音乐家之家。父亲是圆号手，母亲是弹竖琴的，他自己从五岁开始就在练习三种不同的乐器。八岁那年父母双亡，他成了孤儿，十岁起就靠自己的技艺挣钱糊口了。他长久过着流浪生活，到处演奏——小饭馆，集市，农家的婚礼，舞会，最后进了一个乐队，一步步往上升，直至当上了乐队指挥。他的演奏技术实在差得可以，不过音乐功底却很扎实。二十八岁上他移居俄国。他受一位有钱地主的聘请，这位地主自己对音乐毫无兴趣，但是为了虚荣却养了一支乐队。莱姆担任乐队指挥，在他那里住了大约七年，离开的时候却两手空空，一文不名：地主破产了，他曾打算给他一张期票作为报酬，但是后来连这也赖了账，总之分文未付。有人建议他远走高飞，但是他不愿意一贫如洗地离开俄罗斯回国，离开伟大的俄罗斯这块演员们的宝地，他决计留下来试试自己的运气。二十年来可怜的德国人尝试过自己的运气：在各式各样的老爷们家待过，到过莫斯科，也在外省的不少城市住过，饱尝艰辛，备受困苦，穷愁潦倒，像鱼儿一样在冰上挣扎，然而不管他遭遇多大的灾难，却从未打消过衣锦还乡的念头，这正是他唯一的支柱。然而命运不愿意让这最后的、也是最初的幸福给他以快乐：到五十岁上，他已病病歪歪，有时显得老态龙钟，留在 O 市走不了了……他已彻底失去离开可恶的俄罗斯的希望，便在该城永久定居下来，靠教课勉强维持生计。莱姆的外貌对他并不有利。他个子不高，有点驼背，两肩耸起、一高一低，肚子瘪进；长着一双扁平的大脚，一双青筋嶙嶙的红手，手指僵硬，拳曲不伸，指甲苍白发青；脸上布满皱纹，面颊凹陷，紧闭的嘴唇不停地蠕动、咀嚼着，这一切，加上他平时沉默寡言的神态，给人的印象几乎是凶恶不祥的；一绺绺灰白的头发直垂到低低的额头，一双凝滞不动的小眼睛静静地发出幽暗的微光，仿佛刚浇过水的炭水；他步履沉重，每走一步，转动不灵便的身躯都要一颠一晃。他的有些动作，像关在笼子里的猫头鹰，感觉到有人在朝它瞧,便装出古怪笨拙的样子,其实那双担惊受怕、半睡不醒地眨巴着的黄色大眼睛勉强才看得见。长年无情的痛苦在可怜的乐师身上打下了不可磨灭的印记,使他本来就其貌不扬的形象更被歪曲、丑化了。然而只要有人善于不单凭先入为主的印象论人,那么就能在这个被摧残得差不多的生命身上发现某种善良、诚实和不凡的品格。莱姆作为巴赫和韩德尔[①]的崇拜者,自己业务的行家里手,思想里天赋有生动的想象力和日耳曼民族特有的勇敢精神,假如生活不把他引上另一条道路,或许后来——谁知道呢?——他会跻身于他祖国伟大作曲家的行列。然而他并不在一颗幸福的星辰下诞生!他一生写过许多曲子,却无缘看到自己的任何一件作品公开发表。他不善于见风使舵,曲意迎奉,也不会候准时机奔走张罗。很久以前有一位拜倒在他脚下的朋友,也是个德国人,也是穷得叮当响,自费为他出版了他的两首奏鸣曲——但是这些乐曲至今还原封不动地躺在音乐商店的地下室里。它们无声无息,了无痕迹地消失了,仿佛夜间被人扔进了河里。终于莱姆对什么都挥手一别了之,然而岁月不饶人,他心肠变硬了,人也像他发僵的手指一样麻木不仁了。他只身一人,和一个他从养老院领来的老厨娘(他从来没有结过婚)住在O市一所小房子里,离卡里金家不远;他久久踯躅徘徊,阅读圣经、赞美诗集,还有施莱格尔[②]翻译的沙士比亚戏剧。他早就弃笔不写,可是他最得意的门生丽莎,显然会打动他。他为她写了潘申提到过的那首呈献曲。歌词是他从赞美诗集里移植过来的,有几行诗则是他自己的创作。这是一首二重唱曲,一部是幸运者之歌,另一部是不幸者之歌。结尾时两部和谐地合而为一,共同唱出:“仁慈的主,宽恕我们这些有罪之人,让我们摒弃一切邪恶的念头和世俗的欲望。”扉页上一丝不苟地书写甚至描绘着:“只有虔信上帝的人才无罪。圣歌。创作并献给我亲爱的学生叶丽莎维塔·卡里金娜小姐,她的老师克·特·霍·莱姆。”“只有虔信上帝的人才无罪”和“叶丽莎维塔·卡里金娜”这两行字周围是光芒四射的光圈。这一页的下端写着:“只为您一个人而作,für Sie allein[③]。”所以,莱姆才脸红并斜眼向丽莎瞟了一眼。潘申当着他的面提及那首呈献曲时,他感到非常伤心。

① 韩德尔(1685—1759)德国作曲家。

② 施莱格尔(1767—1845)德国文学史家、批评家、翻译家、诗人。

③ 德语:只为您一个人。

6

潘申毫不犹豫地大声弹起了开头几个和弦(他弹的是第二部),但是丽莎迟迟不弹自己的声部。他停下来看了她一会儿。丽莎的双目直视着他,露出不满的情绪,她嘴上不挂一丝笑容,整个脸部显得严峻,近乎忧郁。

“您怎么啦?”他问。

“您为什么说话不算数?”她说,“我给您看克里斯托弗·费奥多雷奇作的曲子,是以您在他面前不提起它为条件的。”

“是我的不是,丽莎维塔·米哈依洛芙娜,——我是随口说到的。”

“您叫他伤心了,我也一样。现在他对我再也不会相信了。”

“您叫我怎么办好呢,丽莎维塔·米哈依洛芙娜!我从小见到德国人心里就平静不下来:于是就情不自禁地想逗他一下。”

“您说到哪儿去了,弗拉基米尔·尼古拉依奇!这个德国人,穷愁潦倒,孤苦无亲,忧郁寡欢,您居然不可怜他?您不由得要想拿他逗乐?”

潘申显得局促不安起来。

“您说得对,丽莎维塔·米哈依洛芙娜,”他说,“千错万错,都是由于我太轻率冒失。不,请别反驳我,我非常了解我自己。我的冒失使我做了许多坏事。多亏了它,使我得了自私自利的好名声。”

潘申沉默了一会儿。不管他从哪儿开始话头,说到最后往往还是回到自己。这些话出自他的口中,令人觉得那么亲切动听,情意绵绵,又仿佛是无意间说出口的。

“就拿你们家里的人说吧,”他继续说道,“您的妈妈当然对我非常好——她的心肠那么好。您呢……不过我不知道您对我有什么看法,但是您那姑奶奶却简直容忍不了我,说不定我哪句冒失的蠢话得罪了她。她可不喜欢我,是吗?”

“是的,”丽莎说话的时候稍有点吞吞吐吐,“她不喜欢您。”

潘申的手指迅速地从键盘上滑过，他的嘴角闪过一丝隐约可见的冷笑。

“那么您呢?”他说，“您也觉得我是个自私自利的人吗?”

“我对您了解得还很少，”丽莎答道，“不过我不认为您是个自私自利的人，相反，我应当感谢您……”

“我知道，我知道您想说的是什么，”潘申打断她的话，又用手指在琴键上滑了过去，“为了我带给您的乐谱、书籍，为了我在您的画册上涂鸦的那些蹩脚绘画，等等，等等。虽然这一切我样样能做，但我仍然是利己主义者。我斗胆设想，您和我在一起不会感到枯燥乏味，您也不会把我当成一个坏人，但是您还是会认为我——究竟怎么说好呢——为了说上一句俏皮话，可以不惜辱没自己的父亲和朋友。”

“您和所有纨绔子弟一样，用心不专，说过忘记。”丽莎说道，“我要说的就这些。”

潘申微微蹙起了眉头。

“我说，”他说，“咱们再也别谈我的事了，还是弹咱们的奏鸣曲吧。我只求您一件事，”他用手摊平放在谱架上的乐谱的页子，补充说，“您想怎么看我就怎么看我，甚至说我是利己主义者——这都听便！可是别叫我纨绔子弟，这个称号我受不了……Anch' iosono pittore[①]。我也是个演唱家，虽然蹩脚，而这一点，也就是我是个蹩脚演唱家这一点，我现在要用事实向您证明。开始吧。”

“开始吧。”丽莎说。

第一段慢板进行得非常顺利，虽然潘申弹错不止一次。该他弹的部分以及记熟的部分他弹得非常悠扬，但理解很差。然而曲子的第二部——那是节奏非常明快的一段快板，却怎么也弹不上手：潘申已经慢了两拍，到第二十小节上他弹不下去了，便笑着移开了自己的椅子。

“不行!”他大声说，“今天我不能弹了，好在莱姆没听见咱们弹：要不他会晕倒在地呢。”丽莎起身盖上琴盖，转脸向着潘申。

“那我们干什么呢?”她问。

“通过这个问题就可了解您的为人！您是怎么也不会空手坐着不干事的。怎么办呢，如果您愿意，咱们就来画画，趁着天还没有完全暗下来。也许另一位缪斯[②]——绘画的缪斯，究竟该怎么叫呢？我忘了……会垂青于我。您的画册呢？我记得那上面有一幅我没完工的风景画。”

丽莎到另一个房间去拿画册，潘申一个人留在屋子里，从口袋里掏出一块细亚麻

---

① 意大利语：我也是个艺术家呢。

② 希腊神话中司艺术和科学的女神的通称。

布手帕擦自己的手指甲，稍稍歪着头望着自己的一双手。那双手很漂亮、又白净；左手大拇指上戴着一只螺旋形的金戒指。丽莎回来了，潘申靠近窗口坐下，打开画册。

"啊哈！"他叫起来，"我看您临摹起我的画来了——棒极了。非常好！只是这里——请把铅笔给我——阴影不够浓。看。"

于是潘申大笔一挥，刷刷地画上长长的几道线条。他总是画同一幅景物：近景是枝繁叶茂的几棵大树，远处是林间空地和以蓝天为背景的参差嵯峨的山岭。丽莎从他的肩膀后面看他作画。

"在绘画上，而且在生活的各个方面，"潘申的脑袋一会儿向右偏，一会儿又向左斜倾，说道，"轻松和果敢是首要的。"

这时莱姆走了进来，他毫无表情地欠了欠身，打算离去。但是潘申把画册和铅笔扔在一边，挡住了他的去路。

"您往哪儿去，亲爱的克里斯托弗·费奥多雷奇？难道您不留下来和我们一起喝茶吗？"

"我得回家，"莱姆发出闷闷不乐的声音说，"头痛。"

"哎，那没什么了不起，请别走。我还得和您争论莎士比亚的作品。"

"头疼。"老人重复说。

"您不在场的时候我们本来已经开始弹贝多芬的奏鸣曲了，"潘申殷勤地搂住他的腰，愉快地莞尔一笑，接着说，"可是根本弹不顺手。您想，我不可能准确无误地接连把握两个调子。"

"您还是唱您的拉（浪）漫奇（曲）吧。"莱姆推开潘申的手回答道，然后就走了出去。

丽莎跟在后面追去，在门廊的台阶上赶上了他。

"克里斯托弗·费奥多雷奇，请听我说，"她沿着庭院里修得很短的草坪送他到门口，用德语说，"我对不起您，请原谅我。"

莱姆一句话也没有回答。

"我给弗拉基米尔·尼古拉依奇看了您写的呈献曲，我相信他会高度评价它，——他确实很喜欢这首歌。"

莱姆站定了脚。

"这没关系，"他用俄语说，然后又用他的母语接着说，"不过他什么也理解不了，您怎么看不出这一点？他只是个三脚猫——不过如此。"

"您对他不公正，"丽莎回答说，"他什么都能理解，几乎什么都会做。"

"对，但仍然排不上第一号，不值钱的货色，粗制滥造的东西。人家喜欢这种货色，也喜欢他这号角色，而他也心满意足了——这有多好啊。我倒不生气，这首呈献曲，还有我——我们俩是两个老傻瓜，我感到有点儿羞耻，不过这不要紧。”

“原谅我吧，克里斯托弗·费奥多雷奇。”丽莎又说道。

“不要紧，不要紧，”他又用俄语重复说道，“您是个好心的姑娘……看，有人向您走来了。再见。您是个心地很好的姑娘。”

莱姆加快步伐向大门走去，一位他素不相识的先生，身穿灰大氅，头带宽严帽，正走进门来。莱姆彬彬有礼地对他一鞠躬（他对O城所有的陌生人都躬身行礼，而在街上遇到熟人则转身就走——这已成了他的惯例），从他身边走过，便消失在围墙外面了。陌生人惊奇地目送他离去，然后看了一眼丽莎，径直向她走来。

7

“您认不出我了，”他摘下帽子说，“我却认出您来了，虽说从我上次见到您，已经过了八年。那时您还是个娃娃，我是拉夫列茨基。您妈妈在家吗？能见见她吗？”

“妈妈会非常高兴的，”丽莎回答说，“她听说您回来了。”

“您好像叫丽莎维塔？”拉夫列茨基登上门廊的台阶说。

“对。”

“我清清楚楚记得您，那时候您的脸就已经是这个样子，叫人忘不了，那时候我还给您带来过糖果。”

丽莎脸红了，心想：他这个人真怪。拉夫列茨基在前厅里停留了一会儿。丽莎走进客厅，那里正传来潘申的说话声和笑声。玛丽娅·德米特里耶芙娜和盖杰奥诺夫斯基已从花园回到屋里，他向他们说了城里正在传播的一个流言蜚语，于是便对自己说的话大笑不止。听到拉夫列茨基这五个字，玛丽娅·德米特里耶芙娜完全慌了神，脸色都白了，接着便走出去迎接他。

“您好！您好，我亲爱的 cousin[①]！”她拖长了嗓子，几乎带着哭音大声招呼道，“见到您我有多高兴！”

“您好，我的好表姐，”拉夫列茨基回答说，一面友好地握住她伸过来的手，“您过得还好吧？”

“请坐，请坐，我亲爱的费奥多尔·伊凡内奇。啊，我真高兴！首先，请允许我向您介绍我的女儿丽莎……”

“我已经向丽莎维塔·米哈依洛芙娜作过自我介绍了。”拉夫列茨基打断她说。

“莫西埃[②]潘申……谢尔盖·彼得罗维奇·盖杰奥诺夫斯基……快坐下！让我

---

① 法语：表弟。

② 法语：先生。

看看您，是啊，简直不相信自己的眼睛了。您身体可好？”

“就像您见到的那样：精神焕发哪。您也一样啊，表姐，但愿您没有被毒眼[1]看过，这八年来您一点儿也没见瘦。”

“想想看，我们这么长时间没见面了，”玛丽娅·德米特里耶芙娜若有所思地说，“您今儿个从哪里来？耽搁在哪儿……也就是说，我是想说，”她急忙接着说，“我是想说您会到我们这儿来久住吗？”

“我从柏林来，”拉夫列茨基回答说，“明天动身去乡下——大概要在那里长住。”

“您当然要住到拉夫里基去喽？”

“不，不住在拉夫里基，离这儿大约二十五俄里我有一个小庄子，我到那里去。”

“就是您从格拉菲拉·彼得罗芙娜继承来的那个庄子？”

“正是。”

“那可不行，费奥多尔·伊凡内奇！您在拉夫里基有那么漂亮的一幢房子！”

拉夫列茨基稍稍皱了皱眉头。

“是啊……可是那个庄子里有一间小屋，眼下我别的什么也不需要。这个地方现在对我来说是再合适不过了。”

玛丽娅·德米特里耶芙娜又一次显得非常尴尬，甚至挺直了身子，摊开了双手。潘申给她解了围，和拉夫列茨基聊起天来。玛丽娅·德米特里耶芙娜放下了心，靠到了安乐椅的椅背上，偶尔插上一两句话。与此同时她却用那样怜悯的目光看着自己的客人，那样意味深长地长吁短叹，那样伤心地摇头，终于客人受不了了，非常不客气地问：她是不是病了？

“托上帝的福，”玛丽娅·德米特里耶芙娜回答说，“怎么啦？”

“是这样，我觉得您不太舒服。”

玛丽娅·德米特里耶芙娜做出兀不可犯和略受委屈的样子。“既然如此，”她想，“跟我有什么关系呢，我的老兄啊，你看上去倒满不在乎似的，要是换一个人，可要痛苦得不像人样喽，可你居然还发胖了。”玛丽娅·德米特里耶芙娜在心里和自己嘀咕时毫不讲礼节，她在出声说话的时候可就优雅得体了。

拉夫列茨基确实不像厄运的牺牲品。他那张双颊绯红、纯俄罗斯型的脸庞，脸上那宽阔白净的天庭、略显粗大的鼻子和宽阔端正的嘴唇，总是洋溢着草原人的健美和坚忍不拔、永不衰竭的力量。他仪表堂堂，浅色的头发鬈曲在头上，像个青年人。只是在他的眼睛里，在那双蓝蓝的、鼓鼓的而且有点凝视不动的眼睛里流露出来的神

---

① 迷信说法：被毒眼看过人会遭灾、生病。

情，既不像是沉思，也不像是困倦，他说话的声音似乎显得过于沉稳。

此时潘申还在继续努力，使谈话不致中断。他把话题转向制糖业的好处上，这是他不久前从两本法国小册子上看来的。他开始头头是道、一本正经地叙述两本书里的内容，至于小册子本身，却只字未提。

“这不是费佳吗！”隔壁房间半掩的门里突然传来玛尔法·季莫菲耶芙娜的声音。“是费佳，一点没错！”老太太于是利索地走进了客厅。拉夫列茨基还来不及从椅子里站起身，她已经拥抱他了。“让我瞧瞧，瞧瞧，”她放开他的脸稍稍后退一点说道，“唉！你长得真帅。老了点儿，可一点儿也不见丑，真的。你干吗亲我的手——要是不讨厌我脸上的皱纹，就直接亲我的脸嘛。恐怕你还没问起过我：姑妈还活着吗？你可是在我手里生下的哟，看，变得这么老了！不过这没关系，你哪顾得上想起我呢！不过你回来了，就是个聪明人。你怎么，我的妈呀，”她转向玛丽娅·德米特里耶芙娜说道，“用什么招待他来着？”

“我什么也不要。”拉夫列茨基忙说。

“就是喝口茶也好，我的爸呀。哦，我的天！不知他从哪儿来到这里，连茶也不端一杯。丽莎，你去张罗一下，快点儿。我记得他小时候是有名的饕餮之徒，今儿个说不定还胃口不小呢。”

“您好，玛尔法·季莫菲耶芙娜。”潘申从侧面靠近兴冲冲的老太太，向她深深一鞠躬说。

“对不起，我的阁下，”玛尔法·季莫菲耶芙娜回道，“我只管高兴，竟没有注意您在这儿。你变得像你妈了，她这个可亲可爱的人。”她重新转脸向着拉夫列茨基，继续说道，“不过你的鼻子还是像你爸，还是你爸爸的样子。对了，你在我们这儿住多久？”

“我明天要走，姑妈。”

“去哪儿？”

“回家，去瓦西利耶夫斯科耶。”

“明天？”

“明天。”

“行，明天就明天吧。祝你一路平安——你心里更明白该做什么。不过你可别忘了来这儿告个别。”老太太拍拍他的面颊，“我没想到还能等到你回来，那倒不是说我准备寿终正寝了。不，我大概还够得上再活十来年：我们彼斯托夫家的人个个长命。你故去的爷爷以前老说我们一生活两世，对了，天知道你还要在国外混多久。你可是个好样儿的,好样儿的。大概还跟从前一样,一只手举得起十普特[①]重?你已故的爸爸,对不起,尽管要多荒唐有多荒唐,但有一件事做得好,他为你雇了个瑞士人。你记得你们赤手空拳和他对打吗?这叫体操来着,是吗?唉,看我嚷嚷到哪儿去了,妨碍彭欣(她从不按正确的读法叫他潘申)先生说话了。不过我们最好还是到凉台上喝茶去,我们的奶脂可是一等的——你们伦敦、巴黎的比也甭想比。走吧,走吧,费裘沙[②],把你的手给我挽着。哦!你的手臂好粗!看样子有你在一起不会摔跤。"

大家都起身到凉台上去了,只有盖杰奥诺夫斯基例外,他偷偷地溜走了。在拉夫列茨基和家中的女主人、潘申以及玛尔法·季莫菲耶芙娜聊天的全过程中,他坐在角落里,专心致志地眨着眼睛,怀着孩童般的好奇心撅着嘴巴:现在他急匆匆地赶去向全城散布有关新到客人的消息了。

当天晚间十一点,卡里金太太家里发生着这样一幕。楼下,在客厅的门口,弗拉基米尔·尼古拉依奇找到了一个恰当的时刻,握着丽莎的手正和她道别,说道:"您知道是谁吸引我到这儿来的;您知道我为什么不停地老往你们家里走;当这一切都是那么明白的时候,现在还有什么必要说呢。"丽莎一句话也没有回答他,她双眉微蹙,两颊绯红,脸无笑容,眼望着地面,但没有抽回被他握着的手。楼上,玛尔法·季莫菲耶芙娜的房间里,昏暗不清的古老圣像前的灯光下,拉夫列茨基坐在安乐椅上,双肘支在膝头,两手托着腮帮,老太太站在他面前,有时默默地抚摸着他的头发。与屋里的女主人告别后他在玛尔法·季莫菲耶芙娜房里已度过了一个多小时,他几乎什么也没有告诉自己这位善良的老年朋友,她也没有向他询问……是啊,有什么好说,有什么好问的呢?她早已什么都一清二楚,早已对充溢他心灵的一切充满了同情。

---

① 俄国重量单位,合16.38公斤。

② "费奥多尔"的简称"费佳"的爱称。

8

费奥多尔·伊凡诺维奇·拉夫列茨基（我们应当请求读者允许暂时打断叙述的线索）出身于一个古老的贵族世家。拉夫列茨基家族的先祖从普鲁士出来投奔瓦西里·焦姆内[1]的公国，受赏位于别热茨基威尔赫的二百切特维尔季[2]土地。他的许多后代曾担任各种官职，在大公们或边远军事管辖区要人们的手下干事，他们在宦海的升迁，没有一个超过御前大臣职务，也没有得到过可观的财富。所有姓拉夫列茨基的人里，最富有、最杰出的要数费奥多尔·伊凡内奇的曾祖安德烈，他为人残忍、果敢、聪明、狡猾。关于他的刚愎自用、暴戾成性、慷慨无度和贪得无厌，至今还在到处流传。他大腹便便、身材高大，脸色黝黑、嘴上无须，口齿不清、无精打采。然而他说话的声音越轻，他周围的人越是战战兢兢。他娶的妻子和他真是天造地设的一对。她娘家是茨冈人，生就一双金鱼眼、一个鹰钩鼻，黄黄的脸皮圆圆的脸，性格暴躁、睚眦必报。她和丈夫吵嘴一辈子，却从未对他作过丝毫让步，所以她差点没被他整死，她也没有比丈夫长寿。安德烈的儿子彼得，也即费奥多尔的祖父，可不像自己的父亲：这是个在草原地区生活的普普通通的地主，他非常任性，说话大呼小叫，做事磨磨蹭蹭，粗鲁而不凶狠，热情好客，还喜欢养狗打猎。他从父亲手里继承过来整整两千名农奴，那时已年过三十，但他不久就将他们遣散了，还出售了部分产业，对仆人则娇惯放纵。那些卑微小人，无论熟识的还是陌生的，像蟑螂一样从四面八方爬来，涌向他那宽敞、温暖而不事整理的邸宅。他们随便见到什么就大嚼一顿，吃得饱饱的，喝得酩酊大醉，只要能拿走的就顺手牵羊带走，称赞和夸耀慈爱的主人。主人在心境不佳的时候也夸耀自己的客人，戏称他们为寄生虫，骗子手。要是没有这帮子人，他就感

---

① 意译为“瞎子瓦西里”，即瓦西里二世（1415—1462），瓦西里一世之子，自1425年起为莫斯科大公。在与叔父和堂兄的斗争中曾被俘并失明。

② 旧俄土地面积单位，合40俄丈长、30俄丈宽。

到寂寞无聊。彼得·安德烈依奇的妻子是个温顺贤淑的女子。按照父亲的选择和命令,他从邻居家把她娶了过来,她叫安娜·巴甫洛芙娜。她事无巨细从不过问,热情接待来客,乐意出门访友,虽然用她的话来说扑粉化妆简直是要了她的命。她到老年时还曾说过:"人家在你头上罩上一块毡头巾,把你的头发往上梳,抹上脂油,扑上面粉,再插上几根铁簪子——以后就连洗都洗不掉了。但是外出做客不扑粉又不行——人家会因此而认为你对他简慢——真是苦事一桩!"她爱跑马,玩起牌来可以从早到晚打上一整天,遇到丈夫建近牌桌的时候,她总是把自己记录所赢小钱的筹码用手捂起来:而她的全部陪嫁和钱财却统统交给丈夫,由他支配,她和他生了两个孩子:儿子伊凡,也即费奥多尔的父亲,和女儿格拉菲拉。伊凡没有在自己家,而是在一位富有的老姨妈库宾斯卡娅公爵小姐家受的教育:她认定他为自己的继承人(若非这一项父亲是不会放他出去的),把他穿着得像个洋娃娃,给他雇了各式各样的教师,还派了一个专门照管他的外国家庭教师,法国人,以前是天主教神父,让·雅克·卢梭的信徒,一位叫 Courtin de Vaucelles[①] 的先生,一个机灵而瘦削、善于钻营的人物——用她的话来表达,是外国侨民的 fine leur[②]——结果在她快到七十岁的时候居然嫁给了这位"芬·弗里奥尔"[③],把全部财产转到了他的名下,尽管她红光满面、浑身散发出 é la Richelieu 牌香水的香味,有一群黑人小厮侍奉左右,有一群细脚伶仃的小狗和叫嚷不休的鹦鹉围绕四周,却倒在路得维希十五时代的一张歪歪斜斜的绸面沙发上死去,死时手里还捧着一只贝蒂多制作的搪瓷鼻烟壶——她在被丈夫遗弃后死去:说得比唱得还好听的库尔丁先生宁肯带着她的钱财远走巴黎。当这突如其来的打击——我们说的是公爵小姐的婚嫁,不是指她的死亡——落到伊凡头上的时候,他才满二十岁。他在姨妈家的地位一下子由富有的继承人沦为寄食者,就不愿再待下去。他在其间成长的彼得堡社交界向他关闭了大门,若要供职就得从卑微的职位爬起,对这样一条艰难而又暗淡的仕途他感到厌恶(凡此种种都发生在亚历山大皇上执政的初期),他万般无奈只好回到乡下父亲身边。在他看来他曾生身其间的故里旧宅既脏又穷而且难看。草原地区的生活清冷闭塞,屋子里烟熏火燎黑不溜秋,他每走一步都感到一种屈辱;寂寥无欢折磨得他寝食不安;因此家里人除了母亲,大家都对他冷眼相看。父亲不喜欢儿子的京都习气、燕尾服、衬衫上竖起的高硬领子、书籍、长笛和一尘不染的作风,他讨厌这种作风并非平白无故,他抱怨儿子,唠叨不休。"这里

① 法语,读如库尔丁·德·福赛。

② 法语,意译为"精英"。

③ 法语"精英"的俄语读音。

什么都不称他的心，”他说，“坐在餐桌边挑肥拣瘦，不肯吃，人的气味和屋子里的闷气他又受不了，见别人喝醉酒的样子他就不高兴，有他在让你连吵架也不敢，找饭碗干活他又不愿意：瞧他那弱不禁风的样子；嘿，有你这样的娇小子！都是因为满脑子的伏尔泰主义。”老头子尤其看不起伏尔泰和那个“狂小子”狄德罗，虽说这两位的著作他一行也没有看过：读书二字本来就与他无缘。彼得·安德烈依奇此话不虚：儿子脑子里装的确是伏尔泰和狄德罗，而且不光是他们两个人——他脑子里装的还有卢梭、雷纳尔[①]、爱尔维修[②]，还有许多类似的写文章的人——不过仅仅是装在脑子里而已。伊凡·彼得罗维奇从前的一个老师，一位退休的神父和百科全书派学者，为毫无保留地向自己的学生灌输了十八世纪的全部深奥难解的思想而沾沾自喜。他也真的脑子里塞满了这些思想，这些思想进入了他的头脑，却未曾与他的血液融为一体，没有渗透他的灵魂，没有表现为坚定不移的信念……是啊，在五十年以前怎么可能要一个年轻的后生树立起信念呢？我们到如今都尚且够不着这些信念呢。造访父亲家庭的来客在伊凡·彼得罗维奇面前也感到拘束：他鄙视这些人，他们也怕他。而跟比他大十二岁的姐姐格拉菲拉他压根儿说不到一起。这位格拉菲拉堪称是个奇异的活物：她相貌不端，背部微弓，身材瘦小，一双咄咄逼人的眼睛睁得圆圆的，两片薄薄的嘴唇收得紧紧的，她的脸相、头型、粗笨而迅捷的动作都像她祖母，那位茨冈女人，安德烈的妻子。她秉性固执，好对人发号施令，出嫁两个字听也不想听。她并不愿意伊凡·彼得罗维奇回来。当库宾斯卡娅公爵小姐把他留在身边时，她曾指望至少可以得手父亲财产的一半，她那吝啬的性格也像祖母。此外，格拉菲拉还妒忌自己的弟弟：他是那样有教养，一口法语说得那么漂亮，带巴黎口音，而她只会勉强说“蓬如阿”和“科曼·符·波尔特·符”[③]！是的，她的双亲对法语根本就一窍不通，因此她心里感到不是滋味。伊凡·彼得罗维奇穷极无聊，手足无措，不知不觉在乡间过了一年，这一年在他看来比十年还长。他只有和自己的母亲可以倾心而谈，常常接连好几个小时坐在她那低矮的卧室里听这位善良的女人信口闲聊，一面大吃果酱。说来也巧：安娜·巴甫洛芙娜的女仆中有一个非常漂亮的姑娘，叫玛兰尼娅，她目光温柔、水灵灵的，容貌清秀，聪明文静。伊凡·彼得罗维奇一眼就看上了她。他真的爱上了她：他爱她怯生生的步态、羞答答的回话、细细的嗓音和含而不露的笑容。他觉得她一天比一天可亲可爱。她对伊凡·彼得罗维奇倾心相爱，柔情似水，凡是俄罗斯少女

① 雷纳尔（1713—1796）法国史学家，哲学家。

② 爱尔维修（1715—1771）法国哲学家。

③ 法语：“日安！”和“您好！”

迷恋上一个男子时能做的她也做了——于是对他以身相许了。在乡间地主的邸宅里什么样的隐私都不可能长久地秘而不露:不久大家都知道了年轻少爷和玛兰尼娅的这种关系。有关这种关系的消息终于传到了彼得·安德烈依奇的耳朵里。要是其他场合他也许对这件微不足道的小事不加理会,但是他早就对儿子恼怒不堪,如今得到机会可以对从彼得堡回来的自作聪明的纨绔少年羞辱一番,真是喜出望外。喧哗声、叫喊声、吵闹声骤然而起:玛兰尼娅被禁闭在贮藏室里;伊凡·彼得罗维奇被传唤去见父亲;安娜·巴甫洛芙娜也闻声赶来。她试图平息丈夫的怒火,然而彼得·安德烈依奇已经一句话也听不进去。他如饿鹰扑食一般冲着儿子发作起来,责备他没有道德,不信上帝,装腔作势,同时把沸腾起来的对库宾斯卡娅公爵小姐的一腔怨气也全部发泄到他身上,羞辱的字眼骂得他狗血喷头。起初伊凡·彼得罗维奇一言不发地忍受着,但是当父亲想用羞辱性的惩罚威胁他时,他忍不住了。“狂小子狄德罗还没有下台呢,”他想,“我要叫他出场,你们等着瞧,我叫你们大家都大吃一惊。”他虽然四肢在暗暗发抖,但马上用镇静平稳的语气对父亲宣布说他责备他没有道德是毫无意义的。虽然他不想为自己的过错辩白,但是愿意改正它,而且更乐意认为自己摆脱了一切偏见,也就是准备娶玛兰尼娅为妻。毋庸争辩,伊凡·彼得罗维奇在说完这些话后达到了目的:彼得·安德烈依奇被他震惊得瞠目结舌,一时怔住了。然而他顿时醒悟过来,当时他穿着松鼠皮的短袄,光脚套着鞋子,猛地挥舞着拳头向伊凡·彼得罗维奇扑来,而那一天儿子仿佛故意似的,梳了 à la Titus① 的发式,穿了一件新的英国式蓝燕尾服,一双带缨子的靴子和紧紧包在身上的一条时髦的驼鹿皮裤子。安娜·巴甫洛芙娜狂呼大叫起来,两手捂住了脸。儿子狂奔着穿过整间屋子,纵身一跃跳进了院子里,然后冲进菜园,又冲进花园,又穿过花园飞奔到路上,头也不回地一直向前跑,直到终于不再听见父亲沉重的脚步声和他时断时续的大声叫喊……“站住,骗子!”他没命地呼叫,“站住! 我咒你!”伊凡·彼得罗维奇躲在邻近一个独院小地主家里。彼得·安德烈依奇回到家时已筋疲力尽,满身大汗,刚一喘过气来就宣布取消对儿子的祝福和继承权,命令烧毁他的全部混账书籍,玛兰尼娅姑娘则立即流放到远处的乡村。出现一些好心人,他们找到了伊凡·彼得罗维奇,把一切情况都告诉了他。他感到受了羞辱,气得发狂,发誓要向父亲复仇,当天夜里他暗中截住了运送玛兰尼娅的那辆农民的大车,强行将她抢了去,和她一起骑马到了最近的一座城里举行了婚礼。结婚的费用是一个邻居提供的,此人长醉不醒,是一个极其好心的退休海员,又爱管闲事到极点,凡是他所说的一切崇高的事情都爱管。第二天伊凡·彼得罗

① Titus,提图斯(40—81),罗马皇帝。

维奇尖刻地给彼得·安德烈依奇写了一封冷冰冰的、彬彬有礼的信,自己则出发到一个乡村去,那里住着他的表兄德米特里·彼斯托夫和读者已经认识的他的妹妹玛尔法·季莫菲耶芙娜。他向他们陈述了一切经过,宣布打算到彼得堡去求职谋生,并恳求他们哪怕暂时收留一下他的妻子。说到"妻子"两字他伤心地哭了,而且不顾自己在首都所受的教育和处世哲学,低三下四地像俄罗斯贫民一样在亲戚面前双腿下跪,甚至还磕了个头。彼斯托夫一家是富于同情心的心地善良的人,欣然答应了他的请求。他在他们家住了大约三个星期,暗中等待着父亲的回音。然而回信没有来,也不可能来。得悉儿子结婚的消息,彼得·安德烈依奇病倒在床,不许在他面前提及伊凡·彼得罗维奇的名字。但是母亲暗中背着丈夫向司祭借了钱捎了五百卢布纸币去,还给他妻子带去了一个圣像。她不敢写信,但是通过派去的那个一昼夜能赶六十俄里路的瘦骨伶仃的农民,吩咐儿子不要过于伤心,说托上帝的福,一切都会好的,父亲也许会转怒为慈,说尽管她更希望有另一个人做她的儿媳妇,但是看样子上帝觉得还是现在这么好,她向玛兰尼娅·谢尔盖耶芙娜致以父母的祝福。瘦骨伶仃的农民得到了一个卢布,请求允许见一见新少奶奶,他是她的干亲,吻了吻她的手就跑回家去了。

伊凡·彼得罗维奇轻松愉快地启程去彼得堡。等待他的前程吉凶未卜,也许他面临着饥饿的威胁,然而他已和可恨的乡间生活诀别了,主要的是他没有出卖自己的老师,真正将他们利用了起来,而且事实上没有辜负卢梭、狄德罗和 la Declaration des droits de l' homme①。一种履行了职责的感觉、胜利的感觉、自豪的感觉,充溢了他的内心。同时与妻子的分离未曾使他过于惊恐不安,如果必须使他和妻子朝夕相处,他更会感到窘迫不安。那件事已经做过,现在需要着手别的事了。和自己的预料相反,他在彼得堡很走运:库宾斯卡娅公爵小姐——虽然库尔丁先生已经遗弃了她,她却还未及死去——为了减轻自己在外甥面前的过错,将他介绍给自己所有的朋友,送给他五千卢布,——恐怕已是她最后的一笔钱——还有一块镂花表,表上爱神花边里刻有他名字第一个字母的大写花体。不过三个月,他就在俄国驻伦敦的使馆谋到一个职位,搭上第一艘驶离俄罗斯的英国商帆(当时还压根儿不知道有蒸汽船这东西)出海了。几个月后他接到彼斯托夫寄来的信。好心的地主向伊凡·彼得罗维奇祝贺儿子的降生,他于 1807 年 8 月 20 日在波克罗夫斯科耶村降生人间,为纪念殉教的圣徒费奥多尔·斯特拉季拉特,取名为费奥多尔。由于极度虚弱,玛兰尼娅·谢尔盖耶芙娜只在信后写了几行附笔,但就是这短短几行字却叫伊凡·彼得罗维奇不胜惊讶:他不

---

① 法语,《人权宣言》。

知玛尔法·季莫菲耶芙娜已教会了他妻子识字。不过伊凡·彼得罗维奇并未长久陶醉于弄璋之喜的兴奋之中:他正在向当时有名的一位甫灵[①]或莱斯[②](古典称谓当时正时髦)献殷勤。蒂尔西和约[③]刚刚签署,大家正忙于享乐,正在一阵疯狂的旋风里打转,热情活泼的美貌少女的黑眼睛正迷得他晕头转向。他手头很不宽余,但是在牌桌上运气颇佳,结交渐多,一切可能参加的娱乐活动都不错过,总而言之,他正一帆风顺。

① 是雅典著名的艺妓。

② 是雅典著名的艺妓。

③ 1807 年拿破仑和俄皇亚历山大缔结的和约。

9

拉夫列茨基老头久久不能原谅儿子私自结婚。如果说,事隔半年以后伊凡·彼得罗维奇前来低头认错,扑到他面前双膝下跪,也许他会先结结实实骂上他一顿,再打一拐杖吓唬他一下,就原谅他了。然而伊凡·彼得罗维奇远居国外,看样子对此事满不在乎。“住嘴!想都甭想!”每当妻子试图替儿子求情时彼得·安德烈依奇总是说。“这狗崽子该一辈子向上帝祈求我不诅咒他,要是先父在,非亲手宰了他这个不成器的东西不可。要是那样就好了。”听到这样可怕的咒骂,安娜·巴甫洛芙娜只好偷偷地画十字。至于伊凡·彼得罗维奇的妻子,彼得·安德烈依奇起先对她的名字连听也不愿听,甚至在收到彼斯托夫提及他儿媳妇的信后,还吩咐回话,仿佛他不知道有什么儿媳妇,并认为有义务告诫对方,收留逃亡的女仆是法律所禁止的。后来当他得知孙儿降生,心便软了下来,吩咐顺便向产妇问好,还给她,似乎不是他让做的,稍寄一点钱去。费佳还不满周岁的时候安娜·巴甫洛芙娜突然一病不起。临终前几天她已不能起床,睁着一双暗淡无神的泪汪汪的眼睛怯生生地望着,当着神父的面对丈夫说,想见一面儿媳妇并且宽恕她,还想替孙子祝福。老头伤心万分,对她好言相慰,立即派自己的马车去接儿媳妇,还第一次称地为玛兰尼娅·谢尔盖耶芙娜。她回来时带着儿子和玛尔法·季莫菲耶芙娜,后者说什么也不放她一个人走,以免她受委屈。玛兰尼娅·谢尔盖耶芙娜走进彼得·安德烈依奇书房时几乎吓得半死。保姆抱着费佳跟在她后面。彼得·安德烈依奇默默无声地看着她。她走近他的手,瑟瑟颤抖的双唇勉强碰了碰手,印下一个无声的吻。

“好吧,新来的贵夫人,”他终于说道,“你好,一起去看太太吧。”

他起立向费佳俯下身子,婴孩面露笑容,向他伸过一双白白的小手。老头深受感动。

“哦。”他说,“你这个没爹的孩子!你在为你父亲向我求情啊,小乖乖,我不会撇下你不管的。"

玛兰尼娅·谢尔盖耶芙娜一走进安娜·巴甫洛芙娜的卧室,就在门边跪了下来。安娜·巴甫洛芙娜招呼她走到床边,拥抱了她并祝福她的儿子,然后向丈夫转过那张被病魔折磨得皮包骨的脸想说什么……

"知道了,知道你想求什么了,"彼得·安德烈依奇说,"别难过:她将留在家里,为了她我连凡卡[①]也原谅了。"

安娜·巴甫洛芙娜吃力地抓起丈夫的手,贴到了自己的嘴唇上。当晚她就没了。

彼得·安德烈依舒信守自己的诺言。他通知儿子,为了他母亲临终的托付,为了费奥多尔这个孩子,他恢复对他的祝福,并把玛兰尼娅·谢尔盖耶芙娜留在自己家里。他从两层楼之间的半楼里拨给她两个房间,把她介绍给自己最尊贵的客人:一只眼的旅长斯库列辛和他的妻子,送给她两个使女和一个小厮供差遣。玛尔法·季莫菲耶芙娜和她告别:她恨格拉菲拉,一天之内和她吵了三回。

可怜的女人起初过得很沉重,心里老不自在。不过后来也就熬过来了,也习惯了自己的公公。他对她也习惯了,甚至喜欢上她了,虽说他几乎从来不跟她搭话,虽然他对她的慈爱本身总流露出某种潜意识的轻蔑。最叫玛兰尼娅·谢尔盖耶芙娜够受的是她的大姑子。还在母亲在世时格拉菲拉就已把整个家渐渐操纵在手里:从父亲开始,家里每个人都服她的管,未经她的许可,连一块糖也甭想拿出去。要她和另一个女主人分掌族权,她宁肯去死,更何况那另一个算什么女主人!她对兄弟的婚事比彼得·安德烈依奇还要恼火。她开始教训飞黄腾达的暴发户,于是玛兰尼娅·谢尔盖耶芙娜一开始就变成了她的奴隶。是啊,她,一个温良顺从,终日羞羞答答、惶惑不安的女人,身体又这么弱,哪里是自作主张、傲慢无礼的格拉菲拉的对手!格拉菲拉没有一天不向她提醒过去的地位,没有一天不称赞她没有得意忘形。不管这些提醒和赞扬多么令人痛苦,玛兰尼娅·谢尔盖耶芙娜还是心甘情愿地接受了……然而费佳被从她身边夺走了,这才是对她致命的一击。他们借口她没有能力管他的教育,几乎不许她接近儿子。格拉菲拉管起了这件事,孩子完全在她的掌握之中。玛兰尼娅·谢尔盖耶芙娜难过得很,便开始在给伊凡·彼得罗维奇的信里央求他早早归来,彼得·安德烈依奇也希望见见自己的儿子。然而他只是在回信里一味地虚与委蛇,感谢父亲宽恕了他妻子,给他寄了钱,并答应不久就回家——但就是没有回家。一八一二年终于把他从外国召了回来。六年分别后首次相见,父子拥抱,当年的纠纷只字未提。当时顾不上那件事:俄罗斯全国正奋起抗敌,他们两人都觉得俄罗斯的热血在他

---

① "伊凡"的贱称。

们的血管里奔流。彼得·安德烈依奇为整整一个团的民兵捐款、提供衣装。然而战争结束了,危险已经过去。伊凡·彼得罗维奇又感到无聊了,他又向往远方的那个世界,他和那个世界已融为一体,在那里感到如同家里。玛兰尼娅·谢尔盖耶芙娜没法留住他,她对他太微不足道了。甚至连她希望的事也没有成为现实:丈夫也认为把费佳的教育委托给格拉菲拉得体得多。伊凡·彼得罗维奇可怜的妻子受不了这一个打击,也受不了第二次别离:她毫无怨言,几天后便与世长辞了。终其一生,她不会对任何事物作出反抗,甚至对疾病也未作抗争。她已不会说话,她的脸已罩上墓地的阴影,然而她的颜容依然流露出强忍不语的困惑和一贯温良恭顺的表情;带着同样无言与恭顺的眼神望着格拉菲拉;犹如安娜·巴甫洛芙娜在临终的病榻上亲吻彼得·安德烈依奇的手背一样,她也吻了格拉菲拉的手,并将自己的独生子托付给她。一个安静、善良的生命结束了人间的生涯,天知道为什么要将这生命从它生长的土壤里取出来,又在顷刻之间将它如同一棵拔起的小树一样根须朝天,弃如敝屣。它枯萎了,消失得无影无踪了,这个生命,谁也没有为它伤心落泪。替玛兰尼娅·谢尔盖耶芙娜惋惜的只有女仆们,还有彼得·安德烈依奇。她临终前不会说话的那个时候,老头没有在场。“原谅我吧——别了,我温顺的孩子!”他在教堂里最后一次向她鞠躬,轻声自语说。他在向她的坟墓上撒一把土的时候,哭了。

他也没有比她多活多久,没有超过五年。他带着格拉菲拉和孙子来到莫斯科,于1819年冬季在那里静静地与世长辞。他留下遗嘱要求将他和安娜·巴甫洛芙娜、还有“玛拉莎”[①]葬在一起。伊凡·彼得罗维奇正在巴黎寻欢作乐,1815年后不久,他就退了职。得悉父亲的死讯后,他决计回俄国去。需要考虑安顿家业,而且根据格拉菲拉的来信,费佳已年满十二岁,到了认真抓一抓他的教育的时候了。

---

① “玛兰尼娅”的爱称。

10

伊凡·彼得罗维奇回到俄国已全盘英国化。剪得短短的发式，浆硬的竖领，有多层小领子的豌豆黄长襟常礼服，阴阳怪气的脸部表情，招呼人时那种爱理不理和漫不经心的态度，透过牙齿缝说话的语气，突然爆发的干笑，面无笑容，纯政治型和政治经济型的谈话内容，对带血的牛排和波尔图葡萄酒酷爱如命，——他身上的一切都强烈地散发出一种大不列颠气质，他似乎整个儿都浸透了不列颠精神。然而——真是咄咄怪事！——尽管伊凡·彼得罗维奇已经全盘英化，他却同时变成了一个爱国主义者，至少他自命为爱国主义者，虽说他对俄罗斯知之甚少，既没有保持一个俄罗斯习惯，俄语也说得不伦不类：日常交谈时他说话慢慢吞吞，有气无力，法国式的俄语闪烁其间，一旦涉及重大题材，便会有这样一类语句从他嘴里脱口而出："表现自我努力的新经验"，"这不符合事物的本质"，等等，等等。伊凡·彼得罗维奇带回来几个手草的有关国家制度及其改进的计划。他对目睹的一切大为不满，尤其叫他恼火的是缺乏制度。与姐姐见面时他一开始就扬言打算实施彻底改造，今后他将使一切按新的体系进行。格拉菲拉·彼得罗芙娜一句话也没有回答伊凡·彼得罗维奇，只是咬了咬牙，心里想道："那我往哪儿搁？"然而陪同兄弟和侄儿来到乡下后，不久她就放心了。家里确实发生，某些变化：寄食者和游手好闲之徒立刻遭到驱逐，其中苦了两个老太婆，一个双目失明，另一个瘫痪在床，还有一个老态龙钟的奥恰科夫时代[①]的少校，由于他实在贪吃得可以，只给他黑面包和滨豆做口粮。还发布了一道命令，对以往的客人一概不再接待：一位住在远处的邻居，是个长有浅色头发、病弱不堪的男爵，一个受过良好教育而冥顽不灵的人物，已将他们统统取而代之。家里出现了从莫斯科运来的新家具，加进了痰盂，小铃铛，梳妆台；端早餐的方式也变了样；外国葡萄酒

① 1788 年第二次俄土战争中俄军占领了奥恰科夫人要塞。此处即指那个时代。

逐出了伏特加和果子露酒;为佣人们缝制了仆人的制服;家族纹章下面新加了题词:"inrecto virtus"[①]实质上格拉菲拉的权力丝毫未减:一切进出款项仍然取决于她的准许,一个从国外带回的阿尔萨人贴身侍从曾试图与她较量,结果丢了位置,尽管老爷对他百般庇护。至于家政和对产业的管理(格拉菲拉连这些事都参与),虽然伊凡·彼得罗维奇一再声称要在这一团乱麻之中输入新的生命,却依然如故,只是某些方面租金增加了,还有劳役更重了,还有禁止农民直接和伊凡·彼得罗维奇说话:爱国主义者非常看不起自己的祖国同胞。伊凡·彼得罗维奇的制度只在费佳身上得到了充分采用的权利:对他的教育已受到"根本改革":完全由父亲掌管。

---

① 拉丁语,意即"守法即是美德"。

11

伊凡·彼得罗维奇从国外回来之前，费佳处在格拉菲拉·彼得罗芙娜的照护之下，这已经交代过了。母亲去世的时候他还不满八岁。他并非天天与她见面，所以炽烈地爱她：对于她，对于她安静苍白的面容，对于她忧郁的眼神和胆怯的爱抚的记忆永远铭刻在他心上。不过他朦朦胧胧地理解她在家中的地位，他感觉到自己和她之间隔着一道屏障，而那道屏障是她所不敢也无力摧毁的。他对父亲有几分畏惧，而伊凡·彼得罗维奇自己也从未对他施以爱抚。祖父偶尔摸摸他的小脑袋，允许他吻他的手，但叫他怪小子，把他当作小傻蛋。玛兰尼娅·谢尔盖耶芙娜死后姑姑完全将他攥在了自己手里。费佳怕她，怕她那炯炯有神而锐利的目光，怕她那严厉的声音，只要她在场他不敢小声说个不字。往往有这样的情况，他刚在自己的椅子上动弹一下，她就嘘嘘地吓唬他了："你要去哪儿？乖乖地坐着别动！"每逢星期天，做完午祷后允许他玩耍，所谓玩耍就是给他一本厚厚的书，那是一本叫人难以捉摸的书，某一个叫马克西莫维奇·阿姆博迪克的作品，书名是《象征与图谱》。这本书里有近一千幅图画，其中一部分极其费解，又配以用五种文字书写的莫名其妙的说明。全身裸露、臃肿的丘比特在这些画里扮演重要角色。一张题为《番红花和彩虹》的画配上这样一行说明："其效极大"，另一幅，画着一只口衔紫罗兰花正在举翅飞翔的苍鹭，画旁边有一行题词："你都认识"，一幅《丘比特和舔小熊崽的熊》的画表示："渐变"。费佳仔细看着这些画图，他熟悉这些画的每一个细节。有几幅画，而且总是那几幅相同的画，使他沉思遐想，唤起他的想象力；他不知有其他的玩乐。及至该让费佳学外语和音乐的时候，格拉菲拉·彼得罗芙娜廉价雇了个瑞典老处女，此人长一双兔子眼，凑合着会说法语和德语，钢琴弹得马马虎虎，此外还腌得一手好黄瓜。就在由这个女教师、姑妈和一个叫瓦西里耶芙娜的未出嫁的老婢女三人组成的圈子里费佳度过了整整四年。他往往带着他的《图谱》坐在角落里，坐着……坐着。低矮的房间里透出天竺葵的气息，一根油脂做的蜡烛发出昏暗的光，蟋蟀单调地啾啾叫着，似在诉说它的孤寂无聊。一架小小的壁钟匆促地嘀嗒作响，老鼠在壁纸后面悄悄地爬动，啃啮着牙齿，三个老处女仿佛命运三女神[①]一样，默默地飞快拨动着编针，她们双手的投影时而飞快地移动，时而在昏暗朦胧中奇怪地抖动，而奇怪的、同样昏暗蒙眬的思绪也会聚到了孩子的脑海里。谁也不把费佳称作一个有趣的孩子：他脸色相当苍白，但身体很胖，身材不匀称，动作不灵活——按格拉菲拉·彼得罗芙娜的说法，是个十足的庄稼汉。如果经常放他到户外去，他苍白的脸色很快会消退。他的功课学得很不错，虽说常要偷懒，他从来不哭，但是不时地要耍牛脾气，这时就谁也说他不通了。自己周围的人，费佳一个也不喜欢……从小就未曾爱过人的心是最糟糕的！

伊凡·彼得罗维奇就是这样看他的，因此他不失时机地开始在他身上应用自己的方法。“我想首先把他造就成一个人——un home，[②]”他对格拉菲拉·彼得罗芙娜说，“而且不仅要造就成一个人，还要使他成为一个斯巴达式的人。”于是他从下面开始实施他的计划：把儿子穿戴得像苏格兰人；十二岁的孩子穿着裸露小腿的衣裤，头戴一顶插有公鸡毛的可折式男便帽；一个年轻的瑞士人取代了瑞典老处女，他的体操可是到了家；音乐作为不配让男子学习的功课，已被永远罢黜。自然科学、国际法、数学，为了激励骑士的情感而设的，是让·雅克·卢梭所建议的木工手艺学以及纹章学，才是未来的“人”应该学的。四点钟他被叫醒，立刻用冷水冲身，被强制手牵绳索、围绕一根高杆子跑步；他每天一顿饭，只吃一个菜，骑马、射箭，只要有适当的机会就按父亲的样子锻炼毅力，每天晚上在一本专用的本子里记载一天的经过和自己的感想；伊凡·彼得罗维奇也从自己方面出发，用法语为他写下训导词，在这些训导词里他称他为mon fils[③]，对他用vous[④]称呼。费佳说俄语时对父亲称“你”，但是当他的面却不敢坐下。父亲的“方法”使孩子不知所云，脑子里输入了许多混乱的概念，使他受到压抑。可是新的生活方式对他的身体却产生了显著的效果：起初他得了热病，不久就恢复健康，后来就长成了一个英姿勃勃的棒小子了。父亲为此得意非凡，用自己奇怪的语汇称呼他：大自然之子，我的杰作。当费佳满十六岁的时候，伊凡·彼得罗维奇认为有责任在他的头脑里及早灌输轻视女性的观念——于是年轻的斯巴达人

---

① 原文作Парки，应译为帕耳开，即希腊神话中的命运女神，为宙斯和忒弥斯的女儿（一说是倪克斯或阿南刻的女儿）。起初传说每个人都有命运女神。随着奥林波斯教的发展数目减到三个，为掌握人的生命之线的三个老太婆。

② 法语：人。

③ 法语：我的儿子。

④ 法语：您。

虽然还怀有胆怯的心理，初生的细毛也才出现在他的嘴上，虽然他气血方刚、精神饱满、力量充沛，却已在努力表现无动于衷、冷漠无情和生硬粗鲁的态度了。

然而时间总是不断地流了又流。伊凡·彼得罗维奇一年的大部分时间在拉夫里基（这是他祖传的一份主要的产业的名称）度过，每到冬季便只身来到莫斯科。他在一家饭店里耽搁，是俱乐部的常客，在人家的客厅里高谈阔论，阐明自己的计划，比以往任何时候更保持英国人的风度，更保持健旺的谈锋和栋梁之材的气概。然而一八二五年[①]来临了，随之带来的是许多痛苦。伊凡·彼得罗维奇亲近的熟人和朋友遭受了严峻的考验。伊凡·彼得罗维奇赶紧离城到了乡下，一头关进了自己的屋子。又过了一年，伊凡·彼得罗维奇突然憔悴了、虚弱了、消沉了，他的健康也每况愈下。说他是个有自由思想的人——他却开始往教堂里跑并预约做祷告的时间；说他是个欧洲人——他却开始洗蒸汽浴，两点钟午餐，九点钟上床，在老管家唠唠叨叨的废话声中才能入睡；说他是栋梁之材——他却烧毁了自己的全部计划、书信，见到省长会瑟瑟发抖，对县警察局长点头哈腰；说他是经过坚强意志锻炼的人——他却在发现身上长出一个疖子或别人端上一盘冷汤时伤心落泪，叫苦不迭。格拉菲拉·彼得罗芙娜又掌管了家中的一切；管家、村长和普通农民又开始从后门进去见“老泼妇”（家仆们给她起的诨名）。伊凡·彼得罗维奇身上的变化使儿子大为惊愕。他已年届十九，便开始思索并挣脱压迫他的手掌了。以前他就发现父亲言行不一，发现他的自由主义理论和他小暴君式的专横霸道大相径庭。然而他没有料到如此急剧的转折。根深蒂固的利己主义者一下子暴露无遗了。年轻的拉夫列茨基于是打算去莫斯科，准备进大学，——这时出乎意料的一场新的灾难又降临到伊凡·彼得罗维奇头上：他双目失明了，而且无可救药地失明了，在一日之内。

他不相信俄国医生的医术，于是开始张罗出国申请。他的申请未被批准。这时他就带了儿子在俄罗斯流浪了整整三年，从一个医生到另一个医生，不停地从一个城市到另一个城市，他的沮丧情绪和急躁心理使医生、儿子和奴仆都绝望了。他回到拉夫里基时已像一个彻头彻尾的废物，一个哭闹无常、挑剔任性的小孩了。痛苦的时日开始了，他弄得大家都不堪忍受。伊凡·彼得罗维奇只有在吃饭时才安静下来。他从来没有吃得那么贪婪，那么多。在其余时间，他既不让自己，也不让别人有片刻安宁。他祈祷，抱怨命运不好，咒骂自己，咒骂政治和自己的体系，咒骂他曾经自吹自擂的一切，咒骂他曾经给儿子树为典范的一切。反复说自己什么也不再相信，却又祈祷起来。他忍受不了片刻的孤独，要求家里人无分日夜坐在他的安乐椅边寸步不离，给

① 指1825年12月14日彼得堡参政院广场的事件，史称十二月党人起义，当日被镇压。

他讲故事，有时他大声呼叫着打断别人的故事："您老是胡说八道——这些事有多荒唐！"

格拉菲拉·彼得罗芙娜尤其够受，如果没有她在身边，他根本就过不下去——她直到最后都依了病人的每一个古怪要求，虽然有时为了避免声音里流露出使她窒息的那种恼恨心情，她没敢马上回答。他这样又拖了两年，在五月初去世了，当时他被带到凉台上，正晒着太阳。"格拉莎，格拉什卡[①]，肉汤，肉汤，老傻……"他那僵硬的舌头喃喃地说道，未及说完这句话就永远不响了。格拉菲拉·彼得罗芙娜刚从管家手里接过一碗肉汤，闻声停住了脚步，望了望兄弟的脸，缓缓地画了一个大大的十字就默不做声地走开了。在现场的儿子也一句话没有说，身子支在凉台的栏杆上，久久望着香气四溢、满目青葱、在阳光映照下金光灿烂的花园。他已二十三岁，这二十三年流逝得多么可怕，多么难以察觉地迅速！……生活在他面前敞开了大门。

---

① "格拉莎"和"格拉什卡"都足"格拉菲拉"的小称和昵称。

12

青年拉夫列茨基埋葬了父亲,将家务和对管理人员的监督委托给一成不变的格拉菲拉·彼得罗芙娜,便动身去莫斯科,一种模糊不清然而十分强烈的感觉吸引着他到那里去。他意识到自己所受教育的欠缺,所以力图尽可能地挽回损失的部分。近五年里他阅读了许多东西,增长了见识,脑子里酝酿过许多念头,也许任何一名教授会羡慕他的某些知识,同时还有许多连中学生都早已明了而他却一无所知的东西。拉夫列茨基意识到自己并不自由,他暗地里感到自己是个古怪人。英国迷和自己的儿子开了一个不小的玩笑。随心所欲的教育结出了自己的果实。长年以来他顺从自己的父亲,不知反省,及至终于看清他时,生米已成熟饭,习惯已经根深蒂固。他不善于与人相处:他生下至今已经二十三岁了,虽然他羞涩的心里怀着不可遏制的对爱情的渴望,却还未曾敢于对任何一个女子正眼看上一眼。凭他那清楚健全而又稍带几分迟钝的头脑,凭他那喜欢固执己见、善于观察和惰性十足的性格,他该在早年就坠入了生活的漩涡,然而他被人为地与世隔绝了多年……眼看着魔法的圈套已经破除,他却还在老地方站着,被封闭、压缩在自己内部。可笑的是到他这把年纪还穿学生装,但是他不怕嘲笑:他所受的斯巴达式教育至少有一个用处,即在他身上养成了对他人议论不屑一顾的习惯。于是他毫不扭捏地穿上了学生装。他进了物理数学系。他身体健康,面色红润,已经蓄起了胡子,不苟言笑,给他的同学们留下一个奇怪的印象。他们毫不怀疑,这个有时乘坐宽大的乡下雪橇按时来听课的冷峻的男子汉,内心里几乎还是个小娃娃。在他们看来他是个古怪的书呆子,他们不需要他,也不讨好他,他则回避他们。在大学度过的头两年里他只和一个大学生接近,因为他在这个大学生那儿补习拉丁语。他名叫米哈列维奇,是个热心人,会写诗,真心实意地爱护拉夫列茨基,而且完全由于偶然的机会,他成了使拉夫列茨基的命运发生重大转变的罪人。

有一次在剧院里，(其时莫恰洛夫[①]正处在荣誉的顶峰，拉夫列茨基看他的演出场场必到)，他在二楼包厢里遇见一位女子，——尽管没有一个女人在经过他那忧郁的身影时不叫他心跳的，但是他的心从来没有这么激烈地跳动过。姑娘两臂依靠在包厢包丝绒的靠手上，纹丝不动。在她黝黑、妩媚动人的圆脸上，每一根线条都焕发出敏锐、年轻生命的朝气；细细的柳眉下温柔地凝神而视的美丽的双眸，动人的唇间掠过的一丝冷笑，头部、颈部和双臂的姿势，都显示出一种高雅的聪慧；她的衣着非常华美。紧挨着她而坐的是一个四十五岁上下年纪、黄皮皱脸的女人，袒胸露肩，戴一顶黑色直筒高女帽；一张紧张不安的脸瘦得瘪了下去，一丝笑容留在无牙的嘴上；包厢深处有一个上了年纪的男人，穿着宽大的常礼服，系一个高高的领结，一双小眼睛露出呆滞、傲慢的神色和某种谄媚多疑的表情，唇须和连鬓胡须染过了颜色，宽大的额头平淡无奇，脸孔皱皱巴巴，根据这一切特征可以推断他是一位退役的将军。拉夫列茨基目不转睛地盯着使他惊讶的少女，蓦然间包厢的门打开了，进来的是米哈列维奇。在拉夫列茨基看来，这个在莫斯科全城几乎是他唯一的熟人的出现，并且在吞噬了他全部注意的绝无仅有的少女的圈子里出现，是件非同寻常、耐人寻味的事。在继续注视包厢的当儿，他发现那里所有的人都像见到老相识那样同米哈列维奇打招呼。拉夫列茨基不再注意舞台上的演出，莫恰洛夫本人在那天晚上虽然演得非常卖力，却没有给他留下往常的印象。当演到一个动人心弦的场面时，拉夫列茨基情不自禁地向美丽的姑娘瞟了一眼：她全身向前斜倾，两颊绯红，由于他盯住不放的目光，她的眼睛本来注视着舞台，也慢慢地转过来，落到了他身上……他觉得那双眼睛整夜出现在他面前。人工构筑的堤防终于决口了：他全身战栗，浑身发热，第二天便去见米哈列维奇。从他那里得知妙龄女郎叫瓦尔瓦拉·巴甫洛芙娜·科罗宾娜，和他同坐一个包厢的老头和老太婆是她的父母。米哈列维奇本人是一年前到 H 伯爵在莫斯科郊外的庄园当“家庭补习教师”时认识她的。这个热心人对瓦尔瓦拉·巴甫洛芙娜极度称赞。“这个人啊，我的老弟，”他以特有的悦耳动听的嗓音激动地大声说，“这个姑娘啊，是个迷人、天才的人物，名副其实的演员，而且心地特善。”他从拉夫列茨基仔细的打听中发现瓦尔瓦拉·巴甫洛芙娜已在他身上留下深刻印象，便建议介绍和她认识，还说他在他们家就像自己人，将军为人一点也不傲慢，而母亲却笨得可以，光知道抹布不能当奶吸。拉夫列茨基脸刷地一下红了，含糊不清地嘟囔了几句就逃走了。他同自己的胆怯心理斗争了整整五天，到第六天年轻的斯巴达人穿上新制服，完全听命于米哈列维奇了，后者作为自己人，只梳了梳头发，于是双双出发去科罗宾家。

① 莫恰洛夫(1800—1848)，俄罗斯浪漫主义戏剧的代表。

13

瓦尔瓦拉·巴甫洛芙娜的父亲巴维尔·彼得罗维奇·科罗宾,一个退伍的少将,一辈子都在彼得堡服役,年轻时是有名的跳舞大王和军人,由于家境贫寒曾替两三个长相丑陋的将军当过副官,娶了其中一位的女儿为妻,因而得到大约两万五千卢布的陪嫁,深谙操练和检阅的奥妙,可谓细致入微,经过长期的苦心钻营,在过了二十多年后终于弄到了将军的头衔,掌握了军团的指挥权。这时他本该知足而退,从容不迫地巩固丰衣足食的地位,他倒真的这么打算过,但是处事有所不慎:他想出了一个新的办法来侵吞公款,——这办法实在巧妙,可惜他精明得不是时候:他被人告发了,于是惹出了更为难堪的丑闻。将军设法开脱掉这件丑闻,可是官运就此断送:他被建议退伍了。他在彼得堡闲逛了两年光景,希望能碰上补缺的文官位置,但是这样的位置落不到他头上。女儿从贵族女子中学毕业了,开销一天大似一天……万不得已,为了节省开支他决计迁居莫斯科,在老马厩街租了一间屋顶上饰有一个大族徽的矮小房子,凭着每年两千七百五十卢布的生活费,过起了莫斯科退伍将军的生活。莫斯科是个好客的城市,对四方嘉宾都笑脸相迎,对将军们则更有过之而无不及。不久,巴维尔·彼得罗维奇笨重而不失军人风度的身影开始出现在莫斯科豪华的客厅里。有一班无聊平庸的年轻人,在舞会上常闷闷不乐地围着牌桌转悠,他们无人不熟识他那光秃秃的后脑勺,还有那一绺绺染过色的头发和乌黑发亮的领结上那油渍斑斑的安娜勋章绶带。巴维尔·彼得罗维奇在社交场合善于显示自己的身价,他说话不多,但按老习惯用鼻音说话,当然跟职位显贵的人不用这种腔调;玩纸牌时小心谨慎,在家用餐很有节制,在外做客时则能吃下六个人的菜。至于他的妻子几乎无可介绍:她叫卡里奥帕·卡尔洛芙娜,她的左眼常淌眼泪,因此卡里奥帕·卡尔洛芙娜(而且她具有德国血统)认为自己是个多愁善感的女人,她老是担心着什么,似乎没有吃饱饭,穿的是紧身的丝绒衣服,戴的是直筒高女帽和褪色的空心手镯。巴维尔·彼得罗维奇和卡里奥帕·卡尔洛芙娜的独生女儿瓦尔瓦拉·巴前洛芙娜从某贵族女子中学毕业时刚满十七岁,如果她在学校里算不上第一美女的话,那么大概算得了第一才女和优秀的女音乐家,她还在学校得过皇后颁发的花字奖章。拉夫列茨基初次见到她时,她还不满十九岁。

14

当米哈列维奇把拉夫列茨基引进科罗宾家收拾得相当糟糕的客厅并向主人介绍时,斯巴达人的两腿发软了。但是他被胆怯心理攫住的那种感觉很快便烟消云散了:将军对他优礼有加,这更加显示了他身上那种所有俄罗斯人都天生具备的温厚善良的心地,凡是名声稍有瑕疵的人,往往以优礼待人为其禀赋,将军夫人不久便不知不觉地退了下去。至于瓦尔瓦拉·巴甫洛芙娜,则显得那么文静、自信而温雅,使得每个人在她面前顿时会有宾至如归的感觉。而且,她那迷人的全身、笑容可掬的明眸、无可指责地缓缓弹垂的双肩、白皙红润的手臂、轻盈而又似娇慵无力的步态、从容不迫而甜甜蜜蜜的嗓音,散发出一种捉摸不定的温馨的魅力,一种柔和委婉、脉脉含羞的温存,某种叫人心旌摇荡、激发感情——当然被激发的已不再是胆怯心理——的东西,犹如飘逸在空中的一丝淡淡清香。拉夫列茨基把话题引到了戏剧,引到了昨晚的演出上。她马上就主动地谈起了莫恰洛夫,而且不只是赞赏的感叹,她倒是就他的表演发表许多中肯的、女士特有的不无真知灼见的意见。米哈列维奇提到了音乐。她毫不客气,坐到钢琴前娴熟地弹奏了肖邦的几首马祖卡舞曲,当时刚时行这种舞曲。正餐时间已到:拉夫列茨基打算告辞,但是他被挽留了下来。席间将军请他喝拉斐特葡萄酒,这是将军的仆人特地坐了马车到戴普莱商店搞来的。拉夫列茨基晚间很迟才回到家,他默坐良久,不脱衣服,用手蒙着眼,一种心醉神迷的力量使他呆住了。他仿佛觉得现在才明白人生的价值在于什么。他所有的设想、抱负,这一切种种荒谬绝伦、微不足道的东西,顿时烟消云散了。他的整个心灵已融入到一种情感、一种向往之中,对幸福、对占有、对爱情、对甜蜜的女性的爱情的向往之中。自那一天起他开始经常拜访科罗宾一家。半年以后他向瓦尔瓦拉·巴甫洛芙娜表白了爱情并向她求婚。求婚被接受了。将军在很久以前,几乎就在拉夫列茨基来访的前夜,已向米哈列维奇了解过,他,拉夫列茨基,拥有多少个农奴。瓦尔瓦拉·巴甫洛芙娜在年轻人向她献殷勤的整个过程，甚至在他表白爱情的瞬间，都保持了平素那种处变不惊、心明如镜的心态，她非常清楚自己的未婚夫家底丰厚。卡里奥帕·卡尔洛芙娜则认为："Meine Tochter macht eine schöne Partie"[①]，于是给自己买了顶新的高筒帽。

① 德语：我的女儿结了一门好亲事。

15

就这样求婚被接受了，不过附带某些条件。第一，拉夫列茨基必须立刻放弃大学学业：谁会嫁给一个大学生呢？而且一个地主，家境又那么富有，到了二十六岁还像个中学生那样去上课，多么荒唐的念头！第二，瓦尔瓦拉·巴甫洛芙娜负责订购和采办嫁妆，挑选新郎的礼物。她具有许多切合实际的打算，多方面的趣味，她酷爱舒适，具有为自己获得这种舒适的许多才干。当婚礼一结束，夫妻双双坐进她采购的舒适的马车驶向拉夫里基时，拉夫列茨基对妻子的这种才干尤感惊异。他周围的一切，瓦尔瓦拉·巴甫洛芙娜竟都想周全了，都估计到了，都预见到了！出现在各个舒适的角落里的是多么叫人喜欢的旅行必需品，多么令人赞不绝口的梳妆盒和咖啡壶，而每天清晨瓦尔瓦拉·巴甫洛芙娜亲自煮咖啡的样子又是多么妩媚动人！不过当时拉夫列茨基还顾不上留神观察：新婚燕尔，他正陶醉于幸福之中，他犹如一个小孩，沉湎其中而不知自拔……他这个年轻的阿尔喀得斯[①]，如小孩一般天真无邪！他年轻妻子的全身不会平白无故地散发出那种魅力，也不会平白无故地允许人在从未体验过的享乐中感受隐秘的华美，她所克制的比她许诺的更多。她于盛夏季节来到拉夫里基时，觉得屋子里又脏又暗，仆人们又可笑又背时，可是认为没有必要向丈夫暗示那些事。如果她打算在拉夫里基落脚生根的话，无疑她会从房子开始对这里的一切进行改造。然而她脑子里一刻也没有想过要在这个荒僻的草原之乡住下来。她住在这里就仿佛在帐篷里露宿，心安理得地忍受种种不便，以一种调侃的心情笑谈那些不便。玛尔法·季莫菲耶芙娜赶来会见她教养过的孩子。瓦尔瓦拉·巴甫洛芙娜很喜欢她，可是她却不喜欢瓦尔瓦拉·巴甫洛芙娜。新的女主人与格拉菲拉·彼得罗芙娜也亲近不起来。她本可不去惊扰她，但是科罗宾老头想插手女婿的事务：管理这么一位近亲

① 又名“赫拉克勒斯”，是希腊神话中的英雄，系宙斯和阿尔克墨涅所生。

的产业,他说,即使作为将军也没有什么不光彩的。应当认为,巴维尔·彼得罗维奇并不嫌弃为他素昧平生的人经营管理产业的工作。瓦尔瓦拉·巴甫洛芙娜异常巧妙地施展了自己的攻击手段。表面上看,她一步向前的行动也没有,完全沉湎于蜜月的幸福之中,沉湎于宁静的村居生活之中,沉湎于音乐和阅读之中,但是她却渐渐地把格拉菲拉引到了这一步,以致一天早晨后者发疯似的跑进拉夫列茨基的书房,把一串钥匙往桌子上一摔,宣布她再也无力管理家里的事务,而且也不想再待在庄子里了。拉夫列茨基胸有成竹,早有安排,当即同意她离开这里。这一着格拉菲拉·彼得罗芙娜却没有料到。"好!"她眼睛失去了神采,说道,"我看得出,我在这里是多余的人!我知道是谁把我从这里赶走,叫我离开世世代代的老家的。不过你记住我的话,我的侄儿:连你也不会有地方做窝,你会流浪一辈子。这就是我给你的遗言。"她当天就离开这里回到自己的村子。一个星期以后科罗宾将军驾到,眼神和行动中带着愉快的忧郁神色,亲手接管了全部产业。

九月,瓦尔瓦拉·巴甫洛芙娜把丈夫带到了彼得堡。她在彼得堡过了两个冬季(夏季他们迁到皇村消夏),住在一套美丽、明亮、配有精美家具的住宅里,在社会中层和上层圈子里广为交结,经常外出和接待宾客,举办极其迷人的音乐和舞蹈晚会。瓦尔瓦拉·巴甫洛芙娜犹如吸引飞蛾的灯火,吸引着来宾。费奥多尔·伊凡诺维奇颇不喜欢这种放浪形骸的生活。妻子建议他出仕供职。由于对父亲原有的记忆,也由于他自己的观念,他却无意于仕途,但是为了迎合瓦尔瓦拉·巴甫洛芙娜的心意,他还是留在了彼得堡。然而他不久便悟出了道理,谁也不妨碍他离群索居,他那全彼得堡最安宁、最舒适的书房也不是毫无用处,而且他那关心备至的妻子甚至愿意帮助他离群索居,于是从此一切进展顺利,万事如意。他又开始做自己的事,开始进行他认为没有受完的教育,又开始读书,甚至学起英语来。看到他不停地低头伏案的强健魁伟的身影,看到他半埋在词典或笔记本的书页中的须发稠密、饱满红润的脸颊,实在不可思议。他每天上午工作,午饭吃得又香又甜(瓦尔瓦拉·巴甫洛芙娜是个出色的女主人),晚上则加入那个令人神往、香气四溢、灯火辉煌、挤满喜气洋洋的年轻人的世界,——这个世界注意的中心正是那位尽心竭力的女主人,他的妻子。她生了个儿子,让他好生喜欢,可是不幸的孩子没活多久,到春上就夭折了。到夏季,按照医生的建议,拉夫列茨基带妻子出国去进行矿泉治疗。经过这个不幸事件,她必须散散心,她的身体也需要温和的气候。他们在德国和瑞士度过一夏一秋,到冬季,则如同应当预期的那样,到了巴黎。瓦尔瓦拉·巴甫洛芙娜在巴黎像玫瑰花一样开得鲜艳夺目,也像在彼得堡一样迅速和灵巧地学会了营造自己的小窝。她找到了一处最可爱的住所,位于巴黎一条幽静然而时髦的街道,她为丈夫缝制了一件睡袍,这样的睡袍以往他从来没有做过，雇了漂亮的女仆、出色的厨娘、干练的听差，置办了华丽的马车、精美的钢琴。不到一个星期，她已经走街串巷，围着披肩、打着阳伞、戴着手套，比之地地道道的巴黎女郎毫不逊色。不久她就结识了新交。起先她家里来的只限于俄国人，后来开始出现法国人。这些人非常殷勤热情、彬彬有礼，没有家室，风度翩翩，他们的姓氏念起来悦耳动听；他们口若悬河，谈锋甚健，无拘无束地寒暄问候，愉快地眯起眼睛；每个人红红的嘴唇里露出雪亮的白牙——他们多么会笑啊！他们每个人都引见自己的朋友，不久 la belle madame de Lavretzki[①] 便开始成为从 Chaussée d'Antin 到 Rue de Lille[②] 家喻户晓的人物。在那个时代（事情发生在 1836 年）讽刺小品作家和报纸新闻专栏编辑之类人物还没有大量繁殖起来，不像现在，如同挖开的蚁巢上的蚂蚁那样到处爬。可是那时在瓦尔瓦拉·巴甫洛芙娜的沙龙里已经出现了某一个叫 mr Jules[③] 的角色，此公其貌不扬，名声极差，就像所有的决斗爱好者和挨过打的人，既傲慢无礼又卑贱猥琐。瓦尔瓦拉·巴甫洛芙娜对这个 mr Jules 非常反感，然而她还是接待他，因为他在各种报纸上都写到她，提到她，有时称她为 m－me de L…tzki[④]，有时称她为 m－ me de＊ ＊ ＊，ette grande dame russe si distinguée，qui demeure rue de P…[⑤]，向整个上流社会，也就是那几百个和 m－me L…tzki 毫不相干的报纸订户宣传这位太太，说这位名副其实的法国女士（une vraie francaise par l' ésprit），——在法国人嘴里没有比这再高的赞词了——既可亲可爱，又热情好客了，她是多么难得的一位音乐家，她的华尔兹舞跳得多么惊人得好（瓦尔瓦拉的确舞艺精湛，她轻盈、飘忽的衣裙把周围所有人的心都迷住了）…… 一言以蔽之，他正在向全世界散布一个关于她的传说，而这一点，不管你怎么说，总是令人愉快的。女明星玛尔那时已经离开舞台，而女明星拉舍尔尚未崭露头角。尽管如此，瓦尔瓦拉·巴甫洛芙娜仍然是戏院的常客。她为意大利的音乐欣喜若狂，对老迈不堪的奥德里置之一笑，在法兰西喜剧院礼貌地打呵欠，看了多尔瓦尔夫人在某一部超浪漫主义的情节剧里的演出伤心落泪。主要的是李斯特到她家里演奏过两次，那么亲切可爱，那么朴实无华——叫人倾倒！冬季就在如此心旷神怡的感受中度过，到冬季将阑之时瓦尔瓦拉·巴甫洛芙娜甚至被引见到了宫廷里。费奥多尔·伊凡内奇从自己方面来说倒也不无聊，虽然有时压

---

① 法语：令人倾倒的拉夫列茨基太太。

② 法语：从安丁路到里尔街。

③ 英语：朱尔斯先生。

④ 法语：拉夫列茨基太太。

⑤ 法语：住在 P 街的，美貌绝伦的俄罗斯贵夫人某某太太。

在肩头的生活变得很沉重——说沉重是因为空虚。他阅读报纸，听 Sorbonne① 和 College de France② 的课，注视议院的辩论，着手翻译有关水利的著名学术论文。“我没有浪费时间，”他想，“这一切都有益处，但是明年冬季以前一定要回俄国，要干事业了。”很难说他是否清醒地意识到究竟这事业是什么，也只有天知道他在冬季以前回不回得了俄罗斯，眼下他正和妻子一同去巴登—巴登……一件意想不到的事打破了他的全部计划。

① 法语：索尔朋纳，为巴黎大学一部分。
② 法语：法兰西学院。

16

有一次，瓦尔瓦拉·巴甫洛芙娜不在的时候，拉夫列茨基走进她的书房，看见地上有一张仔细折叠的小纸片。他下意识地捡起来，无意间打了开来，看了下面一段用法文写的文字：

> 亲爱的小天使贝西！（我怎么也不敢称呼你 Barbe 或瓦尔瓦拉——Varvara。）我在林阴人道拐角处白等了你一场；明天一点半到我寓所来吧。你那位善良的胖子（ton gros bon homme de mari）此刻通常正埋头读他的书；我们再唱你们的诗人普希金（de votre poëte Pouskine）的那首歌，那是你教会我唱的：《老丈夫，可怕的丈夫！》。一千次地吻你的小手和小脚。我等你。
>
> 艾尔奈斯特

拉夫列茨基没有立即明白过来，自己读的那段文字是什么意思；他看了第二遍，于是感到天旋地转，脚底下的地板像轮船摇晃时的甲板一样动了起来。刹那间他呼喊起来，长叹一声，失声哭了起来。

他失去了理智。他竟如此盲目地信任自己的妻子，对欺骗和背叛的可能性从来也不曾想象过。这个艾尔奈斯特，他妻子的情人，是个头发浅色，长得挺秀气的男孩子，大约二十三岁，长一个翘鼻子，留一撮细细的唇须，恐怕是她所有的熟人里最不起眼的一个。几分钟过去了，半个小时过去了，拉夫列茨基依然站在原地未动，手里紧紧攥着那张命运攸关的纸条，漫无思绪地望着地板。透过某一阵黑暗的旋风，他的眼前影影绰绰地闪动着一张张苍白的脸，他的心痛苦地揪紧了，他仿佛觉得自己在不断地往下跌、跌、跌……而下面却没有尽头。丝绸衣服摆动的熟悉、轻盈的窸窣声使他摆脱了麻木呆滞的状态。瓦尔瓦拉·巴甫洛芙娜头戴宽檐帽，身披披肩，散完步急匆匆地回来了。拉夫列茨基转身一溜烟跑掉了。他感到此时此刻他会把她撕个粉碎，会像农民一样把她打个半死，会亲手把她掐死。瓦尔瓦拉·巴甫洛芙娜大吃一惊，想叫住他，他只会喃喃自语“贝西”，便冲出屋去。

拉夫列茨基叫来马车，吩咐载他到城外去。这一天剩余的时间、直到清晨前的整个夜晚他都在踯躅徘徊，不住地走走停停，拍打着手掌：他有时激动得发狂，有时觉得自己可笑，甚至觉得似乎很快乐。清晨他冻得受不了，便走进郊外一家蹩脚的小旅馆，要了个房间，在窗前的椅子上坐下。阵阵哈欠向他袭来。他的两腿勉强撑着身体，浑身乏力，他竟觉不到疲乏——然而困倦毕竟占了上风：他坐着、望着却什么也不明白，他不明白自己发生了什么事，他为什么会四肢麻木，嘴里苦涩，心里沉重得像压着块石头，孤身一人来到这空空荡荡的陌生房间；他不明白是什么促使她，瓦里娅[1]，委身于这个法国人，她明知自己对丈夫不忠，怎么能够安然若素，居然对他亲昵、信任如故！“我一点儿也弄不明白！”他那两片干燥的嘴唇轻轻自语道，“现在有谁来向我保证在彼得堡……”他没有提完问题，又打了个哈欠，全身一阵哆嗦，瑟缩起来。开朗的回忆和阴郁的回忆同样折磨着他，他忽然想到前几天她当着他和艾尔奈斯特的面坐在钢琴前唱了《老丈夫，可怕的丈夫！》这首歌。他记起了她脸部的表情、奇异的眼光和面部的红晕，——于是他从椅子里站起身，他想去对他们说：“你们跟我开玩笑是枉费心机，我的曾祖父曾把农民穿住肋骨吊起来，而我的外祖父自己就是个农民”，他还想将他们俩打死。忽而他又觉得他遇到的事都是梦，或者连梦也不是，不过是某件荒唐事；只消竦身一抖，回头看去……他于是回首既往，然而忧伤有如鹞鹰用爪子抓紧捕猎到的小鸟一样，越来越深地扎进他的心里。除此以外，几个月以后拉夫列茨基可望成为父亲……既往、未来，全部生活都被毒化了。他终于回到了巴黎，耽搁在旅馆里，把艾尔奈斯特的字条寄回给瓦尔瓦拉·巴甫洛芙娜，并附上了一封短笺：

> 附上的纸条可以解释一切。顺便我要告诉您，我对您太不了解了：您，一贯小心谨慎的一个人，竟会丢失如此重要的文件。（这句子被可怜的拉夫列茨基斟酌和玩赏了好几个小时。）我不能再看见您；我想您也不应当指望和我见面。我每年供给您一万五千法郎；再多拿不出了。请把您的地址寄给乡下的账房。您要做什么悉听尊便，您要住哪儿也悉听尊便。祝您幸福。不必回信。

---

① “瓦尔瓦拉”的简称。

拉夫列茨基虽然给妻子信里写道不要回信……其实他在等待，他在渴望她的回信，她对这件莫名其妙、不可思议的事情的解释。当天瓦尔瓦拉·巴甫洛芙娜就派人给他送来了一封用法语写的长信。这封信简直要了他的命。他最后的疑虑消失了，他为自己居然还存有疑虑而感到羞耻。瓦尔瓦拉·巴甫洛芙娜没有替自己辩解：她只希望能与他见上一面，央求他不要对她作出无可挽回的判决。信里的措辞冷淡而勉强，尽管有些地方留有斑斑泪痕。拉夫列茨基苦笑一声，吩咐通过送信人传话，说一切都好。三天以后他已不在巴黎：不过他未去俄国，却到了意大利。实质上去哪儿他都无所谓，只要不回家就行。他给管家寄去一份有关妻子年金的命令，同时吩咐他不等移交立即从科罗宾将军手中接管庄园的全部事务，并安排好将军阁下撤离庄园的事宜。他脑子里形象地设想着被逐的将军的一脸窘态，装模作样的臭架子，虽说他心里够苦痛的了，但是感到某种幸灾乐祸的快慰。想到这里他在信中请求格拉菲拉·彼得罗芙娜回拉夫里基来，并给她寄去了委托书。格拉菲拉·彼得罗芙娜并未回拉夫里基，亲自在报上登了启事，声明委托书无效，其实此举纯属多余。拉夫列茨基隐居在意大利的一座小城，还久久不能使自己不去注意妻子的行踪。他从报上得知妻子已离开巴黎，按计划到了巴登—巴登。她的名字不久即出现在儒尔[①]先生撰写的小文章里。这篇文章透过往常的戏谑口吻，流露出某种友好的同情。费奥多尔·伊凡诺维奇读这篇文章时心里反感透了。后来他又得悉自己生了个女儿，大约两个月以后他接到管家的通知，瓦尔瓦拉·巴甫洛芙娜要去了年金的第一个三分之一。然后传来的消息变得越来越坏，终于所有杂志上舆论一片哗然，报道了一件哭笑不得的事件，在这件事中他的妻子扮演了极不光彩的角色。一切都完了：瓦尔瓦拉·巴甫洛芙娜成了一个"闻人"。

拉夫列茨基不再注意她的行踪，可是心里还不能很快平静下来。有时对妻子的思念占了上风，他甚至愿意把什么都奉献出去，也许还愿意……恳求她，但求能最新听见她亲切的声音，感觉到她的手又握在他的手中。然而时间并未白白地流逝。他不是天生的受苦者，他健康的本性开始行使自己的权力。他开始明白许多道理。曾使他震惊的打击本身，在他看来远不是意料之外的事。他看清了自己的妻子——对亲近的人你只有在和他分手之时才能看清他。他又能学习和工作了，虽然他已没有往昔那种如饥似渴的劲头：由人生的体验和所受的教育所造成的怀疑主义彻底占据了他的心灵。他变得对什么也漠不关心。过了大约四年，他感觉到自己已能够返回祖国，去和家人相见。他既不在彼得堡，也不在莫斯科逗留，他来到了 O 城。我们刚才和他在那里分手，现在请好心的读者和我们一起重返故地。

---

① 即英文"朱尔斯"，此为法语读音。

17

在我们写到的那天的翌日早晨，十点左右，拉夫列茨基跨上了卡里金家门廊的台阶。丽莎戴着帽子和手套出来，与他迎面相遇。

“您上哪儿去?”他问她。

“去做午祷。今天是礼拜天。”

“难道您也做午祷?”

丽莎没说话，惊异地望着他。

“请原谅，”拉夫列茨基说，“我……我想说的不是这件事……我是来向您告辞的，过一个小时我就去乡下了。”

“离这儿不远吧?”丽莎问。

“大约二十五俄里。”

连诺奇卡在侍女的陪伴下出现在门口。

“记住，别忘了我们。”丽莎说着走下了台阶。

“您也别忘了我。还有，”他说，“您既然去教堂，顺便也替我祈祷祈祷。”

丽莎停住脚步向他回过头来。

“好，”她正面望着他的脸说，“我也替您祈祷。连诺奇卡，咱们走。”

拉夫列茨基遇见玛丽娅·德米特里耶芙娜一个人在客厅里。她身上冒出香水和薄荷的气息。听她说，她头痛，夜里没睡好。她以她平素那种叫人舒心的好客态度接待他，慢慢地话也多了起来。

“您说是吗，”她问他，“弗拉基米尔·尼古拉依奇是个多么叫人喜欢的年轻人?”

“您说的是哪一个弗拉基米尔·尼古拉依奇?”

“就是潘申啊，昨儿晚上在这儿的那个。他对您喜欢得不得了。我私下里告诉您一件事，mon cher cousin[1]，他简直要为我的丽莎发疯啦。怎么样？他门第不错，干的差事也挺棒，人又聪明，还是个宫廷侍从官。如果上帝有意做成那件事，那么从我这方面来说，作为母亲，我是会很高兴的。当然，我的责任重大。父母亲当然关系到孩子们的幸福，这话一点也不假：到如今究竟是好是歹，还不是我把什么都一个人担待着，到处只有我一个人张罗，完全是这样：教养孩子，教他们读书，都是我一个人干……我刚才还写信给波留斯太太，让她帮我请个家庭教师……"

玛丽娅·德米特里耶芙娜开始唠叨她操心的事，她的痛苦，她作为母亲的心境。拉夫列茨基静静地听她说，把礼帽握在手里转。他那冷淡、严峻的目光使爱唠叨的太太不安起来。

"您喜欢丽莎吗？"她问。

"丽莎维塔·米哈依洛芙娜是个最出色的姑娘。"拉夫列茨基回答道，一面站起身鞠了一躬，朝玛尔法·季莫菲耶芙娜房里走去。

玛丽娅·德米特里耶芙娜怏怏不乐地目送他离去，心想："真是个傻瓜，乡下人！现在我终于明白了，为什么他的妻子不可能对他保持忠贞不二。"

玛尔法·季莫菲耶芙娜坐在自己房里，处于她的全体随从的包围之中。这些随从由五个生命组成，她心里对这五位一视同仁：一只受过训练、嗉囊大大的红肚子灰雀，她之所以喜欢它是因为它不再啼叫和喝水；一只身体矮小、非常担惊受怕、性格温顺的小狗罗斯卡；一头爱生气的猫马特罗斯；一个面色黝黑、活泼好动的小女孩，长一对大眼睛，一个尖尖的小鼻子，叫舒罗奇卡；还有一位五十五岁左右的上了年纪的妇女，头戴一顶白色包发帽，身穿一件深色连衣裙，外罩一件栗壳色短棉袄，名叫娜斯塔西娅·卡尔波芙娜·奥加尔科娃。舒罗奇卡是个小市民家的孩子，父母已经双亡。如同对罗斯卡一样，玛尔法·季莫菲耶芙娜出于怜悯之心把她领回了家：无论小狗还是小女孩她都是在路上发现的，两者都又瘦又饿，浑身被秋雨淋了个透湿。对罗斯卡谁也不来追寻，而舒罗奇卡呢，她叔叔甚至乐意将她让给玛尔法·季莫菲耶芙娜，这位叔叔是个酗酒成性的鞋匠，自己就没有吃饱过肚子，也就没有什么给侄女儿吃了，还用楦头打她的头。玛尔法·季莫菲耶芙娜认识娜斯塔西娅·卡尔波芙娜是在修道院里朝圣的时候，是她自己在教堂里走到她跟前的（玛尔法·季莫菲耶芙娜喜欢她是因为，用她自己的话说，后者的祷告有声有色），她主动开口和她说话并请她到家里喝茶。从此她和她便难分难舍了。娜斯塔西娅·卡尔波芙娜是个性情最为开朗、温和的女人，她已经守寡，没有子女，出身于家道中落的贵族。她长着圆圆的脑袋，头发已

---

① 法语：我亲爱的表弟。

经花白，一双柔软白皙的手，一张温和的脸，脸部的轮廓粗犷而慈爱，还有一个有点可笑的翘鼻子。她尊敬玛尔法·季莫菲耶芙娜，而后者也非常喜欢她，虽然常拿她的多情善感开玩笑：她对所有的年轻人都显得多情，为一个无伤大雅的玩笑也会像女孩子一样不由自主地满脸通红。她的全部家产是一千二百纸卢布。她寄食于玛尔法·季莫菲耶芙娜门下，但两人关系平等：玛尔法·季莫菲耶芙娜忍受不了别人对她低三下四的态度。

"啊，费佳！"她一见他就说道，"昨晚上你没见到我的一家：看一看吧。我们都聚在一起喝茶来着。这是我们的第二次节日的早茶。你可以和每一个亲热亲热，不过舒罗奇卡不会让你碰她，还有小猫咪要抓人。你今天要走？"

"今天。"拉夫列茨基在一张矮椅子上坐下，"我已向玛丽娅·德米特里耶芙娜告辞过了。我还见到了丽莎维塔·米哈依洛芙娜。"

"叫她丽莎，我的老爹，她凭什么值得你叫她米哈依洛芙娜[1]，你给我安安生生地坐着，要不会把舒罗奇卡的椅子折断的。"

"她正要做午祷去，"拉夫列茨基接着说，"难道她虔诚地相信上帝？"

"不错，费佳，非常虔诚。比我和你还要虔诚，费佳。"

"莫非您不虔诚？"娜斯塔西娅·卡尔波芙娜低声嘟囔着说，"今天您没去做午祷，那么做晚祷就一定要去。"

"就是不去，要去你一个人去：我懒得动，我的妈呀，"玛尔法·季莫菲耶芙娜回答道，"我太喜欢喝茶了。"她对娜斯塔西娅·卡尔波芙娜称"你"，尽管与她平等相处——难怪她姓彼斯托娃：彼斯托夫家有三个人上了伊凡雷帝的追荐亡人名簿。

"请您说给我听听，"拉夫列茨基又说道，"刚才玛丽娅·德米特里耶芙娜说起那个……究竟叫什么来着？……哦，潘申。这是怎么样的一位先生？"

"她怎么这么多嘴，求上帝饶恕！"玛尔法·季莫菲耶芙娜抱怨说，"看样子是私下里对你说的，说什么碰上了一个好女婿。她跟那个牧师的儿子嘀咕嘀咕也就够了。不，看样子她还嫌不够。八字还没有一撇，真是谢天谢地，可她已经在胡说八道了。"

"为什么谢天谢地？"拉夫列茨基问。

"因为那个好角色我不喜欢，再说这件事有什么好高兴的？"

"您不喜欢他？"

"对，不是谁都会让他迷上的，倒是娜斯塔西娅·卡尔波芙娜爱上了他，有那一点他就够了。"

---

① 按辈分丽莎比拉夫列茨基小一辈，后者在称呼她时不必加父称"米哈依洛芙娜"。

可怜的寡妇惊慌不安起来。

“看您说什么来着,玛尔法·季莫菲耶芙娜,您不怕上帝吗?”她大声说道,顿时红晕泛上了她的面颊和颈脖。

“可他知道,这个骗子,”玛尔法·季莫菲耶芙娜打断她的话说,“他知道用什么来讨好她:送给她一个鼻烟壶。费佳,你向她要鼻烟壶闻一闻。你会看见多么漂亮的一个鼻烟壶,盖子上有一个骑马的骠骑兵。我的妈呀,你最好不要替自己辩解。”

娜斯塔西娅·卡尔波芙娜只是一味摇手。

“那么丽莎,”拉夫列茨基问,“对他有意思吗?”

“看样子她喜欢他,不过天知道她!你知道,别人的心思就像一座黑暗的森林,姑娘的心思更不用说。倒是舒罗奇卡的心思你去弄弄清楚!为什么你一来她就躲了起来,却又不走开?”

舒罗奇卡忍不住扑哧一声笑了出来,跳起身逃走了,拉夫列茨基则从自己的位子里站了起来。

“是啊,”他慢悠悠地说,“姑娘的心思是捉摸不透的。”

他开始告辞。

“怎么?我们很快会见面吧?”玛尔法·季莫菲耶芙娜问。

“碰上为数,姑妈:离这儿可不远哪。”

“是啊,可是你去瓦西里耶夫斯科耶。你不喜欢住在拉夫里基,——不过这是你的事。只是你得到你妈的墓前行个礼,顺便也到你奶奶墓前行个礼。你在国外学会了各种学问,谁知道呢,也许她们在地下感觉得到你回来看她们了。还有,费佳,别忘了给格拉菲拉·彼得罗芙娜做安魂弥撒。给你一个卢布。拿着,拿着,这是我想给她做安魂弥撒的。她活着时我不喜欢她,没什么好说的,生就的老姑娘脾气。她很聪明,而且没让你受委屈。现在去吧,要不你要讨厌我了。”

于是玛尔法·季莫菲耶芙娜拥抱了自己的侄儿。

“丽莎不会嫁给潘申的,你放心好了。这样的丈夫她不值得嫁。”

“我一点也不担心。”拉夫列茨基回答说,接着便走了。

18

约摸四小时以后他已登上归程。他的四轮长途马车在松软的乡间道路上迅跑。旱情已持续了两个星期;空气中弥漫着乳白色的轻雾,笼罩了远处的森林。雾气中有一股焦味。许多边沿模糊不清、晦暗的云团在淡蓝色的天空徐徐飘移。相当强劲的风宛如一股持续不断的水流急剧地刮着,却未能驱散暑热。拉夫列茨基把头枕在靠垫上,两臂交叠放在胸前,望着一片片田野如扇形般掠过,望着爆竹柳丛缓缓地闪过,望着蠢笨的乌鸦和白嘴鸦迟钝而疑虑重重地斜睨着从前面驶过的马车,望着田间长满艾蒿、苦艾和艾菊的长长的阡陌。他望着……这清新、广袤、野草丛生的大地和荒僻去处,这一片翠绿的景色,这蜿蜒起伏的岗峦和布满矮小结实的橡树丛的沟壑,这一个个灰白的村庄、一株株纤弱的白桦树,——他久未谋面的这一整幅俄罗斯风景画在他心里勾起丝丝甜蜜而又哀愁的情感,以某种欣慰的压力挤压着他的胸膛。他的思绪在慢慢地徘徊,这些思绪的轮廓也是模糊不清的,犹如那些似乎也在高处徘徊的云团的轮廓一样。他回忆起自己的童年,母亲,回忆起她气息奄奄时他被带到她的跟前,她把他的头紧紧贴在自己胸口,开始声音微弱地为他祝福,向格拉菲拉·彼得罗芙娜瞥了一眼,便不做声了。他回忆起父亲,起初是个鲜龙活跳、对什么都不满的人,说起话来声如铜钟,后来眼睛失明,爱哭爱闹,留着一撮凌乱肮脏的灰白胡子;他回忆起有一次吃饭的时候他多喝了一杯酒,把汤汁浇到自己的餐巾上,突然笑起来,眨巴着什么也看不见的眼睛,满脸通红地讲起自己的胜利来。他回忆起了瓦尔瓦拉·巴甫洛芙娜——于是情不自禁地眯起了眼睛,就如一个人倏然间触到内心的隐痛而眯起眼睛那样,接着猛地摇了摇头。然后他的思绪停留在丽莎身上。

"眼看着,"他想道,"一个新的生命刚刚踏上生活。一个出色的姑娘。她会有什么结果呢? 她容貌漂亮。白皙、生气勃勃的脸庞,双眼和嘴唇是那么严肃,目光又是那么真诚无邪。可惜她似乎有点容易冲动。身材苗条,走起路来那么轻巧,说起话来轻声轻气。我非常喜欢看她突然停住脚步，专心地听你说话，毫无笑容，然后若有所思，把头发往后一抛的样子。确实，我自己也觉得潘申配不上她。可是他又哪点不好？不过我胡思乱想干吗？她将要跑上的路，就是所有的人都在跑的那条路。我还是睡一会儿吧。”于是拉夫列茨基阖上了眼。

他睡不着，但是堕入了旅途中昏昏欲睡的麻木状态。既往的人物形象依然从容不迫地在他心间升起、浮现，和其他的幻觉交织混淆在一起。天知道为什么，拉夫列茨基开始想到罗伯特·皮尔[①]……想到法兰西历史……想到如果他当将军的话如何在征战中获胜。他依稀听到枪声和呐喊……他的头颅滑向一边，他睁开了眼睛……还是同样的田野，同样的草原景色。拉边套的马匹磨光了的马蹄铁透过滚滚风尘轮流地闪耀着。马车夫腋下镶红边的黄衬衫在风里吹得鼓鼓囊囊……“好哇，我重归故里了。”拉夫列茨基脑子里闪过这个念头，于是喊起来：“快！”——他裹紧外套，更紧地靠在了靠垫上。马车猛地顿了一下：拉夫列茨基挺直身子，睁大了眼睛。他面前，在一座小山岗上展现出一个小村庄，稍后一点的地方出现一座窗户紧闭、台阶歪斜、破旧的地主小屋。宽广的庭院里从大门口开始长满了荨麻，又绿又密，像大麻一样。院里竖着一间橡木造的、还挺结实的小谷仓。这就是瓦西里耶夫斯科耶。

车夫把车拐向大门，勒住马。拉夫列茨基的听差从驾车的座位稍稍站起身，做出准备跳下车的样子，喊道：“咳！”传来一阵嘶哑低沉的狗吠，但是连狗的影子也没看见。听差又作出准备跳车的姿势喊道：“咳！”又传来一阵有气无力的狗叫声，过了一瞬间，院子里不知从哪儿跑进来一个身穿中国南京土布长衫、满头白发的人。他挡住眼前的阳光望了望马车，突然两手一拍大腿，先在原地显得茫无头绪的样子，稍过一会儿就跑去开大门。马车驶进院子，轮子碾过荨麻时发出沙沙的声响，然后在门廊台阶前停住。白头人看样子很机灵，他已经大步分开微曲的两腿站在台阶的最下面一级上，他解下马车车辕，将皮套猛地向上一拉，一面帮老爷下车，一面吻了吻他的手。

“你好，你好，老兄，”拉夫列茨基说，“你好像叫安东？你还健在？”

老头默默地鞠了一躬便跑去取钥匙。在他跑开的时候，车夫一动不动地坐着，歪斜着身子，看着上锁的门，拉夫列茨基的听差也跳下了车，身体一直保持着一种悠然自得的姿势，一只手向后搭在车座上。老头拿来了钥匙，毫无必要地像蛇一样躬着腰，高高举起两臂，打开了门锁，退到一边又深深鞠了一躬。

“我终于到家了，终于回来了。”拉夫列茨基一面走进前室，一面思忖道。与此同时百叶窗一扇接一扇地吱吱嘎嘎地打开，白昼的光芒透进空无一人的内室。

---

① 罗伯特·皮尔(1788—1850)，英国保守党创始人，曾任首相。

19

拉夫列茨基走进的那幢并不高大的邸宅，建于上个世纪，是用坚固的松木建造的，两年以前格拉菲拉·彼得罗芙娜在这里逝世。这幢房子看似破旧，其实还能再保持五十来年或更长时间。拉夫列茨基巡视了所有房间，吩咐将所到之处的窗户通通打开，这引得那些纹丝不动地停在门楣下面、老迈不堪、委顿无力、背部积满白灰的苍蝇极大地不安：自从格拉菲拉·彼得罗芙娜去世至今，谁也没有开过窗。屋子里的陈设一如既往：客厅里蒙上有光泽的灰色花绸的细脚白沙发，已经磨损，压得陷下去了，让人形象地想起叶卡捷琳娜时代。客厅里还放着女主人心爱的一张安乐椅，带有笔直的高靠背，那靠背上她即使到了老年也没有靠过。正面墙上悬挂着费奥多尔曾祖父安德烈·拉夫列茨基的一幅陈旧的肖像。在发黑翘曲的底板上勉强能辨认出他那阴沉易怒的面容；一双虎视眈眈的小眼睛从下垂的、仿佛肿胀的眼皮下闷闷不乐地瞧着；布满皱纹的沉甸甸的前额上方，一头没有撒过粉的黑发像刷子一般往上翘着。肖像的一个角上挂着一个用落满灰尘的蜡菊编织的花环。“这是格拉菲拉·彼得罗芙娜亲自编织的。”安东报告说。卧室里高高矗立着一张狭窄的床铺，上面罩一顶用陈年的、非常结实的条纹布料制作的帐子。床上堆放着一堆褪色的枕头和绗过的薄棉被；床头上方挂着圣母进入神殿的圣像，当老姑娘被大家遗忘、孤零零地快要断气的时候，最后一次贴到正在冷却下去的嘴唇上去的正是这个圣像。窗前放着一张拼木梳妆台，上面有铜的装饰、不平整的镜子和已经发黑的镀金层。和卧室毗连的是供奉神像的小房间，四壁空空，角落里有一个沉甸甸的神龛。地上铺着一块磨破的、蜡污的小地毯。格拉菲拉·彼得罗芙娜就匍匐在这地毯上向上帝叩头。安东和拉夫列茨基的听差去开马厩和车棚的门了。来顶替他的是一个几乎和他年纪相同的老太婆，包在头上的头巾几乎压到了眉毛上。她老是摇头，目光呆滞，却流露出尽心尽职的神情和长年养成的俯首帖耳听候使唤的习性，同时还流露出某种毕恭毕敬的惋惜之情。

她走近去吻拉夫列茨基的手，站在门边听候吩咐。他根本记不起她叫什么名字，甚至记不得以前是否见过她。原来她叫阿普拉克谢娅，四十年前格拉菲拉·彼得罗芙娜把她赶出老爷的宅院，叫她去养鸡，不过她说话不多，有点老年昏聩的样子，但是还挺会察言观色。除了这两个老人和三个穿长衬衫的大肚子小孩、安东的曾孙外，老爷的宅院里还住着一个独臂的免除赋役的农夫。他像黑琴鸟一样喃喃个不停，什么事也不会干。吠叫着欢迎拉夫列茨基归来的那头老态龙钟的狗还比他有用一点：它戴着按格拉菲拉·彼得罗芙娜的吩咐购置的沉重锁链已快十年，勉勉强强能拖着身上的重负移动身子。拉夫列茨基巡视完屋子，走进花园，对它表示满意。花园里长满杂草、牛蒡、醋栗和悬钩子。但是园里树阴浓密，有许多老椴树，大得惊人，枝杈的分布很奇特。这些树栽种过密，不知什么时候——大约一百年前——进行过修剪。花园的尽头是一个清清亮亮的小池塘，四周长满浅红色的芦苇。人类生活的痕迹消失得相当迅速：格拉菲拉·彼得罗芙娜的庄园尽管尚未沦为蛮荒之地，却似乎已沉入宁谧的昏睡之中，世间凡是尚无人类不良风气惊扰的地方，一切都还如此昏昏欲睡。费奥多尔·伊凡内奇也到村里走了走。村里的女人从农舍的门口望着他，一只手支着面颊。农民们老远给他行礼，小孩子拔腿就逃，狗冷漠地吠叫。终于他感到饿了。然而他估计要到傍晚才能等到他的仆人和厨师，从拉夫里基运送食物的车辆还没有到达，——他只好去找安东。安东当即就吩咐下去：抓了一只老母鸡，杀了，煺了毛。阿普拉克谢娅将母鸡擦了又擦，洗了又洗，像洗衣服一样漂了又漂，然后才放进锅里。待她终于把母鸡煮熟，安东便收拾好桌子，铺上桌布，在餐具前面放上一个发黑的三足镀金盐瓶和加工琢磨过的水瓶，上面有一个圆形玻璃塞和细细的瓶颈。然后用唱歌般的声音向拉夫列茨基报告：饭菜已经做好，——他自己则站在主人的椅子背后，右手握拳，裹着一块餐巾，发出一种浓烈、悠远、类似柏树的气息。拉夫列茨基尝了尝汤的味道，端过鸡来。鸡的皮上布满了小疙瘩，每条腿上有一根粗筋，鸡肉有一股木头和碱的气味。吃完午餐拉夫列茨基说他想喝点茶，如果……“这就端来。”老头打断他的话回道。他没有食言。找来了包在红纸包里的一小撮茶叶，又找来一只滚得正欢、咕咕作响的小茶炊，还找到了一些表面似乎已经潮解的很小的方糖。拉夫列茨基用一只大茶杯喝茶。自童年起他就记得这只茶杯：上面绘有纸牌图案，只有客人才用它喝茶，——如今他也像客人一样，用它喝茶了。傍晚仆人到了。拉夫列茨基不愿睡在姑妈床上，便吩咐在餐室里打铺。灭了蜡烛以后他久久观察四周，想着不愉快的念头。他的感受，是每一个首次到久无人住的地方投宿的人所熟悉的。他仿佛感到从四面八方将他团团围住的沉沉夜气不能适应这位新的住户，连屋里的四壁也是困惑莫解的。最后他叹了口气，拉上被子，睡着了。安东一直忙碌操劳着，比谁都久。

他长时间和阿普拉克谢娅窃窃私语，压低了声音唉声叹气，划了两次十字。他们没有料到老爷明明附近有那么可爱的庄园，里面有设备良好的邸宅，却要住进他们的瓦西里耶夫斯科耶来。他们怎会想到，正是这座庄园叫拉夫列茨基讨厌呢，它会唤起他许多不愉快的回忆。窃窃私语够了以后，安东拿一根棍子，将悬挂在谷仓边沉默了许久的一块木板拍打了一会儿，就地在院子里凑合着睡了，他那雪白的脑袋上什么也没有盖。五月的夜晚是安宁而和蔼可亲的——老头睡了一个香甜的好觉。

20

第二天拉夫列茨基起得很早，和村长聊了一会儿，到打谷场上溜达了一会儿，吩咐解除院子里那只狗身上的锁链，那只狗只叫了一会儿，甚至没有离开自己的狗窝。回到屋里后他沉浸在一种恬然自得的麻木之中，一整天没有脱离这种状态。“现在我真的跌进了河底。”他不止一次对自己说。他坐在窗下，毫不动弹，倾听着宁静生活的涓涓细流，倾听着僻静乡间稀稀落落传来的声响。听，荨麻地的外面有人用很细很细的嗓音在哼歌曲；蚊虫仿佛和着他在伴唱。这会儿他停住不唱了，可是蚊子还在尖叫。喋喋不休、如怨如诉、嗡嗡作响的和谐的蝇声中，响起一只肥胖的雄蜂的鸣叫声，它的脑袋有时撞在天花板上。街上一只公鸡啼了起来，嘶哑地拖长了尾音。马车辘辘驶过，村子里嘎吱一声打开了大门。“干什么?”突然传来一个老婆子颤巍巍的嗓音。“哦，我的小乖乖，”是安东对一个他养的两岁的小女孩在说话，“把克瓦斯拿来。”同一个老婆子的声音又说道，——忽然又变得死一般地寂静无声，什么东西也不发出叮叮咚咚的声响，也无轻微的颤动，风儿连一张树叶也不吹动，燕子默默无声地一只接一只掠过地面，这种无声的飞翔在人心里勾起丝丝哀愁。“现在我真的来到了河底，”拉夫列茨基又思忖道，“任何时候，这里的生活永远是宁静和从容不迫的，”他想道，“谁进入这个生活圈里，你就屈服认输吧：这儿没有事值得你激动不安，也不会让什么东西躁动不安。这儿只有那样的人才一帆风顺，他像农夫用犁开出犁沟一样，不慌不忙地为自己开辟小道。周围孕育着多么大的力量，在这毫无动静的沉寂里蕴藏着多么强健的生命！就在这里的窗下，根部粗壮的牛蒡从稠密的野草丛里爬了出来，而它的上方，土当归抽出了一根根饱含滋汁的茎秆，圣母泪草在更高的地方抛撒团团绯红的鬈发。远处的田野里，黑麦长得油光光的，燕麦已经抽穗，每棵树上的每张叶子，每条茎秆上的每根草都在最大限度地向横广发展壮大。“我最好的岁月年华都消失在对女人的恋爱上了，”拉夫列茨基继续想道，“愿这里的孤苦寂寞使我清醒，给我慰藉，使我去学会不慌不忙地做事情。”于是他又开始倾听这寂静，什么也不期待，——同时却又似乎不断地期待着什么：寂静从四面八方拥抱着他，太阳在蔚蓝平静的天空悄悄地滚动，白云在天际静静地飘游，它们仿佛知道自己向何处飘游，为什么飘游。正是在同一个时候，大地的其他地方生活正在沸腾、奔忙、喧响。同样的生活在这里却似沿着沼泽地上的野草流动的水流，在无声无息地流淌。直至傍晚，拉夫列茨基始终摆脱不了对这已经逝去并正在逝去的生活的反省。对既往岁月的哀愁如春雪一般正在他内心冰消瓦解——说也奇怪！——他心里的乡情从来没有这样深沉，这样强烈！

21

两个星期之内，费奥多尔·伊凡内奇把格拉菲拉·彼得罗芙娜的小屋收拾得井井有条，清理了庭院和花园，人们从拉夫里基给他运来了舒适的家具，从城里运来了葡萄酒、书籍和期刊，马厩里也看得见马匹了。总而言之，费奥多尔·伊凡内奇置办了一应必需物品，开始过起了一种生活——既不像是地主、又不像是隐士。他的日子过得单调平淡，但是他不觉得寂寥无欢，尽管遇不到任何人。他勤勉专心地操持经济，骑马在四郊溜达，阅读书刊。其实书他看得很少，他更喜欢听安东老头讲故事。通常拉夫列茨基带上烟斗，端一碗冷茶坐到窗前，安东则站在门口，反背着双手，开始不快不慢地叙说那久已过去的时代，那产生神话的时代，当时燕麦和黑麦的交易不是称斤论两，而是用大口袋来计算，两三个戈比就可买上一袋；当时四面八方，甚至城市的边缘都是难以通行的莽莽林海，尚未垦殖的茫茫草原。“可如今，”老头抱怨说，他已快满八十岁了，“哪儿都砍光、垦光了，驾了车也没处好走动了。”安东还说了自己的女主人格拉菲拉·彼得罗芙娜的许多事：她是多么通情达理和精于理家。有一位先生，是个年轻的邻居，为了巴结讨好她，开始经常拜访她，她也为他甚至戴上了只有节日才戴的带紫色带子的包发帽，还穿上了地地道道的利凡廷[1]绸做的黄色连衣裙；后来因为一个失礼的问题她对邻家的那位先生大发其火：“小姐，请问您该有多少财产?”——她吩咐从此拒绝接待，她当时还命令，她死后事无巨细，直至最小的一块破布，一律要向费奥多尔·伊凡内奇通报。果然，拉夫列茨基发现姑妈全部家什完好无损地保存了下来，连那顶有紫色带子的节日包发帽和用地地道道的利凡廷绸缝制的黄色连衣裙也不例外。拉夫列茨基希望找到的陈年旧稿和令人好奇的文件却没有发现，只有一个陈旧的小本本，那上面他祖父彼得·安德烈依奇的记载，有：“在彼得堡

① 地中海沿岸地区生产的一种绸。

城庆祝亚历山大·亚历山大罗维奇·普罗卓罗夫斯基公爵大人与土耳其帝国签订和约”。有催乳汤处方,附有小注:“此方系日沃纳恰里内雅·特罗依茨教堂大神甫费奥多尔·阿夫克欣季耶维奇向普拉斯科菲雅·费奥多罗芙娜将军夫人提供”。也有类似下面的政治新闻:“关于法国战争之虎的议论不知为何停止了,”紧挨着旁边注道:“据莫斯科消息报称,中校米哈伊尔·彼得罗维奇·科雷切夫先生逝世。不知是否彼得·瓦西里耶维奇·科雷切夫的儿子?”拉夫列茨基也找到了几本老历书和圆梦书,还有安波季克先生的神秘著作,他早已遗忘然而熟悉的《象征与图谱》在他心里唤起了对许多事情的回忆。拉夫列茨基在格拉菲拉·彼得罗芙娜的梳妆台里找到一个小包,扎一根细细的黑带子,加盖了黑色的火漆封印,塞在抽屉的最里面。小包里,面对面放着他父亲年轻时的色粉画肖像,柔软的鬈发,披散在前额上,懒洋洋的一双长长的眼睛和半张开的嘴巴;还有一个面容苍白的女子的几乎磨损的肖像,穿一件白连衣裙,手执一支白蔷薇,——她的母亲。格拉菲拉·彼得罗芙娜从来不许别人给她自己画像。“费奥多尔·伊凡内奇老爷,”安东对拉夫列茨基说,“我虽然没有在老爷的府上住过,可是您的曾祖安德烈·阿方纳西耶维奇我却还记得,真的:他老人家仙逝的时候我刚十八岁。一次我在花园里遇见他,吓得两腿直哆嗦,但是他没怎么样,只问了问我叫什么,便打发我去他的房间拿块手帕。当然,他是老爷,就不知道有比他更大的人。所以您的曾祖有一只奇特的护身香囊,那是一个从圣山下来的僧侣送给他的。这个僧侣对他说:‘老爷,为了你的热心好客给你这个。戴上它——你就别害怕受审判了。’是啊,谁都知道,老爷,那是什么时代呵:老爷想得出就干得出。常有这样的事,即使老爷们里面有敢和他顶嘴的,他就看看那个人说:‘你还嫩,还在浅水里游呢。’这是他最喜欢说的话。您那已故的曾祖住在小小的木房子里,可身后留下许多财产,银子,还有各种积蓄,所有的地窖都装得满满当当的。是个会当家的人。您夸奖过的那个水瓶就是他的。他用它喝伏特加。可是您的爷爷彼得·安德烈依奇给自己盖了砖房,财产却没有积起来,在他手里什么都是空劳一场。他过得比自己的爸爸差,也没给自己带来多少快活。钱也给花光了,对他没什么好说的,他连银的调羹也没留下一个,还多亏格拉菲拉·彼得罗芙娜操心。”

“是不是这样,”拉夫列茨基打断他问,“大家叫她老泼妇?”

“谁会叫呢!”安东不快地回答说。

“那么,老爷,”有一次老头壮了壮胆问道,“请问咱们的太太到哪儿去了?”

“我同妻子分手了,”拉夫列茨基好不容易说出口,“请别问起她。”

“是。”老头伤心地回答。

三个星期中拉夫列茨基骑马去了一趟O市看望卡里金一家,在那里度过了一个晚上。莱姆正好在他们家。拉夫列茨基非常喜欢他。多亏他的父亲,虽然他什么乐器也没有演奏过,但是酷爱音乐,酷爱实用的、古典的音乐。那天晚上潘申没有来卡里金家。省长派他出城去了。丽莎一个人弹钢琴,演奏得十分明快。莱姆显得很兴奋,在屋里来回踱着步,用一张纸卷成一个圆筒,打着拍子。玛丽娅·德米特里耶芙娜起先看着他直发笑,后来便去睡觉了。用她的话说,贝多芬太使她的神经兴奋了。半夜拉夫列茨基送莱姆回寓所,在他那里坐到凌晨三点。莱姆说了许多话。他微驼的背挺直了,眼睛睁得大大的,变得炯炯有神。头发也在前额上方稍稍翘了起来。已经那么久没有一个人加入到他的生活中来,而拉夫列茨基显然对他感兴趣,关切而专注地向他询问许多事。这一点感动了老人。末了,他向客人显示了自己的音乐天赋,弹了琴,还用老迈无力的喉音唱了自己作品的几个片断,顺便还唱了他自己谱曲的整首席勒的抒情叙事诗《弗里多林》。拉夫列茨基对他大加称赞,一定要他重复某些片断,临走时还邀请他到自己家里做几天客。莱姆送他到街上,当即答应下来,并紧紧握了他的手,但是当他一个人留在清新湿润的空气里,面对刚刚升起的朝霞的时候,他回头望了望,眯起了眼睛,缩紧了身子,仿佛做了错事似的,慢慢向自己的房间走去。"Ich bin wohl nicht klug(我神经不正常了),"他躺在自己那张硬邦邦的短床上自言自语说。当拉夫列茨基几天以后坐了马车来请他时他曾企图称病,但费奥多尔·伊凡内奇走进他房间说服了他。拉夫列茨基吩咐从城里把一架钢琴运到乡下,其实只是为了他,这个情景比什么都叫莱姆感动。他们两人一起去看望卡里金一家,并在那里度过一个晚上,但是已经没有上一次那么愉快了。潘申在场,说了许多旅行见闻,非常有趣地嘲弄和介绍了他见到过的那些地主。拉夫列茨基笑了,可是莱姆却没有离开自己的角落一步,一声不吭,全身不停地像蜘蛛一样轻轻蠕动着,眼神悒郁而呆滞,直到拉夫列茨基开始告辞他才活跃起来。老头甚至坐在马车里还继续表现得局促不安,蜷缩着身子。然而宁静温暖的空气,轻轻的微风,婆娑的树影,青草和白桦叶芽的清香,无月的星空柔和的夜光,马匹和谐的橐橐蹄声和响鼻——旅途、春季和夜晚的全部魅力沁入了可怜的德国人的肺腑,于是他率先和拉夫列茨基说起话来。

22

他开始谈音乐，谈丽莎，后来又谈音乐。谈到丽莎的时候他说话似乎慢了下来。拉夫列茨基把话题转到他的作品上，还半开玩笑地建议为他写一个歌剧。

“嗯，歌剧！”莱姆回答说，“不，这不合我的胃口，我已经没有歌剧必需的那种活力，那种想象力，现在我已失去我的力量。……不过，假如我还能做点事的话，我倒乐意写浪漫曲，当然我希望有好的歌词……”

他不说了，一动不动地默坐良久，抬眼望着天空。

“比方说，”终于他又开腔了，“类似这样的词句：你们星星，啊，你们纯洁的星星……”

拉夫列茨基向他稍稍转过脸去，开始注视他。

“你们星星，纯洁的星，”莱姆重复道……“你们对正义的和有罪的人都一视同仁……但只有你们才是问心无愧的，——或者类似这样的……人们理解你们，不，——爱你们。不过我不是诗人，我算什么！反正是类似这样的东西，崇高的东西。”

莱姆把帽子往后脑勺上一推，在有光的夜色的淡淡的昏暗中他的脸显得更苍白了，也年轻了些。

“你们同样，”他用渐渐轻下去的嗓音继续说，“你们知道谁在爱，谁会爱，因为你们，纯洁的，只有你们能够给人以慰藉……不，这还不是我的意思！我不是诗人，”他说，“反正类似这样的东西……”

“我感到遗憾，我也不是诗人。”拉夫列茨基指出。

“虚无缥缈的幻想！”莱姆回答说，于是钻进了马车的角落里。他合上眼，作出打算睡觉的样子。

过了一会儿……拉夫列茨基张耳谛听……“星星，纯洁的星星，爱情。”老头在悄声自语。

“爱情。”拉夫列茨基心里重复着那两个字，陷入了沉思，——于是心头变得沉重起来。

“克里斯托弗·费奥多雷奇，您为《弗里多林》谱写了优美的乐章，”他大声说，“可是您怎么看待这个弗里多林呢，在伯爵带他去见伯爵夫人以后，要知道他这时已成为她的情人了呀，嗯？”

“这是您的想法，”莱姆回答说，“因为也许是经验……”他突然停住不说了，不好意思地转过了身去。拉夫列茨基勉强地笑了起来，也转过了身子，开始向路上观望。

星星开始暗淡下去，天空露出蒙蒙曙色，这时马车已驶近瓦西里耶夫斯科耶的小屋的门前。拉夫列茨基把客人送进为他备的房间，回到自己的书房，在窗前坐下。花园里夜莺正在唱黎明前最后的一首歌。拉夫列茨基想起卡里金家的花园也曾有夜莺在唱歌。他还想起当听到夜莺的最初叫声、他们一同向黑洞洞的窗外望去时，丽莎那双静静移动的眼睛。他开始想念她，于是内心平静下来。“纯洁的姑娘，”他压低声音说，“纯洁的星星。”他面带笑容补充了一句，便静静地躺下睡了。

莱姆久久坐在床上，膝头放着乐谱本。看来一个前所未有的甜蜜的旋律正准备向他造访：他已经面红耳热，激动不安，他已感觉到那旋律临近时的一丝倦意和快感……然而他没有等到……

“我不是诗人，也不是音乐家！”

他终于轻声说。

于是他疲惫的头颅沉甸甸地落到枕上。

23

翌日清晨主宾两人在花园里一棵老椴树下喝茶。

“大师!”拉夫列茨基随口说道,“不久您将有机会创作庄严的赞歌了。”

“什么机会?”

“潘申先生和丽莎小姐喜结良缘的机会。您有没有发现昨天晚上他向她献殷勤的样子？看起来他们进展很顺利呢。”

“不会有这样的事!”莱姆大声说。

“为什么?”

“因为这不可能。不过,”他停顿了一会儿又说道,“世界上什么事都有可能。特别在你们俄国。”

“咱们先把俄国摆一边。但是您究竟认为这件婚事有什么不好?”

“没一样好的,没一样。丽莎维塔・米哈依洛芙娜是正直、认真的姑娘,有高尚的情操,而他呢……他不过是个浅——薄——之——辈,总而言之。”

“可是毕竟她爱他呀?”

莱姆从长椅上站起来。

“不,她不爱他,就是说她心灵纯洁无邪。她自己不知道爱是什么意思。卡里金太太对她说,他是个好小子,她就听卡里金太太的,因为她还完全是个孩子,虽然已经长到十九岁了。早晨祈祷,晚上也祈祷,——这是值得称道的事。但是她不爱他。她只能爱美好的东西,可是他并不美好,也就是说他心灵不美好。”

莱姆在茶桌前断来回踱着小步,眼睛在地面上扫来扫去,这一番话他说起来语句连贯,情绪激动。

“尊敬的大师!”拉夫列茨基突然大声说,“我觉得您自己爱上了我的表侄女。”

莱姆突然顿住不说了。

“请您，”他开始用变了调的声音说，“不要拿我开玩笑，我不是疯子：我前方看到的是阴暗的墓穴，不是粉红色的前程。”

拉夫列茨基开始怜悯老头，他请求他原谅。喝过茶后莱姆为他演奏了自己的呈献曲。午饭时拉夫列茨基主动旧话重提，莱姆又说了许多关于丽莎的话。

“克里斯托弗·费奥多雷奇，您看怎么样，”他最后说，“现在我们这里似乎一切都已安排停当，花园里鲜花正茂……您不邀请她和她的母亲，还有我那老姑妈来这里待上一天吗？您觉得这样做高兴吗？”

莱姆低头对着菜碟子。

“邀请吧。”

他说话的声音勉强听得见。

“那么潘申不必邀请吧？”

“不必。”

老头带着几乎孩子般的笑容回答。

两天以后费奥多尔·伊凡内奇进城去卡里金家。

24

他在屋里见到了一家人，但是没有当即向她们说明自己的来意。他想先和丽莎单独谈谈。机缘帮了他的忙：他们两人被留在了客厅里。他们谈了许久。她已习惯于和他相处——其实她在谁面前都不怕生。他听着她说话，眼睛看着她的脸，心里证实了莱姆说过的话，同意他的看法。有时有这样的情况，两个已经相识然而彼此尚未接近的人会在短暂的瞬间迅速靠近，而对这种接近的意识会马上反映在两人的眼神里、友好而沉静的笑容里，两人的动作举措里。拉夫列茨基和丽莎身上正好发生这种情况。“原来他是这样的一个人。”她亲切地望着他，想道。“你原来是这样一个人。”他也这么想。因此，当她对他说，——不过并非毫不犹豫——她心里早有一件事要告诉他，但怕他生气时，他并不显得太愕然。

“别担心，说吧。”他说着在她跟前站定了。

丽莎抬起她那双明亮的眼睛望着他。

“您是那么善良，”她开始说，同时心里想道：“是的，他确实善良………请您原谅我，我不该冒昧，和您谈这样一件事……可是您怎么能够……您为什么和您的妻子分手？”

拉夫列茨基一怔，望了望丽莎，靠近她坐下。

“我的孩子，”他开始说，“请不要碰这个伤口，您的手是温柔的，可是我仍然会感觉到疼痛。”

“我知道，”丽莎仿佛没有听清他的话，继续说道，“她在您面前有过错，我不想为她辩护，然而怎么可以把上帝结合起来的分开呢？”

“我们在这个问题上的观念太不相同了，丽莎维塔·米哈依洛芙娜，”拉夫列茨基相当激烈地说，“我们彼此理解不了。”

丽莎的脸刷地一下变白了，她的身体微微一颤，但是她没有闭口不言。

“您应当原谅别人，”她轻声说，“如果您也希望别人原谅您。”

“原谅！”拉夫列茨基接着她说，“您首先得明白，您在为谁求情？宽恕这个女人，依然接纳她进自己的家门，接纳她，这样一个内心空虚、没心没肝的生物！而且是谁对您说过她想回到我身边？不可能，她对自己的处境心满意足！……现在干吗要谈这件事！她的名字不应当由您说出口。您太纯洁，您甚至还不能理解这具生物。”

“为什么要污辱人！”丽莎好不容易说出口，她双手的颤动已变得很明显，“是您自己撇下她的，费奥多尔·伊凡诺维奇。”

“可是我告诉您，”拉夫列茨基情不自禁地爆发出一股迫不及待的情绪，反驳说，“您不了解这是一个什么样的人物！”

“那么您为什么要娶她？”丽莎轻声说，同时低下了双眼。

拉夫列茨基飞快地从椅子里站起来。

“我为什么娶她？当时我年轻，缺乏经验，我受骗了，我被漂亮的外表迷住了。我不了解女人，我什么也不懂。愿上帝保佑您缔结更为幸福的婚姻！不过请相信，无论如何不可以起誓。”

“我同样可能成为不幸的人，”丽莎说道（她的话音开始变得时断时续），“不过那时也只好听天由命，我不会说，但是如果我们不听天由命……”

拉夫列茨基攥紧双手，一只脚跺了一下。

“请别生气，原谅我。”丽莎急忙说。

此刻玛丽娅·德米特里耶芙娜走进屋来。丽莎站起身，打算离开。

“等一等，”拉夫列茨基猛然在她后面叫道。“我对您和您的妈妈有一个请求：请到我的新居来看看。您知道我买了一架钢琴。莱姆正在我家做客。丁香花开得正好。您呼吸一下乡村的空气，当天就可以返回，——同意吗？”

丽莎向母亲瞥了一眼，玛丽娅·德米特里耶芙娜摆出身体不适的样子。但是拉夫列茨基没让她开口，马上亲吻了她的双手。玛丽娅·德米特里耶芙娜对于亲切的表示总是易于动情，对于来自“海豹”的温情毫无准备，心肠一软便同意了。当她考虑定在哪一天走的时候，拉夫列茨基走到丽莎跟前，他还在激动不安，悄悄对她说：“谢谢，您是个善良的姑娘，是我的不是……”她苍白的面容开始变红，浮现出一丝愉快、羞怯的微笑，她的眼睛也露出了笑意，——在此以前她在担心她是否使他感到受了侮辱。

“弗拉基米尔·尼古拉依奇可以同我们一起走吗？”玛丽娅·德米特里耶芙娜问。

“当然，”拉夫列茨基回答，“不过我们就在自己的家庭圈子之内，是不是更好？”

“可是，似乎……”玛丽娅·德米特里耶芙娜正要说便打住了，“也好，随您的便。”她补充了一句。

说定把连诺奇卡和舒罗奇卡也带走。玛尔法·季莫菲耶芙娜辞谢了这次旅行。

“我吃不消,亲爱的,”她说,“这把老骨头都会震断的。再说我想你那里也没地方过夜,而且在别人床上我睡不着觉。让年轻人去颠簸吧。”

拉夫列茨基已经没有机会单独和丽莎待在一起。然而他用这样的眼神看她,使她既感到心里好受一些,又有点难为情,也有点可怜他。告别的时候他紧紧地握了握她的手,当她一个人待在屋里时便开始沉思了。

25

拉夫列茨基回到家时，有一个人在客厅门口迎接他，这个人高高瘦瘦的个子，穿一件破旧的蓝色常礼服，满脸皱纹，却生气勃勃，长着两鬓乱蓬蓬的灰白络腮胡子，一个笔挺的长鼻子和两只充血的小眼睛。这是米哈列维奇，他大学里的同学。一开始拉夫列茨基认不出他来，然而等他说出自己名字，便热情地拥抱了他。自莫斯科分手他们没有再见过面。不停地长吁短叹，问长问短。对久已淡忘的往事的回忆重又回到人间。米哈列维奇忙不迭一斗接一斗地抽烟，一口接一口地喝茶，挥舞着长长的手臂，向拉夫列茨基叙述自己的奇特经历。他的叙述里没有可资高兴的东西，他不能夸耀自己事业上的成功，而他却不住地发出嘶哑的、神经质的笑声。一个月以前他在一个富有的包税商的私人事务所里谋得一个位置，离O城大约三十多俄里，得知拉夫列茨基从国外归来的消息，他便迂道来拜访老朋友。他说起话来像年轻时一样易于冲动，还像从前那样大声嚷嚷，情绪激昂。拉夫列茨基曾提到过自己的情况，但是米哈列维奇打断了他的话，急忙含含糊糊地说："听说了，老弟，听说了，——谁料到会出这种事？"于是马上把话题转到一般的议论上。

"老弟，"他说，"明天我就要走。今天，你原谅我吧，咱们晚点儿睡觉。我必须了解，你怎么样，你有什么看法、信念，你变得怎么样了，生活又教会了你什么？（米哈列维奇还保持着三十年代的语言风格。）至于我，老弟，我许多方面都变了：生活的波涛袭击了我的胸膛，——究竟谁说过这话，——虽然在重要的、本质的方面我没有变。我仍然相信做好事，相信真理，我不仅相信，——现在我有信仰，对，我有信仰，信仰。听着，你知道我在写诗。这些诗谈不上有诗意，但是有真理。我给你念我最近写的一篇：在这篇东西里我表达了我内心最真挚的信念。你听着。"米哈列维奇开始念自己的一首诗。这首诗很长，结尾处是下面几行诗句：

我全心全意为新的感情献身，
我如婴儿一般成为一个人：
曾经膜拜的一切我通通烧尽，
曾经烧毁的一切我要向它致敬。

米哈列维奇念最后两行诗时几乎要哭出来，一阵轻微的痉挛——强烈感情的标志——掠过他宽阔的双唇，他那本不漂亮的面容现出了神采。拉夫列茨基听着他念，听着……一种矛盾的心理在他内心萌动起来：莫斯科大学生那种说来就来、总是慷慨激昂的兴奋情绪每每使他恼火。还没有过一刻钟，两人已开始热烈地争论起来，那是一种只有俄罗斯人擅长的没完没了的争论。他们经过在两个截然不同的世界里度过的长年别离后，又从零开始，争论起最抽象的事物来，既没有搞清对方的意思，也没有明白自己的意思，便抓住片言只语，用同样的几个词句进行反驳，而且争得那么顶真，仿佛事关生死存亡似的，扯开嗓门大叫大嚷，弄得屋子里的人惊恐不安。而可怜的莱姆则自从米哈列维奇一到，就一头把自己关进了房里，此时感到困惑莫解，并开始产生一种朦朦胧胧的恐惧。

"这以后你怎样了呢？失望了？"半夜一点钟的时候米哈列维奇喊道。

"难道有这样的失望者吗？"拉夫列茨基反驳说，"那些人往往都是苍白、病态的，你愿意吗？我可以一只手把你举起来。"

"那么如果不失望，也是怀疑论者，这就更糟。（米哈列维奇的口音使人联想到他的故乡小俄罗斯[①]。）可是你凭什么权利可以做怀疑论者？你生活中不走运，就算这样，但这件事你没有错：你生来就有热烈多情的性格，可是你被强制同女性分离了：第一个遇到的女性该是欺骗了你。"

"她也欺骗了你。"拉夫列茨基闷闷不乐地指出。

"就算，就算，这里我是命运的工具，——可是我在胡说八道什么啊，——这里没有命运，旧的习惯用语表达得不精确。但是这证明了什么呢？"

"证明了我从童年起就被拉出了常轨。"

"那你使自己复位！这样你才是个人，才是个男人。你用不着花力气！然而，不管怎么样，难道可以，难道允许——把可以说是局部的事实视为普遍的规律，视为不变的准则？"

"什么准则？"拉夫列茨基打断他说，"我不承认……"

---

① 即乌克兰。

“不，这是你的准则，准则。”米哈列维奇反过来打断他的话。

“你是利己主义者，就是这样！”一个小时以后他大声说，“你希求自我陶醉，你希求生活中的幸福，你想只为自己生活……”

“什么叫自我陶醉？”

“什么都欺骗了你，你脚底下什么都摧毁了。”

“什么叫自我陶醉，我问你？”

“它早应当摧毁了。因为你想在无法寻觅到的地方寻找支柱，因为你曾经在不稳固的沙滩上建筑自己的房子……”

“你讲得明白一点，不要比喻，因为你的话我听不懂。”

“因为，——你嘲笑好啦，——因为你心里没有信仰，内心缺乏热忱，一个聪明人，无非是个一钱不值的聪明人……你简直是个可怜、落伍的伏尔泰主义者——你就是这样一个人！”

“什么人，我是个伏尔泰主义者？”

“对，和你父亲一模一样，你自己也没料到这一点。”

“听你说了这番话之后，”拉夫列茨基扬声说道，“我完全有权说你是偏执狂！”

“哦！”米哈列维奇伤心地说，“不幸的是我丝毫配不上这么崇高的称号……”

“现在我想出来了，该怎么称呼你。”同一个米哈列维奇在半夜三点钟大声喊道，“你不是怀疑论者，不是失望主义者，不是伏尔泰主义者，你是个懒汉，一个居心叵测的懒汉，有头脑的懒汉，不是个天真无邪的懒汉。天真无邪的懒汉躺在自家的火炕上，什么事也不干，因为他们什么也不会干。他们也不思考什么，可是你是个会思考的人——却躺着不动。你本可以做点事，却什么也不做，你挺着便便大腹向天躺着，嘴里却说：躺着不动嘛，本来就该如此，因为不管人们干什么，全都是荒唐事，不会导致任何结果的荒唐事。”

“你凭什么说我躺着不动？”拉夫列茨基说，“为什么你推测我内心这样想？”

“除此以外，你们，所有你们这些人，”好争论的米哈列维奇继续说，“都是些饱读诗书的懒汉。你们知道德国人哪一方面显得蹩脚，知道英国人和法国人的毛病是什么，——而你们那些可怜的知识对你们起到一种辅助作用，为你们的惰性，可耻的惰性，还有你们令人憎恶的无所事事作辩护。有的人甚至为此扬扬自得，说看我多聪明——躺着不动，那些傻瓜蛋才忙活个不停。是的！就是说我们有这样一些先生——不过我不是指你，——他们无聊得发呆，一辈子就这么打发日子，习惯于这种无聊，坐在无聊中就像蘑菇浸在酸奶油里。”米哈列维奇学着别人的话说，自己也为这个比喻而笑起来，“哦，这种无聊的麻木就是俄罗斯人的末日！令人讨厌的懒汉一辈子都在打算工作……"

"可你干吗骂人?"轮到拉夫列茨基高声大叫了,"工作……干事……你最好说说怎么干,不要骂人,波尔塔瓦来的狄摩西尼![①]"

"咦,你想听什么来着?!这我可不能告诉你,老弟。这是任何人都明白的事,"狄摩西尼反唇相讥道,"一个地主,一个贵族,竟不知怎么干!就因为没有信仰,否则就知道了,没有信仰,也就没有悟性。"

"起码咱们得休息一会儿,你这个鬼。让咱们回头想想。"拉夫列茨基央求说。

"一分钟也不休息,一秒钟也不!"米哈列维奇作出一个命令的手势,回答说,"一秒钟也不!既然死不等人,那么生也不等人。"

"人们究竟什么时候,在什么地方想到做懒汉的?"清晨四点他叫喊说,不过嗓音已经有点沙哑了,"在我国!现在!在俄罗斯!正当每个个别的人对上帝、对人民、对自己肩负着伟大责任的时候!我们在睡觉,而时间却正在流逝,我们在睡觉……"

"请允许我提醒你,"拉夫列茨基说,"我们压根儿就没有睡觉,而且更没有让别人睡觉。咱们俩像公鸡一样在斗嗓门。你听,好像是鸡叫三遍了。"

这一着逗得米哈列维奇笑了起来,也使他安静下来了。"明天见。"他脸上挂着笑容说,并把烟斗塞进了烟荷包。"明天见,"拉夫列茨基说。然而朋友俩又聊了一个多小时……不过两人再没有提高嗓门,他们说的是轻轻的、忧郁的、善意的话语。

不管拉夫列茨基怎么挽留,米哈列维奇次日早晨就走了。费奥多尔·伊凡诺维奇未能说服他留下,不过他同他已经谈了个畅快。看来米哈列维奇身无分文。昨天夜里拉夫列茨基就遗憾地在他身上发现了多年穷愁潦倒的标志和习性:靴子已经穿坏,常礼服的后襟上少了一颗纽扣,手上没有戴手套,头发里有羽毛,来到这里他竟不想到要求洗漱,晚饭时像鲨鱼一样狼吞虎咽,用两只手扯肉吃,两排大黑牙把骨头咬得格格响。同样看得出来,差事没有给他带来多少好处,他把全部希望都寄托在包税商身上而后者之所以雇用他仅仅是为了表示他的事务所里有"受过教育的人"。尽管如此,米哈列维奇居然不灰心丧气,居然恬然自得,做起他的理想家和诗人来,热衷于人类的命运和自己的使命,为之忧心忡忡,却很少关心千万别饿死这个问题。米哈列维奇没有结过婚,却恋爱过无数次,还为所有自己爱恋的人写诗,尤其热烈地讴歌一位神秘莫测、长一头黑鬈发的小姐……确实有过一些传闻,似乎这位小姐不过是个普通的犹太女人,对于她,骑兵军官中无人不晓,然而,那有什么关系呢——反正不都一样吗?

---

① 狄摩西尼(公元前384—前322),古希腊政治家,雄辩家。

米哈列维奇和莱姆亲近不起来：由于不习惯，德国人被他那大声的说话、激烈的举止吓怕了……同是天涯沦落人，远处相逢顿相识，但是到垂暮之年就难以亲近了，这是毫不奇怪的：他和他无可交流——甚至希望。

离开之前米哈列维奇又和拉夫列茨基谈了好久，向他预言，如果再不清醒便是灭亡，恳求他关心农民的生活，还拿自己作例子，说他就是历尽磨难的考验之后灵魂变纯洁了，——这时他几次称自己是幸福的人，把自己比作飞鸟和谷地里的百合花……

“不管怎么说，那是一朵黑百合花。”拉夫列茨基说。

“唉，老弟，别耍贵族派头，”米哈列维奇好心地说，“你还是谢谢上帝，因为你的血管里还流着诚实的平民的血。不过我看到现在你需要某一纯洁、天仙般的人儿，使你摆脱你那种消沉低落的情绪。”

“谢谢，老兄，”拉夫列茨基说道，“这些天仙般的人叫我受够啦。”

“住口，你这个潜儒主义者！”米哈列维奇大声说。

“犬儒主义者。”拉夫列茨基纠正他。

“就是犬儒主义者。”米哈列维奇满不在乎地重复道。

人们把他那只轻得出奇的扁平黄色手提箱拎出屋，放进了四轮马车里，他坐在车里，浑身裹进一件西班牙斗篷，斗篷的领子已褪成了红褐色，几个狮子爪子替代了扣子，甚至这时他还再次发挥他对俄罗斯命运的观点，那只黝黑的手还在空中比划，仿佛在播撒未来幸福的种子。马匹终于起步……“记住我最后的三个字眼，”他全身从马车里探出来，站稳了，喊道：“宗教、进步、人性！……再见！”帽檐低扣到眼睛上方的脑袋消失了。拉夫列茨基独自伫立在门口台阶上，凝目注视着道路的远方，直至马车在视野中消失。“大概他是对的，”回屋去的时候他想道，“也许我是个懒汉。”米哈列维奇说过的许多话无可辩驳地深入了他的心灵，尽管他同他争论，不同意他的观点。只要一个人心地善良，谁也不可能把他驳倒。

26

两天以后玛丽娅·德米特里耶芙娜按照自己的诺言，带领全体年轻人来到瓦西里耶夫斯科耶。小女孩们立即跑进了花园，玛丽娅·德米特里耶芙娜懒洋洋地一个个房间走过去，所到之处都懒洋洋地表示称赞。她认为拜访拉夫列茨基表示了她极大的迁就，几乎是一种善行。当安东和阿普拉克谢娅按照家仆的老规矩走近吻她的小手时，她彬彬有礼地面含微笑，然后用软弱无力的声音，从鼻腔里发出喝茶的要求。安东戴上了针织的白手套，最叫他扫兴的是给来访的贵妇人端茶的竟不是他，而是拉夫列茨基雇用的贴身侍仆，用老头的话来说，这是一个什么规矩都不懂的人。不过午餐时安东却达到了目的。他在玛丽娅·德米特里耶芙娜的坐椅背后牢牢地站定脚跟，已经对谁也寸步不让了。久已门庭冷落的瓦西里耶夫斯科耶出现了稀客，这使老头又惊又喜：老爷与这么好的客人交往，叫他看了舒心。但是那一天心情激动的不独他一个人：莱姆心里也很兴奋。他穿了一件短短的烟色燕尾服，衣服的后襟尖尖的，紧紧地系上领带，不住地干咳几声清清嗓子，带着心情愉快、彬彬有礼的神态躲在一边。拉夫列茨基得意地发现他和丽莎之间的接近在继续：她一进门就友好地向他伸出了手。午餐后莱姆从他不时伸手去摸的燕尾服后袋里掏出小小的一卷乐谱，闭紧嘴唇，不声不响地将它放在钢琴上。这是昨天夜里他为过时的德语歌词谱写的一首浪漫曲，歌词里提到了星星。丽莎当即坐到钢琴前，读了乐谱……可惜！乐谱显得混乱而且艰涩得令人难受，看得出作曲家竭力在表现某种炽烈深沉的东西，然而毫无结果：努力终究不过是努力而已。拉夫列茨基和丽莎两人都感觉到了这一点，莱姆也理解到这一点，他一句话也不说，把浪漫曲放回了口袋里。当丽莎提议再弹一遍时，他摇了摇头表示回答，意味深长地说："现在——完了！"——于是弓着背，蜷缩着身子走开了。

傍晚全体人一齐去钓鱼。花园后面的池塘里放养了许多鲫鱼和红点鲑鱼。玛丽娅·德米特里耶芙娜被安排在岸边有扶手的椅子里就座,在树阴下,脚底下还铺了地毯,给了她一根上好的钓竿,安东作为一个经验丰富的钓鱼人,自告奋勇,愿为她尽心效力。他热心把蚯蚓扎到鱼钩上,轻轻用手拍打一会儿,唾上唾沫,甚至亲自把钓钩抛出去,整个身躯优雅地向前倾俯着。那一天玛丽娅·德米特里耶芙娜用贵族女中学来的法语向拉夫列茨基谈了自己对安东的评价:"ILn' y a plus maintenant de ces gens comme ça comme autrefoisa."①

莱姆带着两个小女孩到更远一些的地方去了,已快到水坝边了。拉夫列茨基就在丽莎旁边。鱼儿不停地咬钩,不时在空中闪现出被钓的鲫鱼的体侧,有时金光灿灿,有时银光闪闪。小女孩们的欢呼没有停止过,玛丽娅·德米特里耶芙娜也文雅得体地尖叫了两次。拉夫列茨基和丽莎钓到的鱼比谁都少。显然这是由于他们放在钓鱼上的注意力比别人少,任凭浮子慢慢地漂到了岸边。颜色微红的高高的芦苇在他们周围轻轻地簌簌作响,前方,凝滞不动的池水在静静地闪光,他们两人的交谈也是轻声细语的。丽莎站在一个小木埠上,拉夫列茨基坐在一棵向下倾斜的柳树树干上。丽莎穿一件白色连衣裙,腰间结一条宽腰带,也是白的;一只手提着草帽,另一只手稍稍使劲地握着弯曲的钓竿的一头。拉夫列茨基望着她清秀、略显严肃的侧影,望着梳到耳根后面的头发,望着像小孩子一样晒黑的温柔的面颊,忖道:"呵,你伫立在我池塘边上的样子多么可爱!"丽莎没有转过脸来向着他,而是看着水面,似是眯起双眸,又似莞尔而笑。附近的一棵椴树投下的阴影落在他们两人身上。

"您知道吗,"拉夫列茨基开始说,"我对我们最近的谈话思索了许多,从而得出结论,您心地异常地善良。"

"我完全没有那样的意思……"丽莎正要反驳——,但不好意思起来。

"您心肠很好,"拉夫列茨基再次说道。"我是个粗人,可是却觉得所有的人都应该爱您。就拿莱姆来说吧,他就是爱上了您。"

丽莎的双眉不是皱了一下,而是颤动了一下。每当听到不顺耳的话语时她总会这样。

"今天我非常为他难受,"拉夫列茨基接着说,"就因为他那首不成功的浪漫曲。假如是年轻人而且不会作曲,倒还受得了,但是年纪大了,却又没有能力做好,这就难受了。令人难受的是感觉不到自己正在失去力量。老人难以忍受这样的打击!……小心,你那儿鱼正要上钩………听说,"拉夫列茨基静默了一会儿后又说,"弗拉基米尔·尼古拉依奇谱写了一首非常优美的浪漫曲。"

---

① 如今不比从前,这样的人再也没有了。

“是的，”丽莎回答说，“只不过是小玩意儿，不过不算坏。”

“那您认为，”拉夫列茨基问，“他是个出色的音乐家吗？”

“我觉得他有很好的音乐天赋，但是至今他还没有正儿八经地用过它。”

“原来这样。那他是个好人吗？”

丽莎笑起来，迅速向费奥多尔·伊凡诺维奇瞟了一眼。

“多么奇怪的问题！”她大声说道，一面把钓竿拉出水面又远远地抛出去。

“为什么奇怪？我是作为一个刚来不久的人，作为一个亲戚向您打听他的。”

“作为亲戚？”

“不错。我该是您的舅舅吧？”

“弗拉基米尔·尼古拉依奇有一颗善良的心，”丽莎开始说，“他聪明，妈妈非常喜爱他。”

“那么您喜欢他吗？”

“他是个好人，我凭什么不喜欢他呢？”

“噢！”拉夫列茨基说着便不吭声了。他的脸上闪过半忧郁、半嘲讽的表情。他盯住不放的目光使丽莎局促不安，但是她还继续面带笑容。“好，愿上帝保佑他们幸福！”他终于含糊不清地低声说，仿佛在喃喃自语，接着便把头转了开去。

丽莎脸上泛起了红晕。

“您错了，费奥多尔·伊凡内奇，”她说，“您的想法是毫无意义的……难道您不喜欢弗拉基米尔·尼古拉依奇？”她突然问。

“不喜欢。”

“究竟为什么？”

“我觉得他这个人没有心肠。”

丽莎脸上的笑容消失了。

“您习惯于对人进行严格的评判。”经过长久沉默后她说。

“我不认为。您想，我自己都需要别人宽容的时候，我有什么权利严格评判别人？或者您忘了，只有懒惰的人才不嘲笑我……怎么样，”他又说道，“您信守了诺言吗？”

“什么诺言？”

“您替我祈祷了吗？”

“是的，我替您祈祷了，而且每天祈祷。请您别轻描淡写地说这件事。”

拉夫列茨基开始向丽莎保证，说他没有想到这件事，说他深深地尊重各种信念。然后他开始谈论宗教，谈论宗教在人类历史上的意义和基督教的意义……

“需要成为一个基督徒，”丽莎并非轻易地说，“不是为了认识天国……人间……

而是因为每个人必须死亡。”

拉夫列茨基不由得惊讶地抬眼向丽莎望去，正好和她的目光相遇。

“您这是说什么话来着？”他说。

“这不是我的话。”她回答。

“不是您的……可是您为什么要说到死呢？”

“不知道。我经常想到死。”

“经常？”

“是的。”

“看着您现在这个样子，是说不出这样的话的：您的面容是那么欢乐、开朗，您脸上挂着笑容……”

“是啊，现在我非常快乐。”丽莎天真地回答。

拉夫列茨基恨不能拿起她的双手，紧紧地握住。

“丽莎，丽莎，”玛丽娅·德米特里耶芙娜喊起来，“到这儿来看看，我钓了多么大的一条鲫鱼。”

“这会儿就来，妈妈，”丽莎回答着向她走去。拉夫列茨基还是留在柳树干上。“我同她说话，仿佛我还不是一个已半截入土的人。”丽莎离开时把草帽挂在了树枝上。拉夫列茨基怀着一种奇怪的、几乎温情脉脉的感情望了望这顶草帽和帽子上那稍稍揉皱的长长的带子。丽莎不久就回到他身边，仍然站在木埠上。

“为什么您觉得弗拉基米尔·尼古拉依奇没有心肠？”过了一会儿以后她问。

“我对您说过，我可能弄错了，不过时间会表明一切。”

丽莎开始沉思。拉夫列茨基开始谈瓦西里耶夫斯科耶的家常生活，谈米哈列维奇，谈安东，他感到有一种要同丽莎谈话的要求，告诉她他心里想到的一切，她是那么楚楚动人，那么专心致志地听他说话，她难得表示的意见和不同看法在他看来是如此朴实和睿智。他甚至把这一点告诉了她。

丽莎感到惊奇。

“真的吗？”她说，“我以为，我同我的女仆娜斯嘉一样，没有自己的语言。有一次她对自己的未婚夫说：你跟我会感到枯燥乏味，你对我说的话总是那么有意思，而我却没有自己的语言，”

“谢天谢地！”拉夫列茨基想。

27

这时暮色降临，玛丽娅·德米特里耶芙娜表示希望回家。好不容易才让两个小姑娘离开水塘，把她们穿着打扮好了。拉夫列茨基宣称要送客人到半路，便吩咐给他备马。在安顿玛丽娅·德米特里耶芙娜坐上马车时，他忽然发现莱姆不在而想找他。然而哪儿也找不到老头。钓鱼一结束他就不见了。安东以在他那个年龄了不起的体力砰的一下关上车门，威严地喊道："出发，车夫！"马车启动。玛丽娅·德米特里耶芙娜和丽莎坐在马车的后座上，前面坐着两个小姑娘和女仆。

夜晚温暖而宁静，两边的车窗都放下了。拉夫列茨基骑马在车旁靠丽莎的一侧小步快跑，一手搭在车门上——他把马缰搭在稳步奔跑的马的脖颈上——有时和年轻的姑娘说上两三句话。晚霞消失，夜幕垂空，空气反而变得更温暖了。玛丽娅·德米特里耶芙娜不久便开始打瞌睡，小女孩和女仆也已入了梦乡。马车迅速均匀地滚动。丽莎向前俯着身子。初升的一轮明月照在她的脸上，夜间馨香的微风吹在她的眼睛上，面颊上。她心境很好。她的一只手和拉夫列茨基的手并排靠在车门上。他心境也很好：他在夜间温暖的空气里骑马疾走，目不转睛地望着一张善良年轻的脸，听着一个年轻的、银铃般的声音轻轻地诉述质朴、善良的事物。他竟没有发现已经走到了半途。他不想叫醒玛丽娅·德米特里耶芙娜，轻轻地握住丽莎的手说："现在我们可已经是朋友了，是吗？"她点了点头，他勒住了马。马车继续向前驰去，摇摇晃晃，忽高忽低。拉夫列茨基骑马走着散步回家去。他被夏夜的魅力所包围，周围的一切既令人感到意外的奇特，同时又令人感到早已熟谙，如此赏心悦目，无论近处还是远方，万物都已酣然入梦，眼睛可以看得很远，虽然所见的许多东西辨认不清，而这安宁本身则洋溢着年轻茂盛的生机。拉夫列茨基的马生气勃勃地走着，均衡地一左一右摇摆着。它那黑魆魆的影子在一旁随它同行。嘚嘚的蹄声中有一种神奇莫测、令人快慰的东西，雌鹌鹑响亮的叫声中有一种欢快、美妙的东西。星星隐没在白茫茫的烟雾里，一轮半圆的明月闪耀着坚定的光辉，蔚蓝色的月光喷涌而出，洒满天空，落在附近飘过的薄薄的云团上，照出雾茫茫金灿灿的斑块。清新的空气使眼睛感到轻度的潮润，亲切地抚爱着身体各部分，将一股自由的清流注入胸膛。拉夫列茨基感到心旷神怡，并为自己的心旷神怡感到喜悦。“我们还要再做人，”他想，“我们还没有全部被吞噬……”他没有道出：被什么人或什么东西……接着他开始想到丽莎，想到她未必爱潘申，想到他还会在其他场合和她相遇——天知道这会有什么结果呢；想到他理解莱姆说的话，虽然她没有“自己的”语言。可是这不对：她有自己的语言……“别轻率地谈这件事。”拉夫列茨基回想起来了。他久久骑马走着，低着头，然后挺直身子，慢慢地说道：

曾经膜拜的一切我通通烧尽，
曾经烧毁的一切我要向它致敬……

然后立即向马抽了一鞭，直往家中奔去。

跨下马的时候他最后一次带着自由、感激的笑容回头望了一眼。夜，无声、亲切的夜笼罩着小岗、谷地，从远方，从芬芳的夜的深际，天知道出自何处——从天空还是地上，透过来宁静、柔和的暖意。拉夫列茨基最后一次向丽莎送去遥远的敬意，便跑上了台阶。

第二天过得相当无精打采。早晨开始下起雨来。莱姆双眉紧蹙，两片嘴唇越闭越紧，仿佛发誓永不开口似的。上床时拉夫列茨基拿来一大堆法国报刊，这些期刊尚未启封，堆在桌子上已有两个星期。他开始漠然地拆开封皮，迅速地浏览报纸的栏目，不过什么新闻也没有。他正想丢开不看，忽然像被蜇了一口似的从床上一跃而起。在一份报纸的小品栏里，我们早已熟悉的儒尔先生向读者报告一条“悲痛的新闻”：“妩媚动人、倾国倾城的莫斯科女郎，”他写道，“时髦皇后之一，巴黎沙龙的花瓶 Madame de Lavretzki[①] 逝世，几乎是溘然而逝。”——遗憾的是此条绝对可靠的消息刚为儒尔先生获悉。他继续写道，“后者堪称死者的朋友。”

拉夫列茨基穿上衣服，步入花园，在林阴道上踱步，直至天明。

---

① 法语：拉夫列茨基太太。

28

次日清晨喝茶时莱姆请求拉夫列茨基给他马车回城。“我该着手工作了，也就是上课，”老头说，“否则我在这里白白浪费时间。”拉夫列茨基没有当即回答他：他显得神不守舍。“好，”他终于说道，“我亲自陪您同行。”莱姆没有仆人帮助，顾自气喘吁吁、气呼呼地安放好小手提箱，把几页乐谱撕碎烧了。马牵来了。拉夫列茨基走出书房时把昨天的那份报纸塞进了口袋。一路上莱姆和拉夫列茨基相互很少说话：每个人都在想自己的心事，每一个人都为对方没有打扰自己而高兴。两人分手时非常冷淡，不过在俄罗斯这种情景在朋友之间倒是经常发生的。拉夫列茨基用车把老头送到他的寓所：后者爬下车，拎起自己的手提箱，也不向朋友伸出手去（他双手在胸前提着手提箱），连看也不看他一眼，用俄语说声：“再见！”“再见。”拉夫列茨基重复一遍，随即吩咐马车夫把车驶向他的寓所。他在O城租有一套住宅，以防万一。他写了几封信，匆匆进过午餐，便出发去卡里金家。在他们家客厅他只遇到潘申一个人，潘申告诉他玛丽娅·德米特里耶芙娜马上就会出来，接着立即以最热情友好的殷勤态度和他聊起天来。在此以前潘申招呼拉夫列茨基的态度虽不是居高临下，也是故作宽容大度的。然而丽莎在向潘申叙述上一天的旅行时竟称赞拉夫列茨基是个出色的聪明人，这就够了：应当赢得“出色人物”的好感。潘申先对拉夫列茨基恭维一番，描述据说是玛丽娅·德米特里耶芙娜全家在赞扬瓦西里耶夫斯科耶时所表现的欣喜若狂的样子，然后，又按他的惯例，话锋一转开始大谈特谈自己的事业，自己对生活、上流社会和官场的看法，说了两三句有关俄罗斯前途和如何操纵省长之类的话，他当场乐呵呵地自我调侃了几句，又说在彼得堡顺便受托“de populariser l' idée du cadastre”[①]。他喋喋不休地夸夸其谈，以玩世不恭、目空一切的随便态度解说种种疑难，像魔术师

① 法语：普及关于土地册的主张。

耍弄圆球一样玩弄重大的行政和政治问题。诸如“要是我来当政，看我怎么办”，“您究竟是个明白人，和我一拍即合”之类的口头禅不离他的尊口。拉夫列茨基冷冰冰地听潘申夸夸其谈：这个人漂亮聪明，悠闲潇洒，面带幸福的笑容，说话彬彬有礼，目光求知若渴，然而拉夫列茨基并不喜欢他。潘申凭借他迅速领悟别人内心感受的天赋，不久便猜透自己的对话者并未感到多少乐趣，他暗自断定拉夫列茨基或许是个出色人物，然而不讨人喜欢，“aigri”，“en somme”[①]有点可笑，于是找了个冠冕堂皇的借口脱身走了。玛丽娅·德米特里耶芙娜由盖杰奥诺夫斯基陪同，出现在客厅，随后而来的是玛尔法·季莫菲耶芙娜和丽莎，随之到来的是家庭其他成员。后来还来了一位音乐爱好者别列尼曾娜，一位小巧清瘦的女士，有一张几乎未脱稚气、疲惫、漂亮的小脸蛋，穿一件窸窣作响的黑连衣裙，拿一把花色斑斓的扇子，戴一只粗金手镯，她的丈夫也来了，一个面颊通红的虚胖男子，有一双大脚和大手，白白的眼睫毛，厚厚的嘴唇上常留一丝僵硬不动的笑容。妻子在交际场合从不和他说话，可是在家里，每逢亲昵的时刻便叫他为自己的小猪崽。潘申回来了：房间里已经济济一堂，而且热闹非凡。拉夫列茨基生性不喜欢这种稠人广众的场面，别列尼曾娜尤其叫他生气，她不时地透过长柄眼镜瞧他。如果不是丽莎在场，他恨不得立即就走：他希望单独同她说两句话，然而久久找不到合适的时机，他窃喜自己能用目光注视她，也就心安理得了。他觉得她的容颜从来没有像现在这样端庄大方和亲切可爱。比之近在身旁的别列尼曾娜她就远胜于她了。别列尼曾娜坐在椅子上不停地挪动身子，扭动两只瘦削的肩膀，发出娇滴滴的笑声，有时眯起两眼，有时双目圆睁。丽莎坐相文静安详，目不斜视，决不放声大笑。女主人同玛尔法·季莫菲耶芙娜、别列尼曾娜和盖杰奥诺夫斯基坐下来打牌，盖杰奥诺夫斯基出牌很慢，不断打错牌，不断眨眼睛，用手帕擦脸孔。潘申显得神情悒郁，说话言词简短、意味深长而惆怅满怀，俨然一位怀才不遇的艺术家的样子，别列尼曾娜拼命和他打情卖俏，然而不管她怎么请求，他还是不答应唱他的浪漫曲：拉夫列茨基使他感到拘束。费奥多尔·伊凡内奇也很少开口。他刚进屋时的那种非比寻常的表情使丽莎惊讶：她顿时感到他有事要告诉他，但是自己也不知为什么怕开口问他。终于在走到大厅去沏茶时她情不自禁地朝他的方向转过了头去。他马上跟着她走了出去。

“您怎么啦？”她在把茶壶搁到茶炊上去时问道。

“莫非您觉察到了什么？”他说。

“您今天的样子同我以前见到的不一样。”

---

① aigri：愤世嫉俗；en somne：终究（法语）。

拉夫列茨基低头看着桌子。

“我想，”他开始说，“向您转达一条消息，但是眼下不可能。不过您可以把小品栏里这篇用铅笔勾出的文章看一看。”他把随身带的那期报刊交给她，补充说，“请求您保守秘密，我明天早上再来。”

丽莎不胜惊诧……潘申出现在门口：她把期刊放进口袋。

“您读过《奥贝曼》[①]吗，丽莎维塔·米哈依洛芙娜？”潘申若有所思地问她。

丽莎对他敷衍了一下便走出大厅上楼去了。拉夫列茨基回到客厅，走近牌桌。玛尔法·季莫菲耶芙娜解开包发帽的带子，涨红了脸，开始埋怨她的搭档盖杰奥诺夫斯基，按照她的说法，他连牌也不会出。

“看来，打牌这玩意儿，”她说，“可不比编造谣言。”

后者继续眨他的眼睛，擦他的脸。丽莎回到客厅，坐在角落里。拉夫列茨基看着她，她也看着他——于是两个人几乎都感到惊惧起来。他从她脸上看出她的困惑莫解和含而不露的责备。尽管他十分希望和她说话，却做不到。在别的客人中间继续以一个客人的身份和她待在同一个房间里，他感到难堪。于是他决计离开。在和她告别的时候他不得以再次告诉她明天再来，并说希望得到她的友谊。

“请来吧。”她回答道，脸上依然留着先前困惑莫解的神色。

拉夫列茨基离去后潘申活跃起来。他开始帮盖杰奥诺夫斯基出主意，连讽带嘲地向别列尼曾娜说恭维话，最后还唱了自己的浪漫曲。不过对丽莎他依然如故地和她说话，看着她：郑重其事而凄楚哀婉。

拉夫列茨基又是通宵未眠。他心里不郁闷，也不激动，他整个儿宁静入定了，但是他睡不着。他甚至不回忆既往的岁月，他只是审视自己的一生：他的心脏沉重而均匀地跳动，时间飞速地流逝，他毫无睡意。有时脑海里只浮现出一个念头：“是啊，这不是真的，全是胡说八道。”——于是他停止思索，低下了头，重又审视自己的一生。

---

① 法国作家瑟南古（1770—1846）的小说。

29

第二天拉夫列茨基来到玛丽娅·德米特里耶芙娜家时,她接待他的态度可并不怎么亲切了。“瞧,竟成了常客了。”她自忖道。她自己对他本来不太喜欢,而且由于潘申昨天晚上又非常阴险和随随便便地称赞过他几句。在这种影响下她便不把他当成客人,认为没有必要去陪伴一个亲戚,一个几乎是自家人的人,所以不过半个小时他已经和丽莎一起走在花园的林阴道上了。连诺奇卡和舒罗奇卡在离他们几步远的花圃里奔跑。

丽莎像平时一样镇定自若,但是比平时显得更苍白。她从口袋里掏出摺得小小的那页报纸,交给了拉夫列茨基。

“这消息太可怕!”她说。

拉夫列茨基一句话也没有答。

“也许这消息还不是事实。”丽莎补充说。

“所以我才请您对谁也别说。”

丽莎漫步走了不多一会儿。

“您说,”她开始说,“您不感到难过吗? 一点也不?”

“我自己也不知道我觉得怎么样。”拉夫列茨基回答。

“可是您以前不是爱过她吗?”

“爱过。”

“非常爱?”

“非常。”

“您就不为她的死难过?”

“对我来说她不是现在才死的。”

“这是有罪的,看您说的……别生我的气。您称我是您的朋友,既是朋友,就可无话不谈。真的，我甚至感到可怕……昨天您的脸色那么难看……您记得您不久前是怎么抱怨她的？——可她当时也许已经不在人世了。这真可怕。这仿佛是上帝派来惩罚您的。”

拉夫列茨基苦苦一笑。

“您想到吗？……至少现在我无牵无挂无拘无束了。”

丽莎轻轻地颤抖了一下。

“够了，别这样说了。对您来说您的自由是什么呢？现在您应该考虑的不是这个，而是宽恕……”

“我早已宽恕她了。”拉夫列茨基打断她的话，挥了挥手。

“不，我说的不是这个，”丽莎回答说，脸上浮现出一片红晕，“您没有理解我的意思。您应当关心的是让别人宽恕您……”

“谁需要宽恕我？”

“谁？上帝。除了上帝还有谁能宽恕我们？”

拉夫列茨基抓住了她的手。

“唉，丽莎维塔·米哈依洛芙娜，请相信，”他大声说，“我已经被惩罚得够了。我一切都赎了，相信吧。”

“您不可能知道，”丽莎压低了声音说，“您忘了，——还在不久以前，当时您就曾对我说过，您不想宽恕她。”

两个人默默地沿着林阴道款款而行。

“您的女儿怎么办？”丽莎突然发问，说着停住了脚步。

拉夫列茨基猛然一颤。

“哦，请别担心！我已经发信到各地。我女儿的未来，如同您对她……如同您所说的……是有保障的。请别担心。”

丽莎凄苦地莞尔一笑。

“不过您说得对，”拉夫列茨基继续说，“我要自由干什么呢？我要它有什么用？”

“您什么时候收到这份报纸的？”丽莎并不回答他的问题，说道。

“你们来访的第二天。”

“难道……难道您居然不掉眼泪？”

“没有。我震惊了，可是哪儿来的眼泪呢？为过去而哭泣——可是那过去早已烧得干干净净！……她的过失本身并不是摧毁了我的幸福，而只是向我证明，幸福根本就从未有过。这有什么好哭的？不过有谁知道呢？如果我再早两个星期得知这个消息，也许我会更加伤心……”

“早两个星期?”丽莎反问说,“究竟这两个星期里发生了什么事?”

拉夫列茨基什么也没有回答,而丽莎的脸蓦然间刷地一下红了,比以往红得更厉害。

“对,对,您猜着了,”拉夫列茨基猛然接过她的话茬,“在这两个星期中间我知道了什么叫女性纯洁的心灵,于是我的既往离我更近了。”

丽莎窘迫不安起来,便悄悄向花圃朝连诺奇卡和舒罗奇卡走去。

“我把这份报纸给您看了,也就心满意足了,”拉夫列茨基走在她后面跟着,说道,“我已习惯于对您毫不隐瞒,希望您也以同样的信任回报我。”

“您希望?”丽莎停下来说,“在这种情况下我本该……不!这不可能。”

“什么事?说,说吧。”

“是啊,我觉得我不应该……不过,”丽莎面含微笑转身向着拉夫列茨基,又说道,“开诚布公怎么可以单方面呢——您知道吗?今天我收到一封信。”

“潘申的信?”

“对,是他的……您怎么会知道?”

“他向您求婚?”

“是的。”丽莎说着神情严肃地正视拉夫列茨基的眼睛。

拉夫列茨基反过来也神情严肃地望着她的双眼。

“那么您究竟怎么回答他的?”他终于问道。

“我不知怎么回答。”丽莎回答说,接着把交叠的双手垂下了。

“怎么?您不是爱他吗?”

“是的,我喜欢他,看来他是个好人。”

“三天前您用同样的字眼对我说过同样的话。我希望知道您是否以我们习惯上称作爱情的那种强烈、炽热的感情去爱他?”

“如果按您的理解——没有。”

“您没有爱上他?”

“不。难道需要这样吗?”

“怎么?”

“妈妈喜欢他,”丽莎继续说,“他心眼儿好,我对他没什么好反对的。”

“可是您正在犹豫?”

“对……可能——您,您的话是我犹豫的原因。您记得前天您说的话吗?不过这是意志薄弱的表现……”

“哦,我的孩子!”拉夫列茨基突然大叫一声,他的声音在颤抖,“不要自作聪明了，不要把自己心灵的呼唤叫做意志薄弱了，那颗心不愿意在缺乏爱情的情况下奉献出去。对那样一个您并不爱，却打算从属于他的人，您别去承担那可怕的责任……”

“我听从您，我什么责任也不承担。”丽莎正要说下去……

“听从您的心灵吧，只有它能告诉您真理，”拉夫列茨基打断她的话说，“经验、理性——无一不是过眼云烟、虚无缥缈的东西！别失去人间美好的、绝无仅有的幸福！”

“这是您说的，费奥多尔·伊凡内奇？您自己就是凭爱情结的婚，可是您幸福过吗？”拉夫列茨基啪的一声拍了一下手掌。

“唉，别谈我的事！您不可能理解：一个后生，年轻、未经世故、受过天可怜见的教育，竟把这当作了爱情！……不过说到底我干吗说自己的不是？我刚才对您说过我没有体验过幸福……不！我幸福过！”

“依我看，费奥多尔·伊凡内奇，”丽莎压低了声音说（当她不同意对方意见时总是压低声音，与此同时她感到非常激动），“人间的幸福并不取决于我们……”

“取决于我们，取决于我们，相信我（他抓住她的两臂，丽莎的脸变得煞白，她几乎怀着惊恐的情绪，然而却专注地望着他），但愿我们不要亲自破坏自己的生活。对有的人来说以爱情为基础的婚姻可能没有幸福，但是这不适用于您，和您那沉稳文静的本性，还有您那光明磊落的心灵！求求您，如果没有爱情，光凭责任感、凭谦让，就别出嫁，好不好……这同样是缺乏信仰，同样是出于利害的考虑，而且更坏。相信我，我有权利这样说：我为这权利已经支付了高昂的代价。如果您的上帝……”

这时拉夫列茨基发现连诺奇卡和舒罗奇卡正站在丽莎身边，默默无声、大惑不解地盯着他看。他放开丽莎的双臂，急匆匆地说，“请原谅我。”说着向屋子走去。

“我只求您一件事，”他回过来对丽莎说，“不要马上作决定，等一等，想一想我对您说的话。假如您连我也不相信，决意要承诺那桩建立在理智基础上的婚姻，即使在这种情况下您也不应当嫁给潘申先生：他不能做您的丈夫……您答应我不忙于做决定，是不是？”

丽莎想回答拉夫列茨基，然而一句话也没有说，不是由于她决计“匆促行事”，而是由于她的心脏跳得过于激烈，一种类似恐惧的情感使她憋住了呼吸。

30

拉夫列茨基在离开卡里金家时和潘申相遇,两人彼此冷冷地鞠了一躬。拉夫列茨基回到寓舍,一头把自己关进了屋里。他正体验着的一种感受,几乎同以往某个时期体验过得一模一样。他是否早已处在“恬然自安的麻木”状态之中?他是否如他所说的那样,早已感觉到置身在河流的最底层?是什么改变了他的状态?是什么将他暴露在外,置于表面?是最平淡无奇、虽然总是猝不及防却势所必然的偶然事件:死亡?不错,然而他思考的与其说是妻子的死亡、自己的自由,莫如说是丽莎如何答复潘申。他感到最近三天中他开始用另一双眼睛来看待丽莎,他想到他在返回家中的路上,在夜的寂静之中思念丽莎时,对自己说过:“如果!……”这一声在他看来曾是属于既往、属于异想天开的“如果”,业已实现,虽然还没有如他估计的那样,——然而单有他的自由还是不够的。“她听母亲的,”他思忖道,“她会嫁给潘申。可是如果她连他也拒绝,难道对我还不是一回事吗?”他在镜子跟前走过时匆匆朝自己的脸容投过一瞥,于是耸了耸肩。

在胡思乱想之中一天很快过去,又到了傍晚。拉夫列茨基动身去卡里金家。他行色匆促,但是渐近他们家时却放慢了脚步。门廊台阶前停放着潘申的马车。“好吧,”拉夫列茨基忖道,“我不做自私的人。”于是走进屋去。屋里一个人也没有碰见,客厅里也寂然无声,他推开门,见玛丽娅·德米特里耶芙娜正和潘申玩一种叫“匹凯”的纸牌。潘申不声不响地向他欠欠身,女主人却大声嚷道:“真是意想不到!”——说着稍微皱了皱眉头。拉夫列茨基靠近她坐下,开始看她打牌。

“难道您也会打‘匹凯’?”她怀着一种隐隐的沮丧之情问道,马上又说刚垫掉了好牌。

潘申数到九十,开始彬彬有礼,沉着镇静地收取他吃进的牌,脸上的神情端庄严肃而心安理得。长于交际的人应当这样打牌。想必他在彼得堡同某一位有权有势的达官贵人也是这样打牌的,他企图在对方心里造成一种对他有利的认为他大方得体、成熟练达的印象。“一百零一,一百零二,红桃,一百零三。”——他的声音有节奏地回荡着,拉夫列茨基不明白他这样叫是什么意思,是责备还是自鸣得意?

“可以见见玛尔法·季莫菲耶芙娜吗?”拉夫列茨基问道,他发现潘申开始洋洋自得地洗起牌来。艺术家的风度在他身上已踪影全无了。

“我想可以。她在自己房里,在楼上,”玛丽娅·德米特里耶芙娜回答道,“您去问一问吧?”

拉夫列茨基走上楼去。他遇见玛尔法·季莫菲耶芙娜也在打牌:她和娜斯塔西娅·卡尔波芙娜两人玩一种叫“傻瓜”的牌戏。罗斯卡对着他吠叫起来。然而两位老太太客客气气地接待了他,尤其玛尔法·季莫菲耶芙娜显得心情很好。

“啊,费佳!欢迎大驾光临,”她说,“坐下,我的爹呀。我们一会儿就打完。想吃果酱吗?舒罗奇卡,把草莓罐子拿来给他。不要?那就这么坐着。可是吸烟——请别吸:我受不了烟味儿,马特罗斯闻着也会打喷嚏。”

拉夫列茨基赶紧宣布根本不想吸烟。

“你刚才在楼下?”老太太继续说,“那儿都见着谁了?潘申还在那儿戳着?见着丽莎了吗?没有?她想到这儿来……看这不就是她吗,说到就到。”

丽莎走进房里,见到拉夫列茨基脸刷地一下红了。

“我来您这儿只待一会儿,玛尔法·季莫菲耶芙娜。”她刚开始说……

“干吗只一会儿?”老太太回道,“你们这些年轻姑娘怎么搞的,都是些坐不住的人?你看见我有客人,陪他说说话,别让他跑了。”

丽莎在椅子边上坐下,抬眼望着拉夫列茨基,觉得她不能不告诉他她和潘申见面的结果。可是怎么说呢?她感到难为情,也怪不自在。她是否早已认识他,认识这个难得去教堂、如此冷漠地忍受妻子的死讯的人——而她却要向他透露自己的秘密……不错,他正在介入她的事情,是她自己信任他,对他怀有好感的。然而她仍然觉得不好意思,仿佛一个陌生男人走进了她那纯洁的闺房。

玛尔法·季莫菲耶芙娜过来给她解围了。

“要是你不来陪他,”她说,“谁来陪他这个不幸的人呢?对他来说我显得太老,而对我来说他又显得太聪明,而对娜斯塔西娅·卡尔波芙娜来说他又显得太老:她总是让年轻人去陪。”

“我怎么陪费奥多尔·伊凡内奇呢?”丽莎说道,“要是他愿意,我还是在钢琴上给他弹点什么。”她迟疑不决地补充说。

“好主意。你真是我聪明的孩子。”玛尔法·季莫菲耶芙娜回答说。

“亲爱的,你们下楼去吧,弹完了再回来。这会儿我还要打‘傻瓜’,我吃亏了,想赢回来。”

丽莎站了起来。拉夫列茨基跟她走出去。下楼时丽莎在楼梯上站定了。

“人们说得对,”她开始说,“人心充满了矛盾。您的例子应当把我吓怕,使我不相信有建立在爱情上的婚姻,可我……”

“您拒绝他了?”拉夫列茨基打断她的话说。

“没有,但是也没有答应。我什么都对他说了,把我感觉到的都说了,还请他等一等。您满意了吗?”她脸上掠过一丝笑容,轻轻用手碰着扶手,跑下楼梯去了。

“我给您弹什么呢?”她一面打开琴盖一面问。

“随您的便。”拉夫列茨基回答道,说着坐在能看到她的位置上。

丽莎开始弹琴,眼睛久久不离开自己的十指。最后她向拉夫列茨基瞥了一眼,便停了下来,她觉得他的脸容显得那么奇特和古怪。

“您怎么啦?”她问。

“没什么,”他回答说,“我感到很高兴,我为您高兴,为见到您我也高兴,请继续弹下去。”

“我觉得,”稍过了一会儿后丽莎说,“如果他真的爱我,他就不写这封信了,他应当觉察到,我现在不会给他回音。”

“这无关紧要,”拉夫列茨基说,“要紧的是您不爱他。”

“请别说下去了,咱们在说什么呀!我眼前一直闪现着您已故妻子的影子,您使我感到可怕。”

“对不对,伏尔代马尔[①],我的丽赛特[②]弹得多好听?”与此同时玛丽娅·德米特里耶芙娜在对潘申说话。

“是啊,”潘申回答道,“非常好听。”

玛丽娅·德米特里耶芙娜深情地望了望自己年轻的对手,然而后者更加摆出一副不可一世和多情善感的样子,宣布自己已得了十四张王牌。

---

① 即“弗拉基米尔”。

② 即“丽莎维塔”。

31

拉夫列茨基不是年轻人。他不能面对丽莎在他心中唤起的感情长久自欺欺人。那一天他彻底确信自己爱上了她。这一信念并未给他带来几多快乐。“难道说,”他想,“我到了三十五岁除了重新将自己的灵魂交给一个女人的双手,就没有别的事可干?但是丽莎和那个女人不能相提并论,她可不会要我做出可耻的牺牲;她也不会引导我放弃自己的事业;她自己就会鼓励我从事诚实、严肃的劳动,我们两人会共同向前,走向美好的目标。不错,”他结束自己的遐思,“这一切都好,但是她根本没有和我并肩前进的意思,这可不好。难怪她说我这个人可怕。然而潘申她又不爱……软弱无力的安慰!”

拉夫列茨基回到瓦西里耶夫斯科耶,但是在那里住了四天就熬不住了,——他感到穷极无聊。他同样等待得难受:儒尔先生所报道的消息需要证实,而他却一封信也没有收到过。他回到城里,坐在卡里金家度过了一个晚上。他不难发现玛丽娅·德米特里耶芙娜对他没有好感,但是他和她打“匹凯”时输给了她十五卢布以后,她心肠软了一点,尽管母亲昨晚劝丽莎对一个“qui a un si grand ridicule”①的人不要过于亲近随便,他还是和她单独度过了大约半个小时。他发觉她身上起了变化:她似乎变得若有所思,她怪他多日不来,问他明天是否去做午祷(明天是星期日)。

“去吧,”不等他回答,她抢先说了,“咱们一起为她的亡灵祈祷。”随后她又说她不知怎么办好,不知她有没有权利让潘申继续等她的决定。

“为什么?”拉夫列茨基问。

“因为,”她说,“我现在已经开始怀疑,这个决定究竟会是什么样子。”

她声明自己头痛,犹豫地向拉夫列茨基伸过自己的手指尖儿以后,便上楼回自己

① 法语:如此可笑。

房里去了。

第二天拉夫列茨基动身去做午祷。他到教堂时丽莎已经在那里了。她虽然没有转过脸去看他,却已经发现了他。她虔诚地祈祷着:她的双目静静地熠熠闪光,她的头静静地低下又抬起。他觉得她也在为他祈祷,于是一阵异样的感激之情充溢了他的心灵。他心里感到既高兴又惭愧。秩序井然地站立着的人群,亲切的面容,和谐的歌声,乳香的香气,从窗口投射进来的倾斜的长长光柱,晦暗的墙壁和拱顶,这一切都在对他的心灵说话。他久已不到教堂,久已不面对上帝说话了:即使此时此刻他也没有说一句祈祷的话语——即使不说话,他甚至也没有默祷,——但是刹那之间他用额头碰到了地面并温顺地匍匐在地了,即使不是用身体,也是用他的全部思想。他回忆起童年的时候他每每要祷告到觉得自己的前额仿佛被某种东西触摸过为止,当时他暗自思忖这是护卫天使在接待我,在我身上打上选择的印记。他瞟了一眼丽莎……“是你把我领到这里来的,”他想道,“你也触摸我吧,触摸我的灵魂吧。”她依然那样静静地祈祷着,他感到她的脸容是喜悦的,于是重又感动不已,他请求给另一个灵魂以安宁,而给他的灵魂以宽恕……

他们在教堂门前的台阶上相遇。她以欢快喜悦、和蔼可亲而郑重其事的态度迎接他。灿烂的阳光照在教堂庭院的嫩草上,照在妇女们五彩缤纷的服装和头巾上。邻近教堂的钟声在高空回荡。麻雀在围墙上叽叽喳喳歌唱。拉夫列茨基不戴帽子站着,脸带笑容。微风吹拂他的头发和丽莎的帽带。他把丽莎和同她一起的连诺奇卡安顿在马车里坐好,把身边所有的钱散发给穷人,才静静地慢慢往回走。

32

拉夫列茨基开始面临难熬的日子。他一直处于躁动不安的精神状态。每天早晨他去邮局,情绪激动地拆开一封封信件和期刊的包封,但是哪一件里也找不到一条信息,能使他确证或推翻那个命运攸关的传闻。有时他竟讨厌起自己来:"我在干什么,"他想道,"像乌鸦等血似的成天等待确信无疑的妻子的死讯!"卡里金家他每天都去。在那里他心里也不轻松,女主人明显地不给他好脸色看,接待他也只是出于宽厚为怀。潘申对他礼貌有加。莱姆更加厌恶与人交往,见他时只勉强欠欠身。主要的是丽莎似乎在回避他。当她有机会同他单独相处时,她心里不再有往常那种信任的情绪,而表现出惶惑不安的样子。她不知该对他说什么好,他也感到局促不安。几天之内丽莎变得不像他所认识的一个人了:在她的举动、话音、乃至笑声里都流露出一种隐隐的惊恐和前所未有的不稳定情绪。玛丽娅·德米特里耶芙娜是名副其实的只爱自己的人,竟毫无觉察。然而玛尔法·季莫菲耶芙娜却开始留意自己心爱的侄外孙女。拉夫列茨基不止一次责怪自己给丽莎看了他收到的那份期刊:他不能不承认在他的内心情绪里存在某种对纯洁的情感具有煽动作用的东西。他同样认为丽莎身上的变化是由于她内心的自我斗争,由于她的重重疑虑:如何答复潘申?一次她给他带来一本书,是瓦尔特·司各特的一部长篇小说,还是她自己向他问起的。

"您看过这本书吗?"他说。

"没有,眼下我还顾不上看书。"她说着打算离开。

"请等一等,我和您多久没单独在一块了。您好像怕我似的。"

"对。"

"请问为什么?"

"不知道。"

拉夫列茨基不响了。

“您说，”他开始说，“您主意还没有定？”

“您想说什么？”她的眼睛还是没有抬起来，说道。

“您明白我的意思……”

丽莎突然涨红了脸。

“什么也不要问我，”她热烈地说，“我什么也不知道，我自己也不知道自己……”

说着她就离开了。

翌日午后拉夫列茨基去卡里金家，见他们已准备好做彻夜祈祷的全部用品。餐室一角的四方桌子铺上了干净的桌布，上面已经放置了靠在墙上的小圣像，圣像覆有金质衣饰，头顶的光轮上缀有一颗颗晦暗的小钻石。一个老仆人穿一件灰燕尾服，一双低筒皮鞋，不慌不忙地穿过整个房间，鞋跟着地也毫无声响，将插在细细的烛台上的蜡烛摆在圣像前，画过十字，行过礼便轻轻地走了出去。客厅里没有点灯，空无一人。拉夫列茨基在餐室里踱了一会儿，问是不是谁过命名日？人们低声告诉他不是命名日，是按丽莎维塔·米哈依洛芙娜和玛尔法·季莫菲耶芙娜的愿望请人来做彻夜祈祷的，本来想供一个有灵圣像的，但是圣像被请到三十俄里以外的地方去给病人治病了。不久神父带着一班执事也到了，神父已经上了年纪，头顶已秃了一大块，在前厅里大声咳嗽了一下。妇女们马上从书房里鱼贯而出，在祝福声中向他走去。拉夫列茨基默默地向她们一鞠躬，她们也默默地向他一鞠躬。神父站了一会儿，又咳了一声，用男低音轻声问道：

“吩咐开始吗？”

“开始吧，神父。”玛丽娅·德米特里耶芙娜回答说。

他开始穿法衣。一个穿上法衣的执事低声下气地要来一小块炭。乳香的气味弥漫在空中。女仆和听差们从前厅里走出来，站在门口密密层层地挤作一堆。从来不下楼的罗斯卡突然出现在餐室里，人们开始赶它，它吓了一跳，转了几圈便坐了下来。一个听差将它抓住带走了。彻夜祈祷开场了。拉夫列茨基缩在角落里。他心里的感觉是奇怪的，几乎是忧郁的。他自己也弄不清自己的感觉究竟是什么。玛丽娅·德米特里耶芙娜站在所有人的前头，一张安乐椅的面前，她不失风度地随便画了个十字，俨然一副贵妇人的派头，有时环顾四周，有时猛地抬眼向上一看：她感到枯燥乏味。玛尔法·季莫菲耶芙娜显得心事重重。娜斯塔西娅·卡尔波芙娜深深地叩了几个头，起立的时候发出细微、柔软的窸窣声。丽莎在站定后就没有挪动过一步，伫立着纹丝未动。从她脸上专心致志的表情可以推测，她正在专心、热切地祈祷。在祈祷仪式终了以后，悄悄走近十字架时，她也吻了一下神父那只红红的大手。玛丽娅·德米特里耶芙娜邀请神父去喝茶。他解下长巾，摆出几分世俗的样子，和女士们一起步入客厅。闲谈开始，气氛并不太活跃。神父喝了四杯茶，不停地用手绢擦他的秃顶，顺便说到商人阿沃什尼科夫为教堂“圆挺（顶）”的镀金献了七百卢布，还告诉大家医治雀斑的有效方法。拉夫列茨基本想坐到丽莎身边，但是她保持着严肃、几乎兀不可犯的神态，连一眼也没有看他。她似乎有意装作没有看见他。某种冷峻、高傲的炽烈情绪正在她心里升起。拉夫列茨基不知什么原因总想露出一丝笑容，说点发笑的事，然而心里感到惊慌不安。他暗自觉得困惑莫解，终于离开了。他感到丽莎有什么心事，而她的心底他是无力深入的。

另外一次，拉夫列茨基坐在客厅里听盖杰奥诺夫斯基眉飞色舞、然而令人窒闷的高谈阔论，蓦然间，自己也弄不清为什么，他转过头去，捉住了丽莎的眼睛里流露出来的深邃、专注和疑虑的目光……他紧紧地盯住了这颇费猜详的目光。事后拉夫列茨基整夜都在思索这目光。他已不再像年轻小子那么相爱，长吁短叹和愁眉苦脸与他并不相称，而且丽莎在他身上激起的也不是这类感情。然而任何年龄的人相爱时都有自己的苦难——而他则充分体验到了这份苦难。

33

有一次拉夫列茨基照例在卡里金家闲坐。经过酷热难熬的白昼后,傍晚来得清凉宜人,玛丽娅·德米特里耶芙娜虽然讨厌穿堂风,却也因此而吩咐打开朝向花园的全部门窗,宣告晚上不打算打牌了,说这么好的天气还打牌,简直是罪过,应当好生领略大自然的美景。客人只有一个潘申。他既受到良辰美景的感染,又不愿当拉夫列茨基的面唱歌,却感觉到艺术灵感的冲动,于是转而朗诵诗歌:几首莱蒙托夫的诗(普希金的诗当时还未及再度风行于世)朗读得很好,只是过于牵强,细腻得有点多余,忽然间他仿佛对自己真情的直露含羞起来,便拿《咏怀》[①]这首著名的诗借题发挥,开始非难和责备最新的一代人,同时他又不错过机会表述自己的观点,说什么如果他权柄在握,就会按他的旨意力挽狂澜。“俄国,”他说,“已经落在欧洲的后面,需要驱赶她上前。人们正在说服我们相信自己还年轻,真是一派胡言!况且我们没有创造性。霍米亚科夫[②]本人也承认我们连捕鼠器也想不出来。因此,我们身不由己,需要借鉴别人。莱蒙托夫说我们有病,——我同意他的观点,然而我们有病,是因为我们身上只有一半成为了欧洲人。我们越是伤害自己,就越需要治疗(“Le cadastre。”[③]拉夫列茨基想)。”“我们,”他继续说道,“具有优秀的人物(les meilleure têtes。),他们早已确信这一点了。实质上所有民族都是相同的。只要实行好的制度,就可万事大吉。人民的实际生活看来是可以适应的,这才是咱们要做的事,才是在职工作的人们……(他几乎要说‘国家栋梁之才’了)要做的事。不过请别担心,在需要的时候制度会改造日常生活本身。”玛丽娅·德米特里耶芙娜深受感动,随声附和着。“看,”她想道,“来我家高谈阔论的是多么聪明的一个人。”丽莎靠在窗上一声不吭,拉夫列茨基也

---

① 原文为ДУМА,指莱蒙托夫1838年所作的一首诗。

② 俄国宗教哲学家,诗人。

③ 法语:土地册,

一言不发。玛尔法·季莫菲耶芙娜在角落里和自己的女友打纸牌，自言自语地咕哝着。潘申在屋子里踱来踱去，他谈吐漂亮，心里却暗自愤愤不平，仿佛他咒骂的不是整整一代人，而只是几个他熟悉的人物。卡里金家花园里，一大丛丁香树间有一只夜莺，每当雄辩家的高谈阔论间歇时，便传来夜莺报晚的最初鸣声。在椴树凝绝不动的树梢上方，绯红色的天际亮起了最先出现的星星。拉夫列茨基起立反驳潘申的论点。争论开始了。拉夫列茨基坚持维护俄罗斯的青春和独立，他把自己和自己的一代作为牺牲，但为新一代人，为他们的信念和意愿作辩护。潘申声色俱厉地予以反驳，宣称聪明的人能改造一切，他妄自尊大到忘乎所以的地步，居然不顾宫廷侍从官的身份和仕途的前程，称拉夫列茨基是落后的守旧派，甚至暗示——当然是十分含蓄的——他在社会上的地位是虚假的。拉夫列茨基没有大发雷霆，也没有提高嗓门（他想到米哈列维奇也称他是落后的——不过是伏尔泰主义者），冷静地逐条批驳潘申的论点。他向他证明一步登天和蛮不讲理地强行改造都不可能，因为无论关于祖国的知识，还是对于理想，哪怕是反面的理想的真正信仰都未曾证明其正确性。他援用自己所受的教育为例，要求首先要承认人民的真理并向这个真理低头，舍此不可能大胆地消除虚伪，最后他也不拒绝对于轻率地耗费时间和精力的行为进行在他看来是必不可少的责备。

“您说得都很不错，”潘申已气恼万分，终于大声说道，“您这不是回到俄国了吗？可您究竟打算怎么办呢？”

“耕耘土地，”拉夫列茨基回答说，“而且力争尽可能耕耘得好一些。”

“这非常值得赞赏，毋庸争辩，”潘申回答道，“我听说您在这方面已经作出了重大成绩。但是请同意这一点，不是随便哪一个人都能从事这种工作的……”

“Une nature poétique①，”玛丽娅·德米特里耶芙娜开始说话，“当然不能耕耘土地……et puis②，弗拉基米尔·尼古拉依奇，您天生要 en grand③ 干一番事业的。”

这一局话对潘申来说也太过分了。他一时不知所云，谈话便也中止了。他试图把话题转向美丽的星空，转向舒伯特的音乐，就是谈不下去。最后他建议玛丽娅·德米特里耶芙娜一起打纸牌。“怎么，在这么好的夜晚？”她软弱无力地反对说，但是却吩咐把纸牌取来。

潘申啪地一下打开一副新的纸牌。丽莎和拉夫列茨基仿佛约定似的，两人都起

---

① 法语：诗人的气质。

② 法语：此外，况且。

③ 法语：大规模地，可译为“轰轰烈烈地”。

身坐到了玛尔法·季莫菲耶芙娜身边。他们突然感到两人都那么舒心,简直有点害怕两人待在一起,与此同时他们又感到近几天内两人所经受的拘谨局促的感觉消失了,而且再也不会回来了。老太太悄悄拍拍拉夫列茨基的面颊,狡猾地眯起眼睛,有好几次一面摇头,一面轻轻说道:“你扮演了一个乖孩子,谢谢。”屋子里复又一片沉寂,只听见蜡烛在微弱地毕剥作响,有时有手拍在桌面上的声音、一声惊叹或数牌点的声音,还有夜莺强劲有力、嘹亮到大胆的歌声,宛如一阵波澜壮阔的声浪,和着潮润的凉气冲入窗户。

34

在拉夫列茨基和潘申争论的过程中，丽莎一句话也没有说，然而她专心致志地听着他，而且完全站在拉夫列茨基一边。她很少关心政治，但是上流社会官僚过于自负的语气（他还从来没有这样说过话）使她反感。他对俄罗斯的蔑视使她感到受了污辱。丽莎连想也没有想过她竟是一个爱国主义者，但是她觉得和俄罗斯人一起合她的心意，俄罗斯风格的智慧使她高兴。每当母亲领地上的村长进城来时，她总是无拘无束地和他谈上几个小时，而且就像在同身份相等的人说话，丝毫没有主子对下属那种故作宽厚的姿态。这一切拉夫列茨基都感觉到了：如果只是针对潘申，他才不起来反驳呢，他这番话都是说给丽莎听的。他们相互间什么话也没有说，连目光也难得碰在一起，但是两人都明白，这天晚上双方紧紧地靠拢了，两人都明白他们所爱的与不爱的都是相同的。他们的分歧只有一点。然而丽莎心里希望能引导拉夫列茨基相信上帝。他们坐在玛尔法·季莫菲耶芙娜身边，仿佛在看地打牌。他们也确实在看她的牌戏，与此同时每个人的胸膛里心在成长，他们什么也没有失去：为了他们，夜莺在呖呖欢歌，星星在熠熠闪烁，林木也陶醉在夏的睡意、温存之中并在阵阵暖意中轻弄慢摆。拉夫列茨基沉溺于使他心醉神迷的波浪里，觉得心旷神怡。然而语言表达不出姑娘纯洁的心灵里发生的事：这对她本人也是一个秘密，但愿它对所有人都永远是个秘密。谁也不会知道，谁也未曾见过也永远不会看见，就像大地怀抱里的一颗谷粒，天生要生长、开花、结果，灌浆，成熟。

时钟敲响十点。玛尔法·季莫菲耶芙娜和娜斯塔西娅·卡尔波芙娜上楼回房。拉夫列茨基和丽莎穿过房间，停步在花园敞开的门前，向着黑黢黢的远处望了一眼，尔后又彼此对望了一眼，便莞尔一笑。那光景，他们最好手拉着手，谈个痛快。他们回到玛丽娅·德米特里耶芙娜跟前，那两位还在没完没了地打“匹凯”。最后一张“国王”终于打完，女主人哼哼唧唧长吁短叹地从围满靠垫的安乐椅里站起身，潘申拿起帽子，亲了亲玛丽娅·德米特里耶芙娜的手，说现在什么也不会妨碍其他的幸运儿高枕而卧或者欣赏夜色，而他不得不坐到早晨去忙那些愚蠢的文件，他冷冰冰地向丽莎欠身作别（他没有料到对于他求婚的答复竟是请他等待，所以在生她的气），便走了。拉夫列茨基走在他后头。他们在大门口分手。潘申用手杖的一端戳了戳马车夫的脖子，把他唤醒，坐上马车，便驱车而去。拉夫列茨基不想回家，他走出城来到田间。虽然没有月亮，夜却是宁静而明亮的。拉夫列茨基在沾满露水的草地上徘徊良久，他的面前出现一条狭窄的小道，他便沿小道走去。小道将他引向一道长长的栅栏，一个篱门。他自己也不明白为什么，想要推这篱门。篱门轻轻吱扭一声，竟自开了，仿佛在等着他的手来触摸似的。拉夫列茨基来到园里，在椴树林阴道上走了几步，猛地一怔停住了：他认出了这是卡里金家的花园。

他当即走到一丛稠密的核桃树漆黑的阴影里，久久伫立不动，惊诧不已，耸动着双肩。

“这不是无缘无故的。”他想道。

周围静悄悄的，从屋子的方向没有传来一丝声响。他小心翼翼地向前走去。突然，在林阴道的拐弯处，房屋幽暗的正面刚好朝向他。楼上只有两个窗户里透出灯光：丽莎的房里隔着白色窗帘点燃着一支蜡烛，玛尔法·季莫菲耶芙娜卧室里，圣像前面点着一盏灯，亮着一点红红的小火，圣像上的黄金饰片在灯光下反射出均匀的闪光，楼下，通凉台的门户洞开着。拉夫列茨基坐在木长椅上，以手支颐，开始眺望那扇门和丽莎房间的窗户。城里的钟声已报午夜，屋子里小钟轻轻地敲响十二点，更夫敲打着木板，发出细碎的声响。拉夫列茨基什么也不想，什么也不期待，感觉到自己就置身在丽莎附近，就坐在她的花园里她坐过不止一次的那张椅子上，他舒心极了……丽莎房里的烛光消失了。

“晚安，我亲爱的姑娘。”拉夫列茨基悄声说道，继续凝滞不动地坐着，眼睛须臾不离那失去光亮的窗户。

忽然楼下一扇窗户里出现了亮光，继而又转到第二扇、第三扇窗户……有人沿着一个个房间秉烛而行。“莫非是丽莎？不可能！……”拉夫列茨基稍稍抬起身……一个熟悉的面容在餐室里闪过，客厅里出现了丽莎。她穿一身白衣服，尚未拆开的发辫披在肩上，轻轻走到桌边，俯身放好蜡烛，寻找着什么东西，然后她脸向着花园转过身子，走近敞开的房门，她一身雪白，轻盈、苗条，站定在门口。拉夫列茨基浑身上下一阵震颤。

“丽莎！”一个勉强听得见的声音从他唇间脱口而出。

她一颤，开始向暗处谛视。

"丽莎!"拉夫列茨基放大了声音又叫一遍,并走出林阴道上的树影。

丽莎惊惧地探出头去,又向后退了一步,她认出是他。他第三次呼唤她,将双手向她伸去。她离开门口,走进花园。

"是您?"她说,"您在这儿?"

"我……我……请听我说清楚。"拉夫列茨基抓住她的一只手轻轻说,把她领向长椅。

她毫不反抗,跟着他走去。那苍白的脸容,纹丝不动的双眸,她的全部举动,都表明她没有说出口的惊讶。拉夫列茨基让她坐在长椅上,自己则站在她面前。

"我没有想到会来到这里,"他开始说,"我是被领来的……我……我……我爱您。"他怀着不由自主的恐惧说。

丽莎缓缓地看了他一眼。看样子她只有在这一刹那间才明白她在什么地方,发生了什么事。她想站起来,但做不到,于是用双手捂住了脸。

"丽莎,"拉夫列茨基说,"丽莎……"他又说道,并向她的双脚弯下腰去……

她的双肩开始轻轻地颤抖,苍白的两手的手指紧紧地贴住了脸庞。

"您怎么啦?"拉夫列茨基说着听到了轻轻的恸哭声。他的心猛地一收……他知道这些眼泪意味着什么。"真的您也爱我?"他悄声说着碰到了她的双膝。

"起来吧,"是她的声音,"请起来,费奥多尔·伊凡内奇。我和您这是在干什么啊?"

他站起身,傍着她坐在长椅上。她已经停止哭泣,一双湿漉漉的泪眼专注地凝视着他。

"我感到可怕,咱们在干什么啊?"她重复着说。

"我爱您,"他重又说道,"我愿为您献出我的一生。"

她又颤了一下,仿佛被什么刺着了,便抬眼望着天空。

"这都是上帝的意志。"她说。

"可是您爱我吗,丽莎?我们会幸福吗?"

她低下头来,他轻轻地将她的头靠向他,于是她把头倒在了他肩上……他微微低下自己的头颅,于是碰到了她苍白的嘴唇。

* * *

半小时后拉夫列茨基站在花园的篱笆门口。他发现门已上锁,只好从栅栏上跳过去。他回到城里,走在沉睡的街上。他心里充满了意想不到的、巨大的喜悦之情,他心中的重重疑虑都已消失干净。"既往的事,阴暗的幽灵,都消失吧,"他忖道,"她爱我,她将是我的。"倏然间他依稀觉得头顶上的空中传来某种奇异而庄严的声音,他停住脚步:声音更雄伟壮丽了,那声音宛如一道如歌如诉的强劲水流在缓缓流淌,而声音里所诉说、所咏叹的就是他的全部幸福。他回过头去:声音来自一所不大的房屋,楼上的两扇窗户里。

“莱姆!”拉夫列茨基叫起来,向房屋跑去,“莱姆!莱姆!”他大声重复着。

声音停止了,一个老年男子的身影出现在窗口,穿一件睡衣,胸口敞开着,蓬头散发。

“啊哈!”他语气庄重地说,“是您啊!”

“克里斯托弗·费奥多雷奇,这是多么美妙的乐曲!看在上帝面上,放我进来吧。”

老头什么话也没说,把手庄严地一挥,将门钥匙从窗口扔到了街上。拉夫列茨基麻利地跑上楼,走进房间,打算扑向莱姆。然而老头用命令的手势指了指椅子,急急巴巴地用俄语说道:“请坐下,听我弹。”说着坐到钢琴前面,高傲而严肃地扫视一下四周,开始弹起来。拉夫列茨基许久没有听到类似的任何曲子了:悦耳动听、充满激情的旋律从第一个音符开始就抓住了他的心。那旋律整个儿都在熠熠生辉,整个儿洋溢着灵感、幸福和优美,令人心旷神怡;它正在升腾,又正在消散;它牵动着人间珍贵、隐秘、神圣的一切;它以它不朽的胸怀呼吸着,飘向天空,在那里消失。拉夫列茨基挺直身子站着,浑身发冷,脸部兴奋得发白。这乐音深深地沁入了他刚为爱情的幸福所震颤的心灵,它本身就燃烧着爱情。“再弹一遍。”当最后一个和弦刚弹响时,他马上悄声说道。老头向他投去鹰一样的目光,用一只手拍了拍胸脯,从容不迫地用他的母语说:“这是我作的曲,因为我是个伟大的音乐家。”——说完重又奏了他那奇妙的乐曲。屋子里没有点燃蜡烛,升起的月亮将一缕斜光投进窗户。敏感的空气在洪亮地震颤,小巧简朴的房间看上去犹如一座圣殿,半暗不明的银灰色空间充满激情地高昂着老头的脑袋。拉夫列茨基走到他跟前,拥抱了他。开头莱姆对他的拥抱没有反应,甚至用胳膊肘推他,他四肢一动也不动,久久望着,还是那么严肃、甚至粗鲁,只说了两遍:“啊哈!”终于,变了样的面容缓和下来,低了下来,作为对拉夫列茨基向他热烈祝贺的回答,他起先微微一笑,然后哭起来,轻轻地抽泣着,像孩子一样。

“这真是奇事,”他说,“您正好这个时候来,不过我知道,什么都知道。”

“您都知道了?”拉夫列茨基窘迫地问。

“您听见了我的琴声了,”莱姆回答说,“难道您不明白我什么都知道了?”

直到天亮拉夫列茨基仍毫无睡意,他通宵达旦坐在床上。丽莎也没有睡,她在祈祷。

35

读者知道拉夫列茨基的成长发展过程,现在让我们来说几句关于丽莎受教育的情况。她父亲去世时她已满十岁,但是父亲很少为她操心。他事务成堆,经常关心的是财产的增值,他生性暴躁、激烈、缺乏耐心,在给孩子们请教师、家庭教师、买衣服和其他必需品方面,他花钱毫不吝啬,但是像保姆一样管一群叽叽喳喳的娃娃,用他的话来说,则无法忍受,而且也没有时间管他们:他要工作,处理事务,睡眠很少,有时打打牌,又去工作了,他把自己比作套在打谷机上的马匹。“我的一生很快就要过去了。”他临死前躺在病榻上说,一丝苦笑挂在干燥的嘴唇上。其实玛丽娅·德米特里耶芙娜对丽莎的操心并不比她的丈夫多多少,虽然也曾向拉夫列茨基吹嘘自己一手培养了孩子:她把她穿戴得像个玩具娃娃,在客人面前抚摸她的小脑袋,当面叫她聪明的孩子和心肝宝贝,但是懒惰的贵妇人一碰上经常性的操心事就感到腻烦。父亲在世时丽莎由巴黎来的家庭教师莫萝小姐管带,父亲故世后就交玛尔法·季莫菲耶芙娜带领。关于玛尔法·季莫菲耶芙娜读者已经知道。而莫萝小姐则是一具身材细小、皱皱巴巴的生物,从举手投足到聪明才智都像一只鸟。年轻时她过惯了毫无节制的生活,到老之将至她身上只剩下两样嗜好:美食和纸牌。吃饱的时候她既不打牌也不唠叨,马上摆出一副死气沉沉、毫无表情的面孔,她常常坐着、看着、呼吸着——一眼可见她脑子里什么念头也没有。甚至不能称她是个善良的人:鸟类常常是不善良的。不知是由于她年轻时代过得轻佻浮华,还是因为自童年开始她就呼吸惯了巴黎的空气,一种怀疑一切的廉价的怀疑主义哲学在她心里深深扎下了根,那种哲学就如通常形容的那样:Tout ? ça c'est des bêtises[①]。她说话不合规范,但却是一口地道的巴黎口音,既不播弄是非,也不挑剔任性——对于家庭女教师还能有更多的奢望吗?

---

① 法语:全是一派胡言。

她对丽莎影响很小,倒是奶娘阿加菲娅·弗拉西耶芙娜对她的影响更大些。

这个女人的遭遇非同一般。她出身农家,十六岁上被嫁给了一个庄稼汉。不过在自己的农民姐妹中她显然是鹤立鸡群。她的父亲当了二十来年村长,积了许多钱,对她十分宠爱。她相貌非凡,穿戴漂亮,在周围各地首屈一指,人又聪明,能说会道,敢作敢为。她的老爷,玛丽娅·德米特里耶芙娜的父亲德米特里·彼斯托夫,为人温文尔雅,有一次打谷时看见她,和她说了几句话便热烈地爱上了她。她不久便守了寡。彼斯托夫虽然已有家室,却把她带进家里,将她按地主家的人那样穿戴起来。阿加菲娅顿时就习惯了自己的新地位,仿佛这一辈子她还没有过过别的生活似的。她变得又白又胖,细纱袖子下的一双手变得白白嫩嫩,像做生意人家姑娘的手一样了,桌子上茶炊常备,除了丝绸和丝绒,别的料子她就不想穿,睡的是羽绒褥子。这种娇生惯养的生活持续了五年,但是德米特里·彼斯托夫死了,他的寡妻,好心肠的太太,顾怜死者的一段恋情,不想对自己的情敌做不仁不义的事情,况且阿加菲娅从来也没有在她面前得意忘形。然而她还是把她嫁给了一个养牲口的,叫她从此在眼前消失。一过又是三年。一次在夏季一个炎热的白昼,太太顺便来看畜牧场。阿加菲娅招待她的冻奶脂是那么可口,她自己举止又那么谦恭得体,穿戴得那么齐齐整整,乐呵呵的,一副心满意足的样子,使得太太宣布了对她的宽恕,允许她常去家里走走。又过了六个月后简直对她恋恋不舍了,便提升她当了管事,把全部家业交给她管理。阿加菲娅再度得势,又长得白白胖胖了,女主人对她完全信赖。这样又过了五年。不幸再次落到阿加菲娅头上。她的丈夫已经被她弄出来当了一名听差,这时开始酗酒,家里也不常露面了,最后他偷了主人家的六把银调羹,碰巧藏在了妻子的大箱子里。这件事败露了。他又回去养牲口,阿加菲娅则被黜免了。她被免去管事的位子,调去做裁缝,还被吩咐不许戴帽子,只能戴头巾。使大家惊讶不已的是阿加菲娅竟俯首帖耳心平气和地接受了使她震惊的打击。那时她已三十开外,孩子都死光了,丈夫也没活多久。她已到了回头猛醒的时候:也确实醒悟过来了。她变得沉默寡言,常做祈祷,从不错过任何一次晨祷,任何一次午祷,把好衣服全部周济了别人。十五年时间她过得无声无息、恬淡平和、稳重本分,跟谁也没有发生过争执,见了谁都退让在先。有人对她说了粗鲁话,她也只是深深一躬,说声多谢指教。太太早就宽恕了她,解除了对她的黜免,还从自己头上摘下包发帽送给她。然而她自己不愿摘下头巾,还是穿深色衣服。太太死后她变得更加无声无息,更加卑下。对俄罗斯人来说要他畏惧一个人或要他追随左右并不困难,然而要赢得他的尊敬却谈何容易:尊敬既非旦暮之间可以获得,也不是人人可以达到的。阿加菲娅在家里却受到人人极大的尊敬,谁也没有再想到往昔的过错,似乎它们都已随同已故的老爷埋进了黄土之下。

卡里金在成为玛丽娅·德米特里耶芙娜的丈夫后曾打算把家务交给阿加菲娅管理，但是她以“前愆未赎”为由谢绝了。他对她大声呵斥，她却深深鞠了一躬，走了出去。聪明的卡里金善解人意，他也理解阿加菲娅的心思，而且没有忘记她，迁居进城后他征得她的同意，把她带来作为丽莎的保姆，其时丽莎刚满五岁。

新保姆严肃冷峻的面容起初使丽莎吓了一跳，但是不久她便习惯了她，而且深深地爱上了她。她自己就是个严肃的孩子，她的相貌就同她父亲轮廓分明、端正匀称的面容相像。只有眼睛不像父亲，她的眼睛炯炯有神，静静地投出专注、和善的目光，这在小孩子身上是少有的。她不喜欢玩玩具娃娃，笑起来声音不高，时间也不长，举止端庄稳重。她不常沉思默想，但每次沉思默想都不是无缘无故的。她往往在沉默了一会儿后，总要向比较年长的人提一个问题，表明她的脑子在思考新得到的印象。她很快就度过了口齿不清、牙牙学语的阶段，到四岁时发音已经非常清晰。她怕父亲，对母亲的感情却说不清楚——她不怕她，也不亲她，不过她对阿加菲娅也不亲，虽然只喜欢她一个人。阿加菲娅带着她须臾不离。见到她们俩在一起的样子才感到奇怪呢。常常这样：阿加菲娅一身黑衣服，头戴一块深色方巾，形容消瘦、像蜡一样白净，但是风韵犹存、依然楚楚动人，挺直腰板坐着编结长袜子，她的脚边一张小椅子上坐着丽莎，手里也拿着什么活计，或者郑重其事地抬起明亮的小眼睛听阿加菲娅对她说话。阿加菲娅对她讲的不是童话故事：她用节奏平稳、不高不低的声音讲述圣母的一生，讲述独居修士、主的仆人、苦行的女圣徒的事迹，她给丽莎讲述圣徒们在沙漠里如何生活，如何得救，如何忍受饥饿与贫困，——他们不怕沙皇，信奉基督，讲述天鸟如何给他们带来食物，野兽在他们面前如何听话；在他们洒下鲜血的地方如何长出鲜花。“是桂竹香花吗?”丽莎有一次问道，因为她很喜欢鲜花……阿加菲娅和丽莎说话时语气庄重，态度谦恭，仿佛她自己也感到如此崇高、圣洁的字眼不该是她说出口来似的。丽莎听着她，于是无处不在、无所不知的上帝的形象以一种迷人的力量深入了她的心灵，使她的心灵充满了纯洁、虔诚的恐惧，而基督则成了她亲近、熟悉、几乎是亲人的人了。阿加菲娅还教会了她祷告。有时天蒙蒙亮她就把丽莎叫醒，匆匆忙忙给她穿上衣服，就悄悄带她去做晨祷，丽莎踮起脚跟在她后面走，大气也不敢出。寒气袭人，晨光熹微，空气清新，教堂内空空如也，这一次次意外的短暂离家又是那么神秘莫测，然后再小心翼翼地回家，钻进被窝，——凡此种种，这个既有被禁成分、又有离奇成分，也有神圣成分的混合体，震撼了小女孩，深深地印入了她的心坎。阿加菲娅从来不非难任何人，也不为淘气的事责骂丽莎。如果她对哪一件事不满意，便闷声不响了。而丽莎也明白这沉默的含义。如果阿加菲娅对别的什么人——玛丽娅·德米特里耶芙娜或者卡里金本人——有不满意的地方，丽莎凭一个小孩子敏锐的洞察力也能心领神会。阿加菲娅对丽莎大约照看了三年稍多的时间，莫萝小姐代替了她。然而浅薄轻浮的法国女人凭她那打动不了人的机智和“Tout ? ça c'est des bêtises”[①]之类的感叹，不可能把心爱的保姆从丽莎的心里赶走：播下的种子扎下的根已经太深了。再说，阿加菲娅虽然不再照看丽莎，却还留在家里，常跟自己带过的孩子见面，而后者对她的信任一如既往。

但是当玛尔法·季莫菲耶芙娜迁来卡里金家以后，阿加菲娅同她却相处不好。往昔“穿方格呢裙[②]的农妇”严格的不随波逐流的性格，难以取得性情急躁、刚愎自用的老太太的欢心。阿加菲娅征得同意去朝圣后就再也没有回来。传来不确实的消息，说她去到了一个分裂派教会的隐修院里。然而她留在丽莎心中的印痕却磨灭不了。丽莎依然像赶节一样去做午祷，祷告时怀着一种激赏的心情，一种有节制的、羞怯的激情，对此玛丽娅·德米特里耶芙娜曾暗暗感到惊奇，而玛尔法·季莫菲耶芙娜虽然自己哪一方面也没有对丽莎加以限制，却不许她叩头的数目超过常规，说这不合贵族的风度。丽莎学习很好，也就是说能埋头钻研，上帝没有赐给她特别出色的才能和过高的天分，不花力气她什么也掌握不了。她钢琴弹得很好，但是只有莱姆一个人知道，为此她付出了多大的代价。她书读得不多，也没有“自己的语言”，可是有自己的思想，在自己的道路上前进。说她像父亲，并不枉然：他也从不向别人讨教自己该怎么办。她就这样成长——安详平静，从容不迫，她就这样长到了十九岁。她长得非常可爱，她自己却不知道。她的举止每每流露出一种不由自主、略显羞涩的优雅神态，她的嗓音发出一种童贞的银铃般的音响，稍有一点满意的感觉，她的唇间便会挂上一丝迷人的微笑，她的双眸便会发射出深邃的光芒、流露出某种含蓄的温情。她全身充满了责任感，担心欺侮了不管哪一个人，怀着一颗善良温和的心，她爱所有人，对谁也不偏爱，只对上帝一人，她爱得炽烈、羞怯而温情脉脉。拉夫列茨基是破坏她宁静的内心生活的第一个人。

丽莎就是这样一个人。

---

① 法语：全是一派胡言。

② 方格呢裙是旧时俄国农村家织的毛料做的服装。

36

次日十二点左右，拉夫列茨基出发去卡里金家。路上他遇见潘申，后者骑马和他擦肩而过，把帽子低低地压到眉毛上方。在卡里金家拉夫列茨基没有被接待——自从他和他们相识，这还是头一回。玛丽娅·德米特里耶芙娜“正在睡觉”，听差这样告诉他，“她”头痛。玛尔法·季莫菲耶芙娜和丽莎维塔·米哈依洛芙娜不在家。拉夫列茨基茫然间希望能遇上丽莎，便在花园附近溜达了一会儿，但是一个人也没有见到。过了两个小时他又回来，得到的是同样的答复，而且听差对他似乎睨而视之。拉夫列茨基觉得同一天里第三次上门未免失礼，便决计回瓦西里耶夫斯科耶，本来他就有事要去那里。一路上他构想了各种各样的计划，一个比一个美，但是在姑妈的庄子里却碰上了不愉快。他和安东聊上了天，老头子仿佛有意似的，脑子里尽是令人不快的想法。他告诉拉夫列茨基，格拉菲拉·彼得罗芙娜临死前咬伤了自己的手，停了一会儿他又叹了口气说：“老爷，每一个人都注定要自己吃自己的。”拉夫列茨基踏上回程时天色已经不早。昨天的音乐还在他耳际回荡，丽莎的面容异常温柔、清晰地出现在他的心里，他想到她爱他，心里喜滋滋的——所以他来到他城里的寓所时，心中是踌躇满志和充满幸福的。

他走进前厅，第一件叫他吃惊的事是他十分讨厌的广藿香气味，那里放着几只高高的大箱子和小旅行箱。向他迎面飞跑而来的贴身侍仆的脸色也使他感到异乎寻常。他对自己得到的印象未加思索，便跨进了客厅的门槛……一位穿褶皱镶边连衣裙的女士从沙发里迎着他站起来。她将细亚麻布手绢凑近苍白的脸庞，走了几步，低下精心梳理、香气扑鼻的脑袋，跪倒在他的脚下……这时他才认出来：这位女士就是他的妻子。

他的气憋住了……他靠到了墙上。

"台奥多尔[1],别赶我走!"她用法语说,她的声音犹如刀子割在他的心头。

他茫然无措地看着她,但是倏然之间他无意中发现她出现了白发,人也发胖了。

"台奥多尔!"她继续说道,有时她抬起双眼,小心谨慎地拗着她那长有红润光泽的指甲、漂亮得惊人的手指,"台奥多尔,我对您有罪,很深重的罪,我再说一遍,我是个罪人。可是您听我说,我被悔恨之心折磨得好苦,使我成了自己的重负,我也不能容忍自己的处境,我多少次想到过来找您,可是我害怕见到您您会发火,我决计断绝和过去的一切关系……puis, j'ai été si malade,[2]看我病成这个样子",她用手摸了摸前额和面颊,又说道,"我利用了广泛传播的关于我死亡的传闻,我抛弃了一切,我没日没夜,马不停蹄赶到这里;我长久犹豫要不要站到您,我的法官面前——paraitre devant vous, mon juge,[3]但是我想到您总是那么好心,终于敢决定来找您,我打听到了您在莫斯科的地址。请相信我,"她接着说,同时悄悄地从地下站起,就着椅子边坐下,"我常想到死,我曾找到足够的勇气以求一死——唉,生命对于我已是不堪负担的包袱!可是想到我的女儿,想到我的阿多奇卡,我才没有往下走,她就在这里,正在隔壁房里睡着,可怜的孩子!她累了——您看得见她:至少她对您是无辜的,可我是那样不幸,那样不幸!"拉夫列茨基太太一声长叹,眼泪纷纷而下。

拉夫列茨基终于清醒过来,他离开靠着的墙壁,转身向着门口。

"您要走?"他的妻子绝望地说,"哦,这太残酷!一句话也不对我说,连责备一声也没有……这种蔑视就是叫我死,可怕!"

拉夫列茨基停下来。

"您想听我说什么话?"他用低哑的声音说。

"什么也不要,什么也不要,"她机灵地接着他说,"我知道我无权提出任何要求;请相信,我不是疯子;我不希望,我也不敢希望得到您的宽恕;我只敢恳求您命令我怎么办,在哪儿住?我以奴仆的身份执行您的命令,不管那命令是什么。"

"我对您什么命令也没有。"拉夫列茨基用同样的声音回答说,"您知道我们之间一切都了了……现在比以往任何时候更是这样。您可以住在您愿意的任何地方;如果您觉得年金不够……"

"啊,不要说这样可怕的话,"瓦尔瓦拉·巴甫洛芙娜打断他的话说,"饶恕我吧,即使……即使为了这个天使……"说完这些话,瓦尔瓦拉·巴甫洛芙娜迅速跑进另一

---

① 即"费奥多尔",系法语读音。

② 法语:看我病成这个样子。

③ 法语:站到您,我的法官面前。

个房间，当即手里抱着一个小小的、穿戴得非常漂亮的女孩子回到了外面。大卷大卷淡色的鬈发垂到她美丽、粉红色的小脸蛋上，垂到刚睡醒的黑眼睛上；她一面微笑，一面因灯光而眯起了双眼，胖胖的小手靠在母亲的脖子上。

"Ada, vois, c'est ton père。"[①]瓦尔瓦拉·巴甫洛芙娜撩开遮在她眼睛上的头发，紧紧地亲吻着她，说道，"prie le avec moi[②]"。

"C'est ça, papa[③]。"女孩口齿不清地说。

"Oui mon enfant, n'est ce pas, que tu l'aimes[④]?"

这时拉夫列茨基忍无可忍了。

"这是哪一部戏里的哪一个场面？"他自言自语地说着走了出去。

瓦尔瓦拉·巴甫洛芙娜在原地站了一会儿，轻轻耸了耸肩，把孩子带到另一个房间，给她脱了衣服，安顿她睡了。然后她拿出一本书，在灯前坐下，等了大约一个小时，最后自己也上了床。

"Eh bien, madame?[⑤]"她从巴黎带回的法国女仆一面给她脱紧身胸衣，一面问。

"Eh bien, Justine[⑥]，"她回答说，"他老了许多，不过我觉得他还是那么善良。递给我过夜戴的手套，准备好明天穿的整套灰衣服；还有，别忘了给阿达的羊肉煎饼……不错，这饼这里不好找，不过要尽力去找。"

"A la guerre comme à la guerre[⑦]。"茹斯汀回答说，便熄了蜡烛。

---

① 法语：阿达，瞧，这是你父亲。

② 法语：和我一起恳求他。

③ 法语：这是爸爸。

④ 法语：是啊，我的孩子，你爱他，是吗？

⑤ 法语：夫人，怎么样？

⑥ 法语：就这样，茹斯汀。

⑦ 法语：打仗就像打仗。

37

拉夫列茨基在城里几条街道上溜达了两个多小时。他脑海里浮现出在巴黎近郊度过的那个夜晚的情景。他的心撕裂了，脑袋里空空如也，仿佛被击昏了，转来转去的老是那些闷闷不乐、荒诞无稽、令人恼怒的思绪。“她活着，她在这里”，他心里怀着不断重复出现的惊诧感，轻声自语道。他感到他失去了丽莎。苦恼之情压得他透不过气来；这个打击对他来说太意外了。他怎么可以如此轻信小品专栏的造谣文章，新闻纸上的破烂新闻呢？“可是就是我不相信，”他想，“那又有什么区别呢？要是我不知道她爱我，她自己也意识不到这一点，该多好。”他无法从自己脑子里赶走他妻子的形象、声音、目光……于是他咒骂自己，咒骂世上的一切。

快到清晨时，他神疲力乏，来到莱姆的家门。他叩了好长时间的门，一直无人应答，终于窗口探出了老头戴睡帽的脑袋，一副垂头丧气、萎靡不振的样子，和二十四小时以前以艺术家的恢宏气度，居高临下，雍容华贵地望着拉夫列茨基的那副充满灵感、威严庄重的样子简直判若天渊。

“您要干什么？”莱姆问，“我不可能每个夜晚都弹奏，我吃了药水了。”

但是拉夫列茨基的表情显然非同一般：老头用一只手在眼睛上方搭个凉棚，仔细望着深夜的来访者，放他进了门。

拉夫列茨基走进屋，在椅子上坐下。老头站在他面前，裹紧花色斑斓的睡袍的前襟，瑟缩着身子，嚅动着双唇。

“我妻子来了。”拉夫列茨基抬起头说，突然情不由己地大笑起来。

莱姆的脸部现出惊愕的表情，可是他一丝笑容也没有，只是把睡袍裹得更紧了。

“您还不知道，”拉夫列茨基接着说，“我想象过……我在一份报上读到她已不在人间的消息。”

“哦——哦？您是不久前读到的？”莱姆问。

“不久前。”

“哦——”老头重复说，他高高地竖起了双眉，“那么她来了？”

“来了。她现在在我家里，可我……我这个不幸的人。”

他又冷笑了一声。

“您是个不幸的人。”莱姆慢慢地重复他的话。

“克里斯托弗·费奥多雷奇，”拉夫列茨基又开始说，“您能给我送一张纸条吗？”

“嗯。可以问给谁吗？”

“丽莎维……”

“哦，对，对，明白了。好。需要什么时候送去？”

“明天，尽可能早些。”

“嗯。可以派我的厨娘卡特琳送去。不，我亲自去。”

“您带回音给我吗？”

“回音也带回来。”

莱姆叹了口气。

“是啊，我可怜的朋友，你确实是个不幸的年轻人。”

拉夫列茨基给丽莎写了两句话：他告诉她妻子的到来，请求约定时间的会面，写完就面向墙壁扑进了狭窄的沙发里，而老头则倒在床上，一面咳嗽，一面喝下几口药水，嘴里咕咕哝哝地自言自语。

早晨来临，两人都起了身。他们彼此用奇异的目光打量着对方。拉夫列茨基此时此刻想杀死自己。厨娘卡特琳给他们端来煮得很糟糕的咖啡。钟敲八点。莱姆戴上宽檐帽，说上午他去卡里金家上课的时间在十点，不过可以找出一个适当的借口，说完就动身了。拉夫列茨基又扑进沙发里，从他的内心深处又发出苦楚的冷笑。他想，是妻子把他赶出家门；他想象丽莎的处境，闭起眼睛，把双手叉在了脑袋后面。终于莱姆回来了，带给他一张纸条，上面丽莎用铅笔草草写下下面的句子：“今天我们不能见面，也许——明天傍晚。再见。”拉夫列茨基干巴巴、漫不经心地向莱姆道了谢，便走回家去。

早餐时他遇到了妻子。阿达披散着一头鬈发，穿一件配上天蓝色带子的连衣裙，正在吃羊肉煎饼，拉夫列茨基一进屋，瓦尔瓦拉马上站起身，脸上露出恭顺的表情走上前去。他请她跟他到书房里，随手关上房门，开始前后来回踱步；她坐着，安安静静交叠着两手，开始用她那双虽然淡淡描过、却依然很妩媚的眼睛注视他。

拉夫列茨基好久说不出话来：他觉得控制不住自己，他清楚地看到，瓦尔瓦拉·巴甫洛芙娜并不怕他，可作出的样子却像是即刻就会晕倒似的。

“请听着，夫人。”他终于开始说，一面紧张地呼吸着，有时还咬着牙，“咱们彼此用不着装腔作势，我不相信您的后悔。即使它是发自肺腑的，要再和您言归于好，住在一起，我也做不到。”

瓦尔瓦拉·巴甫洛芙娜双唇紧闭，眯起了眼睛。“他这是在厌恶我，”她想，“完了，我在他面前简直不是个女人。”

“做不到，”拉夫列茨基再说一遍，扣上了全部扣子，“我不知您为什么需要上这儿来：看来给您的钱不会再多了。”

“啊！您这是在污辱我。”瓦尔瓦拉·巴甫洛芙娜悄声说。

“不管怎么样，遗憾的是您终究还是我的妻子。我不能把您赶出家去……这就是我的建议。假如方便的话，您可以今天就动身去拉夫里基，在那里住下。您知道那里有漂亮的房屋，除了年金以外您还将获得一切需要的东西……您同意吗？”

瓦尔瓦拉·巴甫洛芙娜拿起一方绣巾去捂脸。

“我已经对您说过，”她哆哆嗦嗦地嚅动嘴唇，说道，“不管您要我做什么，我都会同意，这一次我还有一件事求您：至少您是不是允许我感激您的宽宏大量？”

“不用感激，我请求您，这样更好。”拉夫列茨基忙说，“也许，”他走近门口，继续说道，“我可以指望……”

“明天我就在拉夫里基了，”瓦尔瓦拉·巴甫洛芙娜恭敬地从座位里站起来说，“不过，费奥多尔·伊凡内奇（她再也不叫他台奥多尔了）……”

“您要什么？”

“我知道，我知道我还丝毫也不值得受到宽恕，至少我能不能期望在将来……”

“唉，瓦尔瓦拉·巴甫洛芙娜，”拉夫列茨基打断她的话，“您是个聪明人，我也不是傻瓜蛋，我知道这一点对您毫无必要。而我早已宽恕您了，可是咱们之间永远隔着一条深不见底的鸿沟。”

“我会顺从的，”瓦尔瓦拉·巴甫洛芙娜回答道，说着便低下头去，“我没有忘记自己的过错；假如我知道您得知我的死讯感到高兴，我也不会奇怪，”她轻轻用手指了指拉夫列茨基忘在桌上的那份期刊，温和地补充说。

费奥多尔·伊凡内奇一怔：小品文是用铅笔勾出的。瓦尔瓦拉·巴甫洛芙娜以更加低声下气的眼神望着他。在这一刹那，她显得非常美丽。巴黎产的灰色连衣裙匀称地包裹着她那几乎像十七妙龄的婀娜腰肢，纤细柔美的颈脖围在雪白的衣领里，酥胸均匀地一起一伏，手上未戴手镯和戒指——她的整个身段，从光泽鲜明的头发到微露在外的皮鞋尖，都是精美绝伦的……

拉夫列茨基几乎要叫出来“Brava!”[1]几乎要一拳打得她天昏地暗，他向她恶狠狠地扫了一眼，便走了。一小时后他已经出发去瓦西里耶夫斯科耶，两小时以后瓦尔瓦拉·巴甫洛芙娜吩咐给自己租来一辆城里的上好马车，戴上一顶带黑面纱的普通草帽，披上一件普通的披风，把阿达交给茹斯汀，便出发去卡里金家：她向贴身侍仆打听后得知丈夫每天去卡里金家。

---

① 意大利语：恶棍！

38

拉夫列茨基的妻子来到 O 城这一天对他来说固然是扫兴的日子,对丽莎来说也同样是难熬的一天。她还没有下楼向母亲道安,窗下已经响起马蹄的声音,她看见潘申骑马走进院子,心里暗暗一惊。“他这么早到来是为了彻底摊牌的。”她想道,——果然不错,他在客厅里转了一圈后,便建议她随他到花园里去,并要求决定他的命运。丽莎鼓起勇气告诉他,她不能做他的妻子。他侧身向她站着,把宽檐帽压到前额上,听她把话说完。他彬彬有礼地,但是用变了调的嗓音问她:这是否是她最后一句话?他是否为她的主意发生类似的变化提供了依据?接着他将一只手贴在眼睛上,短促而生硬地叹了口气,猛地一下从脸上移开了手。

“我曾经想过不要蹈常袭故,”他声音沙哑地说,“我曾想寻找一个中意的女友,可是看来这样的事不会有。别了,理想!”他向丽莎深深地鞠了一躬,便回屋去了。

她希望他当即离去,然而他却走进玛丽娅·德米特里耶芙娜的书房,在她那里坐了个把小时。离开时他对丽莎说:“Votre mere vous appelle;adieu à jamais……”[1]说着跨上马,从台阶上开始就飞奔而去。丽莎进屋去见玛丽娅·德米特里耶芙娜,看见她正在哭:潘申已把自己的不幸告诉了她。

“你干吗要折磨我?你干吗要折磨我?”伤心的寡妇这样开始自己的怨诉,“你还要谁?他哪一点不配做你丈夫?宫廷侍从官!又不自私!他在彼得堡哪一个宫廷女官娶不到?可我还想指望高攀他呢!你是不是早就对他改变了主意?这团乌云一定有来头,不会自己找上门来的。是不是那个笨蛋做的好事?你倒找了个出主意的人!”

“可他呀,我那亲爱的小子”,玛丽娅·德米特里耶芙娜继续说道,“看他对人多

---

① 法语:您的母亲叫您去,永别了……

么恭敬！正碰上伤心事还那么细心！他答应不撇下我不管。啊，我受不了。啊，我头痛死了！把帕拉什卡给我叫来。你要是不回心转意，就会要了我的命，听见吗？”玛丽娅·德米特里耶芙娜两遍说了丽莎忘恩负义，就打发她走了。

她回到了自己房里，但是她还没有从向潘申和母亲的表白中喘过气来，她头顶突然又雷霆大发了，而雷霆所来的方向却是她怎么也没有意料到的。玛尔法·季莫菲耶芙娜走进她房里，当即随手关上了房门。老太太脸色煞白，帽子歪戴，眼睛闪光，双手和嘴唇在瑟瑟发抖。丽莎惊呆了：她从来没有看到自己聪明、通情达理的姑婆处于这样的状态。

“你做的好事，小姐”，玛尔法·季莫菲耶芙娜哆哆嗦嗦、断断续续地悄声说，“你做的好事！你这是向谁学来的，我的妈呀……给我水；我说不出话来了。”

“您安静一下，姑奶奶，您怎么啦？”丽莎递给她一杯水说，“好像您自己也不喜欢潘申先生呀。”

玛尔法·季莫菲耶芙娜拿开杯子。

“我喝不下去：会把我最后几颗牙都打掉的。哪一个潘申？为什么是潘申？你最好还是对我说，是谁教会你每天夜里去幽会的，啊，我的妈呀？”

丽莎脸色变白了。

“请你，不要推托，”玛尔法·季莫菲耶芙娜接着说，“舒罗奇卡什么都亲眼看见了，都对我说了。我不许她胡说八道，她不会说谎。”

“我也不会推托，姑婆。”丽莎说话的声音勉强听得见。

“啊——啊！原来这样，我的妈呀；是你约他这个老色鬼，这个样子老实的人去会面的？”

“不。”

“怎么会这样？”

“我下楼去找一本书，他在花园里，就叫了我去。”

“你就去了？好哇。你爱他还是怎么的？”

“爱他。”丽莎轻声说。

“我的老娘呀！她爱他！”玛尔法·季莫菲耶芙娜一把扯下包发帽，“爱一个有妻室的男人！啊？爱他？”

“他对我说……”丽莎开始说。

“他对你说什么，这个小白脸，什么——啊？”

“他对我说他妻子去世了。”

玛尔法·季莫菲耶芙娜画了个十字。

“愿她进天国，”她细声说，“她本来是个轻薄女子——以后就别提吧。原来他成了鳏夫？我看出来了，他倒是个能干角色。一个老婆害死了，又来找另一个。样子还怪老实的呢！侄孙女，我可实话告诉你，在我们那个时代，我年轻的时候，姑娘家干这种勾当可是要吃苦头的。你别生我气，我的妈呀；只有傻瓜才为真话生气。今天我已吩咐拒绝接待他。我喜欢他，但这件事永远不会原谅他。你想，一个鳏夫！给我水。至于你叫潘申的幻想落了空，为这一点我要说你好样儿的；只是不要在夜里和这号人坐在一起，和男人坐在一起；您别要了我这个老太婆的命！我可不是事事温和的——我也会咬人……这个鳏夫！”

玛尔法·季莫菲耶芙娜走了。丽莎则坐在角落里哭起来。她心里感到难过；她不该受到那番侮辱。她的爱情称不上是一种欢乐：从昨晚以来她已是第二次哭泣。她心中刚刚产生那种新的、意想不到的感情，她就为此付出了沉重的代价，就有他人之手来干预她那深藏心底的隐秘！她感到既羞耻，又难过，又痛心，然而她心中既无疑虑，也无恐惧——而拉夫列茨基对她来说则显得更珍贵了。在没有弄清自己的感情时，她曾动摇犹豫；可是经过那次会面，在那次亲吻以后，她已不可能再犹豫了；她知道她在爱，而且爱得真诚，不是逢场作戏，和他紧紧地拴在一起，永生永世，因而不怕威胁；她感到强力无法割断这种关系。

39

当玛丽娅·德米特里耶芙娜接到通报得知瓦尔瓦拉·巴甫洛芙娜来到时,心里着实紧张起来,她甚至不知道是否要接待她:她担心伤了费奥多尔·伊凡诺维奇的自尊心。最后还是好奇心占了上风。“有什么关系,”她忖道,“毕竟她也沾上亲的。”于是在椅子里坐定后对听差说:“有请!”过了一会儿门开了,瓦尔瓦拉·巴甫洛芙娜迈着勉强听得见的步子,迅速走近玛丽娅·德米特里耶芙娜身前;她没让她起立,双膝一屈,几乎要跪倒在她跟前。

“多谢了,姑妈,”她开始用动人的、细细的声音操着俄语说,“多谢。我没有想到您那么宽宏大量地对我,您像天使一样仁慈。”

说完这些话,她握住玛丽娅·德米特里耶芙娜的一只手,轻轻地在戴着浅紫色手套的手里握紧了,阿谀地将它凑到绯红、饱满的唇上。玛丽娅·德米特里耶芙娜看见这么漂亮、衣着迷人的女人几乎要跪在她膝下,完全慌了神,她不知对她怎么办:她既想把手从她手里抽回,又想安顿她坐下,还想对她说几句亲切的话语。最后她微微站起身,在瓦尔瓦拉·巴甫洛芙娜光滑芳香的额上吻了一下。这一吻使得瓦尔瓦拉·巴甫洛芙娜浑身都酥软了。

“您好,bonjour[①],”玛丽娅·德米特里耶芙娜说,“当然我想不到……不过,我当然很高兴见到您。您明白,我亲爱的,夫妻之间的事不该由我来评判……”

“我的丈夫哪儿也没有错,”瓦尔瓦拉·巴甫洛芙娜打断她说,“是我一个人不好。”

“这是非常值得称赞的感情,”玛丽娅·德米特里耶芙娜回答说,“非常。您到此地很久了?见着他了吗?对了,请坐下。”

---

① 法语:您好。

“我昨天到的，”瓦尔瓦拉·巴甫洛芙娜恭顺地在椅子里坐下，回答说，“我见着费奥多尔·伊凡内奇了，我还和他说了话。”

“哦！那么他怎么说？”

“我担心我的突然到来会引起他大发雷霆，”瓦尔瓦拉·巴甫洛芙娜继续说，“但是他没有拒绝我见他。”

“也许是说，他没有……对，对，我懂了，”玛丽娅·德米特里耶芙娜说道，“他是看上去粗鲁，其实心肠挺软。”

“费奥多尔·伊凡内奇没有宽恕我；他不愿听我把话讲完……不过他心肠那么好，把拉夫里基给我作为住处。”

“啊！那是座了不起的庄园！”

“我明天去那里，为了遵从他的意志。但是我认为我有责任先来拜访您。”

“非常，非常感谢，我的亲爱的，亲戚嘛无论什么时候也是不该忘记的。您知道吗，听您俄语说得那么好，我真惊奇呢。C'est étonnant[①]。”

瓦尔瓦拉·巴甫洛芙娜叹了口气。

“我在国外待得太久了，玛丽娅·德米特里耶芙娜，这我知道。不过我的心还永远是俄国人的心，我不曾忘记过祖国。”

“对，对，这比什么都好。但是费奥多尔·伊凡内奇根本没料到您会……不过请相信我富有经验：La patrie avant tout。[②] 啊，让我看看，您那披风真迷人。”

“您喜欢？”瓦尔瓦拉·巴甫洛芙娜利索地解下披风，“这件披风很简朴，出自Madame Baudran[③] 的手工。”

“这一点一眼就看出来了。Madame Baudran 的手工……样子多好，多够味儿！我相信您带回来许多好东西。我倒想见识见识。”

“我的全部化妆用品听候您的吩咐，我亲爱的姑妈，如果您允许，我可以拿些给您的女仆看看。我从巴黎带回来一个女仆——做得一手好针线！”

“您心地很好，我亲爱的。不过说实话我不好意思。”

“不好意思……”瓦尔瓦拉·巴甫洛芙娜用责备的口吻重复她的话，“如果您想让我高兴，请尽管吩咐，就像对待自己的东西一样。”

玛丽娅·德米特里耶芙娜听得骨头都酥了。

---

① 法语：真惊奇。

② 法语：祖国高于一切。

③ 法语：波德兰太太。

"Vous êtes charmante[①],"她说,"您为什么不摘下帽子、手套?"

"怎么? 您允许我摘?"瓦尔瓦拉·巴甫洛芙娜问道,同时显出仿佛深受感动的样子,轻轻交叠起双手。

"不用说,您得和我们一起午餐,我希望。我……我要介绍您和我女儿认识。"玛丽娅·德米特里耶芙娜有点犹豫起来。"算了吧!"她想道,"她今天好像不太舒服。"

"哦,ma tante[②],您的心有多好!"瓦尔瓦拉·巴甫洛芙娜赞叹道,说着拿手帕去擦眼睛。

小厮进来通报盖杰奥诺夫斯基到。饶舌老手走进门来,一面鞠躬,一面微笑。玛丽娅·德米特里耶芙娜将他介绍给自己的女客。起初他颇有点局促不安,但是瓦尔瓦拉·巴甫洛芙娜对他的态度既有点弄情卖俏,又有点毕恭毕敬,使他耳根发热,于是胡编乱造的消息、流言蜚语、阿谀奉承的马屁经像蜜一样从他的嘴里源源流出。瓦尔瓦拉·巴甫洛芙娜听着他,有节制地微露笑容,渐渐地她自己话也多了起来。她简单介绍了巴黎,自己的旅行,也介绍了巴登;她两次引得玛丽娅·德米特里耶芙娜捧腹大笑,每次在说过后总是轻轻叹口气,仿佛心里在责备自己不合时宜的欢乐情绪,她请求允许她把阿达带来;她摘下手套,用那光滑细腻、用 à la guimauve[③] 香皂洗过的手比划戴绉边、褶条、花边和大花结的方式和部位;答应带一小瓶新英国香水:Victoria's Essence[④],当玛丽娅·德米特里耶芙娜同意作为礼物接受这瓶香水时,她乐得像孩子一样;她回忆起第一次听到俄罗斯的钟敲响时自己的感受,于是哭了几声:"这钟声深深地刺进我的心房。"她说。

这时丽莎进来了。

早晨当她读到拉夫列茨基的字条时,她吓得全身冰凉,从那一刻起她已准备与他妻子见面;她预感自己会见到她。为了惩罚如她所说的自己那有罪的希望,她决计不回避她。命运的突然转折从根本上使她受到震撼;大约两个小时以内她的脸瘦了下来,但是她一滴眼泪也没有掉。"活该!"她好不容易克制住内心那苦涩、不祥而使她自己也害怕的冲动,激动地想。"对,要走过去见她!"当她一得知拉夫列茨基夫人到来时,她就这样想,所以就去了……她久久站在客厅门口,决定是否开门。"我在她面前是有罪的。"跨过门槛时她还怀着这样的心思,强制自己看了她一眼,强制自己面露笑容。瓦尔瓦拉·巴甫洛芙娜一看见她就迎着走上前来,在她面前欠了欠身,轻轻

---

① 法语:您真迷人,

② 法语:姑妈。

③ 法语:檀香。

④ 英语:维多利亚女王的香水。

地，依然那么毕恭毕敬。“请允许我自我介绍，”她讨好地说，“您的妈妈对我那么宽厚仁慈，所以我希望您也……能对我很仁慈。”她说出这后一句话时，她那脸部的表情、狡黠的笑容、双手和肩膀的动作，她那衣服、整个身躯，都在丽莎心里引起一阵反感，所以她一句话也说不出来，强制住自己，向她伸出了手去。“这位小姐看我不起。”她在紧紧握住丽莎冰冷的手指时想道，一面回过头去对玛丽娅·德米特里耶芙娜轻轻说：“Mais elle est delicieuse!”①丽莎的脸微微地红了；她听出这句称赞她的话里有嘲弄、羞辱的意思，但是她决计不管自己的印象，就在窗前坐下绣花了。这时瓦尔瓦拉·巴甫洛芙娜还是不让她安宁：走到她跟前，夸她的趣味高雅，技艺精湛……丽莎的心激烈地、病态地跳动起来：她好不容易控制住自己，好不容易在椅子上坐住。她仿佛感到瓦尔瓦拉·巴甫洛芙娜什么都已知道，正在暗自庆幸自己的胜利，正在戏谑她。幸好盖杰奥诺夫斯基和她说起话来，转移了她的注意。丽莎一面低头绣花，一面偷偷地观察她。“这个女人，”她想道，“他曾经爱过。”然而她立刻把脑子里关于拉夫列茨基的念头排除掉了；她担心失去自制，她觉得一阵轻微的头晕。玛丽娅·德米特里耶芙娜开始谈音乐。

“我听说了，亲爱的，”她开始说，“您钢琴弹得出奇得好。”

“我好久没弹过琴了，”瓦尔瓦拉·巴甫洛芙娜慢慢地坐到钢琴前面，回答说，一面快速地用手指在键盘上抹了一下，“请吩咐吧！”

“随便弹吧。”

瓦尔瓦拉·巴甫洛芙娜熟练地弹了赫尔茨②的一首精彩、难弹的练习曲。她有的是精力和灵巧。

“似闻仙乐！”盖杰奥诺夫斯基大为赞叹。

“不同凡响！”玛丽娅·德米特里耶芙娜说，“瓦尔瓦拉·巴甫洛芙娜，说实话，”她第一次称呼她的名字，“您叫我惊奇；您真得举办一个音乐会。我们这里有一位音乐家，一个老头，德国人，脾气古怪，很有学问；他给丽莎上音乐课；您准会叫他发疯。”

“丽莎维塔·米哈依洛芙娜也是懂音乐的行家？”瓦尔瓦拉·巴甫洛芙娜稍稍转过头去看了看丽莎问。

“是啊，她弹得不坏，也喜欢音乐，不过在您面前算得了什么？这里还有一位年轻人，您和他才值得认识认识。这个人从内在气质而言是个演唱家，曲也写得很棒。只有他一个人能够充分评价您的水平。”

---

① 法语：她真有魅力！

② 赫尔茨（1803—1880 年），奥地利钢琴家，作曲家。

“年轻人?”瓦尔瓦拉·巴甫洛芙娜说,“他是怎么一个人?是个穷人?”

“说哪儿话呢,他是我们这儿的第一风流才子呢,不光我们这儿,et à Petersbourg[①],整个彼得堡。他是名宫廷侍从官,出入上流社会。您也许听说过他:潘申,弗拉基米尔·尼古拉依奇。他是因公务到这里的……未来的大臣!”

“为什么说他是演唱家?”

“就内在气质而言是个演唱家,待人温和热情。您会见得着他的。这一阵子他常来我家;我邀请他参加今天的晚会。我希望他会来。”玛丽娅·德米特里耶芙娜短短地叹了口气,淡淡地苦笑一下说。

丽莎明白这丝苦笑的意味,但是她顾不上这一点。

“他是年轻人?”瓦尔瓦拉·巴甫洛芙娜又问道,声气稍稍变了调。

“二十八岁,而且具有最讨人喜欢的外表。Un jeune homme accompli[②]。”

“可以说是一位标准的年轻人。”盖杰奥诺夫斯基指出。

瓦尔瓦拉·巴甫洛芙娜突然弹起施特劳斯的一曲热闹的圆舞曲,乐曲的开头是强烈而急速的一串颤音,使盖杰奥诺夫斯基甚至一怔;弹到刚好一半,她突然转入沉郁忧闷的旋律。最后又以《露奇雅》的咏叹调结尾:“Fra poco……”[③]她认为轻松欢快的乐曲和她的境遇不大相称。《露奇雅》的咏叹调里富有感情的音符都用了加强音,这曲子使玛丽娅·德米特里耶芙娜深受感动。

“内心感情多深沉!”她悄声对盖杰奥诺夫斯基说。

“似闻仙乐!”盖杰奥诺夫斯基重复说,于是抬眼望着天空。

已到了午餐时间。玛尔法·季莫菲耶芙娜下楼时汤已经摆在餐桌上。她对瓦尔瓦拉·巴甫洛芙娜态度很冷淡,对她的讨好也只回答了一言半语,也不看她一眼。瓦尔瓦拉·巴甫洛芙娜很快明白,和这个老太婆话不投机,就不再和她搭腔了。然而玛丽娅·德米特里耶芙娜对待自己的女宾却更和蔼可亲了;姑姑的失礼使她生气。不过玛尔法·季莫菲耶芙娜并非光对瓦尔瓦拉·巴甫洛芙娜不看一眼,她连丽莎也不看,虽然她那双眼睛炯炯有光。她坐着像个石头人,脸色又黄又白,紧闭着嘴,什么也没有吃。丽莎看上去很平静,事实上也是这样:她内里心平如镜。出现在她身上的是一种漠然无知的状态,一个被判决的人的漠然无知状态。午餐时瓦尔瓦拉·巴甫洛芙娜很少说话:她似乎又胆怯起来,一种轻度的忧郁表情展现在她的脸上。只有盖杰

---

① 法语:而且在彼得堡。

② 法语:一位极好的年轻人。

③ 意大利语:不久以后……

奥诺夫斯基夸夸其谈,活跃着谈话的气氛,虽然他不时怯生生地望望玛尔法·季莫菲耶芙娜,干咳一两声——每当有她在场而他准备说谎话时他总要干咳,不过她没有妨碍他,没打断他的话。午餐后才发现瓦尔瓦拉·巴甫洛芙娜还是打扑烈费兰斯的牌迷。玛丽娅·德米特里耶芙娜对她喜欢已极,她甚至已经软下心来,暗自忖道:"可见费奥多尔·伊凡内奇该多么傻,居然理解不了这样一个女人!"

她坐下来同她,还有盖杰奥诺夫斯基一起打牌。玛尔法·季莫菲耶芙娜说丽莎脸色不对,说不定是头痛了,便带她上了楼。

"不错,她头痛得厉害,"玛丽娅·德米特里耶芙娜转着眼珠,对瓦尔瓦拉·巴甫洛芙娜说,"我也常有这种偏头痛……"

"您说下去!"瓦尔瓦拉·巴甫洛芙娜回答。

丽莎走进姑婆的房间,神怠力乏,一屁股坐在椅子上。玛尔法·季莫菲耶芙娜长久默默地看着她,轻轻在她面前跪下——还是那么默默无声,开始依次亲吻她的双手。丽莎向前俯下身子,脸部泛起红晕——哭了起来,但也不扶玛尔法·季莫菲耶芙娜起立,也不抽回自己的双手:她觉得她无权抽回这双手,无权妨碍老太太表示自己的悔恨、同情和为昨天晚上的事向她请求宽恕。玛尔法·季莫菲耶芙娜对这双可怜、苍白、无力的手怎么吻也吻不够,——默默无声的眼泪,从她眼眶里淌下来,也从丽莎的眼眶里淌下来。小猫马特罗斯在宽大的安乐椅上一个结长袜的线团边打呼噜,灯盏椭圆形的火苗在圣像前面微微地颤动,隔壁房里的门背后,站着娜斯塔西娅·卡尔波芙娜,拿着卷成一团的小方格手绢也在偷偷地擦眼泪。

40

与此同时，楼下的客厅里正在打扑烈费兰斯；玛丽娅·德米特里耶芙娜赢了，心情很好。仆人进来通报潘申到。

纸牌从玛丽娅·德米特里耶芙娜手中掉落下来，她在坐椅里忙乱起来；瓦尔瓦拉·巴甫洛芙娜半带着冷笑冷眼旁观，接着把目光投向门口。潘申出现在门口，身穿黑色燕尾服，纽扣一直扣到上面，竖着高高的英国式衣领。“从命前来对我来说是很难过的一件事，但是您看到我还是来了。”这就是他那毫无笑容、刚刚刮过的脸部表情要说的话。

“请进，伏尔台马尔，”玛丽娅·德米特里耶芙娜惊呼道，“以前您是不通报就进来的！”

潘申只用目光回答了玛丽娅·德米特里耶芙娜的话，接着彬彬有礼地向她一鞠躬，但是没有走近前去吻她的手。她把他介绍给瓦尔瓦拉·巴甫洛芙娜。他后退一步，同样彬彬有礼地向她一鞠躬，但带有优雅和钦佩的成分，然后靠近牌桌坐下。扑烈费兰斯不久便打完了。潘申问起丽莎维塔·米哈依洛芙娜，得知她身体不太好，便表示遗憾。后来他和瓦尔瓦拉·巴甫洛芙娜交谈起来，以一个外交家的姿态字斟句酌，一字一顿地说话，恭恭敬敬地听她说完每一句答话。然而他那外交家式语调的郑重其事态度，对瓦尔瓦拉·巴甫洛芙娜毫无作用，她也毫不领会。相反，她快乐地注视着他的脸，说话无拘无束，她那细细的鼻孔仿佛是由于强忍的欢笑而轻轻地翕动着，玛丽娅·德米特里耶芙娜称赞她才艺绝伦，潘申尽衣领所许可的程度，恭敬地低下头，说他“事先早就对此确信不疑”，——于是几乎把话题转到梅特涅身上了。瓦尔瓦拉·巴甫洛芙娜眯起自己妩媚柔美的眼睛，低声说：“可您也是一位演唱家，un confrère[①]，"接着用更低的声音说，"Venez！"[②]说着向钢琴方向点了一下头。就是这随口而出的"Venez"一词像有魔法似的，顷刻之间改变了潘申的整个外貌。他那副心事重重的样子不见了；他微微一笑，活跃起来，解开了燕尾服的扣子，连连说："我算什么演唱家，看您说的！倒是您，我听说过，才是名副其实啊！"说着跟随瓦尔瓦拉·巴甫洛芙娜向钢琴的方向走去。

"让他唱一曲浪漫曲——就是《云海苍茫》那首。"玛丽娅·德米特里耶芙娜大声说。

"您唱吗？"瓦尔瓦拉·巴甫洛芙娜明亮敏锐的目光直逼着他，说道，"请坐下。"

潘申开始推托。

"请坐下。"她执拗地叩叩椅子背重复说。

他坐下，咳一下清清嗓子，拉开领口，唱了自己的浪漫曲。

"Charmant[③]，"瓦尔瓦拉·巴甫洛芙娜说，"您唱得好极了，vous avez du style[④]，再来一遍！"

她围绕钢琴走了一圈，正面对着潘申站定。他重新唱了一遍浪漫曲，使声音带有矫揉造作的颤音。瓦尔瓦拉·巴甫洛芙娜凝神望着他，两肘靠在钢琴上，那双白皙的手保持在和嘴唇相同的高度。潘申唱完了。

"Charmant，charmant idée，"[⑤]她以一个行家毋庸置疑的平静语调说，"请告诉我，您是否为女声（mezzo－soprano）写过什么？"

"我几乎什么也没有写，"潘申回答说，"就是这也只是抽空涂鸦而已……难道您也演唱？"

"唱。"

"哦！那就唱首什么给我们听听。"玛丽娅·德米特里耶芙娜说。

瓦尔瓦拉·巴甫洛芙娜用手撩开披在绯红的脸上的头发，抖了抖脑袋。

"咱们俩的声音应该相互配合，"她向着潘申说，"咱们唱个二重唱吧，你知道 son geloso 或 La ci darem 或 Mira la bianca luna？"[⑥]

"我从前曾经唱过 Mira la bianca luna，"潘申回答，"但是早就忘了。"

---

① 法语：同行。
② 法语：来吧。
③ 法语：妙极了。
④ 法语：您有自己的风格。
⑤ 法语：好极了，意境也很好。
⑥ 都是意大利浪漫曲的名称。

“没关系，咱们先轻声试一遍。和着我唱。”

瓦尔瓦拉坐到钢琴前。潘申站在她身边，他们轻轻唱着二重唱，有几次瓦尔瓦拉·巴甫洛芙娜纠正他，接着才大声唱起来，两次重复唱了：Mira la bianca lu……u……una。瓦尔瓦拉·巴甫洛芙娜的声音失去了清脆，但她巧妙地把握住了。潘申起先有点拘谨，稍有点走调，后来进入了高潮，当他唱得无可挑剔时，他就颤动双肩，摇晃整个身躯，不时举起一只手，俨然一位真正的歌唱家。瓦尔瓦拉·巴甫洛芙娜弹奏了两三首塔尔贝格[①]的小曲，弄情卖俏地“吟”了一首法国咏叹调。玛丽娅·德米特里耶芙娜已经不知如何表达心头的快乐；她几次想差人去把丽莎叫来。盖杰奥诺夫斯基也不知说什么好，只是一味摇头。然而他突然打了个哈欠，忙用手捂住嘴巴。这一个哈欠却没有逃过瓦尔瓦拉·巴甫洛芙娜的目光，她突然转身背对着钢琴，说：“Assez de musique comme ça[②]；咱们还是闲扯吧。”说着把两手叉了起来。“Oui，assez de musique，”[③]潘申愉快地说，于是同她聊了起来——聊得热烈、轻松，用法语。“完全像在巴黎有身份人家的沙龙里一样，”玛丽娅·德米特里耶芙娜听着他们温雅柔和、婉转动听的语言，忖道。潘申感到心满意足，他两眼生辉，笑口常开；起先，当他和玛丽娅·德米特里耶芙娜两人的目光相遇时，他还用手摸一摸脸，皱一皱眉头，后来干脆把她忘了，完全忘情于那种一半是上流社会、一半是艺术家的海阔天空的闲聊之中了。瓦尔瓦拉·巴甫洛芙娜表现得像个哲学家，对什么话她都有现成的答案，而且从不犹豫，从不迟疑，显而易见，和形形色色的聪明人谈话，在她是习以为常、司空见惯的事。她的全部思想和感情都围绕着巴黎转。潘申谈到了文学：原来她和他一样，也只读过清一色的几部法国作品：乔治·桑使她气愤，巴尔扎克虽然使她腻烦，但是她却尊敬他，她把苏和斯克里布看作体察人心的大家，对仲马和费瓦尔推崇备至；她在心里更喜欢波尔·德·科克，可是嘴上只字不提他的名字。其实她对文学的兴趣并不浓。瓦尔瓦拉·巴甫洛芙娜巧妙地回避了即使可能间接涉及她处境的一切话题。她压根儿不谈爱情方面的事；相反，对于有关纵情作乐的风流韵事的话题，她很严厉，显得扫兴和缺乏热情。潘申则予以反驳，她也不同意他的反驳……然而当她的嘴里吐出谴责的词句，而且通常是很严厉的词句的时候，这些词句听起来是那么温和、柔顺，她的眼睛也在说话……至于这双迷人的眼睛究竟在说什么话——那是难以言传的；真是怪事！不过那绝不是疾言厉色、含糊不清的话语，而是甜甜蜜蜜的叨叨絮语。潘申试图摸透那眼神的含义，试图让自己也用眼睛说话，然而他感到毫无结

---

② 塔尔贝格(1812—1871)，奥地利钢琴家，作曲家。

③ 法语：当然，音乐玩够了。

果。他意识到瓦尔瓦拉·巴甫洛芙娜作为国外交际场上的老手，比他棋高一着，唯其如此，他才难以驾驭自己。瓦尔瓦拉·巴甫洛芙娜有一个习惯，在谈天时要轻轻地触碰对方的袖子。这些瞬息之间的接触使潘申神魂颠倒。瓦尔瓦拉·巴甫洛芙娜有一种本领，很容易和任何人一谈即合；还没有过两个小时，潘申觉得他和她似乎已经认识了一辈子，而丽莎，正是那个他至今仍然爱着，昨天夜间还向她求婚的丽莎，则已消失在云里雾中了。茶端上来了。谈话变得更加无拘无束。玛丽娅·德米特里耶芙娜按铃叫来小厮，吩咐他告诉丽莎，如果她的头痛好一些的话，就到楼下来一趟。潘申听到丽莎的名字，就开始议论自我牺牲精神，议论谁更能牺牲，——是男人还是女人。玛丽娅·德米特里耶芙娜顿时激动起来，开始说服别人相信女人更能牺牲，扬言这一点只消两句话就能证明，她说话前言不搭后语，最后举了一个很不恰当的比喻，结束了讲话。瓦尔瓦拉·巴甫洛芙娜拿起乐谱，半掩住自己的脸，俯身向着潘申的一边，一面嚼着饼干，嘴上和目光里带着平静的笑容，一面小声说："Elle n'a pas inventé la poudre, la bonne dama。"[1]潘申略微一惊，对瓦尔瓦拉·巴甫洛芙娜的放肆感到惊讶。可是他没有领会这句意外的偶吐真言蕴藏着对他本人的多少蔑视，他竟把玛丽娅·德米特里耶芙娜对他的亲切爱抚之心和肺腑之情、款待他的一顿顿美味佳肴、借给他的如许钱财，都忘得一干二净，也带着同样的微笑，用同样的声音（真是不幸的人！）回答道："Je crois bien，"[2]甚至不是"Je crois bien"，而说成"J'crois ben！"[3]

瓦尔瓦拉·巴甫洛芙娜向他投去亲热的目光，站起身来。丽莎进来了。玛尔法·季莫菲耶芙娜想挽留她，却没有成功：她已下决心经受考验，直至最后。瓦尔瓦拉·巴甫洛芙娜和潘申一同迎上前去，潘申的脸上又现出以往那种外交官式的表情。

"您身体好吗？"他问丽莎。

"我现在好一些了，谢谢。"她回答。

"我们在这里弹了几支曲子，唱了一会儿歌，可惜您没有听见瓦尔瓦拉·巴甫洛芙娜唱歌。她唱得好极了，en artiste consommèe[4]。"

"请到这儿来，ma chère[5]。"是玛丽娅·德米特里耶芙娜的声音。

瓦尔瓦拉·巴甫洛芙娜马上像小孩子一样顺从地走到她跟前，在她脚边的一张小凳上坐下。玛丽娅·德米特里耶芙娜把她叫过去是为了让女儿和潘申单独待在一

---

① 法语：这位可爱的太太没有发明火药，即"放空枪"的意思。

② 法语：我想是的。

③ 后面一种说法是不规范的。

④ 法语：就像一个完美无缺的歌唱家。

⑤ 法语：我亲爱的。

起，即使一会儿也好：她心里还暗自期望着女儿回心转意。此外，她脑子里想到了一个她刻不容缓想说出来的念头。

"您知道吗，"她小声对瓦尔瓦拉·巴甫洛芙娜说，"我试图想使您和您的丈夫言归于好，不能担保成功，不过想试一试。他对我，您要知道，相当尊重。"

瓦尔瓦拉·巴甫洛芙娜慢慢地抬眼望着玛丽娅·德米特里耶芙娜，优雅地交叠起两手。

"您真是我的救星，ma tante，[①]"她用感伤的声音说，"我不知道怎么感谢您的一片好意，可是我在费奥多尔·伊凡诺维奇面前过错实在太大，他不会原谅我的。"

"难道您……确确实实……"玛丽娅·德米特里耶芙娜出于好奇心正要发问……

"请别问我，"瓦尔瓦拉·巴甫洛芙娜打断她的话，于是低下了头，"我当时年轻，轻率……不过我不打算为自己辩解。"

"还是那句话，何不试一试呢？请别回答，"玛丽娅·德米特里耶芙娜说道，说着想拍拍她的面颊，但是望了望她的脸容，又不敢了。"文文气气的，文文气气的，"她想道，"可实实在在是一个交际场上的老手啊。"

"您身体不好？"这时潘申问丽莎。

"是的，我不舒服。"

"我理解您。"经过相当持久的沉默后他说，"是的，我理解您。"

"怎么？"

"我理解您。"潘申郑重其事地说，他简直不知怎么说好。

丽莎窘迫起来，后来又想道："但愿如此！"潘申露出诡秘的神色，不说了，目光严峻地望着旁边。

"可是好像已经打过十一点了。"玛丽娅·德米特里耶芙娜说。

客人们听出了这句话的暗示，开始告辞。瓦尔瓦拉·巴甫洛芙娜答应明天来吃午饭，并把阿达带来。盖杰奥诺夫斯基坐在角落里几乎要睡着了，这时自告奋勇，送她回家。潘申庄重地向大家一一鞠躬，而在台阶上他一面安顿瓦尔瓦拉·巴甫洛芙娜坐进马车，一面握了握她的手，在她后面大声喊道："Au revoir！"[②]盖杰奥诺夫斯基和她并肩而坐，一路上她装出无意间把脚尖搁在他的脚上，觉得非常开心；他感到忸怩不安，连连对她奉承拍马；她吃吃笑个不停，当街灯的光芒照进车里时便向他打媚

---

① 法语：我的救星。

② 法语：再见。

眼。她自己弹奏过的华尔兹舞曲还在她耳际回荡,使她心潮难平。不管她在哪里,只要她脑海里浮现出灯光,舞厅,音乐伴奏下急速的旋转——她的心就会燃烧起来,眼睛奇异地眨巴,笑容在唇间长留不去,某种优雅狂热的情绪洋溢在她的全身。回到家时瓦尔瓦拉·巴甫洛芙娜轻轻一跃跳出了马车——只有母狮[①]才会向外跳,然后回过身来向着盖杰奥诺夫斯基,突然直冲着他的鼻子响亮地哈哈大笑起来。

“一个叫人动心的女人,”五等文官在回寓所的路上想道,那里他的仆人正拿着一瓶樟脑搽剂等他,“好在我是个品行端正的人……但是她笑什么呢?”

玛尔法·季莫菲耶芙娜坐在丽莎床头通宵未眠。

① 在俄语里母狮和交际花是同一个词。

41

拉夫列茨基在瓦西里耶夫斯科耶待了一天半，几乎一直在郊外踯躅徘徊。他无法长久停留在一个地点：愁闷咬啮着他的心。他正经受着片刻不停、急不可待而又无能为力的激情对他的折磨。他回忆起回到乡下第二天充满他心灵的那种感情，回忆起自己当时的意图，于是恨恨地生起自己的气来。有什么能使他摆脱那种他认作自己的责任、认作自己未来唯一的任务的东西？对幸福的渴望——仍然是对幸福的渴望！“看来米哈列维奇说得对，”他思忖道。“你想第二次体验生活的幸福，”他对自己说，“但是你忘了，即使它对人只光顾一次，那也是一种奢侈，一种不应得到的恩赐。它是不完全的，它是虚假的，你将会这样说。那你拿出你对完全的、真实的幸福的权利来！你回头看一看，你周围谁个怡然自得、饱尝幸福？你看一个农民赶车割草去了。也许他倒对自己的命运很满意……又怎么样呢？你想和他换个位置吗？你回想一下自己的母亲：她的要求是多么微不足道，她的命运又怎么样？你对潘申说回到俄国是为了耕耘土地，看来当时你不过是当他的面吹牛皮。到了这把年纪你赶回来是为了追逐女孩子。你听到获得自由的消息，便抛弃一切、不顾一切跑去追逐了，就像小孩子追逐蝴蝶一样……”在他沉思默想的过程中，眼前不断浮现出丽莎的面容。他努力想撇开这个形象，仿佛要撇开另一个萦回不去的形象，撇开别的一些安详而狡黠、漂亮而可憎的面容。安东老人发现老爷心绪不佳。老人多次暗自叹息，有时站在门外，有时已经到了门口，终于他下决心走到他跟前，建议他喝点儿热的汤水。拉夫列茨基对他大声呵斥，叫他出去，后来又当面向他道歉，但这一着叫安东更伤心。拉夫列茨基在客厅里坐不住，他一直觉得曾祖父安德烈从画布上鄙夷地瞧着萎靡不振的不肖子孙。“唉，你这个人！还在浅水里游呢！”——他那扭歪的嘴似乎在这样说。“莫非，”他想道，“我连自己也控制不住，让这样的……小事给镇住了？”（在战场上受重伤的人总把自己受的伤叫做“小事一桩”。一个人如果不欺骗自己，他就不能在世上活下去。)“我是否真的是个黄口小儿？是啊，终生幸福的机会离我已经近在咫尺，几乎已在掌握之中，但是它却一下子烟消云散了。这种情况在赌博中也存在——只要把赌轮稍稍转过一点，穷光蛋也许顿时成了百万富翁。不会有的事，还是不会有的——于是一切告终。我要咬紧牙关动手干，同时要强制自己保持沉默。好在我第一次把握住了自己。我干吗要逃跑，我干吗坐在这里，像鸵鸟把脑袋藏在灌木丛里似的？正面看到不幸就害怕——真荒唐！”

“安东，”他大声叫起来，“你叫他们马上给我备马车。”“对，”他又忖道，“应当保持沉默，应当严格控制自己……”

拉夫列茨基如此这般地思忖着，竭力排遣心头的愁苦，然而这愁苦太深沉，太强烈了。阿普拉克谢娅与其说是老年昏聩，倒不如说尝尽了各种滋味，连她也摇摇头，忧伤地目送拉夫列茨基坐进马车向城里驶去。马匹在奔跑，他纹丝不动，正襟危坐，目不转睛地望着前方的路途。

42

昨天晚上丽莎写条子给拉夫列茨基，要他傍晚到他们家去。但是他先到了自己的寓所。他在家里既没有见到妻子，也没有见到女儿。从佣人口中得知她带女儿上卡里金家去了。这个消息使他又惊又恼。“看样子瓦尔瓦拉·巴甫洛芙娜是打定主意不让我过安稳日子了。”他心里激动不安，恨恨地想。他开始前前后后来回踱步，不断把碰到的儿童玩具、书籍、妇女用品扔掉，踢掉。他叫来茹斯汀，吩咐她把这堆“废物”搬掉。“Oui，monsieur，”[1]她装着鬼脸回答说，开始收拾房间，一面姿势优美地俯下身去，每一个动作都让拉夫列茨基感到她在把他当做一头粗野的狗熊。他恨恨地望着她那风韵已衰，然而魅力犹存、半讽半嘲的巴黎女人的脸，望着她那白色的袖套、丝质的围裙和轻便包发帽。他终于把她打发走，经过长时间的犹豫（瓦尔瓦拉·巴甫洛芙娜尚未回来）以后，他决计上卡里金家去，但不是去玛丽娅·德米特里耶芙娜那里（他可说什么也不会到她的客厅、到他妻子正待在那儿的客厅里去的），而是去见玛尔法·季莫菲耶芙娜。他记得从女仆们进出的后门有一道楼梯通向她的房间。拉夫列茨基就这么办。算他走运：他在院子里碰见舒罗奇卡，她就带他去见玛尔法·季莫菲耶芙娜。他遇见了她，和往常不同，只有她一个人在。她坐在角落里，没戴帽子，佝偻着腰，两手交叉在胸前。见到拉夫列茨基老太太显得很慌乱，她敏捷地站起来，在屋子里来回走动，仿佛在寻找自己的帽子。

“啊，原来是你，是你，”她说道，躲避着他的目光，忙乱着，“对，你好！怎么样？怎么办？昨天你在哪儿？是啊，她来了，是的。对，应该这样……不管怎么样。”

拉夫列茨基在椅子上坐下。

“对，坐下，坐下，”老太太继续说，“你直接上楼了！对，不错，当然是这样，兴许

---

① 法语：好的，先生。

是这样？你看我来啦？谢谢。”

老太太停了一会没再说话。拉夫列茨基不知对她说什么好。不过她理解他。

“丽莎……对，丽莎刚刚还在这里，”玛尔法·季莫菲耶芙娜继续说道，一面把手提包的带子系上又解开，“她身体不太好。舒罗奇卡，你在哪儿？过来，我的妈呀，你怎么一刻也坐不住？我也头疼。说不定这是让歌声和琴声给弄的。”

“什么歌声，姑妈？”

“不是吗，刚刚还在唱呢，照你们的说法究竟叫啥，对，二重唱。都是意大利语，叽叽喳喳的，十足的喜鹊叫。只要一弹唱起来，心都给扰得烦死了。潘申，还有你那位。他们这么快就搭上了：简直像亲人一样，一点拘束也没有。可也是，就是狗也得给自己找个栖身之所。好在人家不赶她，不会死无葬身之地。”

“不管怎么样，说真的我没想到这一着，”拉夫列茨基回答说，“这需要极大的勇气。”

“不，我的心肝，这不叫勇气，叫会打算盘。上帝保佑她！听说你让她到拉夫里基去住，是吗？”

“是的，我把这座庄园给了瓦尔瓦拉·巴甫洛芙娜。”

“没要钱吧？”

“眼下还没要。”

“看着，要不了多久。现在你才让我看仔细。身体好吗？”

“好。”

“舒罗奇卡，”玛尔法·季莫菲耶芙娜突然叫起来，“你去对丽莎维塔·米哈依洛芙娜说，不，问问她……她在楼下是不？”

“在楼下。”

“那好，你就问问她，说她把我的书搁哪儿了。她就懂了。”

“唉。”

老太太又忙乱开了，开始拉开抽屉柜里的一只只抽屉。拉夫列茨基木然不动地坐在椅子上。

忽然传来上楼梯轻细的脚步声，随后丽莎进来了。

拉夫列茨基起身向她鞠躬。丽莎在门边站定。

“丽莎，丽索奇卡，”玛尔法·季莫菲耶芙娜忙乱不安地说，“你把我的书，书搁哪儿啦？”

“什么书呀，姑奶奶？”

“就是书嘛，我的天哪！其实我也不是叫你……嗯，反正一样。你在楼下干什么？

费奥多尔·伊凡内奇来了……你的头疼怎么样啦?”

“没什么。”

“你总是说没什么。楼下在干什么? 还在弹琴?”

“不,正打牌呢。”

“嘿,她倒好,没一样不会。舒罗奇卡,我看你想去花园玩玩了,去吧。”

“不,玛尔法·季莫菲耶芙娜……”

“别犟嘴了,去吧。娜斯塔西娅·卡尔波芙娜一个人到花园去了,你去陪陪她。对老太太可要敬重些。”舒罗奇卡走了。“我的帽子在哪儿? 放哪儿去了,真是!”

“让我去找一找。”丽莎说。

“坐下,坐下。我自己的腿还没掉呢。说不定,在我卧房里。”

玛尔法·季莫菲耶芙娜斜过眼去瞟了一下拉夫列茨基,便走了出去。她离开时门是开着的,但是突然回来把门带上了。

丽莎靠在椅子背上,静静地抬起双手捂住自己的面孔,拉夫列茨基还是站在老地方。

“我们就这样见面了。”他终于说。丽莎从脸上拿开了双手。

“是的,”她低声地说,“我们很快就遭到了惩罚。”

“惩罚,”拉夫列茨基说,“为什么您要受惩罚?”

丽莎抬起眼睛望着他,那双眼睛流露的既不是痛苦,也不是惊恐:那双眼睛看起来显得小了一些,也不大有神采。她脸色苍白,微微开启的双唇也显得很苍白。

拉夫列茨基的心由于怜悯和爱情颤动了一下。

“您给我的条子上写着:一切都结束了,”他低声说,“是的,还没有开始,就都结束了。”

“应该把这一切都忘记,”丽莎说,“我很高兴您来了;我想给您写信,但是这样更好。只是应该快一点利用这几分钟。我们两个人都还得履行自己的义务。您,费奥多尔·伊凡内奇,应当和您的妻子和解。”

“丽莎!”

“我恳求您这样做,只有这一点可以抚慰……已经发生的一切。您想一想——就不会拒绝我了。”

“丽莎,看在上帝分上,您要求的事是不可能做到的。我愿意按您要我做的一切去做,可是现在同她和解!……我同意一切照办,我把什么都忘了,可是我不能强迫自己的心……对不起,这是残酷的!”

“我并不要求您按您说的那样做;如果您做不到,可以不和她住在一起,但是要同她和解。”丽莎回答他，重新用双手蒙住了眼睛，“您想想自己的女儿，为了我您就这么做吧！”

“好，”拉夫列茨基从牙缝里挤出这句话，“我会这样做的，就算是吧；我用这一点来履行自己的义务。可是您，——您的义务是什么呢？”

“这一点我知道。”

拉夫列茨基猛然一震。

“您不再打算嫁给潘申了吗？”他问。

丽莎露出勉强可见的一丝微笑。

“哦，不！”她说。

“啊，丽莎，丽莎！”拉夫列茨基叹道，“本来我们该会多么幸福！”

丽莎又望了他一眼。

“现在您自己也看见，费奥多尔·伊凡诺维奇，幸福不取决于我们，而取决于上帝。”

“对，因为您……”

通隔壁房间的门迅速打开了，玛尔法·季莫菲耶芙娜手里拿着帽子走进来。

“让我好找，”她站在拉夫列茨基和丽莎中间，说道，“是我自己乱塞。这就叫年纪老了，要命！不过年纪轻也不见得好一些。怎么，你自己带你老婆去拉夫里基？”她转过身向着费奥多尔·伊凡内奇，补充说。

“带她去拉夫里基？我？我不知道。”稍稍停顿了一会儿后他说。

“你不下楼去吗？”

“今天——不。”

“也好，随你的便。可是丽莎，我想你该下楼去吧。哎呀，我的老天，我忘了给我的红腹雀喂食了。你们在这儿等一会吧，我现在就……”

于是玛尔法·季莫菲耶芙娜就跑了出去，帽子也没有戴。

拉夫列茨基迅步走到丽莎跟前。

“丽莎，”他开始用哀求的声调说，“我们要永远分别了，我的心都碎了，把您的手伸给我告别吧。”

丽莎抬起了头。她那疲惫、几乎失去了神采的目光停留在他身上……

“不，”她说，同时抽回了已经伸出的手，“不，拉夫列茨基（她第一次这样称呼他）①，我不能把我的手给您。有什么必要呢？请离开吧，我求您。您知道我爱

① 按俄语习惯，对人直接用姓称呼表示关系一般。

您……是的，我爱您，”她花了好大力气补充说，“可是不……不。”

于是她把手帕拿向自己的嘴边。

“至少请把这块手绢给我吧。”

门吱呀一声……手帕沿丽莎的膝头滑下来。在它还没有落到地上时拉夫列茨基一把接住了，迅速塞进一边的口袋里，他回过头去，眼光正好和玛尔法·季莫菲耶芙娜相遇。

“丽莎奇卡，我觉得你妈妈在叫你。”老太太说。

丽莎马上站起来走了。

玛尔法·季莫菲耶芙娜又在角落里坐下，拉夫列茨基开始和她道别。

“费佳。”她突然说。

“什么事，姑妈？”

“你是个诚实的人吗？”

“怎么？”

“我问你：你是不是一个诚实的人？”

“我希望是。”

“嗯。那你向我保证你是个诚实的人。”

“好吧。但是那为什么呢？”

“我当然知道为什么。不过，我的老兄，你并不傻，只要好好想一想，自己心里也会明白为什么我这样问你。而现在，再见啦，老兄。多谢你来看我，不过，费佳，你可要记住说过的话，还有，来亲我一下。哦，我的心肝，我看得出来，你心里很难过。可是谁都不好过。以前我常常是那样地羡慕苍蝇：我想，看，世界上究竟谁过得快活；可是有一天夜里我听见苍蝇在蜘蛛爪子里嗡嗡哀叫的声音——，我想，不，连它们也有雷雨交加的时候。有什么办法呢，费佳。不过你说的话还是得记住。走吧。”

拉夫列茨基从后门楼梯走出去，他已经快走到大门口了……听差赶上了他。

“玛丽娅·德米特里耶芙娜吩咐我请您去见她。”他向拉夫列茨基报告说。

“兄弟，你告诉她现在我不能……”费奥多尔·伊凡内奇正要往下讲。

“她老人家吩咐我一定要请您，”听差继续说，“还吩咐我告诉您，只有她老人家一个人在。”

“难道客人都走啦？”拉夫列茨基问，“正是这样。”听差回道，说着咧开嘴笑了笑。拉夫列茨基耸了耸肩，便跟着他走了。

43

玛丽娅·德米特里耶芙娜单独坐在自己书房里一张伏尔泰椅上，嗅着香水。她旁边的小桌上放着一杯橙花水。她激动不安，似乎担心着什么。

拉夫列茨基进来了。

“您想见我。”他冷淡地鞠一躬说。

“是的，”玛丽娅·德米特里耶芙娜回答说，稍稍喝了点水，“我知道您直接去见姑妈了。我吩咐请您来我这儿：我需要和您谈谈。请坐。”玛丽娅·德米特里耶芙娜舒口气说。“您知道，”她继续说，“您的妻子来过了。”

“这我知道。”拉夫列茨基说。

“哦，是的，我是说，您的妻子来过了，而且我接待了她。这就是此刻我打算向您解说的，费奥多尔·伊凡内奇。我，托上帝的福，可以说各方面都受到别人的尊重，我无论如何也不会做出不像样的事来。虽然我事先估计到您会不高兴，但是我怎么好意思对她拒而不见呢，费奥多尔·伊凡内奇，她是我的一个亲戚——由于您的关系：您设身处地为我想想，我有什么权利将她拒之门外呢，——您说是不是？”

“您的担心是多余的，玛丽娅·德米特里耶芙娜，”拉夫列茨基回答说，“您做了一件很好的事。我一点也不生气。我根本不想剥夺瓦尔瓦拉·巴甫洛芙娜会见自己熟人的机会。今天我没进来见您只是因为我不想和她见面。——这就是全部理由。”

“啊，我听到您说这样的话，有多高兴，费奥多尔·伊凡内奇，”玛丽娅·德米特里耶芙娜大声说，“不过从您高尚的情感里，我总是能期待到这样的回答的。至于我的担心么，这也不奇怪：我是女人，也是母亲。而您的夫人……当然我不能评判您和她的事——这我对她本人也说过。但是她是那么可爱的一位太太，她带给人的除了快乐，没有别的。”

拉夫列茨基冷笑一声，摆弄起帽子来。

“我还有一件事要对您说，费奥多尔·伊凡内奇，”玛丽娅·德米特里耶芙娜顺便靠近他，继续说，“您要是看见她那样子，有多么温顺，对人恭恭敬敬！是的，这简直叫人感动。要是您听见她怎么说到您！我，她说，在他面前全是我的错。我，她说，不会看人，她说。他，她说，是个天使，不是凡人。是的，就是这样说的：天使。她多么后悔呵……说真的，我还没见过这么后悔的！”

“可是，玛丽娅·德米特里耶芙娜，”拉夫列茨基说，“请允许我问一句：听说瓦尔瓦拉·巴甫洛芙娜在您这儿唱了歌；在她后悔的时候她唱了歌——或者说？……”

“哎呀，您怎么好意思这样说呢！她唱歌和弹琴只是为了我，因为我一定要她这样做，我几乎是命令她的。我看到她心里难过，那么难过，我就想设法让她散散心，——何况我听说了，她是个了不起的天才！算啦，费奥多尔·伊凡内奇，她几乎完全垮了，您不妨问问谢尔盖·彼得罗维奇；一个神情沮丧的女人，tout - à - fait[①]，您这是干什么？”

拉夫列茨基只是耸耸肩。

“还有，您的这位阿达奇卡又是个多么可爱的小天使，多么迷人！她有多可爱，多伶俐；法语说得多棒，俄语也能听懂，还叫我姑姑呢。您知道吗，要说怕生，在她那个年纪哪个孩子不怕生，可她就不。长得那么像您，费奥多尔·伊凡内奇，像得不得了。眼睛，眉毛……就是您——和您半点不差。老实说这么大岁数的小娃娃我是不太喜欢的，可您的女儿我简直打心底里喜欢。”

“玛丽娅·德米特里耶芙娜，”拉夫列茨基突然说，“请允许我问一句，您干吗要跟我说这个？”

“为什么？”玛丽娅·德米特里耶芙娜又嗅了嗅香水，喝了口水，“就因为，费奥多尔·伊凡内奇，我告诉您……我可是您的亲戚，所以我要分外地关心您……我知道您的心肠是最好的。请听着，mon cousin，[②]——我毕竟是个见过世面的女人，说话不至于信口开河：宽恕她，宽恕您的妻子吧。”玛丽娅·德米特里耶芙娜的眼睛里突然充满了泪水。“您不妨想一想：年纪轻，又缺乏经验……再说，也许这是一个坏的榜样：她没有一个引导她走上正道的母亲。宽恕她吧，费奥多尔·伊凡内奇，她被惩罚得也够了。”

泪水顺着玛丽娅·德米特里耶芙娜的面颊淌下来，她也不把它擦掉：她是喜欢哭泣的。拉夫列茨基如坐针毡。“我的天哪，”他想，“这简直是受刑，我今天碰上什么

---

① 法语：彻底地，完全地。

② 法语：我的表亲。

日子啦!”

“您不回答,”玛丽娅·德米特里耶芙娜又说道,“我该怎么理解您的态度呢? 难道您就可以这样残忍? 不,我不能相信这一点。我觉得我说的话已经说服了您。费奥多尔·伊凡内奇,上帝会因为您的善心而奖赏您,现在您从我手中接过您的妻子吧……”

拉夫列茨基不由得从椅子里站起身来。玛丽娅·德米特里耶芙娜也站起身,利索地走到屏风后面,从那里领出了瓦尔瓦拉·巴甫洛芙娜。她脸色苍白、精神颓唐、眼睑低垂,看上去已经全然没有了自己的思想,自己的意志,完全听凭玛丽娅·德米特里耶芙娜双手的摆布。拉夫列茨基倒退了一步。

“您刚才在这里!”他叫道。

“别责怪她,”玛丽娅·德米特里耶芙娜急忙说,“她说什么也不肯留下来,可是我强要她留下,并让她坐在了屏风背后。她曾劝过我,说这样会使您更生气。我没有听她,我比她更了解您。从我手里接受您的妻子吧;去,瓦里娅,别害怕,跪到您丈夫面前去(她拉了拉她的手)——我祝福……”

“别说了,玛丽娅·德米特里耶芙娜,”拉夫列茨基低沉、然而颤动的嗓音打断了她的话,“您大概喜欢多情善感的场面(拉夫列茨基没有说错:玛丽娅·德米特里耶芙娜从女子中学时期起就保持了对某些戏剧性效果的酷爱)。这些场面可以使您消遣解闷,却使另一些人心里难受。不过我不打算和您谈:在这一场戏里不是您当主角。您要我干什么呢,夫人?”他转而向着妻子,补充说,“我能做的不是为您做了吗? 不要回答我,说这样的会面不是您出的主意。我不会相信您——您知道我不可能相信您。您要什么? 您是聪明人,——您做任何事都不会没有目的。您应当明白,要我像以前那样和您共同生活,我做不到,这不是因为我还在生您的气,而是因为我已变成另外一个人了。这一点在您回来的第二天我已经对您说过,当时您自己心里也是默认的。但是您希望在公众舆论中恢复自己的形象。您觉得住在我家里还不够,还希望我和您住在同一个屋顶下——是不是?”

“我希望您宽恕我。”瓦尔瓦拉·巴甫洛芙娜说道,并不抬起她的眼睛。

“她希望您宽恕她。”玛丽娅·德米特里耶芙娜重复说。

“不是为我自己,为了阿达,”瓦尔瓦拉·巴甫洛芙娜低声说。

“不是为她,而是为您的阿达。”玛丽娅·德米特里耶芙娜重复说。

“好极了。您要这个?”拉夫列茨基艰难地说,“好吧,连这一点我也答应。”

瓦尔瓦拉·巴甫洛芙娜迅速向他瞟了一眼,玛丽娅·德米特里耶芙娜则大声叫道:“啊,谢天谢地!”——于是又拉住瓦尔瓦拉·巴甫洛芙娜的手。“把她从我身边接走吧……”

“请等一等，我跟您说，”拉夫列茨基打断她说，“我同意和您共同生活，瓦尔瓦拉·巴甫洛芙娜，”他接着说道，“也就是说我把您送到拉夫里基，尽可能地和您住一段时间，然后我就离开，——不过也会经常回来。您看得见，我不想欺骗您。可是您再也别提其他要求了。假设我遵照我尊敬的亲戚的愿望把您拥入怀中，并且告诉您说……说过去的就让它过去，砍倒的大树也会开花，恐怕您自己也会禁不住大笑。但是我看得明白，我必须屈服。这句话您不太会理解……这没关系。我再说一遍，我将和您共同生活……或者不，我不能答应这一点……我将和您言归于好，重新把您看作我的妻室……”

“为此您至少把手伸给她。”玛丽娅·德米特里耶芙娜说道，她的眼泪早已干掉了。

“我从来没有欺骗过瓦尔瓦拉·巴甫洛芙娜，”拉夫列茨基回答说，“就这样她也会相信我。我将送她去拉夫里基，——记住，瓦尔瓦拉·巴甫洛芙娜：只要您走出拉夫里基，我们约定的条件就算破坏了。现在请允许我离开了。”

他向两位女士都鞠了躬，便急匆匆地走了出去。

“您没有带她一起走。”玛丽娅·德米特里耶芙娜跟在他后面喊道……

“让他去吧。”瓦尔瓦拉·巴甫洛芙娜悄声对她说，当即拥抱了她，开始感谢她，吻她的双手，称她为自己的救命恩人。

玛丽娅·德米特里耶芙娜宽厚地接受了她的温存，可是心里头既不满意拉夫列茨基，也不满意瓦尔瓦拉·巴甫洛芙娜，更不满意自己编导的那台戏，那台戏演得一点也不动人。照她的意思，瓦尔瓦拉·巴甫洛芙娜应当扑到丈夫跟前跪下。

“您怎么不懂我的意思？”她说，“我不是对您说跪下吗？”

“这样更好，亲爱的姑姑，别担心，一切顺利。”瓦尔瓦拉·巴甫洛芙娜肯定地说。

“可是您看他冷得像块冰，”玛丽娅·德米特里耶芙娜指出，“再说，您也没有哭，倒是我反而当着他的面流了许多眼泪。他还想把您禁闭在拉夫里基，连来看看我都不行？男人啊，个个铁石心肠没仁没义。”最后她意味深长地摇摇头。

“但是女人却懂得看重仁慈心肠和宽宏大量。”瓦尔瓦拉·巴甫洛芙娜说道，一面悄悄地跪在玛丽娅·德米特里耶芙娜面前，抱住她丰满的腰肢，将脸孔贴紧了她。那张脸在偷偷地微笑，而玛丽娅·德米特里耶芙娜却重又淌下了眼泪。

而拉夫列茨基则回到了家里，把自己关在贴身侍仆的房里，一头倒在沙发上，就这样一直躺到天明。

44

第二天是星期日，召唤人们去做晨祷的钟声没有唤醒拉夫列茨基——他通宵没有合眼，然而钟声却使他回想起另一个星期日，当时他按照丽莎的意愿去了一趟教堂。他急匆匆地起了身，有个神秘的声音告诉他说，即使在今天他也能在那里见到她。他悄无声息地走出屋子，吩咐留话给还在沉睡的瓦尔瓦拉·巴甫洛芙娜，说他回家吃午饭，于是朝着单调悲凉的钟声召唤的方向大步流星地走去。他早早地到了：教堂里几乎没有人。一个执事正在唱诗班席上诵读经文。他那匀调的声音时高时低，有时被一声咳嗽打断。拉夫列茨基站在离门口不远的地方。祈祷的人们一个个地陆续到来，停下脚步，画着十字，向着四面八方俯身鞠躬；空荡荡静悄悄的空间里响起他们的脚步声，在拱顶下清晰地发出回响。一位老态龙钟的老婆婆，穿一件带风帽的破旧斗篷，跪在拉夫列茨基身边，虔诚地祈祷着，她那齿牙落尽、饰满皱纹的黄脸上现出深受感动的热切表情，充血的双眼目不转睛地仰望着神壁上的圣像，瘦骨嶙峋的两手不停地从斗篷里伸出来，缓慢、有力、大幅度地比划着十字。一个农民也来到教堂，他胡子拉碴、满面愁容、鬓发凌乱、神疲力乏，一进门就双膝下跪，开始急急忙忙地一面画十字，一面磕头，每磕一次，就把头向后一仰，摇几下。他的脸部表情和每一个动作，所表现的痛苦是如此深沉，使得拉夫列茨基决计走近他身边问他发生了什么事。农民惊慌而阴郁地向旁边一闪，瞧了他一眼……“儿子死了，”他急促地回答，然后又开始磕头……“对他们来说除了从教堂寻找慰藉，还有什么可以替代呢？”拉夫列茨基想道，于是自己也想祷告起来；然而他的心却变得沉重起来，恼怒起来，而思绪则飘向了远处。他还在等待丽莎——但是丽莎没有来。教堂里挤满了人，还是不见她。晨祷仪式开始；执事已经念完福音书，宣布祈祷的钟声开始敲响。拉夫列茨基稍稍向前挪动了一点，突然看见了丽莎。她来得比他早，但是他没有发现她。她蜷缩在墙壁和唱诗班席位之间的间隙里，头也不回，也不动弹。直至整个祈祷仪式结束，拉夫列茨基的视线始终没有离开丽莎；他在和她告别。人群开始疏散，她却仍旧站在原地，看样子她在等候拉夫列茨基离去。终于她最后一次画了十字，头也不回地走了；她的侍女陪伴着她。拉夫列茨基跟随她走出教堂，在街上赶上了她。她步伐急促，低垂着头，拉下了面纱。

“您好，丽莎维塔·米哈依洛芙娜，”他大声说，强装出悠闲自在的样子，“可以陪您走一阵吗？”

她什么也没有说。他和她并排走着。

“您对我满意了吗？”他压低声音问她，“您听说了昨天发生的事吗？”

“是的，是的，”她悄声说，“这样很好。”

她走得更快了。

“您满意吗？”

丽莎只点了点头。

“费奥多尔·伊凡内奇，”她用平静然而微弱的声音说，“我想请求您，以后再也不要上我们家来，请快点离开这里，我们可以在以后某个时候见面，一年以后。现在，请您为了我而这样做；请看在上帝的分上按照我的请求去做吧。”

“我愿意什么都听从您，丽莎维塔·米哈依洛芙娜，可是我们难道就该这样分手：难道您一句话也不留给我吗？……”

“费奥多尔·伊凡内奇，您看现在您正在我身边走着……可实际上您离开我已那么远，那么远。而且不仅您一个人，还有……”

“说下去，我请求您！”拉夫列茨基大声说，“您想说什么？”

“您将会听见，也许……无论如何，忘记吧……不，别忘记我，记住我。”

“要我忘记您……”

“够了，别了。别再跟我走了。”

“丽莎。”拉夫列茨基刚想说。

“别了，别了！”她反复说道，她的面纱拉得更低了，她几乎跑也似地向前走去。

拉夫列茨基目送她离去，然后低头沿着街道往回走。他遇见了莱姆，他也把帽子低低地扣到鼻梁上，两眼只盯着脚尖走着。

他们彼此无言地对视了一会儿。

“唉，有什么说的？”终于拉夫列茨基开腔了。

“我能说什么？”莱姆闷闷不乐地回答说，“我什么话也说不出。一切都死了，我们也死了（Alles ist todt，und wir sind todt）。您是向右走吧？”

“向右。”

“可我向左。再见。”

翌日上午费奥多尔·伊凡内奇带着妻子启程去拉夫里基。她和女儿，还有茹斯汀坐在前面一辆轿式马车里，他则乘坐一辆远程马车跟在后面。漂亮的小姑娘一路上趴在窗口一直不曾离开，她对见到的一切都感到新奇：农民、农妇、农舍、水井、木轭、铃铛和许许多多白嘴鸦。茹斯汀也分享她的新奇。瓦尔瓦拉·巴甫洛芙娜听着她们诉说自己的发现和大呼小叫，笑意盈盈。她心情很好。在驶离O市前她向丈夫作过一番表白。

“我理解您的处境，”她对他说，而他根据她聪明的眼睛所流露的神情可以推断，她完全了解他的处境，“可是您至少得给我一个公正的印象，认为我这个人很好相处。我不会对您纠缠不休，也不会束缚您的自由。我希望阿达的前途得到保障。其他我什么也不需要了。”

“可是您已经达到了全部目的。”费奥多尔·伊凡内奇说。

“现在我只希望一件事：永远隐居在穷乡僻壤；我将永远记住您的恩惠……”

“呸！够了！”他打断她的话。

“我会尊重您的独立自主和安宁的。”她结束了事先想好的句子。

拉夫列茨基向她深深鞠了一躬。瓦尔瓦拉·巴甫洛芙娜明白，丈夫打心底里感激她。

第二天傍晚他们到达拉夫里基。过了一个星期拉夫列茨基出发去了莫斯科，给妻子留下大约五千卢布作为日用开销，而在拉夫列茨基离开的次日潘申到了，因为瓦尔瓦拉·巴甫洛芙娜曾请求他不要在她孤苦寂寞之中将她遗忘。她对他的接待好得不能再好，屋内轩敞的房间和花园里，响彻琴声、歌声和用法语的欢快的交谈声，直至夜阑更深。潘申在瓦尔瓦拉·巴甫洛芙娜家里作了三天客，临别时他紧紧握着她的一双纤纤素手，答应很快就会回来——他确实履行了自己的诺言。

45

在属于母亲的邸宅的二楼，丽莎有她自己专用的一个小房间，室内清洁明亮，有一张白色小床，屋角和窗前陈设着盆花，还有一张小书桌，一摞书和挂在壁上的一个耶稣受难十字架。这个房间一度称作儿童室，丽莎就在这里降生。从拉夫列茨基遇见她的那座教堂回来以后，她比往常更仔细地将自己的物品全部理得井井有条，抹掉了各处的灰尘，重新翻阅了自己的全部笔记本和女友的书信，重新用带子一一扎好，锁上所有抽屉，浇了花，用手触摸了每一朵花。这一切她做得从容不迫、无声无息，脸上带着感触万端而又宁静安详的关切表情。最后她在房间中央站定，徐徐环顾了一番，随后走到上方挂有耶稣蒙难十字架的桌子跟前，双膝跪下，把头搁在紧握的双手里，再也不动了。

玛尔法·季莫菲耶芙娜走进屋来，正好撞见她这副样子。丽莎并未觉察她进来。老太太踮起脚走出门去，在外面大声咳了几下。丽莎利索地站起来，擦了擦眼睛，眼眶里闪着尚未淌下的晶莹的泪花。

“我看得出，你又收拾过自己的小屋了，”玛尔法·季莫菲耶芙娜说，一面向一盆新长的蔷薇俯下身去，“好香啊！”

丽莎若有所思地望望自己的姑奶奶。

“您说什么来着？”她细声说。

“说什么，什么？”老太太急忙接上去说。“你想说什么？这太可怕了，”她突然摘下帽子，坐到丽莎的小床上，说道，“我已经无法忍受。四天啦，我简直像在汤锅里煮。我再也不能假装毫无觉察的样子，我不能眼看着你面色一天比一天苍白、消瘦，看着你哭泣，我做不到，做不到。”

“看您怎么啦，姑奶奶？”丽莎说，“我没什么……”

“没什么？”玛尔法·季莫菲耶芙娜大声嚷起来，“这话你对别人说去，可别对我说！没什么！可刚才谁跪在地上？谁的眼睫毛上还沾着泪花？没什么！那你看看你自己，你的脸变得怎么样啦，你的眼睛长哪儿去了？没什么！难道我一点儿不知道？”

“这都会过去的，姑奶奶：只是时间问题。”

“会过去的，那你说什么时候？我的天哪，我的主！莫非你真的对他爱到这地步了？他可已经是个老头了，丽索奇卡。当然我不否认，他是个好人，不会咬人，可那又怎么样呢？他们都是好人。世界之大无奇不有，这种事总会是应有尽有的。”

“我告诉您，这一切都会过去，这一切已经过去。”

“听着，丽莎，听我对你说，”玛尔法·季莫菲耶芙娜突然说，同时把丽莎拉到身边床上坐下，有时理理她的头发，有时整整她的三角头巾，“这是因为你一时感情冲动觉得自己的痛苦解脱不了。唉，我的心肝，只有死才没有药救！现在你只要对自己说：‘我才不理会呢，去它的！’然后你自己也会觉得奇怪，这痛苦竟那么快就过去了，又变得那么好啦！现在你得耐着性子忍一忍。”

“姑奶奶，”丽莎说，“它已经过去了，全过去啦。”

“过去啦！什么叫过去啦？你瞧瞧自己的鼻子都变尖了，你倒还要说：过去啦。好一个‘过去啦’！”

“是过去啦，姑奶奶，只要您愿意帮助我，”丽莎忽然振作起来说，于是扑过去搂住了玛尔法·季莫菲耶芙娜的脖子，“亲爱的姑奶奶，做我的朋友吧，帮助我，别生气，请理解我……”

“怎么回事？怎么回事，我的妈呀？请别吓唬我；我马上要喊起来了，别那样看着我，快说怎么回事？”

“我……我想……”丽莎把脸藏进了玛尔法·季莫菲耶芙娜怀里……“我想进修道院。”她低声地说。

老太太猛地从床上跳了起来。

“画个十字吧，我的妈呀。丽索奇卡，你脑子清醒一下，你这是干什么，上帝保佑，”她终于喃喃地说，“躺下，亲爱的，睡一会儿；这都是你失眠的缘故，我的心肝。”

丽莎抬起头，她两颊发烧。

“不，姑奶奶，”她说，“别这么说，我主意已定，我祈祷过了，我请求过上帝的指示了。一切都结束了，我和您一起的生活也结束了。这样的教训并非无缘无故。而且我也不是第一次考虑这个问题。幸福没有向我走来过，即使当我怀有获得幸福希望的时候，我的心仍然是痛苦的。我都知道，知道自己的罪孽，也知道别人的罪孽，还知道爸爸是怎么积攒了我们这份家产的；我什么都一清二楚。所有这些应当通过祈祷来赎罪，通过祈祷。我舍不得离开您，也舍不得离开妈妈、连诺奇卡；可是别无办法：

我觉得这里不是我住的地方，我已经舍弃了一切，和家里的一切都已最后鞠躬告别。有某种力量在召唤我离去；我心里痛苦得很，我真想把自己永远禁闭起来。别挽留我，别劝说我，帮助我吧，否则我就会独自离去……”

玛尔法·季莫菲耶芙娜惊恐地听着侄外孙女的诉说。

“她病了，一定是说胡话，”她忖道，“应当派人去请医生，可是请谁呢？前几天盖杰奥诺夫斯基说起过哪个医生好。他总是没正经话——也许这一次他倒说了正经话呢！”然而当她确信丽莎没有生病，也不是说胡话的时候，当丽莎对她所有反驳的话语总是作出同样的回答时，玛尔法·季莫菲耶芙娜大惊失色，着着实实伤心透了。

“可是你不知道，我的小宝贝，”她开始劝解她，“修道院里过的是怎么样的一种生活！你可知道，我的小亲亲，那里给你吃的是生大麻子油，穿的是挺厚挺厚的粗布衣服，还强迫你大冷天顶风冒雪到处走。这一切你受不了哇，丽索奇卡。这都是阿加菲娅对你影响的结果。是她把你的脑子搞糊涂啦。可是她当初就像模像样地过日子，活得开开心心，你也得好好过日子。至少你得让我安安生生死去，以后你想怎么做就怎么做。谁见过这号事，为了这个山羊胡子，求上帝原谅我，为了一个男人要进修道院？这样吧，既然你心里难过，就坐车出去遛遛，到主的仆人那里祷告祷告，做做祈祷，可千万别戴那顶黑修女帽，我的爸呀，我的妈呀，你这个小祖宗……”

于是玛尔法·季莫菲耶芙娜伤心地哭了起来。

丽莎安慰她，给她擦眼泪；她自己也哭，但还是不肯改变主意。玛尔法·季莫菲耶芙娜束手无策，于是开始威胁她：把什么都告诉她母亲……可是连这也无济于事。只是由于老太太的强烈请求，丽莎才答应推迟半年执行自己的计划。但是玛尔法·季莫菲耶芙娜必须保证，如果六个月以后丽莎不改变决定，她要设法帮助她取得母亲的同意。

尽管瓦尔瓦拉·巴甫洛芙娜曾经信誓旦旦地说过要在穷乡僻壤隐居下去，但是，她已备足了金钱，随着初寒降临大地，便迁居到了彼得堡，在那里租赁了潘申为她物色的一套简朴、然而舒适可爱的住宅，而潘申则比她先期离开了O市。在逗留O市的最后一段时间里他完全失去了玛丽娅·德米特里耶芙娜对他的好感。他突然停止了对她的拜访，几乎待在拉夫里基足不出户了。瓦尔瓦拉·巴甫洛芙娜将他奴役了，正是奴役了：用其他字眼表达不了她对他拥有的那种无穷无尽、无须补偿、无须回报的权力。

拉夫列茨基在莫斯科住了一冬。第二年的春季他得到消息，在俄罗斯一个遥远的边区，丽莎在Б修道院里落发出家了。

尾　声

八年过去了。又到了大地春回的时节……不过咱们先得交代几句，表一表米哈列维奇、潘申和拉夫列茨基太太的遭遇，然后就和他们挥手作别。米哈列维奇在经过长期的流浪漂泊后终于找到了自己的事业：取得了一所公立学校学监主任的位置。他对自己的命运非常满意。学生们虽然背后学他的样子取乐，却对他十分“崇拜”。潘申在官场上青云直上，下一步目标便是区长的位置。他走路时稍有点伛偻；也许挂在他脖子上的弗拉基米尔十字勋章过于沉重，压得他向前倾了。在他身上官僚的气质取得了决定性的胜利，压倒了艺术家的气质。他那尚显年轻的脸面已经憔悴发黄，头发也日见稀疏。他已经不唱歌也不作画，但是暗地里却在从事文学创作：他写了一个“谚语式”的小喜剧。由于时下写作的人一定要“描绘”某一个人物或某一件事，所以他在剧本里描写了一个风流女子，偷偷地念给两三个对他特别好的女士听。但是他没有结婚，虽然他面前曾经出现过许多次喜结良缘的机会：在这方面瓦尔瓦拉·巴甫洛芙娜难辞其咎。至于她，则依然长住巴黎：费奥多尔·伊凡内奇给了她一张汇票，从而向她买得了自由，避免了她再次出其不意地回来的可能。她变老了，发胖了，但是依然妩媚动人，风韵未减。每个人都有自己的理想。瓦尔瓦拉·巴甫洛芙娜则在小仲马先生的戏剧作品里找到了自己的理想。她是戏院的常客，因为那里舞台上表演的是病病歪歪、多愁善感的风流女子。在她看来能做多什夫人①便已到达了人生幸福的顶峰；她有一次曾经宣称：她不希望女儿有比多什夫人更好的运气了。应当希望命运使 mademoiselle Ada② 避免类似的幸福；她已经从一个红红胖胖的小婴孩变成一个肺部衰弱、面色苍白的女孩，她的神经也受到了损害。瓦尔瓦拉·巴甫洛芙娜的崇拜者已经减少，不过也没有消失干净。其中有几个大概可以保持到她生命的终极，

① 法国女演员。
② 法语：阿达小姐。

最近一段时期对她最热情的崇拜者是一个叫萨库尔达洛·斯库勃尔尼科夫的人，从近卫军退役的多须男子，大约三十八岁，身体相当结实。拉夫列茨基夫人沙龙里的法国来宾称他为“le gros taureau de l' Ukraine[①]”。瓦尔瓦拉·巴甫洛芙娜从不邀请他参加自己时髦的晚会，然而他却充分享有她的宠爱。

这样……一过就是八年。春光明媚的幸福再次从天而降。春季又向大地和人间绽开了笑脸。在春的抚爱下万物又复开花、相爱、歌唱。这八年中O城变化不大，然而玛丽娅·德米特里耶芙娜的邸宅似乎变年轻了。新近粉刷过的四壁一片洁白，十分悦目。洞开的窗户上的玻璃在落日下映出一派红光，闪闪发亮。年轻人嘹亮的嗓子发出的欢乐、轻松的声音以及此起彼伏的笑声从这些窗户里一直传到街上。整座屋宇看上去生机盎然，洋溢着无穷的欢乐气氛。屋宇的女主人早已长眠地下：玛丽娅·德米特里耶芙娜在丽莎出家后过了大约两年就去世了。玛尔法·季莫菲耶芙娜也没有比自己的侄女儿多活多久。她们两人并排安息在本市公墓里。娜斯塔西娅·卡尔波芙娜也不在了。几年之内忠诚的老太太每星期都到女友墓前祈祷……有朝一日她的尸骨也在潮湿的土地下安息了。然而玛丽娅·德米特里耶芙娜家的邸宅并未由此落入别姓之手，也没有脱离她的家族，这个家没有破落，连诺奇卡已出落成一位苗条标致的妙龄少女，她的未婚夫是一个头发浅色的骠骑兵军官；玛丽娅·德米特里耶芙娜的儿子刚在彼得堡举行过婚礼，正带了年轻的新娘来到O市赏春，随同而来的还有他妻子的妹妹，一位年方十六的贵族女中学生，面似桃红，眼如明珠；舒罗奇卡也长大变美了，——正是这样一群年轻人使卡里金家墙壁四周的空间响彻了欢声笑语。屋内陈设已焕然改观，一切都按新的主人的方式安排。仆人是嘴上无毛的小子，爱逗乐取笑、插科打诨的年轻后生代替了昔日老成持重的老头；往昔大腹便便的罗斯卡一度趾高气昂地走来走去的地方，如今两条猎狗疯狂地追逐戏耍着，在沙发上跳来跳去；马厩里出现了身细精壮的溜蹄马、烈性的驾辕马，领鬃结成辫子的拉帮套的烈性马，骑乘用的顿河马；早、中、晚三餐的时间交错混杂，难以分辨；用邻里的话来说，开始了“前所未有的新规矩”。

在我们刚才说到的那个傍晚，卡里金家的居民们（其中最大的一个是连诺奇卡的未婚夫，才不过二十四岁左右）正在做一项不太复杂的游戏，但是从他们融融乐乐的笑声来判断，他们一定玩得兴高采烈：他们在各个房间里穿梭奔跑，彼此追逐捕捉；猎狗也跟着又跑又叫，挂在窗门笼子里的金丝雀也争先恐后地斗嗓子，用它们拼命啼叫的响亮歌声给共同的喧闹助兴。在这震耳欲聋的喧闹声闹得正欢的时候，一辆风尘

① 法语：乌克兰胖公牛。

仆仆的四轮马车驶向了大门,一位四十五岁上下的男子,穿一身旅行服装,走下车来,惊讶地在门前站定了。他呆呆地站了一会,凝目环视了整座屋宇,穿过便门走入庭院,然后缓步登上门廊的台阶。前厅里不见有人来迎接他,但是很快,通大厅的门猛地一下打开了,舒罗奇卡满脸通红从里面冲了出来,一眨眼的工夫,随着一声大叫她后面跟着冲出一群年轻人。他们一见到陌生人,突然站定不响了,但是盯着他瞧的那一双双明亮的眼睛依然是那么亲切,他们青春的脸容仍然在欢笑。玛丽娅·德米特里耶芙娜的儿子走到客人跟前,彬彬有礼地问他需要什么。

"我是拉夫列茨基。"客人说。

回答他的是一声和谐友好的呼叫——这并不表示这群年轻人因为一个几乎被遗忘的远房亲戚的到来而高兴,而只是表明他们只要有方便的机会,还随时准备嬉闹逗乐。拉夫列茨基当场被团团围住;作为老相识,连诺奇卡率先自我介绍,肯定地对他说,只要再过那么一会儿,她准能认出他来,接着向他介绍其余各位,用小称报出每一位的名字,包括自己的未婚夫在内。一群人经过餐室来到客厅。这两个房间的壁纸已经换过,陈设却原封不动保存着。拉夫列茨基认出了那架钢琴,连窗前的绣花架子也还是原先的那一副,保持着原来的样子——几乎就是八年前未绣完的那幅刺绣。他被让进一张舒适的安乐椅里坐下,大家也有礼貌地围坐他四周。问话、惊叹、叙述往事,接二连三,争先恐后。

"我们和您好久没有见面啦,"连诺奇卡天真地说,"瓦尔瓦拉·巴甫洛芙娜我们也好久没见面了。"

"那还用说!"她哥哥忙接着她的话说,"我把你带到了彼得堡去住,而费奥多尔·伊凡内奇一直住在乡下。"

"从那以后妈妈去世了。"

"还有玛尔法·季莫菲耶芙娜。"舒罗奇卡说。

"还有娜斯塔西娅·卡尔波芙娜,"连诺奇卡说道,"还有莱姆先生。"

"怎么?莱姆也死了?"拉夫列茨基问。

"是的,"年轻的卡里金回答说,"他从这儿去了敖德萨。听说是有人骗他去的,他就在那里故世了。"

"您知道吗,他死后没留下音乐作品?"

"不知道。未必吧。"

大家沉默下来,彼此相对而视。哀愁的阴云罩上了所有年轻的脸庞。

"可是马特罗斯卡还活着。"连诺奇卡忽然说道。

"盖杰奥诺大斯基也还活着。"哥哥打断她的话。

一听到盖杰奥诺夫斯基的名字，一下子响起了一阵和谐的笑声。

“不错，他还活着，而且照样撒谎，”玛丽娅·德米特里耶芙娜的儿子继续说，“你们想象一下，就是这个淘气鬼（他指指那位贵族女中的学生、他妻子的妹妹）昨天还在他的鼻烟壶里撒了胡椒粉。”

“看他那打喷嚏的样子！”连诺奇卡叫起来，于是重又响起了忍俊不禁的笑声。

“不久前我们得到了丽莎的消息，”年轻的卡里金说，——于是周围又一下子都静了下来，“她很好，现在身体好了一点起来。”

“她还在那座修道院里？”拉夫列茨基吃力地问。

“还在那里。”

“她给你们写信吗？”

“不，从来不写；她常通过别人带些消息来。”

倏然之间出现了深沉的静默。这正表明“安宁的天使已经飞走了”，大家都这么想。

“您不想去花园走走？”卡里金对拉夫列茨基说，“花园里现在美得很，虽然我们整理不够，使它有点荒芜了。”

拉夫列茨基走进花园，首先映入眼帘的便是那张长椅，他和丽莎曾经在那张椅子上共度以后再也没有重现过的幸福瞬间。椅子发黑了，翘曲了，然而他仍然认得出，于是心头充满了一种感情，那种感情既不同于甜蜜的幸福，也不同于悲哀的痛苦，那是对逝去的青春深沉的哀愁，对一度据有的幸福失落的怅惘。他随着年轻人沿林阴道一路走去。椴树略微长老长高了，树阴也更浓密了；所有的灌木丛都长高了，马林果树丛长得蓬蓬勃勃，胡桃树密得像棵野树，到处弥漫着换上新装的密密树丛、森林、芳草和丁香的清香。

“这儿正是玩四角戏的好地方，”连诺奇卡走进围在椴树中间的小块绿色空地，突然喊道，“咱们正好五个人。”

“你怎么把费奥多尔·伊凡内奇给忘了？”哥哥向她指出，“或者你没有把自己算进去。”

连诺奇卡的脸色稍稍有点红了。

“难道费奥多尔·伊凡内奇，在他那样的年纪还可能……”她刚开始说。

“请吧，玩儿去吧，”拉夫列茨基急忙接着她的话说，“别管我。如果我得知自己并没有使你们感到拘束，我会觉得更高兴。你们不必为我操心。我们这号人，老人，自有自己的事儿，那号事儿还不到你们做的时候，而且任何消遣娱乐都不能替代，那就是回忆。”

青年们怀着彬彬有礼、几乎有点嘲讽的恭敬态度听拉夫列茨基说完那句话——他们仿佛在听老师上课——突然大家散开，离开他跑进了林间空地。四个人分立树边，一个人站在中央，——于是游戏开始了。

拉夫列茨基回到屋里，步入餐室，走到钢琴前面，碰了一个琴键，发出一声微弱然而清晰的琴音，那声音在他心里悄悄地震颤；这个音阶使他想起了那首充满灵感的乐曲，很久以前，就在那个幸福的夜晚，莱姆，已故的莱姆用那首乐曲将他带入了极度兴奋的境界。随后拉夫列茨基走进客厅，久久没有从那里出来。在这个他如此经常地与丽莎见面的房间里，他面前更生动地出现了她的面影。他似乎觉得他感到了在他的周围有着她在场的痕迹。然而怀念她的哀愁既痛苦，又沉重；哀愁之中并不存在伴随着死亡而来的宁静。丽莎还活着，在某个僻静遥远的地方。他还是把她作为一个活生生的人来思念，但是在四周缭绕的香烟之中，有的只是一个身穿修女服、面色苍白、模糊不清的幻影，他认不出自己当年挚爱过的少女的倩影。拉夫列茨基如果能同想象中凝视丽莎那样凝视自己，恐怕也认不得自己了。在这八年中他的生活终于完成了一个转变。那个转变许多人是领略不到的，如果没有那个转变，也不可能自始至终做一个正派人。他确确实实不再考虑自身的幸福，不考虑自私的目标。他沉寂了，而且——为什么要隐瞒实情呢？——不仅面容和躯体衰老了，心灵也衰老了。如有些人所说的那样到老保持心灵的年轻，是既困难又可笑的。一个人如果不丧失行善的信念，保持心意一贯和对事业的热忱，就可以心满意足了。拉夫列茨基有权利心满意足：他真的成了一个好主人，真的学会了耕耘土地和不光为自己一个人劳动，他尽其所能使他的农民生活得到保障和稳定。

拉夫列茨基走出屋子，来到花园，坐到他熟悉的那张长椅上——就坐在这个珍贵的所在，面对着那座房子，在那座房子里他曾经徒然地最后一次把双手伸向喷涌着人生幸福的金色美酒的神圣酒杯，——他，孤零零的，无家无室的漂泊者，听着已经替代了他的年轻一代传来的欢乐叫喊，回顾了自己的一生。他的心情变得忧郁起来，然而不沉重，也不悲哀；他有遗憾，却无可羞惭。“玩吧，乐吧，成长吧，年轻的力量，”他思忖着，心中并不酸苦，“你们前面有的是生活，你们将活得更轻松；你们不必像我们那样去寻求自己的道路，去斗争，在黑暗中跌倒了又爬起。我们苦苦操心的只是使自己幸免于难——而我们有多少人未能保全自己！——但是你们却应当去干事业，做工作，我们老年人的祝福将伴随着你们。至于我，除了今日，除了这些感受，剩下的只是向你们致以最后敬礼的份了，再就是说：‘你好，孤苦伶仃的老年！燃烧干净吧，无用的生命！’虽然不无怅然之情，却既无忌妒之心，也无阴暗心理，一心想着自己的归宿，想着召唤我的上帝。”

拉夫列茨基悄悄地站起来，又悄悄地离去了。谁也没有发现他，谁也没有挽留他。花园里，高高的椴树围成的密密层层的绿色屏障里，传来比先前更强烈的阵阵欢呼声。他坐进马车，吩咐车夫驾车回家，但不要驱赶马匹。

“就这么完了？”心里不满足的读者也许会问。“那么拉夫列茨基后来怎么样了？丽莎怎么样了？”然而对于虽然还活着，却已退出人生疆场的人们，能说什么呢？为什么还要再回过去说他们呢？据说拉夫列茨基造访了丽莎隐身的那座僻远的修道院，——也见到了她。她在他身边很近的地方经过，从一个唱诗班的席位走向另一个席位，迈着一个修女均匀、急促而安详的步伐——也没有看他一眼。只是向着他一边的那只眼睛的睫毛微微地抖动了一下，只是更低地垂下她瘦削的面孔——而那双缠着念珠、紧握着的手的指头，彼此握得更紧了。他们两个人想到了什么？有什么感受？有谁知道呢？有谁说得出呢？生活中存在那样的瞬间，那样的情感……对此只能指点一下——就从旁边走过。